Het Oog van de Nacht

Van dezelfde auteurs

Springvloed
De derde stem
Zwarte dageraad
Wiegelied
Koudvuur
Bevroren goud
De samaritaan
De zonnewende

Cilla & Rolf Börjlind

Het Oog van de Nacht

A.W. Bruna Uitgevers

Oorspronkelijke titel
Nattens öga

Vertaling
Corry van Bree
Omslagbeeld

Omslagontwerp
Studio Jan de Boer

ISBN 978 94 005 1150 7
NUR 305

Society prepares the crime;
the criminal commits it.

Henry Thomas Buckle (1821-1862)

Voorjaar 2022

Boris zat kalm bij de fluweelzachte muur, helemaal in het zwart gekleed, met een glanzende metalen emmer naast zijn stoel. Het kwam voor dat er gasten moesten overgeven.

De salon zat vanavond vol; acht personen uit verschillende delen van de wereld. Allemaal mannen, diep weggezakt in de met rood fluweel beklede fauteuils. Ze hadden een fortuin betaald om hier te mogen zitten.

Hij had de vloerverlichting gedimd voordat ze binnenkwamen en het was bijna volledig donker in de salon. De blauwe gloed op de gezichten van de mannen was afkomstig van het aquarium dat zich een paar meter voor hen bevond. Camera's van mobiele telefoons waren niet toegestaan. De verborgen documentatie vond plaats via een piepklein gaatje in de brandmelder bij het ventilatierooster.

De man aan het eind van de rij stoelen droeg een keffiyeh met een dubbele band en een rechthoekige bril: de man naast hem was Engels en droeg een lichtblauw zijden maatkostuum dat waarschijnlijk afkomstig was van Savile Row.

Zoals gewoonlijk was het nagenoeg stil, het water dempte alle geluiden van wat zich achter de glazen wand afspeelde. Boris keek naar de gezichten van de mannen tijdens de intense voorstelling, naar hun ogen en monden, de tongen die af en toe naar buiten gleden om hun lippen te bevochtigen, de zweetdruppels die bij sommigen over hun wangen gleden. Hun perverse genot was duidelijk zichtbaar.

Toen de reflecties van het blauwe licht in de bril van de Arabier geleidelijk in rood veranderden duurde het niet lang meer. Hij boog zijn hoofd toen het voorbij was.

Het einde duurde zelden lang.

De gasten stonden op en verlieten zwijgend de salon. Boris zette het licht van de vloerlampen hoger en keek niet achterom.

De emmer was deze keer niet nodig geweest.

Hij heette Oleksi en hij had een dood katje in zijn armen dat een tijdje geleden was doodgevroren. Zijn moeder vond het goed dat hij het voorlopig vasthield. Ze vluchtten uit Butja en zaten verborgen onder een natte deken in de laadbak van een vrachtwagen. Hun bestemming was de Poolse grens.

Het was een lange en gevaarlijke reis.

Na een tijdje stopte de chauffeur en bood hen aan om in de warme cabine te komen zitten. De voorwaarde was echter dat het dode katje achterbleef.

'Ik wil dat beest niet in de cabine hebben.'

Alina zei tegen haar zoontje dat hij het katje in de berm moest neerleggen. Ze plukte wat graspollen en bedekte het beestje ermee. Oleksi keek met een lege blik in zijn ogen toe. Hij had de afgelopen vierentwintig uur ergere dingen gezien, dingen die hem wakker hielden.

'Stap in.' De chauffeur gebaarde en Alina tilde Oleksi naar binnen. Hij was zeven en had in zijn schoolbank gezeten toen een Russische bom het gebouw raakte; nu had hij het koud en hij stopte zijn handen onder zijn trui. Alina zette hem op de stoel, klom zelf ook naar binnen en sloot het portier.

De warmte in de cabine omringde hen.

'Denk je dat we helemaal tot de grens kunnen komen?' vroeg Alina.

'Nee. Toen ik hier woensdag reed lagen ze in een hinderlaag en namen ze Lviv onder vuur. We kunnen proberen om verder naar het noorden te rijden, maar daar kunnen ze ook zijn. Ik laat jullie uitstappen als ik moet omkeren en dan moeten jullie lopend verder.'

Alina keek naar de grofgebouwde man achter het stuur, een onbekende landgenoot die hen met de woorden 'verstop je in de laadbak' bij een kapot bushokje had opgepikt.

Hij was van plan om zo ver als hij durfde door te rijden. Ze nam aan dat hij daarna naar Butja zou terugrijden om meer vluchtelingen te helpen.

'Bedankt dat je ons een lift geeft,' zei ze.

Ze kwamen onderweg niet veel voertuigen tegen. De chauffeur koos kleine straten om niet ontdekt te worden. Russische pantserwapens schoten al dagenlang op vrachtwagens. Het was oorlog en ze werden aangevallen door een grote mogendheid.

Alina trok haar zoon in haar armen. Ze voelde zijn magere lichaam trillen en hoopte dat het van de kou was, hoewel ze wist dat er waarschijnlijk andere, hartverscheurendere redenen voor waren.

Als we over de grens zijn, moet ik hem erover laten praten zodat hij niet alles opkropt, dacht ze met een drukkend gevoel in haar borstkas. Ze mocht niet huilen. Niet nu, niet hier, niet zolang Oleksi wakker was. Hij was onder de deken op de laadbak even op haar schoot in slaap gevallen en toen was ze ingestort. Stil, met op elkaar geperste lippen, terwijl ze ervoor zorgde dat er geen tranen op zijn gezicht vielen.

De drie in de cabine zwegen terwijl de auto het platteland op reed. De akkers waren niet bebouwd, in de dorpen zagen ze alleen oude mensen en kinderen. Geen volwassen mannen, omdat zij in de oorlog vochten. Alina probeerde te begrijpen waarom ze werden aangevallen en beschoten. Ze was opgegroeid in Butja, iets buiten Kiev, en werkte als telefoniste. Ze was nog nooit nazi's tegengekomen, hoewel Rusland beweerde dat het ervan wemelde in Oekraïne. Liegen ze om ons te kunnen vernietigen? Ze begreep het niet, net zomin als haar vrienden en vriendinnen. Ze was eenendertig, maar de recente gebeurtenissen hadden haar ouder gemaakt. Ze had groeven in haar gezicht van alle doorwaakte nachten en haar voortdurende bezorgdheid over haar man Bohdan. Hij vocht in het leger en was aan het begin van de oorlog vertrokken. Ze had hem een paar keer kort aan de telefoon gehad en die keren hadden ze samen gehuild. Nu wist ze niet waar hij was en of hij nog leefde. Oleksi had de eerste tijd naar zijn vader gevraagd, maar was daarmee gestopt. De vaders van al zijn vriendjes vochten in de oorlog. Ze waren niet thuis en kwamen misschien nooit meer terug. Het deed minder pijn als ze er niet over praatten.

De vrachtwagen begon af te remmen en Alina schrok op uit haar gedachten. Werden ze nu al afgezet?

'Waar ga je naartoe?' De chauffeur had het zijraam naar beneden gedraaid en praatte tegen een blond tienermeisje dat in een verschoten trui in dezelfde richting als de vrachtwagen langs de weg liep. Onder de mouw van de trui was een grijs verband rond haar arm zichtbaar.

'Naar de grens,' zei ze.

'Wil je meerijden?'

Het meisje knikte en liep naar de passagierskant. Alina opende het portier voor haar en trok Oleksi dichter tegen zich aan. Het werd vol in de cabine.

'Ik ben Alina en dit is Oleksi.'

'Ivanna,' zei het meisje.

'Waar kom je vandaan?'

'Kiev.'

'Wat is er met je arm gebeurd?' vroeg Oleksi. Hij wees naar het grijze verband rond Ivanna's arm.

Ze gaf geen antwoord.

'Je hoeft het niet te vertellen,' stelde Alina haar gerust.

'Ons huis...' begon Ivanna met een afgewend gezicht te vertellen. 'Het werd geraakt door een granaat en stortte in... Er was alleen een rokende hoop stenen over... Mijn familie werd eronder bedolven...' Ze zweeg.

'Ben je daardoor gewond geraakt?' vroeg Oleksi.

Ivanna streek met haar vingers over het verband op haar onderarm en keek uit het zijraam voordat ze antwoord gaf. 'Nee.'

Alina trok Oleksi naar zich toe. Ze wilde niet dat hij nog meer vragen aan Ivanna stelde.

De chauffeur keek opzij en wees naar het dashboardkastje. 'Daar zitten koekjes en water in.'

Ivanna opende het, haalde er een pak koekjes uit en gaf het aan Alina en Oleksi. De chauffeur pakte een plastic fles water.

'Mijn katje is doodgegaan,' zei Oleksi. Hij slikte een stuk koek door. 'We hebben het in de berm achtergelaten.'

'Hoe heette hij?' vroeg Ivanna.

'Yasia. Ik heb hem onder een bruine auto gevonden. Heb jij een huisdier?'

'Nee.'

Ivanna draaide haar gezicht snel naar het zijraam en Alina zag dat Oleksi's vraag iets had geraakt waarover het meisje niet wilde praten.

Het monotone geluid van de vrachtwagenmotor was slaapverwekkend. Oleksi duwde zijn hoofd onder Alina's arm en viel in slaap. De anderen zwegen, er hoefde niets gezegd te worden. Ze waren allemaal slachtoffers van dezelfde tragedie en waren op de vlucht voor de genadeloze vernietiging.

'Wat was dat? Mama!' Oleksi schrok door de enorme knal die in de cabine klonk en wees naar de hoge vuurzuil in de verte. Alina trok haar zoontje steviger tegen zich aan. Ze wist dat hij besefte dat het geen donder of bliksem was: hij had al geleerd om onderscheid te maken tussen de vernietigende krachten van de natuur en van de mens.

'Ik moet hier stoppen,' zei de chauffeur. 'Anders wordt het te gevaarlijk.' Hij stopte naast een groot graanveld.

'Hoe ver is het tot de grens?' vroeg Alina.

'Een kilometer of twintig. De veiligste manier is om tot na Tjervonohrad door het bos te lopen. Daar zijn jullie beschermd. Probeer niet te veel in de duisternis te lopen.'

'Waarom niet?'

De chauffeur reageerde niet. Hij wees naar het portier aan Ivanna's kant. Ze opende het en ze stapten alle drie uit, waarna ze toekeken hoe de vrachtwagen op de weg draaide en naar Kiev terugreed.

Daarna begonnen ze door het graanveld naar het bos te lopen, omringd door rookslierten en de geur van zwavel.

*

'Hoe lang is het geleden dat je je uniform gedragen hebt?' vroeg Lisa Hedqvist aan Olivia Rönning terwijl ze zich op het politiebureau omkleedden.

'Honderd jaar geleden,' antwoordde Olivia.

Dat was enigszins overdreven, maar ze had inderdaad maar heel kort als geüniformeerde politieagent gewerkt, eigenlijk alleen tijdens het jaar nadat ze haar opleiding aan de politieacademie had afgerond. Na dat jaar had recherchecommissaris Mette Olsäter haar ingelijfd bij de toenmalige rijksrecherche.

Ze had haar uniform dus al een hele tijd niet meer gedragen.

Nu was dat verplicht voor iedereen die naar Nynäshamn ging, dus ook voor Olivia en Lisa.

De politie van Stockholm was een speciale operatie begonnen die de naam Accepto had gekregen. Deze had tot doel om de mensenhandel in verband met de opvang van gevluchte Oekraïense vrouwen in kaart te brengen. Omdat de bewuste organisatie al zwaar was belast, was versterking gevraagd van de NOA, de Nationale Operatieve Afdeling. Olivia en Lisa waren twee van de rechercheurs die daarvoor waren vrijgemaakt.

De operatie was bedoeld om ter plaatse te voorkomen dat vluchtelingen door de verkeerde mensen werden benaderd en in handen van mensenhandelaren vielen om vervolgens tot prostitutie te worden gedwongen. Er waren aanwijzingen dat dit gebeurde. Mensen boden van alles aan, van vervoer tot overnachtingen en tijdelijk onderdak, en in de ergste gevallen leidde dat tot opsluiting en gedwongen prostitutie.

Op dit moment concentreerde de operatie zich op de haven van Nynäshamn, waar de massale stroom vluchtelingen arriveerde. Dagelijks voeren er veerboten uit Gdańsk in Polen de haven in, soms met wel zevenhonderd vluchtelingen aan boord.

Olivia en Lisa gingen nu naar Nynäshamn.

Dit was niet het gebruikelijke werk van de twee vrouwen. Ze hielden zich normaal gesproken bezig met moordonderzoeken, maar mensenhandel en de uitbuiting van kwetsbare vrouwen die op de vlucht waren, waren misdrijven waaraan ze allebei een grondige hekel hadden. Lisa had bovendien zelf ervaring met seksueel misbruik en de vernedering daarvan zou ze nooit kwijtraken. Ze was dus uiterst gemotiveerd.

Voordat ze aan het werk begonnen, hadden ze urenlang verslagen gelezen over verschillende politieoperaties tegen sekshandel. Het waren afschuwelijke verhalen over vrouwen die maandenlang waren opgesloten en waren gedwongen om hun lichaam bijna vierentwintig uur per dag te verkopen. Ze werden misbruikt als seksslavinnen door mannen die alleen geïnteresseerd waren in geld.

'Hoe zie ik eruit?' vroeg Olivia nadat ze haar jasje had dichtgeknoopt.

'Het zit krap.'

'Krap?'

'Ik maak maar een grapje. Rijden we er in onze eigen auto naartoe?'

'Nee, we gaan samen met Lasse en Göran.'

Lasse Tingvall en Göran Borg werkten eveneens bij de NOA en waren al een paar jaar collega's van Lisa en Olivia.

'Laten we dan maar gaan,' zei Lisa.

Ze liepen samen naar buiten. Het was tijd om de vluchtelingenstroom tegemoet te treden.

*

Er stonden meerdere auto's in een halve cirkel en aan de zijkanten brandden kleine vuurbakens. Vonken vlogen de lucht in en verdwenen in de duisternis. Een hoge bouwlamp verspreidde koud licht over de plek. Enkele mannen en vrouwen in burgerkleding droegen witte plastic dozen naar een zanderig gedeelte waar verschillende dozen met het logo van het Rode Kruis op elkaar gestapeld stonden.

'Kijk!' Een vrouw met grijs haar knikte naar de bosrand. Tussen de bomen strompelden drie figuren langzaam en aarzelend dichterbij. De vrouw liep hen tegemoet en legde haar handen gekruist op haar borstkas. 'Welkom. Jullie zijn nu in Polen!' zei ze in het Oekraïens, waardoor het uitgeputte drietal besefte dat ze de grens waren overgestoken.

Alina ging bij een van de vuren zitten om zich te warmen, Oleksi hurkte naast haar en streelde haar haar. 'Ben je moe, mama?'

'Ja.'

Ze hadden bijna een etmaal zwijgend door de modder gelopen. Alina had de laatste woorden van de chauffeur niet kunnen kwijtraken. *Probeer niet te veel in de duisternis te lopen.* Door die waarschuwing was ze het grootste deel van de tocht uitermate alert geweest en haar lichaam was uitgeput.

'Jullie moeten het ijskoud hebben,' zei de vrouw.

'Ja,' antwoordde Ivanna. 'En we hebben honger.'

'We kunnen wat eten voor jullie regelen, maar jullie kunnen hier helaas niet blijven. We hebben geen tenten om in te overnachten.'

'Waar moeten we dan naartoe?' vroeg Alina.

'Er rijdt een transport naar Zweden terug om spullen die mensen gedoneerd hebben op te halen, misschien kunnen jullie meerijden.'

Alina keek naar Ivanna.

'Ik heb een nicht in Zweden, in Borås,' zei Ivanna. 'Ik wil daar graag naartoe.'

Alina had van tevoren niet bedacht wat ze moest doen als ze

de grens waren gepasseerd. Ze had geen familie buiten Oekraine, maar had gehoord dat Oekraïense vluchtelingen goed werden opgevangen in Zweden. Daarnaast wist ze dat de Zweedse vlag dezelfde kleuren had als de Oekraïense. Het was een volkomen irrelevante gedachte, waardoor ze haar hoofd even schudde. 'Dan gaan we met hen mee als dat mag,' zei ze.

'Prima.' De vrouw draaide zich om en gebaarde naar een man die voor een moderne grijze camper stond, een Poolse Voyager. Hij schoof zijn bruine pet recht en liep naar het groepje toe.

'Ja?' zei hij.

'Denk je dat je deze drie personen mee naar Zweden kunt nemen?' vroeg de vrouw. 'Ze zijn de grens net overgestoken.'

'Natuurlijk kan dat.' De man glimlachte en keek naar Alina. 'Spreken jullie Engels?'

'Een beetje.'

'We rijden naar Gdańsk en nemen daar een veerboot naar Nynäshamn. Daar zijn Zweden die jullie zullen helpen. Waar komen jullie vandaan?'

'Butja en Kiev,' zei Alina.

'Ik begrijp het. We gaan jullie helpen. Ga maar mee.'

'Bedankt,' zei de vrouw met het grijze haar.

De man liep voor hen uit naar de camper en hield de deur open. De drie stapten in en de man volgde hen.

'Dit is het,' zei hij. 'Eenvoudig maar functioneel. Er zijn nog twee slaapplaatsen in het bovengedeelte, jullie mogen kiezen waar jullie willen slapen. Jacek en ik passen ons aan.' De man gebaarde naar een man van middelbare leeftijd die achter het stuur zat.

Alina en Ivanna keken om zich heen. De camper had een klein keukentje, een zitgedeelte met een tafel en twee banken tegen de wanden, die in bedden konden worden veranderd. Een smalle trap leidde naar de twee andere slaapplekken.

'Ik neem aan dat jullie uitgeput zijn,' zei de man.

'We zijn doodmoe en hebben honger,' zei Ivanna.

'En we hebben het ijskoud,' voegde Alina eraan toe.

De man deed de deur achter haar dicht en schoof zijn pet op zijn voorhoofd naar achteren. 'We hebben warm drinken; thee, koffie en chocolademelk. En we hebben eten. Jacek! Kun jij iets te eten pakken?'

Jacek stond op en liep naar het keukentje. Hij had een zwarte verzorgde baard. Snel haalde hij boter, brood, verschillende soorten beleg en een paar dikke Poolse worsten tevoorschijn. Hij sneed de worsten in plakken en legde ze op een snijplank die hij Ivanna voorhield. 'Pittig maar lekker.'

Ivanna glimlachte even en nam een plak worst. Ze had er het liefst vijf genomen omdat ze zo'n honger had, maar hield zich in. De tweede man kookte water, schonk het in een glas en roerde er een paar lepels chocoladepoeder doorheen. 'Hier,' zei hij en hij gaf het glas aan Oleksi. 'Blaas er eerst op, het is heet.'

Alina vertaalde voor Oleksi. Ze ging op een van de banken zitten, trok haar benen onder zich en wachtte op een kop koffie. Vanbinnen was ze een wrak, maar ze probeerde zich te vermannen. Het was hen gelukt om de oorlog te ontvluchten, het land uit te komen. Ze waren gered. Oleksi was veilig. Er waren ook goede mensen op de wereld.

De muziek die uit de autoradio klonk was slaapverwekkend en het duurde niet lang voordat Ivanna, die op de bank tegenover Alina lag, sliep. Oleksi probeerde zijn ogen open te houden, hij vond het spannend om in een camper te rijden. Alina keek naar haar zoontje met zijn donkere krullen. Het puntje van zijn tong stak uit zijn mond terwijl hij zich concentreerde. Jacek had een wit schrijfblok en een paar kleurpotloden tevoorschijn gehaald en Oleksi had een katje getekend en had *Yasia* in een hoek geschreven. Nu probeerde hij het schoolgebouw te tekenen. Dat was moeilijk.

Als we in Zweden zijn, dan krijgt hij het allergrootste tekenblok dat er te vinden is, dacht Alina. Ze merkte niet dat ze van de grote weg naar een kleine bosweg afsloegen, maar voelde dat de camper vaart minderde.

De man met de bruine pet stond op van de passagiersstoel en trok aan Ivanna's been. Ze deed haar ogen meteen open. 'Kun jij de jongen een tijdje mee naar buiten nemen?' vroeg hij.

'Waarom dat?'

'We moeten met zijn moeder praten.'

Alina ging rechtop zitten. De stem van de man was veranderd, de vriendelijke toon was weg.

'Waar moeten we over praten?' vroeg ze.

'We moeten je een paar dingen uitleggen.' De man opende de deur en gebaarde naar Ivanna. Ze keek naar Alina.

De man deed een stap in haar richting. 'Ga niet moeilijk doen. Neem de jongen mee naar buiten.'

Ivanna deed wat hij zei omdat ze bang was voor wat er zou gebeuren als ze weigerde. Ze pakte Oleksi's hand vast en liep het trappetje voor de deur af. De man trok de deur achter haar dicht en deed hem op slot.

Alina zag wat hij deed. Ze voelde haar maag verkrampen toen ze besefte dat ze volledig waren overgeleverd aan de genade van twee vreemde mannen in een bos ergens in Polen. Wat wilden ze?

'Ik neem aan dat je je paspoort bij je hebt,' zei de man.

'Ja.'

'Kun je het pakken?'

'Waarom dat?'

'Je hebt het niet nodig om Zweden binnen te komen. Wij hebben de benodigde documenten.'

'Waarom willen jullie mijn paspoort hebben?'

Ze zag de hand van de man niet voordat hij haar gezicht raakte. Ze viel naar achteren en trok haar hoofd in.

'Het is als volgt... Alina. Zo heet je toch?'

Alina knikte langzaam.

'We brengen jullie naar Zweden, zoals we beloofd hebben, maar daar willen we iets voor terug.'

'Ik heb geen geld, ik...'

'Je hebt een lichaam.'

Alina hief haar hoofd. Haar ogen waren vochtig en ze perste haar lippen op elkaar. Ze begreep het. 'En als ik weiger?' vroeg ze met een gebogen hoofd.

De man bukte zich. 'Dan laten we je zoontje hier in het bos achter en brengen we je naar de grens terug. Hoe oud is hij? Zes? Zeven? Hoe lang denk je dat hij het in de wildernis volhoudt? Je weigert niet. Kleed je uit.'

Alina hield haar handen stevig verstrengeld tussen haar benen, haar borstkas spande. De man ging rechtop staan en keek naar de man achter het stuur. 'Jacek, maak jij een proefrit op haar?'

Jacek begon zijn broek naar beneden te trekken.

Ivanna had verhalen gehoord over willekeurige aanvallen van Russische soldaten. Ze hadden vrouwen gedurende een bepaalde periode overal verkracht: op straat, in portieken en op binnenplaatsen. Zelf was ze daaraan ontkomen, maar de beelden stonden in haar geheugen gegrift en kwamen boven nu ze in het maanlicht buiten de camper stond. Ze besefte wat er binnen gebeurde en kon niets doen. Ze ging ervan uit dat de mannen wapens hadden en niet zouden aarzelen om ze te gebruiken als dat nodig was. Misschien zouden ze hen alle drie doodschieten en hier achterlaten.

Dus concentreerde ze zich op Oleksi en probeerde haar trillende handen te verbergen.

'Blijven ze lang praten?' vroeg hij.

'Niet zo heel lang, denk ik,' zei Ivanna en ze trok de jongen een stukje bij de camper vandaan.

Ineens klonk er gedempt gejammer in de camper.

'Wat was dat?' vroeg Oleksi. 'Was dat mama?' Hij trok zijn hand los en rende naar de camper toe. 'Mama!'

Het duurde een paar seconden voordat Alina's stem naar buiten drong. 'Mama is hier, Oleksi. Er is niets aan de hand, ik...' Haar stem zweeg abrupt.

Ivanna trok Oleksi tegen zich aan en hield haar armen voor zijn oren. Ze begon onstuitbaar te huilen en wist niet wat ze moest doen.

Op dat moment zag ze koplampen in het bos.

Eerst als een zwaaiend licht tussen de bomen, daarna recht op haar gericht. Ze hield haar hand boven haar ogen en probeerde te zien wat er naderde. Het was een grote zwarte Mercedes en het maanlicht weerkaatste op de glanzende lak.

Ivanna liet Oleksi los en begon wanhopig met haar armen te zwaaien. Ze wilde de auto per se laten stoppen en dat lukte. De auto bleef een stukje voor haar stilstaan. Voordat ze ernaartoe kon rennen ging het portier aan de bestuurderskant open en een slanke vrouw met zwart, grijzend haar stapte uit. Ze droeg een elegant lichtgrijs mantelpakje en rookte een sigaret.

Ivanna aarzelde even, ze had iets anders verwacht, maar voordat ze haar mond kon opendoen begon te vrouw te praten. 'Hallo. Ik ben Sasja. Hoe heet jij?'

'Ivanna! Je moet ons helpen. Ze zijn in de camper bezig met zijn moeder en...' Ivanna wist niet goed wat ze moest zeggen met Oleksi naast zich, dus herhaalde ze: 'Je moet ons helpen!' De tranen stroomden over haar wangen.

Sasja maakte een gebaar alsof ze ze weg wilde strijken, maar bedacht zich en keek naar de camper. De ramen waren beslagen.

'Ik kan je helpen,' zei ze. 'Je mag met mij meerijden.'

'Maar ik... Waarnaartoe?'

'Hiervandaan. Of wil jij de volgende zijn?' Sasja knikte naar de camper. Het gejammer drong nog steeds naar buiten.

'Zo meteen is het jouw beurt,' ging ze verder.

Ivanna keek verward naar Oleksi. 'Ik kan hem hier niet achterlaten.'

'Zijn moeder is daarbinnen. Jij bent alleen. Wil je mee?'

Ivanna aarzelde. Oleksi klampte zich aan haar been vast. Sasja bukte zich, trok de jongen los, nam hem mee naar de camper en klopte op de deur. Hij werd geopend door de man met de pet. Sasja tilde Oleksi op en de man trok hem naar binnen. Ivanna begreep niet wat er gebeurde en beet in haar gebalde hand.

Sasja liep naar de Mercedes, opende het passagiersportier en draaide zich naar haar om. 'Stap in de auto zodat je niet verkracht wordt, Ivanna. Of nog erger. Die mannen in de camper zijn beesten.'

Ivanna streek met een hand over haar wang. Ze had geen idee wat ze moest doen, voelde zich verloren en was bang. Ze deed een paar aarzelende stappen naar Sasja toe, draaide zich om naar de camper, stak haar hand op, zwaaide even en stapte in de zwarte auto. Sasja liep eromheen en ging achter het stuur zitten. Ze keerde de auto met enige moeite op de smalle weg en reed in de richting van waaruit ze was gekomen.

Op de achtergrond werd Oleksi weer van de trap geduwd, waarna de deur achter hem dichtsloeg. Hij liet zich op de grond zakken en zag de koplampen in het bos verdwijnen, waarna hij zijn handen voor zijn oren sloeg.

Een toerist die in de schemering op de kade van Port Vauban stond, zou kunnen denken dat er een griezelig ruimteschip buiten de haven was geland. Het was glanzend zwart, had meerdere verdiepingen en werd verlicht door honderden ronde lampjes.

Als je een plaatselijke bewoner was, dan wist je wat het was: een enorm jacht dat Oog van de Nacht heette en enkele maanden geleden naar Antibes was gekomen. Het was 156 meter lang, bezat 36 hutten en had een 87-koppige bemanning als het jacht voer. Daarnaast waren er vier zwembaden en twee helipads.

Als je dat aan een toerist vertelde, volgde altijd de voor de hand liggende vraag: 'Van wie is het jacht?' De meeste plaatselijke bewoners wisten het antwoord daarop ook niet. 'Het is blijkbaar van de een of andere oligarch, maar het is niet bekend wie dat is.'

In werkelijkheid was het jacht eigendom van een internationaal conglomeraat, met de bedoeling de echte eigenaar tegen een eventuele beslaglegging te beschermen.

De echte eigenaar heette Grigori Vladovski, was tijdens de Koude Oorlog in Leningrad geboren en was bijzonder actief geweest tijdens de instorting van de Sovjet-Unie. Hij was een man met een bewogen leven. Hij was slank maar gespierd, had een doordringende blik, een verzorgde donkere baard en een bijzonder mannelijke uitstraling. Hij had zelfs een tijdlang in zijn levensonderhoud voorzien als model. Na verloop van tijd werd hij een welbespraakte en populaire leider van maatschappelijke discussies met een sterk patriottische agenda.

Dat opende een aantal politieke deuren, helemaal tot in de binnenste kern van de Doema. Van die contacten maakte hij gebruik toen de touwtrekkerij om de natuurlijke hulpbronnen in het verscheurde Sovjetrijk begon. Zo had hij de basis voor zijn grenzeloze fortuin gelegd.

Tegenwoordig bleef hij op gepaste afstand van Rusland omdat hij wist dat zijn positie en levenswijze een doorn in het oog waren van de leiders in het Kremlin. Hij had een groot deel van zijn bedrijven daar van de hand gedaan en had ervoor gezorgd dat zijn geld in louche belastingparadijzen werd beheerd. Allemaal om onder de radar te blijven.

Persoonlijk maakte hij zich niet bijzonder veel zorgen over het conflict tussen de kring van Poetin en de buitenlandse economische elite. Hij had hooggeplaatste contacten in beide kampen, die hem zouden helpen als hij in een hachelijke situatie belandde. Maar hij was ook de trotse vader van een dochter, Julie, en wilde niet dat zij eronder zou lijden, niet voor alle roebels in de wereld. Ze zat in het laatste jaar van een exclusief internaat in Nice en was zijn oogappel.

'Zal ik je een geheim vertellen, Julie?'

Grigori sloeg een arm om zijn dochter heen. Ze was vrij van school en was op het jacht van haar vader, waar ze het heerlijk vond. Ze was verwend, dat wist ze, maar ze was haar hele leven al verwend en had geen ander referentiekader. Nu stonden ze samen in een kleine kamer op het jacht. Een heel bijzondere kamer die om maar één reden was ontworpen. De muren waren donkergroen, in de houten panelen waren spots verwerkt, aan het plafond hing een slanke lichtbalk en de vloer was bedekt met eikenhout parket dat uit vierkanten bestond.

'Graag,' antwoordde Julie lachend.

Grigori haalde een zwart doosje tevoorschijn en richtte dat op de vloer. Een van de eiken vierkanten gleed onder het vierkant ernaast en een witte piëdestal met een lengte van ruim een meter kwam langzaam omhoog. Op de piëdestal stond een kubus van kogelvrij glas en daarin lag een glanzend zwart ei, dat was vervaardigd van Nero Marquina, het Spaanse marmer met witte calcietaders. Het had de afmeting van een struisvogelei en was rondom versierd met fonkelende edelstenen.

Julie sloeg haar hand voor haar mond. 'Wat is dat?' stamelde ze.

'Het Oog van de Nacht.'

Julie deed een stap naar de kubus toe en keek naar het ei. 'Het is fantastisch,' zei ze. 'Prachtig.'

'Ja.'

'Zijn het diamanten?'

'Ja, en saffieren. Als je de juiste stenen in de juiste volgorde indrukt, gaat het ei open,' zei Grigori. 'De bovenste helft klapt open door een geniaal klein mechanisme.'

'Zit er iets in?'

'Ja.'

'Wat dan?' vroeg Julie.

'Dat krijg je te zien als ik het open.'

'Ga je dat nu doen?'

'Nee.'

Julie hoorde aan haar vaders stem dat het een gedecideerd nee was. Ze schoof haar hand onder zijn arm en ging vlak bij de glazen kubus staan. 'Waarom heb je me dit niet eerder laten zien?'

'Omdat het ei een heel bijzondere geschiedenis heeft en ik wilde dat je volwassen genoeg was om het te begrijpen.'

'Ik ben negentien, papa.'

Grigori keek naar het verwachtingsvolle gezicht van zijn dochter en besefte dat ze gelijk had. Ze was geen kind meer.

*

Meerdere rederijen voeren op de route Gdańsk-Nynäshamn. Een daarvan was Polferries. Op dit moment voer hun veerboot

Cracovia na een ruwe overtocht de Zweedse haven binnen. Achttien uur met deels harde wind en een onstuimige zee voor de kust van Gotland hadden ervoor gezorgd dat veel passagiers hadden overgegeven.

De overgrote meerderheid bestond uit Oekraïense vluchtelingen, iets meer dan vijfhonderd deze keer. Bijna alleen vrouwen en kinderen, en een paar oudere mannen. De jonge mannen bleven achter om hun land te verdedigen.

De veerboot was overvol, veel passagiers zaten op de harde bodem, andere zaten op elkaars schoot. Het personeel voorzag iedereen zo goed als dat ging van water, vooral gezinnen met kinderen. De voorraad dekens was voordat ze Gdańsk verlieten al op geweest.

Het autodek stond van voor tot achter vol met personenauto's en vrachtwagens. Bijna helemaal achteraan in de derde rij stond een grijze Voyager. In de camper bevonden zich vier personen. Ze hadden zich tijdens de hele overtocht verborgen gehouden omdat het niet was toegestaan om in de voertuigen op het autodek te verblijven.

Toen de veerboot Nynäshamn naderde, klom de man met de pet met een pistool in zijn hand naar het slaapgedeelte. Hij maakte een gebaar naar zijn mond, wat betekende dat ze stil moesten zijn. Ze moesten Zweden ongestoord binnenrijden. Alina hield een hand op Oleksi's gezicht. De man klom weer naar beneden en kreeg een telefoontje.

'We zijn bijna in Nynäshamn,' zei hij zachtjes. 'Jacek zorgt voor deze lading, jullie doen de volgende. Ze stromen de grens met Polen over. Stanislaw en Henryk nemen deze leverantie over, ik blijf een tijdje in Zweden.'

In de haveloze aankomsthal stonden personeelsleden van de IND, de Immigratie- en Naturalisatiedienst, de sociale zorg en de gemeente, en een groot aantal vrijwilligers te wachten. Ze boden van alles aan, van eten en artikelen voor persoonlijke hygiëne tot knuffeldieren.

Er waren ook geüniformeerde politieagenten.

Twee van hen waren Olivia en Lisa. Ze hadden vanaf zeven uur vanochtend gewerkt en deden dat al drie dagen achter elkaar. Olivia had hoofdpijn, ze had te weinig gegeten en gedronken en bovendien had ze om de een of andere reden een paar te krappe schoenen aangetrokken. Ze was het ook niet meer gewend om een uniform te dragen en voelde zich ongemakkelijk. Maar er waren mensen die er erger aan toe waren, namelijk vijfhonderd vluchtelingen.

De Poolse camper reed van de veerboot af en werd door Lasse Tingvall naar een vluchtstrook gedirigeerd. Olivia liep naar de bestuurderskant en maakte een gebaar naar het zijraam. Jacek draaide het raam naar beneden en hield haar zijn papieren voor. 'We zijn onderweg naar Södertälje,' zei hij in gebroken Engels. 'We moeten een hulptransport met voorraden ophalen dat naar Przemyśl gaat.'

'Waar ligt dat?'

'Vlak bij de grens naar Oekraïne.'

Olivia bekeek de papieren twee keer, alles leek in orde. Ze gaf ze terug aan Jacek, wierp een blik in de camper en gebaarde dat hij door kon rijden. Jacek startte de motor en reed van de vluchtstrook af. Olivia keek de camper na tot hij uit het havengebied was verdwenen. Daarna liep ze naar Lasse terug.

In het kleine achterraam van het bovendeel van de camper was een jongensgezichtje te zien. Hij keek naar de geüniformeerde vrouw die in de verte verdween.

*

Vader en dochter zaten vlak naast elkaar op een donkerrode leren bank op het achterdek. De zon ging onder aan de horizon, de laatste stralen kleurden de hemel roze en oranje. De temperatuur was aangenaam zacht en de zeebries koelde hun gezichten. In de baai gleden de windsurfers op dezelfde bries voort, wat weinig resultaat had. Het werd tijd om naar de pier terug te keren.

'Wil je iets drinken?' vroeg Grigori. Hij zette zijn zonnebril op. Niet vanwege het zonlicht, maar uit ijdelheid.

'Graag.'

'Wat wil je hebben?'

'IJsthee, dat weet je wel.'

Grigori wenkte de man in livrei die een stukje verderop in de houding stond en gaf de wens van zijn dochter door. De man boog en trok zich terug. Grigori boog zich naar Julie toe. Ze rook zijn karakteristieke geur; het was geen aftershave, maar iets anders. Hij had vanaf haar vroegste jeugd zo geroken. De geur gaf haar een gevoel van veiligheid.

'Papa...'

'Ja?'

'Vorige week begonnen een paar leerlingen op school te praten over alle rijke Russen die in het buitenland wonen en die op vreemde manieren dood zijn aangetroffen. Ze zeggen dat Poetin erachter zit. Ik weet niet of het de bedoeling was dat ik het zou horen, maar ik trok het me aan. Het was heel onaangenaam.'

Grigori had zich gerealiseerd dat Julie deze vraag vroeg of laat zou stellen. Hij kon haar niet tegen de buitenwereld beschermen, hoe graag hij dat ook wilde.

'Dat begrijp ik, maar het heeft geen invloed op ons.'

'Ben je bevriend met Poetin?'

'Dat was ik, maar sinds de oorlog in Oekraïne ben ik dat niet meer.'

'Vind jij het ook zo verschrikkelijk?'

'Ja, en het is volkomen onnodig. De oorlog is een onbegrijpelijke fout van Poetin.'

Julie stak haar hand uit en pakte het glas ijsthee dat haar werd aangeboden. 'Weet hij dat je er zo over denkt?' vroeg ze.

'Ik neem aan van wel.'

'Maar dan probeert hij jou misschien ook te vermoorden.'

Grigori keek naar zijn dochter. Ondanks de onverklaarbare gebeurtenissen die meerdere van zijn vrienden waren overkomen, dacht hij om verschillende redenen veilig te zijn. 'Daar hoef je je geen zorgen over te maken, want dat gaat niet gebeuren.'

'Hoe weet je dat?'

'Ik weet het gewoon.'

'Maar hoe dan? Weet je iets wat belastend voor iemand is?' Op het moment dat Julie het vroeg wist ze dat ze te ver ging. Haar vader sprak met haar nooit over zijn zaken. Ze wist nauwelijks waarmee hij zijn fortuin had verdiend, behalve met 'zaken'. Maar met het oog op zijn opvliegendheid en de gesprekken die ze door de jaren heen had gehoord, besefte ze dat hij heel hard kon zijn.

Toen hij haar vraag negeerde, in zijn vingers knipte en een ijskoude chablis aan de in livrei geklede bediende vroeg, besefte ze dat het geen geschikt moment was om vol te houden. Misschien had ze daarnet aangestipt wat hem zo zeker maakte, misschien ook niet, dat wist ze niet, maar ze kende haar vader goed genoeg om te beseffen dat het gesprek voorbij was.

Nu mocht hij een gespreksonderwerp kiezen.

Julie nam een slok van haar ijsthee, schoof een blauw kussen achter haar rug, trok haar benen op de bank en wachtte. Ze keek naar het gezicht van haar vader toen hij het beslagen glas aanpakte, een slok wijn nam en naar de horizon keek. Hij zag er kalm uit en daardoor ontspande ze. Hij was in elk geval niet boos.

Na een tijdje draaide hij zich naar haar om. 'Weet je iets over Fabergé-eieren?' vroeg hij.

Julie haalde haar schouders op. 'Niet veel, behalve dat ze ongelofelijk veel waarde hebben en voor de tsarenfamilie zijn gemaakt,' antwoordde ze. Tegelijkertijd besefte ze iets. 'Is het Oog van de Nacht soms een Fabergé-ei?'

Grigori glimlachte tevreden naar zijn dochter. 'Ja.'

'Echt waar?'

Grigori knikte. 'We hebben het al generaties lang in de familie.'

'Zijn we familie van de tsaar?'

'Nee.' Grigori lachte. 'Maar je hebt gelijk dat ze voor de tsarenfamilie gemaakt werden. Tsaar Alexander, die aan het eind van de negentiende eeuw leefde, bestelde het eerste ei. Hij wilde zijn vrouw Maria Fjodorovna met Pasen een cadeau geven en liet juwelier Peter Carl Fabergé een ei ontwerpen dat, als het werd geopend, een vergulde kip met daarin een kleine kroon bevatte.

'Wat gaaf!'

'Dat vond Maria ook. Ze was er zo verrukt van dat Alexander haar tot hij stierf elk jaar met Pasen een ei bleef geven. Na zijn dood zette haar zoon, tsaar Nikolaj, de traditie voort. Hij gaf zowel zijn moeder als zijn vrouw tot de revolutie in 1917 elk jaar een ei. In totaal zijn er vijftig eieren voor de tsarenfamilie gemaakt. Tegenwoordig zijn er drieënveertig van die eieren bewaard gebleven. Het is een groot mysterie waar de andere zeven zijn.' Grigori nam nog een slok wijn en liet zijn woorden tot Julie doordringen.

Het duurde even voordat ze iets zei. 'Bedoel je dat het Oog van de Nacht een van die zeven eieren is?'

'Ja.'

'En niemand weet dat we het hebben?'

'Inderdaad,' antwoordde Grigori.

'Dat is zo spannend! Hoe is het bij ons terechtgekomen?'

'Dat is een lang verhaal... De oma van mijn moeder, Alexandra Vasilevskaja, werkte aan het Russische hof en was goed bevriend met de oude tsarina, vooral na de dood van de tsaar.'

'Toen Nikolaj de nieuwe tsaar werd?'

'Ja. In de periode voor de revolutie woonde ze in Kiev. Ze was vertrokken uit Sint-Petersburg omdat ze steeds meer meningsverschillen kreeg met haar zoon, maar vooral met haar schoondochter, over hoe het land bestuurd moest worden.'

'En de moeder van je oma ging met haar mee?'

'Ja, ze was een personeelslid.'

'Wat gebeurde er met de familie?'

'Ze werden tijdens de revolutie van Kiev naar de Krim overgebracht en werden daar beschermd door het Witte Leger.'

'Kreeg Alexandra's familie ook bescherming?'

'Ja, maar daarna veroverde het Rode Leger de Krim en de oude tsarina werd door haar vertrouwelingen overgehaald om te vluchten. Daarom gaf ze Alexandra een opdracht.'

Grigori pakte zijn glas weer.

'De tsarina weigerde namelijk te geloven dat haar zoon Nikolaj vermoord was. Ze gaf een van haar Fabergé-eieren aan Alexandra zodat zij de vlucht van Nikolaj en zijn gezin kon financieren. Dus terwijl de weduwe van de tsaar, Maria Fjodorovna, met twee van haar dochters, bedienden en een aantal getrouwen van de tsaar het land ontvluchtte, ging de moeder van mijn oma met haar gezin naar Sint-Petersburg.'

'Maar tsaar Nikolaj was al dood, of niet soms?'

'Ja. Het hele gezin was vermoord, maar zijn moeder weigerde dat te geloven.'

'Dus het ei bleef in Alexandra's familie zonder dat iemand het wist?'

'Inderdaad, niemand behalve de tsarina wist het en zij kwam uiteindelijk in haar vroegere vaderland Denemarken terecht, waarna het ei een goed verborgen familiegeheim werd. Niemand buiten de familie wist ervan en dat is generaties lang zo gebleven.'

'Wat is er na de revolutie met Alexandra en haar gezin gebeurd? Bleven ze in de Sovjet-Unie?'

'Ja, ze zijn nooit ontmaskerd als getrouwen van de tsaar. De familie is altijd dicht bij het centrum van de macht gebleven en mijn oma was, net als haar moeder Alexandra, ervan overtuigd dat het ei de familie beschermde. Het Oog van de Nacht werd een heilig relikwie uit een vervlogen tijdperk. Er werd gezegd dat het alles kon zien en zijn beschermers hielp.'

'Is dat waar?'

'Ja.'

'Maar jij gelooft toch niet dat het ei een bepaalde mystieke kracht heeft?'

Grigori keek met een ondoorgrondelijke blik naar zijn dochter en nam nog een slok wijn.

'Denk jij van wel?' ging Julie vol ongeloof verder.

'Ik kan alleen constateren dat het ons gezin heel goed gaat, of niet soms?' Hij maakte een veelbetekenend gebaar met zijn arm over het grote dek.

Julie keek hem verbaasd aan en haar stem verraadde haar scepsis. 'Het is een paasei, papa. Een kostbaar kunstwerk, maar een ei.' Ze kon het niet laten om te lachen terwijl ze het zei. Ze vond het een lachwekkend idee en nam aan dat haar vader er net zo over dacht. Oud bijgeloof was niet iets wat ze met haar vader associeerde, maar toen ze in zijn staalblauwe ogen keek besefte ze dat hij bloedserieus was.

'Ik begrijp dat het moeilijk te bevatten is, Julie,' zei Grigori. 'Maar op een dag zul je de betekenis van wat ik zeg begrijpen. Dat weet ik omdat je mijn dochter bent. Ik heb ervoor gekozen om niet te vertellen wat er gebeurd is met de familieleden die het onzin vonden, maar ik kan je vertellen dat ze niet oud geworden zijn. Het Oog van de Nacht zal op een dag van jou zijn en ik wil er zeker van zijn dat je het geheim bewaart en de geschiedenis van onze familie respecteert. Al is het maar voor je eigen bestwil. Je kunt je geen risico's veroorloven. Zijn we het eens?'

Julie besefte al snel dat er niet over onderhandeld kon worden en omdat ze wist dat volgzaamheid werd beloond, antwoordde ze: 'Ja, papa.'

'Mooi.' Grigori dronk zijn wijnglas leeg en knipte met zijn vingers om aan te geven dat hij nog een glas wilde. Toen hij een geluid hoorde keek hij naar de kust. In de verte steeg een helikopter op van Cap d'Antibes en zette koers naar het jacht. Grigori stond op, stopte zijn hand in zijn zak en haalde er een goudkleurige creditcard uit.

'Ga maar genieten in de haven. Je kunt de groene waterscooter nemen.'

Julie stond op van de bank en nam de creditcard aan. 'Dank je wel.'

'Kom niet te laat terug... en doe geen domme dingen.'

'Wat voor domme dingen?'

'Je weet precies wat ik bedoel, je bent tenslotte negentien.' Grigori glimlachte.

Julie gaf hem een snelle knuffel en draaide zich om terwijl ze de creditkaart in de achterzak van haar strakke, donkerblauwe spijkerbroek stopte.

Grigori schoof zijn zonnebril omhoog en keek zijn jonge, slanke dochter na terwijl ze over het dek wegslenterde. Haar moeder zag er ooit precies zo uit, dacht hij, waarna hij naar een in het zwart geklede man gebaarde. 'Houd een oogje op haar,' zei hij. 'Discreet natuurlijk.'

De in het zwart geklede man liep weg en Grigori keek naar de helikopter die een paar seconden boven het jacht bleef hangen voordat hij op de achterste helipad landde.

'Pak mijn hand vast!' Sasja stond onder de draaiende rotorbladen en stak haar hand naar Ivanna uit. Voorzichtig hielp ze het meisje naar beneden waarna ze hand in hand gebukt bij de helikopter vandaan naar een trap liepen. Daarvoor moesten ze over een glazen vloer lopen die een groot deel van het middendek besloeg. Ivanna bleef staan, ze durfde niet over het glas te lopen.

'Vind je het eng?' vroeg Sasja.

'Ja.'

'Dat vond ik in het begin ook, maar het is niet gevaarlijk. Het glas is sterker dan hout. Kom mee.'

Sasja kreeg Ivanna zover dat ze voorzichtig op het glas stapte. Ze had het gevoel dat ze over dun ijs liep en na een paar stappen bleef ze staan en staarde naar beneden. 'Wat is dat?'

'Een aquarium.'

Ivanna zag scholen roodbruine vissen in de diepte bewegen. 'Wat zijn dat voor vissen?'

'Piranha's.'

Sasja nam haar mee naar een weelderige salon. Overal zag Ivanna teakhout, donkere mahoniehouten inzetstukken en glanzende messing details. In één wand bevond zich een lange rij patrijspoorten, aan de andere kant hingen ingelijste iconen met aan weerszijden kleine lampen.

'De badkamer is daar.' Sasja wees. 'Maar eerst gaan we praten. Ga zitten.'

Ivanna ging aan het uiteinde van een aan de wand bevestigde bank zitten. Sasja nam tegenover haar plaats in een witte leren fauteuil en verstrengelde haar handen. 'Dit is een heel groot luxejacht,' zei ze. 'Een van de grootste particuliere schepen ter wereld. Dat vergt veel onderhoud, dag en nacht, en daar is veel personeel voor nodig. Je mag aan boord werken als je dat wilt.'

Ivanna zweeg. Ze was nog steeds van slag na de gebeurtenissen in Polen. Sasja had haar in de auto een paar kalmeringspillen gegeven en ze had bijna de hele weg hiernaartoe geslapen, was wakker geworden en weer in slaap gevallen. Ze keek om zich heen in de salon. Zonder naar Sasja te kijken vroeg ze zachtjes: 'Heb je de mannen in de camper herkend?'

Sasja verstrengelde haar handen iets steviger. 'Waarom vraag je dat?'

'Ze reageerden niet toen je op de deur klopte en Oleksi bij hen achterliet.'

'Was dat de jongen?'

'Ja.'

'Nee, ik ken die mannen niet,' zei Sasja. 'Je hebt geen antwoord gegeven.'

'Waarop?'

'Of je aan boord wilt werken.'

'Ik weet helemaal niets over dit soort boten.'

'Het is geen boot, het is een schip, maar dat leer je snel.'

Ivanna keek naar beneden en knikte.

'Als je nu gaat douchen, dan geef ik je straks een rondleiding,' ging Sasja verder.

Ivanna stond op en trok haar jack uit.

Sasja hield haar een elegante witte badjas voor. 'Doe deze aan als je klaar bent en wacht hier op me.'

Ivanna pakte de badjas aan en liep naar de badkamer. Sasja keek haar na terwijl ze naar binnen verdween.

*

De man en de vrouw zaten in gestreken lichtblauwe overhemden op de voorstoelen van een huurauto in Antibes.

De vrouw keek met een heel sterke verrekijker naar een groene waterscooter op zee. 'De dochter is onderweg naar de haven,' zei ze.

'Alleen?'

'Nee, een eind achter haar zie ik nog een waterscooter.'

'Hij is bezorgd om haar.'

*

Grigori had een gebreide bruine trui aangetrokken en had nog een glas wijn gekregen. Het eerste deel van het gesprek met zijn dochter, over Poetins jacht op impopulaire oligarchen, had hem geïrriteerd. Hij beschouwde zichzelf niet als een oligarch. Hij was weliswaar rijk en delen van die rijkdom waren verworven op een manier die een oligarch in de ogen van de wereld en van Poetin definieerde. Daarvan was hij zich bewust. Hij beschouwde zichzelf als een zakenman, een investeerder die steeds meer zaken buiten Rusland deed, wat de potentaat in het Kremlin waarschijnlijk dwarszat, maar in welke mate?

Hij nam een slok wijn en overwoog om zich in het verlichte, groen betegelde zwembad te laten glijden. Wat hem tegenhield was Sasja. Ze kwam met een sigaret in haar hand over het glazen dek naar hem toe. Het blauwe licht van het aquarium scheen op haar gezicht waardoor ze er bleek en vaal uitzag. Ze begint haar stijl kwijt te raken, dacht Grigori.

'Hallo,' zei hij. 'Ik zag dat het goed gegaan is.'

'Ja, maar dit was de laatste keer.'

'Wat bedoel je?'

'Ik bedoel dat iemand anders je meisjes voortaan moet leveren.'

'Waarom dat? Heb je een probleem met mijn "meisjes"?'

'Helemaal niet, maar ik heb er genoeg van om je te bedienen. Ik heb belangrijkere dingen te doen, en dat weet je.' Sasja ging op een stoel naast de bank zitten, zette een zonnebril op en legde haar benen op een krukje. 'Kun je een negroni voor me bestellen?' zei ze. 'Met veel ijs.'

Grigori keek een paar seconden naar haar. 'Denk je dat ik je bediende ben?' vroeg hij kalm.

Sasja negeerde de opmerking en wenkte een bemanningslid, dat een stukje verderop stond. 'Wat is er gebeurd met de vorige die ik opgehaald heb?' vroeg ze. 'Was ze niet goed genoeg voor je?'

'Ze is naar de haven gegaan om inkopen te doen en is niet teruggekomen.'

'Ben je gemeen tegen haar geweest?'

'Ik ben nooit gemeen tegen vrouwen, dat zou je moeten weten.'

Sasja schoof haar zonnebril met een wijsvinger omhoog en keek naar Grigori.

*

Oleksi zat op het bed in het bovenste deel van de camper en keek uit het raam. Het was donker geworden, de kaarsrechte snelweg was zwart en glansde van de regen die naar beneden stroomde. Zijn moeder lag met haar hoofd naast hem en streek met haar hand over zijn rug.

'Het komt goed, Oles, we zijn in Zweden en ze zijn hier vriendelijk tegen mensen.'

Oleksi knikte en zag de tranen niet die over Alina's wangen rolden. Ze veegde ze met een punt van de deken weg. Ze mocht

Oleksi niet laten merken hoe wanhopig ze was. Ze moest sterk zijn. Op de een of andere manier moest ze uit deze camper ontsnappen en in contact met Zweedse mensen zien te komen. Ze moest geloven dat het allemaal goed zou komen, dat ze niet van de ene hel naar de andere was gevlucht.

Dat mocht niet.

Ze geloofde niet in God, dat had ze nooit nodig gehad, maar nu vouwde ze haar handen onder de deken, deed haar ogen dicht en bad.

Ze bad dat er een god bestond die haar zoon kon redden, die de duisternis in licht kon veranderen. Als dat zo was, als ze dit zouden overleven, dan beloofde ze om in elke kerk die ze passeerden een kaarsje te branden.

De camper remde en sloeg af naar Fittja.

*

Ze liep met haar negroni de kleine salon in om met rust gelaten te worden zodat ze kon nadenken. De relatie met Grigori was gespannen, op de grens van vijandig. Dat voelden ze allebei. Moesten ze uit elkaar gaan? Ze liep naar het aquarium en keek naar de school vissen. Ze zou niet zonder een flink bedrag uit hun relatie vertrekken, dat wist ze. Hij moest haar geven wat ze nodig had, niet in het minst vanwege Julie. Maar het was een grote stap die noodlottig zou kunnen zijn. Ze waren op zoveel niveaus met elkaar verweven. En er was nog een klein detail: diep vanbinnen was Grigori de man van haar leven.

Ze keek naar de piranha's die achter het glas zwommen. Hij was zo nu en dan krankzinnig, duister en mysterieus, en zijn barbaarse achtergrond kwam soms in minder prettige vormen naar boven. Niet gewelddadig, hij had haar nog nooit geslagen, maar in de vorm van zwijgen, hardheid, een kilte die ze niet verdroeg en die haar tot een pion in zijn spel reduceerde.

Eigenlijk wist ze heel weinig over zijn achtergrond. Wat ze

wist had hij haar zelf verteld en ze had geen idee of het de waarheid was. Wat ze wel wist was dat hij meer van Julie hield dan van wat ook op aarde. Ze keek weer naar het aquarium en de voorwerpen die op de bodem stonden.

Aan één ervan hing een dun zilveren enkelbandje dat ze herkende.

Hoe was dat daar terechtgekomen?

Ze staarde naar het bandje en voelde zich steeds misselijker worden. Het glas trilde in haar hand. Ze deed een paar stappen naar achteren, ging op een van de rode fauteuils zitten en haalde haar telefoon tevoorschijn. Voordat ze belde controleerde ze of de deur achter haar dicht was.

Het gesprek was kort. De man met wie ze praatte bevestigde wat ze niet wilde horen en ze werd zo onpasselijk dat ze kokhalsde.

Herfst 2022

Het gelach en geschreeuw was al op een grote afstand te horen. Als je dichterbij kwam zag je de kleurige lampions in de appelboom boven de lange tafel hangen. Rond de tafel zaten achttien personen van zeer uiteenlopende leeftijden, de meeste met grappige papieren hoedjes op hun hoofd, maar sommige zonder. Dat waren de tieners die absoluut weigerden om er belachelijk uit te zien. Het was een warme avond aan het eind van augustus en in de tuin van de familie Olsäter in Kummelnäs buiten Stockholm werd het kreeftenfeest gevierd. Alle veertien kinderen en kleinkinderen waren aanwezig, en daarnaast Olivia Rönning en Abbas el Fassi. Olivia was in gesprek met de oudste zoon Jimi en Abbas zat schuin tegenover haar, naast Jolene, de jongste dochter van Mette en Mårten, die inmiddels negenentwintig was. Jolene was geboren met het syndroom van Down en was van alle kinderen in het grote gezin degene die de beste band met Abbas had.

'Nee, Júní! Verdomme!'

Een van de jongere kleinkinderen was haar worstje net kwijtgeraakt aan de bastaardhond, die van dochter Janis en haar gezin was. Juni glipte snel weg met haar buit en Mårten Olsäter, die op dat moment met twee enorme schalen uit de keuken kwam, kon haar ternauwernood ontwijken.

'Hier komen de heerlijke kreeften,' verkondigde hij, waarna hij de schalen op tafel zette.

Mette liep vlak achter hem met nog twee schalen. Het gezelschap had een bodem gelegd met een hartige taart met Västerbottenkaas voor de volwassenen en warme worstjes voor de kinderen en nu was het tijd voor het hoogtepunt van de avond: Zweedse rivierkreeften die Mårten de vorige dag met zorg had gekookt omdat hij van mening was dat gekochte kreeften altijd te weinig zout en dille bevatten.

Mette ging op haar stoel aan het eind van de tafel zitten, naast Olivia. Mårten ging achter zijn stoel bij het andere eind van de tafel staan en verhief zijn stem. 'Ik wil een paar woorden zeggen voordat we aanvallen,' zei hij. 'Ik wil jullie vertellen hoe ongelofelijk gelukkig ik me voel omdat...'

'Opa...' Het vierjarige zoontje van zijn dochter onderbrak hem.

'Ja, Elias?'

'Ik moet poepen!'

Dat zorgde voor hilariteit, vooral bij de kinderen aan tafel, die hard om hun neefje lachten.

'Tja, dan denk ik dat je hetzelfde als de beren in het bos moet doen,' zei Mårten.

'Wat doen die dan?'

'Die gaan naar het dichtstbijzijnde toilet.'

Mette stond op. 'Ga mee, dan help ik je,' zei ze. Ze pakte Elias' hand vast en begon naar het huis te lopen.

'Je bent gek, opa, er zijn helemaal geen toiletten in het bos,' zei een donkerharig meisje met ketchup op haar wang en een mond vol warme worst.

'Daar heb je helemaal gelijk in, Stella. Wat een geluk dat we geen beren zijn. Stel je voor hoe moeilijk het zou zijn om het de hele tijd op te moeten houden.'

'Ja,' vulde Stella aan. 'Dan zouden we net ballonnen zijn die de lucht in zweven en uit elkaar knallen en...'

'Laat opa uitpraten,' zei Mårtens zoon Jimi. Hij trok zijn zesjarige dochtertje tegen zich aan.

'Ik denk dat we een toost moeten uitbrengen terwijl we op Elias en Mette wachten,' zei Mårten en hij hief zijn glas.

Ze toostten, waardoor de borrelglaasjes en limonadeglazen tegen elkaar rinkelden en de drank eruit spatte.

‘Zullen we zingen?’ vroeg Stella.

‘Ja natuurlijk,’ antwoordde Mårten. ‘Wat wil je zingen, Stella?’

‘Het liedje over de elanden die slikken.’

‘Een uitstekende keus. Kort en bondig.’ Martin hief zijn borrelglas, zocht de juiste toon en daarna zongen ze: ‘In Norrland woont een elandbok. Neem een slok.’ Nadat ze hadden gedronken, hieven ze hun glazen bij wijze van afsluiting weer naar elkaar en op dat onbewaakte ogenblik slaagde Juni erin om een stuk worst van Elias’ lege plek te stelen.

‘Ze is hopeloos,’ lachte Janis.

‘Mag ik bellenblazen?’ vroeg Stella.

‘Nu niet, liefje,’ zei Jimi. ‘Als je klaar bent met eten.’

Stella sloeg haar armen over elkaar en keek boos naar haar vader.

Mårten wilde net gaan zitten, maar zag ervan af toen hij Mette en Elias naar buiten zag komen. ‘Zijn jullie al klaar?’

‘Ja, ik ben de snelste ter wereld, sneller dan alle beren in het hele bos.’

Elias rende naar zijn moeder, die hem op haar schoot tilde, en Mette ging weer op haar stoel zitten.

Mårten schraapte zijn keel en er werd gesist om iedereen zijn mond te laten houden. ‘Ik wil een beetje plechtig doen,’ zei hij. ‘Zo word je nu eenmaal op mijn leeftijd.’

‘Dat weten we,’ zei Janis. Ze glimlachte naar haar vader.

‘Ik ben ongelofelijk gelukkig omdat... Sorry,’ zei Mårten en hij gebaarde naar Mette. ‘Wíj zijn oneindig dankbaar omdat we de zware periode van de pandemie en het isolement in goede gezondheid hebben doorstaan. Er is oorlog in Europa en de democratie ligt op meerdere plaatsen in de wereld onder vuur. We hebben te maken met inflatie, krimpflatie, een elektriciteitscrisis, een klimaatcrisis. Er is bijna niets wat op dit moment geen crisis is. Soms voelt het alsof we het einde der tijden naderen.’

‘Vrolijk... Ik dacht dat je zei dat je gelukkig was,’ onderbrak zijn op een na oudste zoon Mikael hem.

'Maar dat is precies wat ik ben, ondanks alles. Omdat wíj geen crisis hebben. Ik weet dat de mensen aan deze tafel er voor elkaar zijn en het maakt me ongelofelijk trots om dat te kunnen zeggen. En het is belangrijk om te kunnen genieten van de kleine dingen als de grote dingen die in de wereld spelen te moeilijk zijn. Je moet je uiterste best doen, anders sta je als een stok in de stront, zoals mij lieve moeder Ellen altijd zei. En jullie zijn mijn lievelingsstokken op de wereld, maar dat weten jullie wel.'

'Ik ben geen stok, ik ben een beer,' zei Elias, de jongste.

'En ik ben een levende stok,' zei Stella, waarna ze een paar zeepbellen naar Mårten blies.

'Ja, dat ben je inderdaad,' zei Mårten. 'En de grootste rijkdom die je kunt bezitten is een familie met beren en levende stokken.'

Jimi boog zich naar Olivia en fluisterde: 'Wanneer de duivel oud wordt, dan wordt hij religieus.'

Olivia vertrok haar mond omdat ze wist wat hij bedoelde. Mårten, met zijn sociale bezieling en ambities om de wereld te veranderen, was op zijn oude dag van de hoogste barricaden afgedaald en was zelfs begonnen groenten in zijn tuin te verbouwen.

'Ga je nu huilen, opa?' vroeg Stella, die zag dat Mårtens ogen een beetje glansden.

'Bijna wel, liefje, maar dat is omdat ik zo blij ben dat jij hier bent. Opnieuw een toost op ons en laat ons vrolijke gelach tot aan het Kremlin door de nacht klinken. Want het kwaad moet met gelach en liefde verbannen worden.'

Ze toostten weer.

'En nu mogen jullie eindelijk op de kreeften aanvallen. Ga je gang.' Mårten ging op zijn stoel zitten en genoot van het geroezemoes dat na zijn toespraakje ontstond. Hij was op zijn favoriete plek op aarde. In zijn mooie tuin met zijn voltallige luidruchtige familie.

En zijn geliefde Mette.

Mårten zakte achterover op het kussen en trok het dekbed over zich heen. Hij had te veel gegeten en gedronken en was buitengewoon tevreden. De rol van patriarch van de familie sprak hem aan, de stamoudste, de nestor over wie zijn nakomelingen tijdens zijn begrafenis met eerbied zouden praten. Hij was benieuwd welke woorden ze rond de kist zouden gebruiken, of liever gezegd tijdens het feestje erna dat de begrafeniskoffie zou vervangen. Hij zou graag willen horen hoe de een na de ander zou gaan staan en met een meer of minder onvaste stem zou proberen onder woorden te brengen wat hij, de voorouder, in hun leven had betekend. Mooie woorden, teder, die een daadkrachtige man beschreven, een waardig en genereus middelpunt dat tot aan het jongste kleinkind liefde verspreidde.

Zou Mette, zijn geliefde vrouw, ook opstaan om iets te zeggen? Hij was daar niet helemaal zeker van. Ze hield niet zo van opsmuk en zou waarschijnlijk het gevoel hebben dat de man die in de kist lag wel wist wat ze voor hem voelde.

En dat was ook zo.

Hij keek naar de badkamer en ving een glimp van zijn vrouw op. Ze was tegenwoordig kalm en ontspannen, alsof ze de zware jaren die hun tol van haar hart hadden geëist voorgoed achter zich had gelaten. Nu genoten ze van hun pensioen en dat maakte hem heel gelukkig.

Mette poetste haar tanden in haar nachtjapon terwijl ze op haar telefoon keek. Ze had een paar onbelangrijke berichten gekregen die ze de volgende dag zou afhandelen en had een spraakbericht op haar voicemail. Zou ze daar nu naar luisteren of tot morgen wachten? Ze haalde het bericht op en luisterde naar de mannenstem: ‘Hallo, Mette, opnieuw met Martin. Ik wil alleen informeren of je een beslissing hebt genomen. Wil je inspringen en meehelpen? Je bent nodig. Laat iets van je horen.’

Mette sloot haar telefoon en keek in de spiegel naar haar gezicht: de staalharde blik waar tegenwoordig een diffuus vlies overheen lag, de rimpels in haar voorhoofd die naar haar neuswortel waren gezakt, de lippen die smaller waren geworden... Het was een gezicht waar ze vroeger angst mee had gezaaid. Waar ben ik gebleven, dacht ze.

'Lieverd!'

Mårtens tevreden stem drong tot in de badkamer door.

'Ja?'

'Wat denk je ervan om morgen naar het Vlinderhuis te gaan?'

*

Grigori voelde zijn mobiel vibreren in zijn zak. Het trillen hield op, waarna het even later weer begon. Uiteindelijk vermande hij zich, kreeg zijn ademhaling onder controle, slikte twee keer en veegde het zweet van zijn gezicht. Toch beefde zijn hand toen hij het gesprek opnam. Het was Julie.

'Hallo, papa.'

'Is er iets gebeurd?'

'Nee, hoezo?'

'Je belt midden in de nacht.'

'Sorry, dat spijt me, we zijn na school naar de stad gegaan om wijn te drinken en ineens was het...'

'Waarom bel je?' onderbrak Grigori haar.

'Ze begonnen me weer vragen te stellen over al die Russen die dood zijn en of wij bang zijn om vermoord te worden en ik moest je gewoon bellen om te vragen of alles goed is. Is alles goed?'

'Alles is goed.'

'Hoe lang blijft mama weg?'

'Nog een tijdje,' zei Grigori. 'Heeft ze je niet gebeld?'

'Ja, een paar dagen geleden. Toen was ze weer in Polen. Wat doet ze daar?'

'Ze helpt bij de grens met het opvangen van vluchtelingen.' Grigori schraapte zijn keel.

Julie hoorde hem moeizaam ademhalen. 'Weet je zeker dat alles goed met je is?' vroeg ze na een tijdje.

'Ja. Ga naar bed, het is laat.'

'Je hoeft niet zo geïrriteerd te klinken. Ik was gewoon ongerust.'

'Ik ben niet geïrriteerd, alleen moe.'

'Oké, maar beloof dat je belt als er iets gebeurt.'

'Dat beloof ik. Welterusten.'

Grigori liet de telefoon zakken. Als er iets gebeurt? Hij keek met vochtige ogen naar de piëdestal met de glazen kubus en het onbegrijpelijke dat zich voor zijn ogen ontvouwde. De kubus was leeg.

Het Oog van de Nacht was verdwenen.

De zon was nog niet boven de horizon gekomen, het licht was bleek en nevelig, grijze nevelslierten hingen boven de zee. Het oppervlaktewater was nog redelijk warm, iets dieper had het een temperatuur van rond de veertien tot vijftien graden. Perfect voor Tom Stilton.

Zijn lichaam droop van het zweet toen hij zich van de steiger liet zakken en naar de bodem afdaalde, helemaal naar beneden, waarna hij zich stevig afzette en weer naar de oppervlakte kwam. Hij maakte een paar zwemslagen naar de open zee en genoot van de kracht in zijn armen, de beenslagen die zijn lichaam voortstuwden. Hij begon weer de man te worden die hij was geweest voordat hij bijna stierf.

Toen hij iets meer dan een jaar geleden van de intensive care af mocht nadat hij bijna drie weken in coma had gelegen, was hij een fysiek wrak geweest dat op Luna's aak nauwelijks van zijn bed naar het toilet kon komen. Daarom had hij besloten om naar de scherenkust te gaan, naar zijn huis op Rödlöga, om daar aan te sterken.

Vanbinnen en vanbuiten.

Zodra zijn krachten langzaam terugkeerden begon hij het rode huisje stukje bij beetje op te knappen. Het was al geruime tijd onbewoond en was in bezit genomen door muizen, spinnen en hun soortgenoten. Hij was een week bezig met het toonbaar te maken: hij maakte schoon, stofzuigde, stofte af en boende de keukenvloer. Het doel was niet alleen om het schoon te maken, maar het was ook een manier om ervoor te zorgen dat Luna, zijn levenspartner, zich hier welkom zou voelen. Hij wilde dat ze hiernaartoe kwam en misschien zou blijven. Niet voorgoed, maar lang genoeg om te voelen wat hij voelde: dat dit een bijzondere plek was, helemaal aan de buitenste rand van de eilanden en onaangetast door de technische ontwikkelingen. Zijn telefoon had alleen bereik als hij op de hoogste plek van het rotsachtige eiland ging staan.

Het tweede wat hij deed was een openluchtsportschool bouwen, die voornamelijk bestond uit stukken boomstam van verschillende afmetingen. Daarmee probeerde hij alle spieren die waren weggekwijnd op het oude niveau te krijgen. Elke ochtend voordat de zon opkwam werkte hij met de boomstammen tot het zweet hem uitbrak en zijn tong uit zijn mond hing. Daarna sprong hij in het water.

'Lig je er al in?!'

Luna kwam in lichtgroene sportkleding vanaf de bosrand aanrennen. Zij had haar eigen ochtendroutine, drie rondjes om het eiland en daarna een duik in zee. Meestal zwommen ze samen, maar dat lukte niet altijd. Vandaag waren ze bijna gelijk. Stilton lag nog in het water toen Luna haar kleding uittrok en erin sprong.

Ze was zes maanden op de aak gebleven om Tom de tijd te geven mentaal te herstellen en omdat ze wist dat hij ruimte nodig had. Toen hij haar uiteindelijk ronduit vroeg om naar het eiland te komen en eraan toevoegde dat hij naar haar verlangde, ging ze naar hem toe.

Nu zwommen ze met rustige, gelijkmatige arm- en beenslagen naast elkaar terwijl de tintelende kou hun lichaam afkoelde. Luna deed een paar extra beenslagen, bereikte de trap het eerst en klom langzaam naar de steiger. Stilton bleef in het water en keek naar haar slanke, naakte lichaam, het lange blonde haar, de mooie tatoeage van een slang die van haar hals over haar schouder liep, haar soepele bewegingen. Hij voelde dat hij een erectie kreeg en klom eveneens op de steiger. Luna draaide zich om, keek naar hem, liet haar hand naar beneden glijden en nam zijn lid voorzichtig in haar hand. Hij boog zich naar voren en likte het zoute water van haar linkerborst. Hij werd nog harder in haar hand en ze voelde kleine hete rillingen in haar onderlichaam.

Ze vrijden op de steiger.

De zon kwam in de verte langzaam boven de horizon uit, de stralen zochten zich steeds verder een weg over de zee en bereikten uiteindelijk de baai en de steiger. Luna had een deken gehaald en om zich heen gewikkeld, Stilton zat met een arm om haar heen naast haar. Ze keken niet voor het eerst naar de prachtige zonsopgang, maar die was nog steeds net zo fascinerend. Luna leunde tegen Stiltons schouder en hij streelde haar wang.

'Kunnen we de tijd niet stoppen, bevriezen?' fluisterde hij. 'Hier nooit meer weggaan...'

'We moeten naar de aak om te controleren of alles goed is.'

Stilton knikte. Ze waren hier nu een aantal maanden samen, wat aanzienlijk langer was dan waarop hij had durven hopen. En ze waren oneindig gelukkig, afgesneden van een dwaze oorlog, politieke ruzies en zinloos geweld. Van een wereld waar ze geen van beiden naar terugverlangden.

Op één niveau.

Op een ander niveau voelde Stilton een sluipende rusteloosheid, een behoefte om weer betrokken te zijn, iets te doen. Hij wist waarmee zijn vrienden zich bezighielden: Mette was een verveelde gepensioneerde en Abbas was net teruggekeerd uit Gambia, waar hij met zijn vriendin Mariama samenwoonde. De enige die iets 'deed' was Olivia. Zij was betrokken bij een politieactie tegen mensenhandel. Tot nu toe had hij zijn behoeften verdrongen.

'Maar je hebt het hier naar je zin, nietwaar?' vroeg hij.

'Ja, heel erg. Het is een luxe om op Rödlöga te kunnen zijn.' Luna zweeg en Stilton keek naar de zee. Kleine witte schuimkoppen dansten op de golven, in de verte voer een zwart vrachtschip langs, aan de andere kant van de baai rende een nerts over de rotsen.

‘Voor zover ik weet heb ik geen kinderen...’ zei Stilton terwijl hij naar de zee bleef kijken, alsof hij tegen zichzelf praatte.

‘Nee?’ zei Luna.

‘Niemand kan deze plek dus erven. Natuurlijk, we wonen samen, maar je weet hoe het gegaan is toen die schrijver, Stieg Larsson, overleed. Zijn vriendin kreeg bijna niets van zijn vermogen.’

‘Jij bent Stieg Larsson niet.’

‘Nee, maar het huis, de grond, de kleine eilanden die ik bezit zijn veel waard, meer dan je misschien denkt. Een tijd geleden wilde een IT-nerd Lillstångan, dat aan de noordkant ligt, voor zes miljoen kopen.’

‘En dat bod heb je afgeslagen?’ vroeg Luna.

‘Zijn instelling was niet goed. Wat ik bedoel is dat ik op een dag overlijd en dit achterlaat. Zoals de situatie nu is erft Aditi alles. Zij is tenslotte mijn halfzus.’

‘Gun je haar dat niet?’

‘Ze vertrekt nooit uit Thailand. Als ze dit erft, dan verkoopt ze het de volgende dag.’

‘En dat wil je niet?’

‘Inderdaad,’ zei Stilton.

‘Dus?’

‘Zoals ik het zie zijn er maar twee opties. Wij krijgen samen een kind of we trouwen en dan erf je Rödlöga en de rest.’

Luna streek langzaam met een punt van de deken over haar bijna droge haar terwijl ze haar woorden zorgvuldig koos. ‘Is dit een heel ingewikkelde manier om me een aanzoek te doen?’

‘Waarom denk je dat?’

‘Omdat kinderen vijftien eierstokken geleden uit beeld zijn geraakt en de andere optie een huwelijk is.’

‘Wil je dat?’

‘Trouwen?’

‘Ja.’

Luna stond op, sloeg de deken om haar naakte lichaam en begon door het bedauwde gras naar het huisje te lopen. Het duurde even voordat Stilton haar had ingehaald. Toen hij bij haar was glimlachte ze. '"Natuurlijk, we wonen samen..." Kun je daar iets dieper op ingaan?'

*

Het grote scherm toonde een blonde, halfnaakte vrouw die op een bed lag en seksuele diensten aanbood.

'Zo zien de sites er meestal uit. Door te klikken kun je details krijgen over de borstomvang van de vrouw, of ze natuurlijke borsten of siliconenborsten heeft, of ze tatoeages heeft en waar die zitten, of ze haar onderlichaam heeft geschoren of niet. Je kunt ook zien welke recensies ze heeft gekregen van mannen die misbruik van haar gemaakt hebben, op een schaal van een tot vijf.'

'En we weten dat er Oekraïense vrouwen op de site aangeboden worden?'

'Ja, op deze in elk geval, maar er zijn er veel meer. Lang voor de oorlog vond er al Oekraïense prostitutie plaats, maar dat is aanzienlijk toegenomen.'

Het scherm werd zwart.

'We hebben dus veel te doen,' was de droge constatering van ervaren hoofdrechercheur Jens Borgmark, die leidinggaf aan een team van negen personen, onder wie Olivia en Lisa. De instroom van Oekraïense vluchtelingen was sinds het voorjaar afgenomen en nu concentreerde het werk zich op het in kaart brengen van de acute sekshandel met vrouwen uit het door oorlog geteisterde land die werden uitgebuit.

De ruimte waarin ze zaten was groot voor een kamer in het politiebureau en de inrichting was vertrouwd: bureaus, stoelen, computers, whiteboards, alles wat nodig was voor een effectief onderzoek. Olivia en Lisa hadden geregeld dat ze een bureau deelden en zaten tegenover elkaar. Sommige aanwezigen in de kamer kenden ze, zoals Lasse Tingvall en Göran Borg, andere gezichten waren nieuw.

'Volgens het laatste rapport hebben we negenenveertig mannen opgepakt die seksuele diensten van Oekraïense vrouwen kochten,' ging Borgmark verder. 'Het gaat om een breed spectrum, van artsen tot bouwvakkers, met een gemiddelde leeftijd van rond de tweeëndertig.' Hij ging op de rand van een bureau zitten en keek om zich heen. 'De komende tijd gaan we onze focus van sekskopers naar pooiers verleggen. Europol heeft ons gevraagd om te helpen met het in kaart brengen van de organisatie die grote delen van de internationale sekshandel en mensenhandel beheerst. Volgens hun informatie strekt het netwerk zich ook tot Zweden uit. Ze hebben nog niet gelokaliseerd waar de kopstukken zich bevinden, maar waarschijnlijk is dat in Midden-Europa. Alle mensenhandel richt zich op dit moment op de vluchtelingenstromen uit Oekraïne, die zich over het continent verspreiden. Onze opdracht de komende tijd is dan ook deels om individuele criminelen die betrokken zijn bij de sekshandel op te pakken en deels om te proberen ze met de internationale organisatie in verband te brengen. Het uiteindelijke doel is het oprollen van de organisatie.'

'Heeft de organisatie een naam?' vroeg Lisa.

'Wat bedoel je daarmee?' vroeg Borgmark.

'Zoiets als 'ndrangheta of camorra?'

'Nee, voor zover ik weet niet.'

Borgman beëindigde de briefing en ze stonden allemaal op.

'Zullen we vanavond een biertje gaan drinken?' vroeg Olivia.

'Morgen, ik ben te moe,' antwoordde Lisa. 'Trouwens, Oskar belt me vanavond.'

'Oké, doe hem de groeten.'

*

De stoep voor eetcafé Gröne Jägaren in de Götgatan stond vol luidruchtige Bajen-supporters in verschillende stadia van dronkenschap. Hammarby had een thuiswedstrijd gewonnen en de sfeer was uitgelaten. De pub was een kwartier geleden gesloten, maar niemand wilde naar huis. Het luide gejuich echode tussen de gevels en kwelde de flatbewoners in de gebouwen ertegenover. Maar het was zoals het was, ze woonden in een vrij land waarin iedereen zich mocht uiten, ook op primitievere manieren.

'Kijk! Wat is dat in vredesnaam?' Een jonge man met een groen-witte sjaal wees met een lege fles en een paar van zijn kameraden volgden de richting van de fles. Boven op een van de appartementencomplexen was vlak bij de dakrand een donker silhouet zichtbaar. Het maanlicht creëerde een aureool van licht rond het lichaam.

'Jezus, hij staat vlak bij de rand!'

Dat er een 'hij' op het dak stond was vanaf de straat onmogelijk te bepalen en het zou een paar onaangename seconden duren voordat het werd bevestigd; de tijd dat het donkere lichaam nodig had om geruisloos van het gebouw met vijf verdiepingen te vallen en tegenover het eetcafé op de stoep terecht te komen. De dreun waarmee het lichaam de grond raakte plantte zich voort in de schoenzolen van de supporters en er klonk angstig geschreeuw. Sommigen renden in paniek weg terwijl anderen hun telefoons tevoorschijn haalden en begonnen te filmen. Eerst van een afstand, vanaf de overkant van de straat, daarna iets dichterbij.

Op dat moment kregen ze bevestigd dat het een 'hij' was.

Een heel dode 'hij'.

Mårten Olsäter had een tekening van internet geprint: 'Bouw je eigen kippenhok'. De tekening werd vergezeld van gedetailleerde instructies en een lijst met alle benodigde materialen, waaronder masonietplaten en kippengaas. Hij had het meeste gekocht, met inbegrip van een blauwe overall in maat XL, en had alles naar hun woning laten vervoeren. Het idee was om het kippenhok vlak naast de heg achter de appelboom te bouwen.

Omdat het materiaal voor de heg was neergezet, moest hij alles zelf naar de plaats van bestemming dragen. Dat was een paar meter en een rol kippengaas was niet bepaald licht.

Maar het is goed om te bewegen, dacht hij bij zichzelf. Hij begon wat dikker te worden en wilde een beetje afvallen. Hij trok de rol kippengaas naar de heg terwijl de zweetdruppels over zijn gezicht rolden.

Mette stond met een kop koffie in haar hand achter het keukenraam en keek naar Mårten. Haar normaal gesproken nogal flegmatieke man had last van een interne vulkaanuitbarsting die door medicijnen werd veroorzaakt. Een paar maanden geleden had hij een hoge dosis cortisonen voorgeschreven gekregen omdat hij hevige reumatische pijn in zijn schouder had, waardoor hij ongelofelijk actief was geworden. Dat kwam door de cortison, niet door de pijn. Hij was vitaler dan hij in lange tijd was geweest. Dat was op veel manieren positief, maar soms ook extreem vermoeiend, vooral 's ochtends. Voordat ze was opgestaan was hij al bezig met het opsommen van alle projecten die hij had gepland en in welke volgorde ze in de loop van de dag uitgevoerd moesten worden, en als ze aan de ontbijttafel ging zitten was ze al volkomen uitgeput. Op zo'n ochtend was het idee van een kippenhok tot stand gekomen.

'Natuurlijk! We moeten eieren hebben!'

'Eieren?'

'Een kippenhok bij de heg! Elke ochtend verse eieren! We worden zelfvoorzienend!'

'We hebben geen kippenhok bij de heg,' probeerde Mette.

'Maar we gaan er een bouwen!'

'We?'

'Ik!'

Daar was hij nu mee bezig.

Mette liep de tuin in en ging op de rol kippengaas zitten. Niet bepaald comfortabel, maar het was in de buurt van haar zwoegende man.

'Mårten...'

'Ja?'

'Kom eens hier.' Mette wenkte hem en Mårten kwam naar haar toe. Hij was niet van plan om op de rol gaas te gaan zitten.

'Wat is er?'

Mette stak haar handen uit en Mårten pakte ze enigszins afwachtend vast. Mette merkte het. Ze had hiertegen opgezien en wilde fysiek contact. Zijn handen waren warm.

'Het is als volgt, Mårten. Ik ben door de Zilveren Wolven gevraagd of ik ze wil helpen met het onderzoekswerk... De organisatie staat onder grote druk door de bendeoorlogen en alles wat er verder speelt.'

Mårten kende de Zilveren Wolven, een speciale onderzoekseenheid van gepensioneerde rechercheurs en moordonderzoekers binnen de Stockholmse politie die hielpen met het dagelijkse werk. Hij begreep waarom ze Mette hadden gevraagd.

'Heb je het geaccepteerd?'

Hij wist natuurlijk wat ze had geantwoord, dat zag hij aan

haar gezicht en voelde hij aan de manier waarop ze zijn handen vasthield. Ze waren tenslotte sinds het stenen tijdperk getrouwd.

Mette knikte.

'Zonder met mij te overleggen?' zei Mårten.

'Ik overleg nu met je.'

Mårten trok zijn handen los. Hij zou verongelijkt kunnen zijn, maar dat had geen enkele zin. 'En wat betekent dat?'

'Dat we waarschijnlijk minder bezoekjes aan het Vlinderhuis zullen brengen.'

*

Het enige geluid in de kamer was afkomstig van een druppelende kraan: elke derde seconde landde er een druppel in de lege gootsteen, wat een enigszins galmende plons veroorzaakte. De magere man in de groene jas had geprobeerd de kraan dicht te draaien, maar het druppelen stopte niet. Hij vond het een irritant geluid. 'Heb jij geen last van dat verdomde gedruppel?'

'Nee,' antwoordde de vrouwelijke forensisch patholoog-anatoom, die een stukje verder weg stond. De kraan druppelde al zolang ze hier werkte, drie jaar inmiddels, en ze hoorde het niet meer. Met een soepele beweging boog ze zich over het lichaam dat op de gegalvaniseerde tafel lag en gleed met het scalpel langs het borstbeen.

'Ik zou er gek van worden,' zei de man hoofdschuddend. Hij was een technisch rechercheur die was belast met de taak om te documenteren in plaats van te klagen over het gedruppel, dus hij vermande zich, bukte een beetje en richtte de camera op de verbrijzelde schedel bij het hoofdeind.

Het slachtoffer uit de Götgatan was naar het Forensisch Instituut in Solna vervoerd. De doodsoorzaak was een val van de vijfde verdieping. Wat de val had veroorzaakt was niet bekend, maar zelfmoord lag voor de hand. Vandaar dat er een standaard autopsie werd uitgevoerd.

De fotograaf liep naar het glanzende metalen aanrecht waarop de paar bezittingen van het slachtoffer lagen: een taxibonnetje, een goedkope plastic aansteker en een fluitje.

'Is dat zo'n ding waarmee je naar honden fluit?'

'Ik denk het wel,' zei de patholoog-anatoom. Ze trok haar rubberen handschoenen uit.

'Weten we wie hij is?'

'Nee, nog niet.'

De patholoog-anatoom had vingerafdrukken en DNA afgenomen, waarmee ze de identiteit van het slachtoffer hopelijk konden achterhalen. Ze liep naar het verslag en begon de klinische standaardgegevens in te vullen. Tijdstip en plaats van overlijden, geslacht, geschatte leeftijd, inwendige stand van zaken, alles ter ondersteuning van de bepaling van de doodsoorzaak die op de overlijdensakte van de verantwoordelijke arts werd genoteerd. Ze vermeldde ook dat er een paar kleine steekwonden op het lichaam waren aangetroffen, misschien van een mes of gereedschap, eventueel een schroevendraaier.

De hele procedure werd gekenmerkt door routine.

Het druppelen eveneens.

*

Abbas el Fassi toetste de code in en duwde de portiekdeur naar zijn trapopgang in de Dalagatan open. Hij was in een ongewoon goed humeur na het net beëindigde telefoongesprek met zijn geliefde Mariama in Gambia. Hij bleef staan bij de grijze metalen brievenbussen die aan de muur hingen en haalde de post uit twee ervan, die van hem en nog een. Die laatste was hem lang geleden al toevertrouwd. Met lichte, snelle passen liep hij naar de eerste verdieping, bleef staan bij een deur waaraan een bordje hing waarop EKHOLM stond en belde aan. Het duurde een tijdje voordat hij geritsel in het appartement hoorde, waarna een heel oude vrouw met een zilvergrijze pruik die een beetje scheef stond in de deuropening verscheen.

'Abbas!' De vrouw glimlachte breed terwijl ze de veiligheidsketting met trillende handen losmaakte.

'Hallo, Agnes,' zei Abbas. 'Sorry dat ik vandaag een beetje laat ben, maar ik ben na mijn werk gaan joggen. Hier is de oogst van vandaag.' Hij hield haar een envelop voor.

'Lieve hemel,' zei de vrouw terwijl ze op haar rollator leunde. 'Wat een verrassing. Van wie zou die zijn?' Agnes haalde haar bril moeizaam uit een zak van haar versleten roze vest, zette hem op en bestudeerde de envelop. 'De postcodeloterij. Dank je wel. Spannend. Wacht even, dan haal ik een plak wortelcake voor je.'

'Dat is niet nodig,' zei Abbas.

Maar Agnes had de rollator al omgedraaid en liep naar de keuken. 'Onzin! Natuurlijk krijg je cake. Ik doe het met liefde, dat weet je.'

Abbas deed een stap de hal in. Het was een ritueel dat was begonnen nadat hij hier was komen wonen. Hij hielp haar met de post en zij gaf hem een plak cake, meestal wortelcake die ze zelf had gebakken en meestal was die al een paar dagen over datum.

Agnes slofte langzaam met de gebruikelijke cake op haar rollator terug. Op hetzelfde moment hoorde Abbas de oude lift op de begane grond dichtgaan en aan zijn eeuwigdurende worsteling naar boven beginnen.

'Alsjeblieft,' zei Agnes en ze hield hem de cake voor, die zorgvuldig was verpakt in een servet dat het glazuur bereidwillig opnam.

'Dank je wel,' zei Abbas. Hij pakte de cake voorzichtig aan. 'Hoe gaat het trouwens met je? Ben je de laatste tijd nog buiten geweest?'

'Ik heb eervorige week hulp gekregen van de thuiszorg. We hebben wat door de buurt gelopen, maar ik vind het zo rommelig geworden. Door de Citybanan zijn hier tegenwoordig zoveel mensen. En ik ben een beetje mensenschuw geworden door corona, zoals je weet. Ik ben tenslotte geen vijfentwintig meer, ook al zie ik er zo uit.' Agnes knipoogde naar Abbas, die glimlachte.

'Misschien kunnen we zaterdag een wandeling maken,' zei hij. 'We kunnen naar het Vasapark gaan als het mooi weer is.'

'Oei, dat zijn grootse plannen, het Vanadisplan is ver genoeg voor iemand met zulke oude benen als die van mij.'

'Dan gaan we naar het Vanadisplan als het niet stortregent,' zei Abbas. 'Ik neem een thermoskan koffie mee en jij neemt cake mee. Zullen we één uur zeggen?'

'Ik zal kijken of ik het in mijn drukke schema kan inpassen. Denk je dat je me kunt helpen met kammen voordat we vertrekken?' Agnes trok even aan de pruik.

'Natuurlijk.'

'Je bent een lieverd, Abbas. Goed, tot zaterdag dan. Ik hoop dat de cake lekker is.'

'Dat is altijd zo, dat weet je,' antwoordde Abbas, waarna hij de deur zorgvuldig dichtdeed en de laatste trappen naar zijn eigen verdieping op liep.

Toen hij bijna boven was, bleef hij staan. Een vrouw van in de zestig in een lange zwarte tuniek en met een sluier over haar hoofd stond voor zijn deur. Naast haar stond een koffer op wieltjes. Hij deed zwijgend een stap naar achteren. De vrouw belde achter elkaar aan. Hij keek over zijn schouder. Hij verwachtte geen bezoek en had slechte ervaringen met ongewenste verrassingen. Achter hem zag hij echter niemand. Hij liep de laatste trede langzaam op en keek naar de trap naar boven om er heel zeker van te zijn dat er niet nog iemand op hem wachtte.

Op dat moment draaide de vrouw zich om en keek hem aan. 'Abbas?'

Ze sprak zijn naam met een Frans accent uit en hij antwoordde automatisch in zijn moedertaal. 'Wie wil dat weten?'

'Drishti el Fassi.'

Abbas vertrok geen spier.

'Ik ben je moeder.'

De wortelcake die Abbas in zijn hand had gleed uit het servet en belandde met het glazuur naar beneden op zijn schoen.

*

De gordijnen voor het raam van de camper waren dichtgetrokken, een zwak licht scheen een paar meter de duisternis in. Hij stond geparkeerd op een geasfalteerd terrein te midden van een paar lage grijze gebouwen met kapotgeslagen ramen. Oorspronkelijk was dit een kunststoffenfabriek geweest, maar die was nu gesloten en het gebouw was al een paar jaar verlaten. Zelfs daklozen kwamen hier niet en degenen die dat wel deden bleven niet lang. Het enige wat over was, waren half vermolmde planken en een paar ijskoude ruimtes zonder verlichting. En ratten natuurlijk.

Een perfecte plek voor allerlei duistere zaken.

De zwarte Skoda sloeg van de weg af en reed het terrein op, de koplampen verlichtten de camper en gingen vervolgens uit. Jacek stapte uit, bleef een paar seconden staan en krabde aan zijn donkere baard. Hij vond het geen prettige plek, maar had hem niet uitgekozen. Hij deed wat hem werd opgedragen. Hij duwde het portier met zijn voet dicht en liep met een boodschappentas in zijn hand naar de camper. Het duurde even voordat hij de sleutel in het donker in het slot kreeg en de deur kon openen. Toen hij binnen was deed hij de deur meteen weer op slot.

'Doe de plafondlamp uit,' zei hij tegen de vrouw die achter in de camper zat. Alina was een schim van de vrouw die de grens met Polen was overgestoken. Ze zat ineengedoken op een van de banken in een dunne trui en een zwart slipje, haar ogen waren hol, haar vieze haar hing in slierten over haar schouders en haar handen lagen roerloos op haar dijbenen. Haar zoontje zat bij het raam te tekenen.

Alina stond op en stak haar hand uit naar de schakelaar. De

plafondlamp ging uit en alleen twee kleine wandlampen gaven licht.

'Nu zie ik de tekening niet meer,' zei Oleksi.

'De lamp mag weer aan als ik weg ben,' antwoordde Jacek.

Hij zette de boodschappentas op de vloer, opende een lade en haalde er een stapel bankbiljetten uit. Hij telde het geld snel voordat hij het in zijn jaszak stopte, bukte zich en haalde een paar blikjes uit de tas. 'Ravioli.'

De blikken zette hij op het gelamineerde aanrecht bij de wand. Hij bukte zich weer en haalde een rood doosje tevoorschijn. 'Hier.' Jacek gooide het doosje naar Alina. 'Nieuwe condooms.'

Alina ving het doosje zonder op te kijken.

Jacek haalde een grotere kartonnen doos uit de tas. 'Dit is voor jou.' Hij hield Oleksi de doos voor.

'Wat is het?' vroeg de jongen.

'Lego. Dan kun jij leuke dingen op het bed bouwen terwijl je moeder aan het werk is.'

Oleksi nam de doos aan en begon hem te openen. Jacek haalde een potje uit zijn jaszak en gaf dat aan Alina. 'Geef dit aan de jongen als hij naar bed gaat.'

'Wat is het?'

'Iets om te slapen.'

Alina pakte het potje aan. Jacek trok haar in dezelfde beweging van de bank omhoog en nam haar mee naar de bestuurdersstoel. Ze verzette zich niet. Hij boog zich naar haar toe en fluisterde: 'Het wordt verdomme tijd dat je jezelf een beetje opfrist. Er komen dit weekend veel klanten, twee volle dagen. Was in elk geval je haar!'

'Waar dan?'

'In de emmer natuurlijk. Denk je dat dit verdomme een hotel is?' Jacek schudde zijn hoofd, opende de deur en verdween naar buiten.

Hij had ongeveer hetzelfde probleem met het op slot doen van de deur als met het openen ervan. Het duurde een paar seconden voordat het lukte. Terwijl hij terugliep naar de Skoda keek hij snel in beide richtingen. Hij voelde zich hier niet op zijn gemak en ging zo snel mogelijk in de auto zitten. Het licht van de koplampen gleed over het geasfalteerde terrein en verlichtte de camper.

Achter de gordijnen ging het plafondlicht weer aan.

*

Abbas had de vrouw die beweerde zijn moeder te zijn met tegenzin binnengelaten. Ze had hem een verfrommelde foto van zichzelf met Abbas als zesjarig jochie laten zien en had een paar tranen uit haar ooghoeken geveegd. Hij wist nog steeds niet of hij er goed aan had gedaan om haar binnen te laten. Niet dat hij eraan twijfelde dat ze zijn moeder was, maar wat wilde ze van hem? Vijfendertig jaar te laat? Ze had hem zonder een woord te zeggen achtergelaten bij zijn vader, die hun zoontje had laten boeten voor haar verraad. Sindsdien had hij nooit meer iets van haar gehoord, zelfs geen kaart als hij jarig was. Hij had zichzelf heel vaak in slaap gehuild en had verdriet gehad om zijn verdwenen moeder, tot hij daar op een bepaald moment mee stopte en het op anderen begon af te reageren. Zijn hart was verhard.

En nu zat ze hier, Drishti el Fassi, op de witte leren bank in zijn zitkamer, zonder make-up en met een rechte rug. Hij zette zelfs muntthee voor haar, maar vroeg zich tegelijkertijd af waarom hij dat deed. Hij zette de elegante Marokkaanse glazen op een dienblad en liep naar de zitkamer terug.

'Je hebt een mooi appartement,' zei Drishti terwijl ze naar de kamer gebaarde.

'Bedankt.'

'Je hebt het goed voor elkaar en daar ben ik heel blij om.'

Abbas zette een van de glazen voor haar neer. 'Ja, dat is ondanks alles zo. En wat wilt u nu van mij, madame?'

'Wat ik wil? Ik ben je moeder.'

Abbas lachte droog en verbitterd.

Drishti keek met een verdrietige blik in haar ogen naar hem. 'Je moest eens weten.' Ze zweeg, stak haar hand uit en raakte het glas dat voor haar stond even aan. 'Ik had geen keus, Abbas,' ging ze verder.

'Er is altijd een keus. En u koos ervoor om mij achter te laten en te vertrekken.'

'Als ik dat niet gedaan had, dan was ik lang geleden al dood geweest.' Drishti wrong haar handen.

Abbas keek naar haar. Haar nagels waren gemanicuurd, haar ogen leken opvallend veel op de zijne en ze had een moedervlekje in de vorm van een donkere halvemaan onder haar linkeroog. Dat herkende hij, dus twijfelde hij niet aan haar identiteit.

'Je vader zou me vermoord hebben,' ging ze verder. 'Of een van zijn familieleden. Ik was verliefd geworden op een andere man en daarna was er geen weg terug. Ik had de familie te schande gemaakt.'

'Je had me mee kunnen nemen.' Abbas had meteen spijt van zijn woorden. Dat was het kind Abbas geweest, het kind dat zijn moeder nodig had. Hetzelfde kind dat haar nu had getutoyeerd en de afstand ophief die hij wilde bewaren.

'Geloof me als ik zeg dat ik dat dolgraag wilde,' zei Drishti terwijl ze naar de tafel keek. 'Maar het ging niet.'

Abbas nam een slok thee. Hij voelde zich niet op zijn gemak en wilde het gesprek beëindigen. 'We komen hier niet veel verder mee,' zei hij. 'Ik heb geen behoefte meer aan een moeder, misschien begrijpt u dat. Ik hoop dat de thee lekker was. Zal ik een taxi voor u bellen?'

Drishti hief haar handen en trok de hidjab langzaam weg, waardoor haar glanzende, kale hoofd zichtbaar werd. Abbas deinsde bijna onmerkbaar achteruit.

'Ik heb kanker, Abbas, en heb niet lang meer te leven, maar ik wilde mijn enige zoon nog een laatste keer zien voordat ik stierf. Ik weet dat ik wat er gebeurd is niet ongedaan kan maken, maar je moet me geloven als ik zeg dat ik de meeste dingen in mijn leven heel graag anders had willen doen.'

Abbas wist niet waar hij moest kijken. Hij wilde haar kale hoofd niet zien, wilde niet in haar ogen kijken, maar deed het toch. Daarnet was hij nog zo gelukkig geweest omdat hij Mariama's stem had gehoord en had hij de gebruikelijke plak cake van Agnes gekregen. Hij wilde dat gevoel vasthouden, wilde dat alles was zoals altijd. Dit vergde te veel van hem. Hij wist niet hoe hij hiermee moest omgaan.

Drishti stak haar handen uit en pakte de zijne vast. Hij deinsde naar achteren door de aanraking, maar trok zijn handen niet terug. Hij staarde er verbaasd naar, alsof zijn handen zonder zijn toestemming handelden.

'Het enige wat ik wil is je een beetje leren kennen,' ging Drishti langzaam verder. 'Ik moet mijn keuzes uitleggen om vrede met mezelf en hopelijk ook met jou te kunnen sluiten.'

Ze zocht zijn blik opnieuw en hij keek terug. De blik, de handen. Hij was in de war. Waarom stroomt het gemis van het kind naar buiten zodra er een kier ontstaat, dacht hij. Waarom was de behoefte aan bevestiging zo sterk? Hij begreep het niet.

*

Het mooie avondlicht scheen op het azuurblauwe water van de Rivièra, een witte zeilboot voer met alle zeilen gehesen naar de haven. Toen hij het zwarte jacht passeerde leek het een optimist. Een bemanningslid stond op het bovendek van het Oog van de Nacht en keek de zeilboot na tot er een in het zwart geklede man naar hem toe kwam. Hij ging onmiddellijk rechtop staan. De in het zwart geklede mannen waren verantwoordelijk voor de veiligheid aan boord en hadden een hogere rang dan hij.

'Heb je Vladovski gezien?' vroeg de man.

'Hij is beneden en wil niet gestoord worden.'

'We hebben vanochtend vroeg een incident gehad waarover ik hem moet inlichten.'

'Wat is er gebeurd?'

'We hebben twee touwen aan bakboordzijde van het achterschip aangetroffen.'

'Heeft iemand geprobeerd om aan boord te komen?'

'Ja, maar waarschijnlijk is hij gestoord door de nachtwaker.'

'Heeft hij niets gezien?'

'Nee.'

De in het zwart geklede man keek met een ernstige blik naar het bemanningslid. 'Zeg tegen iedereen dat ze hun ogen en oren open moeten houden,' zei hij. 'We hebben misschien een verstekeling aan boord.

Grigori Vladovski had de afgelopen nachten slecht geslapen en was in een afschuwelijk humeur. Zijn eerste poging om het ei op zijn rechtmatige plek in de glazen kubus terug te krijgen was mislukt, wat hem woedend maakte en zijn slaap volledig verstoorde. De woorden van zijn oma hadden door zijn hoofd getold: *We hebben een heilige opdracht gekregen, Grigori, en je mag nooit verzuimen die te vervullen. Doe je dat wel, dan zullen de ongelukken elkaar opvolgen. Alleen het ei kan je veiligheid in deze onzekere wereld garanderen, onthoud dat. Je moet het met je leven beschermen.*

Hij hoestte, pakte het grote glas whisky op het tafeltje naast hem en keek op. Recht voor hem bestond de volledige wand uit een aquarium, als een gigantisch bioscoopscherm van muur tot muur. Hij zat in een van de acht comfortabele rode fluwelen fauteuils die op een rij in de salon stonden. De kleine ronde lichtbronnen in de vloer waren gedimd en het enige wat de zaal verlichtte was de felle, blauwe ledverlichting in het aquarium. Hij keek naar de dichte school piranha's die in het licht zwom en nam een slok whisky. Hij moest nadenken over alle consequenties die de mislukking met zich meebracht.

Hij stond op met het glas whisky in zijn hand, liep naar het aquarium en blies voorzichtig op het glas, zodat het besloeg. Het duurde een paar seconden voordat de condens verdween.

Hij keek naar de bodem, waarop kleine witte gebouwen, een paar uivormige koepels, straten, een groot plein, kleine standbeelden en een kerk stonden. Hij had een perfecte miniatuurversie van het Kremlin op de bodem van het aquarium laten bouwen.

Dat had hij grappig gevonden. Destijds.

Wat hij niet grappig vond was het zilveren enkelbandje dat aan een van de koepels van de Vasili-kathedraal hing. Het was hem niet eerder opgevallen. Opnieuw een fout die fatale gevolgen had kunnen hebben. Stel dat Julie het had gezien. Het enkelbandje moest weggehaald worden.

Op dat moment werd er op de deur geklopt. Een van zijn in het zwart geklede lijfwachten kwam binnen, verontschuldigde zich omdat hij stoorde en vertelde met een gespannen klank in zijn stem over het incident dat 's ochtends had plaatsgevonden.

Grigori keek naar hem. 'Noem je dat een incident?' vroeg hij beheerst.

'Ja.'

'Waarom geen aanslag?'

'Omdat het...'

Grigori smeet zijn whiskyglas vlak naast de lijfwacht tegen de muur. 'En hoe kunnen mensen verdomme proberen aan boord te komen zonder dat jullie dat merken? Zijn jullie blind? Jullie enige taak op dit jacht is ervoor zorgen dat er geen klootzak in mijn buurt komt!'

'Maar er kwam niemand...'

'Vanaf nu is er dag en nacht bewaking!'

'Dat hebben we al.'

'En hoe kunnen er dan verdomme twee touwen bij het achterschip hangen terwijl jullie dat niet zien! Donder op!'

De lijfwacht groette en verdween naar buiten.

Grigori liet zich in een fauteuil vallen. De vloek, dacht hij.

*

‘Het ruikt muf.’

‘Wat had jij dan gedacht?’

Stilton en Luna stonden in de salon op de aak en beseften dat ze hier maandenlang niet waren geweest.

En dat de boot al die tijd niet was gelucht.

Luna opende alle patrijspoorten en Stilton opende de deur naar het voordek om het door te laten tochten. Hij was een beetje verbaasd dat het zo goed voelde om hier te zijn. Alsof het toch zijn thuis was. Of een plek die hij deelde met de vrouw die hij op het eiland op een nogal onzekere manier een aanzoek had gedaan. Moet ik hier wonen als we inderdaad gaan trouwen, vroeg hij zich af.

Het was een volkomen onterechte gedachte, alsof een eventueel huwelijk met Luna invloed op hun woonsituatie zou hebben. Het was eerder een gevolg van Stiltons gevoel dat het hun levens of de manier waarop ze leefden dramatisch zou veranderen.

Luna had dat soort gedachten niet. Voor haar was de aak de plek waar ze thuishoorde. Het was een bouwvallige boot die nodig gerenoveerd moest worden, maar toch. De aak gaf haar een gevoel van basisveiligheid. In Zweden. Ze had gespeeld met de gedachte om naar Toms halfzus in Thailand te verhuizen, vanwege de warmte, vanwege de mentale rust die ze daar voelde, maar ze zou het niet doen. Niet zonder Tom.

‘Zullen we het vieren?’ riep Stilton. Hij stond in de kombuis en had een paar flessen rode wijn achter de lege broodtrommel zien staan.

‘Wat wil je vieren?’ Luna liep de kombuis in en zag de flessen die Stilton had gevonden.

‘Ik weet het niet,’ zei hij. ‘Dat we van elkaar houden?’

Luna liep naar hem toe, sloeg haar armen om hem heen en kuste hem.

*

Het licht van de zaklamp van de telefoon gleed over de naar beneden getrokken rits en het spierwitte gezicht werd zichtbaar.

'Shit.' De stem klonk kortaf en hees en er kwam damp uit de mond van de schaduw. De temperatuur in het mortuarium was ook buiten de koelcellen laag. Het licht gleed omhoog waardoor meer naar buiten getrokken baren zichtbaar werden. De gezichten van alle lijken waren te zien. Twee schaduwen openden een nieuwe cel en begonnen er een baar uit te trekken. Plotseling bleven ze roerloos staan.

'Doe het licht uit.'

In de duisternis en de stilte hoorden ze hakken op het beton van iemand die in de verte naderde. De schaduwen gleden naar de muur en hielden hun adem in. Een bewaker? Het risico bestond dat hij in het mortuarium zou kijken, misschien hoorde het bij zijn ronde. Dat zou problemen kunnen veroorzaken. Maar waarom zou je een mortuarium controleren?

Het hoorde niet bij de ronde van de bewaker. De voetstappen passeerden de deur zonder te stoppen en stierven in de verte weg.

'Doe het licht weer aan.'

De zaklamp ging weer aan en ze trokken de baar helemaal naar buiten. De plastic zak werd opengeritst en de lamp scheen op een nieuw gezicht.

'Dit is hem.'

Eén schaduw maakte met de camera van een telefoon een paar foto's van het gezicht.

'Controleer jij de deur?'

De tweede schaduw liep naar de deur en opende hem voorzichtig. Er klonken geen voetstappen. De eerste schaduw duwde de baar via de deuropening de gang in. Die was in beide richtingen verlaten, maar ze moesten een hoek omslaan om de uitgang te bereiken. Daar konden ze het lijk naar de wachtende auto dragen.

Een van hen sloop vooruit, keek om de hoek en gebaarde dat

de kust veilig was. De tweede schaduw duwde de baar zo snel als hij durfde voor zich uit. Toen hij de hoek naderde begonnen de wielen te piepen. Het geluid echode in de gang en hij bleef abrupt staan.

'Schiet op!'

'De wielen piepen!'

'Er is hier niemand.'

De schaduw met de baar begon weer te lopen en sloeg de hoek om.

De bewaker was blijven staan om een tijdklok te activeren toen hij verderop in de gang een piepend geluid hoorde. Hij aarzelde, de tijdklok moest op het juiste tijdstip geactiveerd worden. Toen hij het gepiep weer hoorde draaide hij zich om en liep door de gang naar de plek waar het geluid vandaan kwam. Hij sloeg een hoek om en keek in de gang die naar de uitgang leidde. Helemaal aan het eind stond een lege baar. Hij krabde aan zijn oksel en liep naar de tijdklok terug. Een lege baar, dacht hij terwijl hij terugliep. Waarom zou die daar staan?

De staalborstel schuurde over het spant, de afbladderende verf werd in grote stukken van het ijzer geschuurd en vloog weg. Luna merkte niet dat er schilfers aan haar bezwete gezicht kleefden, ze werkte gewoon door terwijl ze via haar koptelefoon naar harde muziek luisterde.

Ze had besloten dat de enigszins verwaarloosde aak Sara la Kali een facelift zou krijgen. Het dek en de boorden zouden geschuurd en opnieuw witgeschilderd worden terwijl op sommige plekken zwarte verf zou komen. Ze was ook van plan alle roest te verwijderen. Het lange en ontspannen verblijf op Rödlöga had ongekend veel energie bij haar opgeroepen. Ze ging aanpakken wat ze al jarenlang uitstelde.

Met hulp van haar partner.

De partner lag in de kajuit en onttrok zich aan de klussen. Het werk dat Luna heerlijk vond behoorde niet tot zijn primaire interesses. Maar hij was van plan te helpen, absoluut, hij woonde hier tenslotte ook, alleen nu nog niet.

Hij schoof het dekbed weg en voelde dat hij de ochtendduik op het eiland miste. Hier was ook water, op maar een paar meter afstand, maar het was niet hetzelfde om daarin te duiken, verre van dat. Er was een douche aan boord en daar liep hij naartoe op het moment dat Mette belde.

'Hallo, Tom. Hoe is het op het eiland?'

'We zijn terug.'

'Zijn jullie op de aak?'

'Ja. Luna heeft het in haar hoofd gehaald om de hele aak te schuren en te schilderen. Je weet hoe ze is.'

'Ambitieus. En jij?'

'Ik ben rusteloos.'

'Dat is geweldig. Heb je belangstelling voor een klein mysterie?'

'Waarom je met een oude linkse activist getrouwd bent?'

Mette lachte. Tom leek in een goed humeur.

'Dat is lang geleden,' zei ze. 'Hij is tegenwoordig milder en voelt zich voornamelijk verloren.'

'Waarom dat?'

'Omdat hij niet goed begrijpt wat er gebeurt, net als veel anderen van zijn generatie. Ze hadden een bepaalde visie over de maatschappij en opeens...'

'Wat is het mysterie?' Stilton wilde niet langer luisteren naar Mettes verhaal over de verdwenen wereld van haar man. Niet omdat Mårtens linkse ideeën hem niet aanstonden, integendeel, daar had hij veel respect voor, maar hij had ze in de loop der jaren al meerdere keren gehoord en plaatste daar vraagtekens bij. Zelf was hij een sociaaldemocraat.

Hij had meer belangstelling voor het mysterie, vooral toen Mette begon te vertellen: 'Een ongeïdentificeerd lijk dat afgelopen nacht uit het mortuarium gestolen is.'

'Gestolen?'

'Onder vrij spectaculaire omstandigheden. Kom je hier lunchen?'

Dat was het excuus dat Stilton nodig had om een paar uur lang niet met een staalborstel in zijn hand te hoeven staan.

*

Hij stapte een halte eerder in Kummelnäs uit de bus om het laatste stuk naar het grote, groene, bouwvallige huis te wandelen. Hij wilde de conditie die hij had opgebouwd bijhouden. Terwijl hij het huis naderde dacht hij eerst dat hij verkeerd was gelopen. Achter de heg zag hij een hok met een omheind gedeelte ervoor dat daar niet thuishoorde. Hij bleef lang genoeg staan om te zien dat Mårten zich uit het hok naar buiten wrong.

'Hallo, Mårten! Wat is dat in vredesnaam?'

'Een kippenhok. Of tenminste, het gaat er een worden. Kom binnen.'

Stilton hoopte dat Mårten de tuin in plaats van het kippenhok bedoelde. Hij opende het hek en werd opgevangen door Mårten, die bruiste van de energie. 'Vind je het niet prachtig worden?' De oude kinderpsycholoog maakte een handgebaar naar het hok, dat uit masonietplaten was opgebouwd, en het omheinde gedeelte ervoor. 'Hier heb ik altijd van gedroomd.'

'Ik dacht dat je van de revolutie droomde.'

'Dit is een revolutie in het klein. Onze eigen eieren rechtstreeks van onze kippen. Geen vervoer, geen uitstoot van koolstofdioxide, geen tussenpersonen. Alleen de klimaatvoetafdruk van de natuur. Beter kan het niet worden!'

Stilton was van mening dat de meeste dingen verbeterd konden worden, maar wilde geen domper op het enthousiasme van zijn oude vriend zetten. Toch ontsnapte er een vraag aan hem. 'Weet je iets over kippen?'

'Op Google vind je alles wat je moet weten, ouwe zeur. Het houden van kippen is een fluitje van een cent. Het meeste gaat vanzelf als alles geregeld is.'

'De haan doet het werk.'

'Helemaal niet. Hij heeft niets te maken met de eierproductie als je geen kuikens wilt hebben. Je bent een hopeloos geval.'

Omdat Mårten zich fanatiek op het houden van kippen had gestort, moest Mette een aantal van zijn taken, zoals koken bijvoorbeeld, van hem overnemen. Dat liet ze normaal gesproken volledig aan haar man over. Verandering van spijs doet eten, had hij gezegd toen de rollen in de keuken veranderden. Vandaag had zij de lunch dus gemaakt. Niets ingewikkelds, gewoon een kaasomelet, een paar pittige worstjes en een grote tomatensalade. Bovendien had ze een van Mårtens zuurdesembroden ontdooid, een overblijfsel uit een andere manische periode.

'Een kippenren?' zei Stilton.

'Ik weet het, vraag me er niet naar.' Mette omhelsde Stilton kort. Ze had de energie niet om zich in Mårtens bizarre excessen te verdiepen. 'Ga zitten.'

Stilton ging aan de tafel in de grote gezellige keuken zitten. Hij vond het heerlijk om hier te zijn. Dat vonden de meeste mensen die in de keuken van het echtpaar Olsäter waren geweest ook. De ruimte met zijn lichtgele muren, de houten vloer van brede delen en de planken vol kleurige potten aan de muren straalden welbehagen en zorgzaamheid uit. De radio naast het fornuis stond aan, maar de zachte muziek stoorde niet.

'Schep op.' Mette schoof een door haar zelf gemaakte schaal naar Stilton toe en ging tegenover hem zitten. Hij schepte een flink stuk van de omelet op omdat hij niet had ontbeten. 'Een gestolen lijk dus?'

'Ja.'

'En wat heb jij daarmee te maken?'

Mette wist dat het een van zijn eerste vragen zou zijn en had haar antwoord paraat. 'Ik werk voor de Zilveren Wolven aan onderzoeken die geen hoge prioriteit hebben.'

'Zoals een gestolen lijk.'

'Precies, maar je weet nooit wanneer het een tot het ander leidt. Daar hebben we allebei ervaring mee.'

'Absoluut.'

Ze hadden jarenlang samengewerkt bij de toenmalige rijksrecherche, vaak aan dezelfde onderzoeken, zoals moeilijk op te lossen moorden die aanvankelijk iets heel anders deden vermoeden. Dus ja, alles kon overal toe leiden en een gestolen lijk kon onaangename geheimen verbergen.

'Je omelet is heerlijk,' zei Stilton. Hij pakte een paar worstjes.

'Dank je wel. Het lijk is eergisternacht gestolen. Het Forensisch Instituut had het een paar dagen eerder binnengekregen. Een man was van een gebouw aan de Götgatan gesprongen of gevallen en overleefde dat niet. Hij had geen ID bij zich en in eerste instantie werd aangenomen dat het om zelfmoord ging.'

'Maar dat is niet langer het geval.'

'Dat klopt. Het kan natuurlijk niet uitgesloten worden, maar de diefstal wijst erop dat het om iets anders gaat. Denk jij ook niet?'

Stilton haalde zijn schouders op. Hij wilde meer weten voordat hij zich een mening vormde. 'Hebben ze zijn DNA gecontroleerd?'

'Ja, en zijn vingerafdrukken. Hij komt niet in de registers voor. In elk geval niet in Zweden en ik denk niet dat er op internationaal niveau naar gekeken wordt. Wil je een glas wijn?'

Stilton keek op zijn horloge en Mette zag het. 'Het is halfzes in Thailand,' zei ze.

'Goed dan. Een glas rode wijn graag.'

Mette stond op om twee glazen en een halfvolle fles rode wijn te pakken. Die was de vorige avond ontkurkt en zou beslist nog goed te drinken zijn. 'Er hangt een bewakingscamera boven het mortuarium. Ik heb de film van de bewuste nacht eerder vandaag gekregen.' Mette trok de laptop die op één kant van de tafel stond naar zich toe, opende hem en zette de film aan. Die toonde de ingang van het mortuarium en een stukje van het halfvolle parkeerterrein. Er waren geen mensen op te zien. De film speelde een minuut zonder dat er iets gebeurde.

'Spannend,' zei Stilton.

'Het komt zo.'

Het beeld werd een paar minuten zwart terwijl de tijdcode aan de zijkant verder telde. Toen ze weer beeld hadden keken ze opnieuw naar de ingang en het parkeerterrein, die net zo verlaten waren als voordat het beeld zwart werd. Mette stopte de film.

'Denk je dat iemand de opname gemanipuleerd heeft?' vroeg Stilton.

'Niet de film, maar de camera. Ik geloof niet in een plotselinge technische storing op de avond waarop er een lichaam wordt gestolen en precies via die ingang wordt meegenomen. Jij wel?'

'Nee.' Stilton had nu een mening en nam een slok wijn. Die smaakte zacht, met een vleugje vanille.

'Hoe zit het met de bewakers?' vroeg hij. 'Die hebben ze toch wel?'

'Ja, ze hebben een nachtwaker die zijn rondes loopt. De man beweert dat hij niets gezien heeft.'

'Dus iemand – het kunnen er natuurlijk ook meer geweest zijn – is erin geslaagd om in het bijzijn van de nachtwaker een lijk naar buiten te smokkelen?'

'Blijkbaar wel.'

'Waarom?'

Dat was natuurlijk de eerste cruciale vraag. De tweede was de identiteit van het lijk.

'Waarom zou je een ongeïdentificeerd lichaam stelen?' zei Stilton.

'Omdat je een necrofiel bent?' opperde Mårten, die in zijn blauwe werkoverall was binnengekomen en de laatste vraag had gehoord. Mette had hem tijdens het ontbijt over het gestolen lichaam verteld, dus nam hij aan dat Stiltons vraag daarover ging. Zijn suggestie was niet onredelijk, maar vond geen weerklank bij de twee voormalige moordonderzoekers aan de tafel. Hij schonk een glas rode wijn voor zichzelf in en nam een beetje tomatensalade.

'Waarschijnlijk wilden ze de identiteit van de man verbergen,' zei Mette. 'We weten niet wie het slachtoffer was en nu weten we nog minder.'

'En misschien komen we daar ook nooit achter,' zei Stilton.

'Dat klopt. Maar het is natuurlijk vrij merkwaardig.'

'Ja. Hoe wisten de dieven bijvoorbeeld waar het lijk was? Insiders?'

'Ik heb geen idee.'

Stilton vroeg nog wat wijn. Samen met Mette lunchen en intussen onder het genot van een lekker glas rode wijn criminele raadsels oplossen was niet bepaald onaangenaam. Hij voelde dat de behoefte die op Rödlöga had gesluimerd begon op te borrelen. Dit was misschien niet de spectaculairste zaak uit hun carrières, maar hij hield van mysteries en het een kon tot het ander leiden.

'Proost,' zei Mårten. Hij wist dat hij niet veel meer kon bijdragen. Bovendien dwaalden zijn gedachten alweer af naar de tuin en de keus voor het kippenras. Er waren veel soorten om uit te kiezen.

'Wat zeg je ervan,' zei Mette tegen Stilton. 'Heb je zin om te helpen?'

'Wat bedoel je daarmee? Op een formelere basis?'

'Ja.'

'De Zilveren Wolven?'

'Ik geloof dat het geen enkel probleem zal zijn om je aan boord te krijgen. Iedereen weet wat je de afgelopen jaren hebt gepresteerd.'

Nu voelde Stilton zich enigszins ongemakkelijk worden. Hij had als moordonderzoeker een cv dat maar weinigen in dit land konden overtreffen, maar had daarna een lange periode van geestelijke instabiliteit en dakloosheid meegemaakt. Formeel politiewerk was niet wat hij in gedachten had gehad, ook al opereerden de Zilveren Wolven als een onafhankelijk team.

'Ik weet het niet,' zei hij aarzelend.

'Denk erover na,' zei Mette. 'Er wordt waarschijnlijk veel vanuit huis gewerkt, hier aan de keukentafel bijvoorbeeld. Proost.'

*

Abbas stond in het midden van de grote rotonde bij Vanadisplan en keek naar de vrouwen op het bankje. Zijn moeder Drishti schonk voorzichtig koffie uit een thermoskan in voor zijn onderbuurvrouw Agnes Ekholm. Het was een prachtige nazomerdag en de zon was warm. De twee vrouwen hieven hun bekers naar elkaar, toostten in hun respectievelijke talen en glimlachten. Zo hadden ze tijdens de wandeling ook gecommuniceerd, Agnes in het Zweeds en Drishti in het Frans, terwijl Abbas hen af en toe onderbrak om te vertalen. Agnes zag er keurig uit in haar mooiste jas en de pruik op haar hoofd zat bij wijze van uitzondering recht en was gekamd. Daar had Drishti voor gezorgd.

Abbas had haar bij hem laten logeren. Ze hadden het er niet over gehad hoe lang ze zou blijven, maar Drishti had verteld dat ze over een paar weken naar Frankrijk terugging voor de kankerbehandeling. Ze had hem verteld dat ze al jarenlang in de buurt van Parijs woonde en dat ze een kleine groentewinkel had gehad die ze had moeten sluiten toen ze ziek werd. De man met wie ze al die jaren geleden was weggelopen, was uit haar leven verdwenen. Of liever gezegd: zij was uit zijn leven verdwenen nadat ze jarenlang lichamelijk en geestelijk was mishandeld, zodat ze opnieuw had moeten vluchten om niet vermoord te worden.

Abbas liep naar het bankje toe.

'Stel je voor dat je herenigd bent met je moeder,' zei Agnes. 'Het is net een sprookje. Hoe heeft ze je gevonden?'

'Ze ontmoette een oude vriend van me die weet dat ik in Stockholm woon.'

Drishti had verteld hoe ze had geprobeerd om hem in Frankrijk te vinden, maar daar niet in was geslaagd. Uiteindelijk was ze in contact gekomen met Patrick, een vroegere vriend van Abbas uit de tijd dat hij zijn geld verdiende met het verkopen van tassen op de stranden van de Rivièra. Patrick had haar verteld dat hij Abbas in Boekarest had gesproken en dat Abbas destijds in Stockholm woonde.

'Stel je voor,' zei Agnes terwijl ze naar Drishti keek. 'En dan te bedenken dat jullie zo op elkaar lijken.'

Drishti glimlachte naar Agnes. 'Zeg tegen Agnes dat ik haar wil uitnodigen om tajine te komen eten,' zei ze.

Abbas vertaalde het en legde uit dat tajine een Marokkaans gerecht was dat in een speciale schaal met een kegelvormig deksel werd bereid.

Agnes keek stralend naar Drishti. 'Wat exotisch. Dat heb ik

nog nooit gegeten,' zei ze en ze pakte Drishti's handen vast. 'Stel je voor dat ik dit nog mag meemaken.'

De twee vrouwen hadden elkaar echt gevonden, hoewel ze elkaars taal niet spraken. Abbas keek met een warm gevoel naar hen. Zijn moeder was erin geslaagd om zich door de kier die hij had geopend te wringen en op dit moment was hij daar dankbaar voor.

Nog steeds in de war, maar dankbaar.

*

De politie van Stockholm zou een gecoördineerde actie uitvoeren op plekken waarvan werd vermoed dat er sekshandel plaatsvond. Rechercheurs hadden een lijst samengesteld van plekken die actueel waren. Een daarvan was een camper aan de rand van een industriegebied in Västberga, die bij een gesloten kunststoffenfabriek stond. De observatieafdeling van de politie had een aantal auto's het terrein op zien rijden, waarna ze korte tijd bleven staan en weer wegreden. Ze veronderstelden dat er prostitutie in de camper plaatsvond en dat de auto's van klanten waren.

In principe waren de hoerenlopers niet het primaire doelwit. Het was de bedoeling om toe te slaan als er pooiers aanwezig waren. Toen er voor de vijfde keer binnen een week een zwarte Skoda op het terrein verscheen, ontstond het vermoeden dat het niet om een klant ging.

'Daar is hij weer.'

Er zaten vier personen in de burgerauto die op een flinke afstand van de kunststoffenfabriek stond geparkeerd. De observatie vond plaats met een sterke nachtkijker. Lisa en Olivia hadden gevraagd of ze deel mochten nemen aan de actie, als onderbreking van hun bureauwerk, dat bestond uit het in kaart brengen van het Europese seksnetwerk.

Ze zaten op de achterbank en Lasse en Göran zaten voorin.

'Gaan we erop af?'

'Nee, we wachten af.'

Lasse, die de nachtkijker had, zag de Skoda een stukje bij de camper vandaan stoppen. Een man in een donker jack met capuchon stapte uit en bleef een paar seconden staan voordat hij naar de camper liep. Göran fotografeerde de man van achteren.

'Hij gaat naar binnen.'

'Is hij alleen?'

'Ja.'

Alina zat ineengedoken op de bank en keek naar Jacek, die een nieuwe voorraad blikken op het aanrecht zette. Ze had blauwe plekken op haar magere armen.

'Waar is de jongen?'

'Op het bovenbed.'

Jacek haalde de lade met bankbiljetten leeg en stopte het geld in de zak van zijn zwarte jack. 'Het is minder dan de vorige keer.'

Alina haalde haar schouders op. Ze was vervreemd van tijd en plaats, was uitgeput en hoorde nauwelijks wat Jacek zei.

'We brengen de camper naar een betere plek. Het is te lastig om hier helemaal naartoe te komen, de klanten besparen op de benzine. Je krijgt...' Jacek zweeg abrupt, rende naar de schakelaar en deed het licht uit. Het werd pikdonker. Door het gordijn zag hij in de verte een zwak licht heen en weer bewegen. Hij stak zijn hand in zijn zak en haalde er een zwart pistool uit. Alina sloop de trap op naar de slaapnis. Jacek wist niet wat daarbuiten gebeurde, in het ergste geval was het politie. Als dat zo was, dan zat hij hier als een rat in de val. Hij ontgrendelde het pistool.

De vier politieagenten waren eveneens bewapend. Ze naderden de auto in een halve cirkel. Toen het licht plotseling uitging trokken ze hun wapens. Olivia en Lasse zochten beschutting achter de Skoda, Lisa en Göran liepen gebukt verder in het donker. Ze wisten niet of de man in de camper een wapen had. Als dat zo was, dan konden er problemen ontstaan. Er zat waarschijnlijk ook een vrouw in de camper, en misschien zelfs meerdere. Hij kon hen gijzelen, wat ze moesten zien te vermijden. Göran ging met zijn wapen in de aanslag op zijn hurken zitten en riep: 'Politie! Doe het licht in de camper aan en open de deur!' Zijn stem echode over het lege terrein.

'Wie schreeuwt er buiten?' Oleksi lag dicht tegen zijn moeder aan op het bed. Ze trok het dekbed over zijn gezicht. Het woord 'politie' was tot haar doorgedrongen. Ze besefte wat het betekende en verstrengelde haar trillende handen. Jacek had verteld dat ze illegaal in het land waren en dat ze haar paspoort hadden weggegooid. Als de politie haar oppakte ging ze naar de gevangenis en zou Oleksi bij vreemde mensen terechtkomen.

De gevangenis kon nauwelijks erger zijn dan wat ze hier in de camper meemaakte, maar ze kon de gedachte om Oleksi kwijt te raken niet verdragen.

Op dat moment verscheen Jacek in de slaapnis.

'Open de deur!'

Er gebeurde niets. De vier politieagenten gebaarden naar elkaar. Het was duidelijk dat niemand zou opendoen, dus moesten ze de deur forceren. Olivia haalde een felle zaklamp tevoorschijn en scheen ermee op de deur. De drie anderen liepen langzaam naar de camper. Op hetzelfde moment vloog de deur open en Jacek verscheen met een pistool tegen Oleksi's hoofd in de opening. 'Doe dat licht uit!' riep hij in het Engels.

Olivia aarzelde even, zag Lasses arm bewegen en deed wat hij zei. Alle politieagenten trokken zich een stukje terug. Jacek kwam uit de camper met het pistool nog steeds op Oleksi's hoofd gericht en begon met snelle passen naar de Skoda te lopen.

'Laat de jongen gaan!' riep Göran in de duisternis.

Jacek bleef staan en draaide zich om naar de stem. Hij hield het pistool op het hoofd van het kind gericht. 'Ik loop nu naar mijn auto! Als jullie dichterbij komen schiet ik!'

De politieagenten durfden niet in te grijpen. Ze hadden geen idee hoe wanhopig de man was en omdat hij het kind bij zich had kon het volkomen verkeerd aflopen.

'Oleksi!'

Olivia draaide zich abrupt om en zag een vrouw uit de camper komen.

'Staan blijven!' riep ze, waarna ze naar de vrouw toe rende.

Ze sloeg haar armen om Alina heen en duwde haar tegen de deurpost. Op de achtergrond ging Jacek met Oleksi in zijn armen in de Skoda zitten. De andere drie politieagenten zaten met geheven pistolen op hun hurken in de duisternis. Lasse had zijn portofoon aangezet en vroeg versterking. Hij beschreef de locatie en gaf het kenteken op terwijl de zwarte Skoda slippend een bocht maakte en langs hem scheurde.

De auto bleef vlak bij de weg staan. Jacek draaide het zijraam naar beneden, richtte het pistool en schoot de rechterachterband van de observatie-auto stuk, waarna hij wegscheurde in het donker.

Olivia hield de trillende vrouw in haar armen. Lisa ging naar haar toe en hielp haar om Alina overeind te houden. Samen liepen ze met haar over het terrein naar hun auto. Lasse en Göran stonden op de weg en constateerden dat een van de banden lek was.

'Ik heb alarm geslagen en er is een helikopter onderweg,' zei Lasse. 'We moeten hier wachten.'

Lisa hielp Alina in de auto. De drie anderen keken elkaar aan. Ze moesten jacht maken op een man met een pistool die een kind had ontvoerd.

In afwachting van de versterking ging Olivia naar de camper terug. Ze liep met de zaklamp aan voorzichtig naar binnen en zocht een schakelaar. De plafondlamp verlichtte de afschuwelijke leefomstandigheden en het stonk er. In de gootsteen lagen etensresten en op de vloer lege blikken, op een matras lag een deken vol vlekken, ernaast stond een prullenmand met zakdoekjes en gebruikte condooms. Hier verbleef een vrouw die seksueel werd misbruikt met een kind, dacht ze.

Ze had moeite om adem te halen.

Het werd niet gemakkelijker toen ze de paar treden naar de slaapnis op liep. Op een kussen lag een kindertekening van een kat, waaronder met onregelmatige letters *Yasia* stond. Aan het voeteneind lagen wat legoblokken. Hier had de jongen gezeten, dacht ze. Ze beet haar tanden op elkaar.

Ze liep de treden weer af en ging naar het voorste deel. Ze wist dat de technisch rechercheurs de camper zouden uitkammen zodra ze hier waren, maar ze wilde kijken of ze papieren of andere informatie vond die hen kon helpen bij de jacht op de gevluchte man. Ze scheen met de zaklamp op de vloer. Onder een van de stoelen glansde iets. Ze bukte zich, zag een klein, rond voorwerp liggen en schoof het met de zaklamp naar zich toe. Was het een fiche? Speelgeld? Ze liet het liggen, het was beter als de technisch rechercheurs zich erover zouden buigen.

*

De politieactie was massaal en duurde de hele nacht. Twee helikopters hadden zonder succes geprobeerd de zwarte Skoda te lokaliseren. Op alle belangrijke wegen rond Västberga waren wegversperringen neergezet, maar ook die hadden geen resultaat opgeleverd. Toen het licht begon te worden kwam de eerste melding binnen: de Skoda was in een achterafstraatje bij een industriegebied in Årsta leeg aangetroffen. De zoektocht werd voortgezet.

De moeder van het kind, Alina, had medische bijstand gekregen en was naar een vrouwenopvangcentrum in Stockholm gebracht. Het personeel was geïnformeerd over de afschuwelijke situatie en de ontvoering van haar zoontje, en probeerde haar zo veel mogelijk te steunen.

Lisa en Olivia sloten zich aan het eind van de nacht bij de zoekactie aan. Ze hadden beiden dezelfde gedachte: hadden ze anders kunnen handelen? Lasse en Göran vroegen zich dat niet af. Ze konden niet weten dat het kind van de vrouw zich in de camper bevond. De situatie had gemakkelijk in een tragedie kunnen eindigen, maar dat was niet gebeurd. Tot nu toe. Ze waren er ook vrij zeker van dat de gevluchte man zich zo snel mogelijk van Oleksi zou ontdoen.

'Hij kan de jongen niet met zich meeslepen als hij op de vlucht is.'

De vraag was op welke manier hij zich van de jongen zou ontdoen. Volgens Lasse was er geen logische reden om hem te doden, want daardoor zou hij een moord op zijn geweten hebben.

Alsof wanhopige mensen logisch handelen, dacht Olivia.

Op dat moment hoorden ze een bericht over de politieradio.

De alarmcentrale had een telefoontje gekregen van een vrouw die onderweg was naar haar werk als kaartjescontroleur bij de metro. Ze was een jongen tegengekomen die eenzaam op straat liep. Ze had geprobeerd met hem te praten, maar had geen contact met hem gekregen. De alarmcentrale wist over de ontvoering die 's nachts had plaatsgevonden en nam onmiddellijk contact op met de politie. Acht minuten later arriveerde er een surveillancewagen bij de vrouw en de jongen.

Het was Oleksi.

'Kun je hem vragen of alles goed met hem is?' vroeg Olivia.

Göran stelde de vraag aan de centrale en kreeg antwoord. 'Daar lijkt het op.'

De personen in de auto keken elkaar aan. Ze waren fysiek uitgeput, maar ongelofelijk opgelucht.

Luna streelde voorzichtig met haar wijsvinger door Stiltons dichte borstharen. 'Ze beginnen grijs te worden.'

'Dank je wel.' Hij lag met zijn ontblote bovenlichaam naast Luna in de grote kapiteinshut. Het licht dat door de patrijspoort naar binnen stroomde maakte duidelijk dat het tijd was om op te staan, maar daar hadden ze beiden om verschillende redenen geen zin in. Luna had spierpijn van het werken aan de aak en Stilton was in gedachten verzonken. Hij dacht na over Mettes voorstel van de vorige dag.

'Je bent heel ver weg,' zei ze terwijl ze in Stiltons ogen keek.

'Ik ben gewoon aan het nadenken.'

'Waarover? Of je me vandaag gaat helpen met schuren?'

'Ik heb gisteren een aanbod van Mette gekregen en ik weet niet wat ik daarvan moet denken.'

'Werk?'

'Gedeeltelijk misschien, ik weet het niet goed. Ze wil dat ik voor de Zilveren Wolven ga werken.'

Luna schoof omhoog tegen het schot en trok het dekbed over haar borsten. Niet omdat ze preuts was, maar het was koud in de hut. 'Wat zijn de Zilveren Wolven?'

'Een aantal oudere, voormalige rechercheurs die de politie van Stockholm helpen. Ze zijn inmiddels een jaar of drie tot vier bezig.'

'Doet Mette daar ook aan mee?'

'Blijkbaar wel. Ik denk dat ze er nog maar net bij is.'

'Hoe zit dat dan? Is het een baan waarvoor je wordt aangenomen?' vroeg Luna.

'Ze werken op uurbasis, het is vrijblijvend, ze bepalen hun eigen werktijden en kunnen van huis uit werken als ze dat willen.'

'En waarom wil Mette jou daarbij hebben?'

'Als ik eerlijk ben, denk ik dat het voornamelijk is zodat we met elkaar omgaan en ideeën uitwisselen om de oude tijd een beetje te laten herleven,' zei Stilton terwijl hij zijn benen over de rand van het bed schoof.

'Is dat geen aantrekkelijk idee? Je bent ongelofelijk rusteloos.'

'Hoe weet jij dat?'

'Sinds we van het eiland terug zijn, ijsbeer je elke avond door de salon. Denk je dat dat niet opvalt?'

'Vind jij dat ik ja moet zeggen?'

'Dat is jouw beslissing. Als je het niet doet zijn we de komende weken druk bezig op de aak.'

Luna wist, net als Mårten onlangs, vrij zeker wat haar partner wilde, ook al dacht Tom er iets langer over na dan Mette. De opmerking over de aak was haar manier om hem een beslissing te laten nemen.

'Oké,' zei Stilton en hij stond op. 'Ik bel Mette.'

Hij ging naar het voordek met zijn telefoon in een hand en zijn scheerapparaat in de andere hand. Hij deed graag twee dingen tegelijkertijd: zijn tanden poetsen en meteen de wasbak schoonmaken bijvoorbeeld. Dus belde hij terwijl hij zich begon te scheren.

'Hallo, Mette, met Tom. Dat lijk vind ik interessant, ik word graag bij het onderzoek betrokken.'

'Geweldig. Wat hoor ik?'

'Dat ben ik, ik knars met mijn tanden.'

'Waarom dat?'

'Het was een moeilijke beslissing.'

'Stop daarmee. Ik bel de teamleider om hem op de hoogte te stellen. Het zal geen probleem zijn. Wanneer spreken we weer af?'

‘Heb je nog iets gehoord?’

‘Nee, maar het Forensisch Instituut heeft me een paar foto’s van het lijk gestuurd en een lijst van de spullen die hij in zijn kleding had.’

‘En dat was?’

‘Een plastic aansteker, een taxibonnetje en een fluitje.’

‘Oké, kun je later vandaag langskomen zodat we over het vervolg kunnen praten?’

‘Doe ik,’ zei Mette.

Stilton verbrak de verbinding en zette zijn scheerapparaat uit. Een fluitje?

Hij was al begonnen.

*

Het team van de nachtelijke actie in Västberga was in de coördinatiekamer verzameld. Niemand had tot nu toe geslapen. Ze hadden inmiddels ontdekt dat de camper op naam stond van een gesloten bouwonderneming in Warschau en dat de Skoda een halfjaar geleden in Gdynia was gestolen.

De technisch rechercheurs waren nog aan het werk in Västberga om eventuele sporen van de gevluchte man veilig te stellen. Een bijzonder vaag signalement was verspreid. Het was donker op het terrein geweest en de man had een zwarte capuchon opgehad.

‘We hebben een gezicht van hem nodig,’ zei Lisa.

‘En een naam,’ voegde Olivia eraan toe.

‘De vrouw die we opgevangen hebben kan ons daar beslist mee helpen,’ zei Lasse.

‘Waarschijnlijk wel.’

Oleksi was vanochtend meteen naar zijn moeder gebracht. Nu wachtten ze tot het vrouwenopvangcentrum contact met hen zou opnemen. Olivia had met het personeel afgesproken dat ze haar zouden bellen zodra Alina en haar zoontje hadden ontbeten.

'Het opvangcentrum,' zei Olivia, waarna ze het gesprek aannam. Ze luisterde en zei: 'Dan komen we nu meteen naar jullie toe.' Olivia pakte een zwarte rugzak en stond op. Lisa volgde haar voorbeeld.

Alina en Oleksi zaten dicht tegen elkaar aan op de bank. De kamer was in een warme, rode kleur geschilderd en de gordijnen waren lichtblauw. In één hoek lagen knuffeldieren en speelgoed. Toen Olivia, Lisa en nog een vrouw naar binnen liepen trok Alina haar zoontje tegen zich aan.

'Hallo,' zei Olivia vriendelijk. 'Dit is Dina, zij is onze tolk. We hebben gehoord dat je een beetje Engels praat.'

'Een beetje.'

Olivia keek naar het gespannen gezicht, de holle ogen en het ineengedoken lichaam van de vrouw. Het zou heel lang duren voordat ze enigszins hersteld zou zijn.

'Om te beginnen wil ik zeggen dat er niets met jou of je zoon gaat gebeuren. Oekraïense vluchtelingen zijn welkom in Zweden. Jullie krijgen een tijdelijke verblijfsvergunning en niemand gaat je kind van je afpakken.'

Ze zag dat Alina een beetje ontspande. Haar schouders zakten, ze ging iets rechter zitten en hield Oleksi niet meer zo stevig vast.

'Maar we moeten alleen met je zijn om te kunnen praten over wat er gebeurd is,' ging Olivia verder. 'Het is het beste als je met ons meegaat naar de kamer hiernaast terwijl Oleksi hier blijft. We hebben een agent gevraagd hiernaartoe te komen om hem gezelschap te houden. Vind je dat goed?'

Alina boog zich naar Oleksi toe en zei een paar woorden in het Oekraïens tegen hem. Hij gaf antwoord en wees naar Olivia.

'Hij herkent je,' zei Alina.

'Ik was er vannacht bij.'

'Van de veerboot, toen we vanuit Gdańsk arriveerden.'

In Nynäshamn, dacht Olivia. Ineens werd ze overvallen door

de herinnering aan een grijze camper die ze in de haven had tegengehouden en vervolgens verder had laten rijden. Was dat dezelfde camper? Hadden deze vrouw en haar zoontje daarin gezeten?

'Ja, ik was daar om de arriverende vluchtelingen te begeleiden,' zei ze. 'Het is slim van hem dat hij me herkent.' Ze glimlachte naar Oleksi, die weer naar Alina keek. Ze stond op, zei iets tegen haar zoontje en liep naar de deur. Die werd geopend door een vrouwelijke agent.

'Dit is Oleksi,' zei Olivia terwijl ze naar het jongetje op de bank wees.

'We hebben elkaar vanochtend al ontmoet, ik was bij het ontbijt.'

'Fijn. Dan gaan we nu even weg. Als er iets is, kun je op de deur kloppen.'

'Mama!'

Alina draaide zich om door de kreet van haar zoontje. Oleksi zei iets tegen haar in het Oekraïens. Alina keek naar Olivia. 'Hij vraagt of de deur open mag blijven.'

'Natuurlijk mag dat.'

De kamer waarin ze plaatsnamen was veel minder gezellig. Hij was grijs geschilderd en leek meer op een kantoor. Maar er stonden stoelen rond een tafel, waarop glazen en een kan water stonden. Daarnaast lagen een paar schrijfblokken en pennen. Alina ging op een stoel bij de muur zitten. Olivia had liever gehad dat ze aan de tafel had plaatsgenomen. 'Wil je niet bij de tafel zitten?'

Alina schudde haar hoofd en Olivia besefte hoe kwetsbaar de vrouw was en dat ze heel voorzichtig te werk moesten gaan. Ze ging naast Lisa en Dina aan de tafel zitten.

'Misschien kun je ons om te beginnen iets over jezelf vertellen,' begon Olivia. 'Waar kom je vandaan en hoe is het jou en je zoontje gelukt om hiernaartoe te komen?'

'Dat gaat het gemakkelijkst als ik Oekraïens praat,' zei Alina.

'Dat mag.'

Alina keek naar Dina en begon te praten, niet in een stroom van woorden, maar in korte zinnen met lange pauzes ertussen. Tijdens de pauzes vertaalde Dina voor Olivia en Lisa, die beiden aantekeningen maakten. Dat waren geen prettige aantekeningen. De reden voor hun vlucht en de vlucht zelf waren onmenselijke verhalen. Toen Alina vertelde over de camper en wat er in het bos in Polen was gebeurd, begon ze te huilen. Ze veegde de tranen meerdere keren van haar wangen en haar borstkas ging op en neer door haar zware ademhaling. Toen het huilen iets minder werd, stelde Lisa haar een vraag: 'Dus de mannen vergrepen zich aan je terwijl je zoontje buiten wachtte?'

Alina knikte zwakjes.

Lisa keek naar Olivia, die zich afwendde. Ze wilde het eigenlijk niet horen, wilde niet weten wat deze arme vrouw had moeten doorstaan en wist dat het nog lange tijd in haar hoofd zou blijven malen.

'Was dat dezelfde man die zich gisteravond in de camper bevond?' vroeg Lisa verder.

'Ja, Jacek.'

'Weet je zijn achternaam?'

'Nee.'

'Was Jacek degene die de camper bestuurde toen jullie in Nynäshamn van de veerboot kwamen?' vroeg Olivia.

'Ja.'

Olivia had Jacek dus al gezien. Ze probeerde zich zijn gezicht te herinneren. Hij had een gebreide muts opgehad en had een donkere baard. Wat voor kleur ogen had hij? Ze herinnerde het zich niet. Ze had zich geconcentreerd op de papieren in plaats van op de bestuurder.

'Maar in Polen waren er dus twee mannen in de camper?' vroeg Lisa.

Alina knikte.

'Weet je hoe de andere man heette?'

'Nee, ik heb zijn naam niet gehoord.'

'Ging hij ook mee naar Zweden?'

Alina knikte en streek over haar mond.

'Wil je water?' vroeg Olivia.

Alina knikte en Dina schonk een glas water in en gaf het haar.

Olivia schoof haar stoel een stukje dichter naar Alina toe. 'Je vertelde dat Oleksi me van de veerbootterminal herkende. Hebben jullie sindsdien in de camper gewoond?'

'Niet de hele tijd, we waren ook opgesloten in een appartement.'

Lisa en Olivia veerden op.

'Waar was dat appartement?' vroeg Lisa.

'Dat weet ik niet, het was donker toen we daar arriveerden.'

'Hoe zag het eruit?' vroeg Olivia.

'Gewoon, met een zitkamer, een slaapkamer en een keuken.'

'Kon je naar buiten kijken?'

'Nee, de jaloezieën waren altijd dicht, maar we waren de meeste tijd in de camper.'

Olivia en Lisa wisten waartoe Alina maandenlang in de camper was gedwongen, daar hoefden ze geen vragen over te stellen. Dat wist de tolk niet, maar ze vermoedde het en klemde haar handen tussen haar dijbenen. Ze wisten niet precies op welke manier Alina tot prostitutie was gedwongen, maar hadden geen moeite zich daar een voorstelling van te maken. Vermoedelijk was het op dezelfde manier als in soortgelijke gevallen gegaan. Dreiging met gevangenisstraf, het kwijtraken van haar kind, geweld. Er waren veel manieren om een kwetsbare vrouw in een vreemd land te intimideren en ze waren allemaal even weerzinwekkend.

Olivia opende haar rugzak en haalde er twee potjes uit. 'Deze hebben we in de camper gevonden. Van wie zijn ze?'

Alina wees naar het witte potje. 'Die moest ik nemen, ik weet niet wat het is, het was om...' Alina keek naar Dina en zei een paar zinnen in het Oekraïens tegen haar.

'Ze zegt dat ze waren om haar te verdoven. Ze stompten haar

af,' legde Dina uit. 'Ze gebruikt het woord "afgeschermd", maar ik weet niet precies wat ze daarmee bedoelt.'

Dat wisten Olivia en Lisa wel.

'En dit potje?' Olivia hield het andere potje omhoog.

'Dat zijn pillen die ik aan Oleksi moest geven, een halve per keer, zodat hij in de nis zou slapen als ik... als ik...' Alina stortte in. Ze boog haar bovenlichaam naar voren en begon te trillen.

Lisa liep snel naar haar toe en legde een hand op haar rug. Dina draaide zich om en veegde de tranen van haar wangen. Olivia schonk meer water in en gaf het glas aan Lisa, die Alina zover kreeg dat ze een paar slokken nam. Het duurde even voordat ze weer rechtop ging zitten, het glas water leegdronk en naar Olivia keek. 'Kan ik een telefoon lenen?'

'Ja, wie wil je bellen?'

'Mijn man. Hij vecht in de oorlog en ik weet niet of hij nog leeft. We hebben elkaar niet meer gesproken sinds ik gevlucht ben.'

Olivia haalde haar telefoon tevoorschijn en gaf hem aan Alina, die opstond en bij de muur ging staan. Ze zagen haar handen trillen terwijl ze een nummer intoetste en de telefoon naar haar oor bracht. Een paar seconden later werd er opgenomen en ze begon in het Oekraïens te praten.

Toen het telefoongesprek voorbij was, zakte Alina op de vloer en de telefoon viel uit haar hand.

Olivia liep snel naar haar toe en hurkte naast haar. 'Heb je met je man gesproken?'

Alina zweeg. Olivia keek naar Dina, die knikte. Alina's man had opgenomen. Hij leefde. Wat er verder tijdens het korte gesprek was gezegd, was tussen Alina en haar man.

Lisa hielp Alina overeind.

Ze zetten het gesprek nog even voort, maar Alina werd steeds zwijgzamer. Haar lichaam begon weer in te zakken en Olivia voelde dat het tijd werd om te stoppen. 'We zijn klaar, Alina,' zei ze. 'We zijn heel blij dat het je gelukt is om ons je verhaal te vertellen.'

Alina knikte.

Op het moment dat ze de kamer uit wilden lopen, draaide Olivia zich naar Alina om. 'Het meisje over wie je vertelde, dat bij jullie was tijdens jullie vlucht en de rit met de camper in Polen... Is zij ook meegekomen naar Zweden?'

'Nee. Oleksi heeft gezien dat een vrouw in een zwarte auto haar in het bos in Polen meenam.'

'Kende ze de vrouw?'

'Dat weet ik niet, maar ik denk het niet.'

'Ze verdween midden in het bos in een auto?'

'Ja, met die vrouw. Oleksi zei dat ze Sasja heette.'

'Kende die Sasja de mannen in de camper?'

'Dat geloof ik wel, want ze reageerden niet toen ze Oleksi in de camper neerzette.'

Nadat ze uit het vrouwenopvangcentrum waren vertrokken dachten Olivia en Lisa over veel dingen na. Een daarvan was wat Alina als laatste had verteld, over de vrouw in de zwarte auto die een Oekraïens meisje midden in het bos had opgepikt en was weggereden. Wie was die vrouw? Haar naam was blijkbaar Sasja. Waar waren ze naartoe gegaan?

'We moeten die klootzak Jacek vinden,' zei Lisa.

'Ja, absoluut. Kun jij deze terugbrengen?' Olivia hield Lisa de kleine rugzak voor.

'Waar ga jij naartoe?'

'Ik ga naar Mårten.'

*

Luna was druk bezig met haar sisyfusarbeid op de aak nadat ze Stilton had weggestuurd om aan de andere kant van de brug koffiebroodjes te halen. Hij was met zes verschillende soorten teruggekomen, van kardemombroodjes tot vanilledonuts. Hij wist nog dat Mette daar gek op was. Zelf had hij nooit behoefte aan zoetigheid bij de koffie, en bij de lunch trouwens ook niet, omdat hij van mening was dat het de hersenactiviteit vertraagde.

Mette zat in de comfortabele fauteuil naast de salontafel met haar laptop voor zich. Het viel haar op dat Luna een paar terracotta potten met lichtroze Marbacka-geraniums had neergezet.

Ze zag de schaal met koffiebroodjes ook. 'Dat zijn heel veel broodjes,' zei ze.

'Voor jou.'

'Ik heb diabetes. Ik eet al jarenlang geen broodjes meer.'

'Is dat zo? Dat zal Luna fijn vinden.'

Stilton zat op de bank tegen het schot en had een blocnote en een pen in zijn hand. Mette had hem nog nooit met pen en papier gezien. Wat was er op Rödlöga met hem gebeurd? 'Waar beginnen we?' vroeg ze.

'De plaats delict. Het Forensisch Instituut. Hoe wisten ze waar het lijk lag?'

'Ze hebben een aantal koelcellen geopend voordat ze hem vonden.'

'Hebben we naar vingerafdrukken op de koelcellen gezocht?'

'Ja, die waren er niet.'

Stilton maakte een aantekening op zijn blocnote.

'Stenografeer je?' vroeg Mette.

'Ja.'

'Wanneer heb je dat geleerd?'

'Toen ik dakloos was. Ik vond een lesboek in een vuilnisbak. De uren verstreken erdoor. Stond de baar er nog?'

'Ja, bij de ingang.'

'Het lijk is dus naar buiten gedragen. Dat kun je nauwelijks alleen, dus hebben we het over minstens twee daders. Weten we hoe laat het lichaam gestolen is?'

'Nee, maar het zwarte scherm van de bewakingsopname wijst op een bepaalde tijdsperiode.'

'Heb je het bewakingsschema opgevraagd?'

‘Nog niet.’

‘Dan moeten we dat doen, zodat we het met het zwarte scherm kunnen vergelijken. We gaan ervan uit dat de bewakingscamera op de een of andere manier gemanipuleerd was. Hebben we het parkeerterrein afgezocht? Misschien hebben ze iets laten vallen of weggegooid, zoals pruimtabak of peuken.’

‘Daar zal ik naar informeren,’ zei Mette.

‘Goed. Het lichaam is waarschijnlijk in de kofferbak van een auto vervoerd.’

‘Of op een brombakfiets.’

Stilton keek op van zijn blocnote. Probeerde ze grappig te zijn? ‘Als we erover speculeren dat de diefstal met het verbergen van een identiteit te maken heeft, dan moeten de daders geweten hebben dat het slachtoffer niets bij zich had waaruit zijn naam bleek toen hij van het dak viel,’ zei Stilton. ‘Hoe konden ze dat weten?’

‘Ik heb geen idee.’

‘Tenzij ze zelf op het dak waren.’ Stilton legde zijn blocnote neer. ‘Ik heb water nodig.’

Hij stond op en liep naar de kombuis. Mette keek hem na. Het verblijf op Rödlöga had hem goedgedaan. Hij was bruin, sterk en alert. Ze had hem gezien toen hij thuiskwam uit het ziekenhuis en was geschokt geweest. Mårten had hem een skelet met een losse huid genoemd. Nu zag ze een glimp van de oude Tom, de man die niets uit de weg ging en decennialang de beste van haar onderzoeksteam was geweest, maar ook degene die soms het kortste lontje had. Een eigenschap die hem in een aantal lastige situaties had gebracht waarbij ze al haar autoriteit had moeten aanwenden om hem te beschermen, maar dat was hij waard. Datgene waaraan hij zich op de Filipijnen misschien – ze voegde er altijd zorgvuldig ‘misschien’ aan toe – schuldig had gemaakt, een moord, was diep verborgen voor de buitenwereld en dat moest zo blijven.

Als het aan haar lag.

Stilton opende de koelkast en haalde er een fles mineraalwater uit. Hij zag Luna's rubberlaarzen achter de patrijspoort en hoorde het geluid van de schuurmachine. Dat, samen met het water dat hij dronk, gaf hem nieuwe energie voor het onderzoek.

Hij ging weer met de blocnote voor zich in de salon zitten. 'Zullen we het over de vindplaats hebben?' stelde hij voor. 'Waar is het lijk precies gevonden?'

'In de Götgatan, tegenover de Gröne Jägaren.'

'Door wie?'

'Een groep voetbalsupporters heeft alles gezien. Ze vierden de een of andere overwinning in het eetcafé en stonden op straat.'

'Hoe laat was dat?'

'Net na één uur 's nachts.'

Stilton sloeg een pagina van zijn blocnote om en Mette maakte van de gelegenheid gebruik om een kardemombroodje te pakken. Tegen beter weten in, maar je moest tenslotte ook een beetje leven.

'En waarom is hij precies daar gevonden?' ging Stilton verder.

'Omdat hij van een gebouw gevallen was?'

'Ik bedoel waarom juist dat gebouw? Woonde hij daar zelf?'

'Dat weten we niet omdat we geen idee hebben wie hij is,' zei Mette.

'Is het niet heel waarschijnlijk dat hij daar inderdaad woonde? Wat had hij anders juist op dat dak te zoeken?'

'Misschien is hij gedwongen om daarnaartoe te gaan. Als het geen zelfmoord was, dan was hij daar misschien niet alleen, zoals jij al suggereerde.'

'En hij is over de rand geduwd?' opperde Stilton.

'Of hij koos ervoor om te springen.'

'Naar zijn dood?'

'Het alternatief was misschien erger,' zei Mette.

'Hebben we namen van de supporters die het gezien hebben?'

'Nee.'

'Als we ervan uitgaan dat het slachtoffer niet alleen op het dak was, kunnen ze ook iets anders gezien hebben, zoals mensen die de plek verlieten of auto's die wegreden. Hangen er bewakingscamera's bij de Gröne Jägaren?'

'Ik heb geen idee, maar die hangen tegenwoordig bij veel uitgaansgelegenheden. Ik kan het controleren.'

Stilton liet zijn pen los en keek naar Mette. 'Ik neem aan dat je foto's van het lijk van het Forensisch Instituut hebt?'

'Dat klopt.' Mette opende haar laptop, zette hem aan en haalde een paar foto's van de technisch rechercheurs op, onder meer van het hoofd van het slachtoffer.

'Het heeft ze veel moeite gekost om het gezicht te reconstrueren,' zei ze. 'Er was niet veel van de schedel over.'

'Maar het is toch redelijk duidelijk hoe hij eruitziet. We moeten langs de deuren van het complex gaan om de foto aan de bewoners te laten zien. Misschien herkent iemand hem.'

'Ja.'

Stilton schonk koffie in en zag dat Mette haar kardemombroodje op had. Er zat een beetje suiker rond haar mond. 'Kun je een gestolen lijk laten opsporen?' vroeg hij.

Mette koos ervoor geen antwoord op die vraag te geven.

'Heb je ook foto's van wat hij bij zich had?' ging Stilton verder.

'Jazeker.' Mette haalde een paar foto's op het scherm op.

'Kun je de taxibon vergroten?'

Mette deed wat hij vroeg. Op dit moment was Tom degene die de leiding had. Daar had ze niets op tegen, ze absorbeerde zijn energie.

Stilton schreef een paar getallen van het bonnetje over en haalde zijn telefoon tevoorschijn.

'Wat ga je doen?'

'Controleren waar de taxi hem heeft opgepikt, waar de rit naartoe ging en wie de taxichauffeur was.'

Het duurde even voordat Stilton die informatie had. Het

bleek een klein taxibedrijf te zijn dat de informatie niet meteen wilde afgeven. Na een tijdje redetwisten lukte dat echter toch. De taxi had de passagier opgepikt bij de Kungsträdgården en had hem naar restaurant Snövit aan de Ringvägen gereden. De chauffeur heette Arda Demir.

'Hebben jullie zijn telefoonnummer voor me?'

Stilton kreeg het nummer en belde hem. Hij legde uit dat het ging om een ernstig misdrijf waarbij hij hulp nodig had, waarna hij het adres waar de rit was begonnen en het tijdstip aan hem vertelde. 'Herinner je je de passagier?' vroeg hij aan Demir.

'Niet heel goed. Misschien een beetje omdat hij...' Demir zweeg.

'Ga verder,' spoorde Stilton hem aan.

'Hij betaalde niet op de gebruikelijke manier.'

'Wat bedoel je?'

'Iedereen betaalt tegenwoordig met een bankpas, bijna iedereen, niemand gebruikt nog geld.'

'Maar dat deed hij wel?'

'Ja. Hij betaalde met papiergeld.'

Wat anders, dacht Stilton. Bitcoins? 'Herinner je je hoe hij eruitzag?' vroeg hij.

'Ik heb niet zo goed opgelet.'

'Hebben jullie camera's in de auto's?'

'Nee.'

'Zat hij op de achterbank?'

'Ja.'

'Droeg hij een bril?' vroeg Stilton.

'Ik denk het niet.'

'Was hij blond of donker?'

'Donker, geloof ik,' zei Demir.

'Praatte hij Zweeds?'

'Hij gaf alleen het adres op en daarna zweeg hij.'

'Ging hij het restaurant in?'

'Dat weet ik niet. Ik ben weggereden.'

'Hoe lang zou je zeggen dat hij was?' vroeg Stilton verder. 'Je zag hem toen hij in- en uitstapte. Had hij een gemiddelde lengte?'

'Wat is dat?'

'Hoe lang ben jij?'

'Een meter vijfenzeventig.'

'Was hij langer dan jij?'

'Ik weet het niet... Hij was in elk geval niet klein.'

'Oké. Dank je wel, Arda.' Stilton verbrak de verbinding en keek naar Mette. 'Slank, donker haar en waarschijnlijk geen bril. Hij betaalde contant.'

'Waarom vroeg je hoe lang hij was? Dat staat toch in het autopsierapport?'

'Dat ging vanzelf. Over de autopsie gesproken, had hij alcohol of drugs in zijn lichaam?'

'Nee.'

'Hij is dus niet gesprongen omdat hij dronken was.' Stilton zweeg en zette wat nietszeggende krabbels op het papier voor hem.

'We komen op dit moment misschien niet veel verder,' zei Mette.

'Nog één ding. Ik dacht aan het lijk dat...' Stilton keek op van zijn blocnote. 'Kunnen we een naam voor hem bedenken? Het klinkt belachelijk om de hele tijd "het lijk" te zeggen.'

'John Doe?'

'Dat is nog belachelijker. Wat denk je van Verner?'

Mette wist niet of Tom het serieus meende. 'Verner?'

'Waarom niet? Ik ga hem in elk geval zo noemen. Ja, het ontbindingsproces moet bijna onmiddellijk begonnen zijn nadat Verner uit de koelcel gehaald is.'

'Inderdaad.'

'Wat doe je met een rottend lijk?' vroeg Stilton.

'Waarom zou je dat trouwens stelen?'

'Draaien we nu in een kringetje rond?'

'Ja.' Mette stond op. De bespreking was afgelopen.

'Dat fluitje dat hij bij zich had,' zei Stilton. Hij bleef zich vastbijten. 'Kunnen we daar DNA van afnemen?'

'Waarom dat?'

'Speeksel. Misschien heeft iemand anders dan hijzelf erop geblazen.'

'Misschien wel, maar de Zilveren Wolven hebben een vrij beperkt budget. Ik weet niet of we dat kunnen belasten met een DNA-test op basis van zo'n vage reden.'

Stilton haalde zijn schouders op en volgde Mette naar de trap. 'Trouwens, kun je een foto van Verners gezicht voor me printen als je thuis bent?'

'Hebben jullie hier geen printer?'

'Het is een aak.'

'En?'

Op dat moment ging Mettes telefoon. Ze keek naar het display en vervolgens naar Stilton. 'Het is Olivia.' Ze nam op. 'Hallo. Hoe is het met je?'

'Niet best,' zei Olivia. 'We hebben net een lang gesprek gehad met een arme Oekraïense vluchteling die in een camper tot prostitutie gedwongen is. Ze was daarin opgesloten met haar zevenjarige zoon.'

'Afschuwelijk.'

'Ja, ze is helemaal kapot. Ik vroeg me af of ze een paar dagen bij jullie mogen logeren tot we iets permanents geregeld hebben. Ik wil haar en het kind niet naar een asielzoekerscentrum brengen.'

'Ik vind het geen probleem. Overleg het maar met Mårten.'

'Dat heb ik al gedaan.'

'Heb je hem eerst gebeld?'

'Nee, ik ben naar jullie woning geweest.'

'Wat zei hij?'

'Dat ik het met jou moest overleggen, maar dat hij het geen probleem vindt. Ze kunnen in het gastenverblijf logeren.'

'Dat is dan geregeld. Wanneer komen ze?'

'We brengen ze vanmiddag, als dat goed is.'

'Prima.' Mette liep de trap naar het voordek op. Tijdens de paar treden daarnaartoe had ze tijd om na te denken. Het huisvesten van een seksueel misbruikte vluchteling en haar zoontje?

Het leven kon vreemde wendingen nemen.

*

Jacek zat ongeschoren en halfnaakt aan de keukentafel in een tweekamerflat in Fittja. Hij was gespannen en mengde koffiepoeder door lauw water. Hij was ternauwernood aan de politie ontsnapt en had problemen. Het verlies van de Skoda was het minste daarvan; het was ernstiger dat de politie de inkomstenbron in de camper had gevonden. Daar zouden zijn superieuren niet tevreden over zijn. Hij was van mening dat het zijn schuld niet was. Hij had niets verraden, maar misschien had de een of andere klant over de camper gekletst.

Maar toch.

Hij nam een slok koffie en proefde dat het meer water dan koffie was. Met tegenzin haalde hij zijn telefoon tevoorschijn. Hij zag op tegen het gesprek omdat hij wist waartoe het zou leiden. In het ergste geval een enkele reis naar een plek waar hij niet terecht wilde komen. Langzaam toetste hij de cijfers in en luisterde.

Hij werd naar de voicemail doorgeschakeld. 'Hallo, met Jacek. Het was geen goede nacht. Politie. Ik moest vluchten.'

Hij vond het niet nodig om meer te zeggen. Als de ontvanger zijn bericht had gehoord en contact met hem opnam zou hij alles uitleggen. Hij hoopte dat de persoon hem zou bellen en het niet persoonlijk zou afhandelen. Dat hij niet ineens voor zijn deur zou staan met zijn uitdrukkingsloze gezicht.

Jacek schoof de koffiebeker weg en keek naar het aanrecht. Het zwarte pistool lag op een kindertekening. Af en toe hadden de vrouw en haar zoontje hier geslapen. Hij pakte een gekreukte broek van de vloer en haalde er een zakje met wit poeder uit. Met een enigszins trillende hand trok hij de grijze jaloezie naar beneden. Hij ging ervan uit dat hij werd gezocht en was van plan zich hier te verbergen.

Zo lang mogelijk.

*

'Ze was er gewoon ineens, vanuit het niets?'

'Ja.'

Olivia en Abbas liepen langzaam in de snijdende wind door het Kronobergspark. Ze had de vluchtelingen naar Kummelnäs gebracht en nu had Abbas de bom dat Drishti, de moeder die in zijn jeugd was verdwenen, in zijn leven was verschenen gedropt. Olivia wist niet goed hoe ze moest reageren. Ze wist hoe verbitterd hij zich voelde, hoeveel pijn hij leed omdat hij als kind in de steek was gelaten, dus onthield ze zich voorlopig van emotionele uitingen. 'En ze logeert bij jou?'

'Op dit moment wel. Waar wilde je over praten?' Abbas had er geen behoefte aan om over zijn persoonlijke situatie te praten, daar worstelde hij zelf al genoeg mee.

Olivia hield hem de munt voor. 'Dit is toch een speelfiche?'

'Ja, van ons casino. Waar heb je die vandaan?'

Olivia vertelde over de camper en over Jacek, de man die was gevlucht. 'Hij lag op de vloer bij de bestuurdersplaats. We weten niet of hij hem verloren is, maar de kans bestaat.'

Abbas besefte natuurlijk wat Olivia wilde. Hij was croupier bij Casino Cosmopol en ze hoopte dat deze Jacek daar speelde omdat de speelfiche daarvandaan kwam. Tenminste, als hij degene was die hem had laten vallen.

'Jullie fotograferen alle bezoekers toch?' vroeg Olivia.

'Ja, dat is verplicht.'

'En die opnamen bewaren jullie op geheugenkaarten?'

'Vijf jaar.'

'Dan wil ik de foto's van het afgelopen jaar bekijken.'

'Dat is geen probleem.'

'Het liefst vandaag als dat mogelijk is. En als hij op de foto's voorkomt, dan kun je misschien in de gaten houden of hij terugkomt.'

'Als hij in het hele land gezocht wordt, dan kan ik me niet voorstellen dat hij naar het casino gaat.'

'Waarschijnlijk niet, maar je weet het nooit.'

*

Het was een bekend feit dat eetcafé Gröne Jägaren in de Götgatan de stamkroeg van de supporters van Hammarby was. Mocht je dat niet weten, dan werd het duidelijk door het zwarte bord met de tekst FALCON: ECHT HAMMARBY-BIER dat buiten hing. Hier werd allerlei vermaak aangeboden, zoals karaoke, blackjack en roulette. Er waren twee goedgevulde bars en op de menukaart stonden stevige gerechten zonder culinaire pretenties. De inrichting was functioneel, met rode houten tafels, met leer beklede banken tegen de muren en een eenvoudig te boenen vloer.

Tom Stilton betrad dit heiligdom op een woensdagavond, gekleed in zijn versleten leren jack en donkere spijkerbroek. Hij had geen pet op.

Hij bestelde een pint Mariestads-bier, niets buitenissigs, ging zitten en dronk terwijl hij in het naar bier stinkende lokaal om zich heen keek. Het was druk en veel gasten hadden hun hart duidelijk aan Hammarby verpand. De vele groen-witte shirts en sjaals getuigden daarvan. Hij had geen uitgewerkt plan omdat hij de voorkeur gaf aan improviseren, interpreteren en een indruk krijgen. Toen hij daarmee klaar was pakte hij zijn glas bier en liep naar een afgeschermd gedeelte in het midden van de ruimte waar vier mannen van verschillende leeftijden zaten die de juiste kleuren droegen. Zonder het te vragen trok hij een stoel naar achteren en ging aan één kant van de tafel zitten. De reactie was snel en duidelijk. 'Je zit aan de verkeerde tafel.'

Stilton nam een slok bier, zette zijn glas neer en keek naar de jonge man die het woord had genomen. 'Heb je er bezwaar tegen dat ik hier zit?' Stilton was zich bewust van meerdere zaken: zijn fysieke verschijning, zijn kale hoofd en zijn kalmte. Die factoren werden opgemerkt rond de tafel. De sfeer was een paar seconden onzeker, lang genoeg voor Stilton om te voelen in welke positie hij zich bevond. Hij had de overhand. 'Een tijdje geleden is er een lichaam op straat gevallen. De man is overleden,' zei hij terwijl hij zich over de tafel boog. 'Een verdomd onprettige manier om dood te gaan.'

Sommige mannen reageerden, andere bleven roerloos zitten.

'Wat hebben wij daarmee te maken?' vroeg een van hen.

'Bajen had een thuiswedstrijd gewonnen en veel supporters waren dat 's avonds voor het eetcafé aan het vieren. Iedereen heeft gezien wat er gebeurde.' Stilton nam een slok bier en ging verder. 'Ik neem aan dat jullie Bajen-supporters zijn.'

'Waarom?'

'Kan het zijn dat een van jullie het lichaam met zijn telefoon gefilmd heeft?'

'Ben je een smeris?'

'Was jij erbij?'

Stiltons tegenvraag werd met stilte beantwoord. Bierglazen werden opgetild en nadrukkelijk leeggedronken. Een van de mannen stond op en liep bij de tafel weg. Stilton zag het en liet zijn stem dalen. 'Het zit als volgt,' zei hij. 'Het kan me geen moer schelen of iemand het lichaam gefilmd heeft, ik ben alleen nieuwsgierig of er iets anders op de film staat, een persoon, een auto of iets op de achtergrond, iemand die uit een portiek komt, dat soort dingen. Het kan belangrijk zijn.'

'Waarom dat?'

'Omdat hij van het dak geduwd is en we willen weten wie dat gedaan heeft.'

Afhankelijk van de hoeveelheid alcohol die was genuttigd reageerden de personen rond de tafel daar anders op.

'Geduwd?'

'Ja.' Het was een bewering waarvoor Stilton helemaal geen bewijs had, maar die hem na nog een paar pinten bier de informatie opleverde waarnaar hij op zoek was.

'Jompa heeft gefilmd,' zei een van de jonge mannen aan de tafel.

'Maar hij was niet de enige,' voegde een van de andere mannen eraan toe.

'Oké, en hoe kan ik met Jompa in contact komen?' vroeg Stilton. 'Is hij hier?'

'Nog niet, maar hij komt waarschijnlijk wel opdagen.'

Dat was zo, twee uur en drie biertjes later. Stilton had op een paar rondjes getrakteerd en had moeten luisteren naar veel bijzonder gedetailleerde loftuitingen op bijna alle voetballers die ooit voor Hammarby hadden gespeeld, met inbegrip van Nacka Skoglund, de enige speler die hij van naam kende. Toen de groep rond de tafel supportersliedjes begon te zingen en veel gasten invielen, kreeg Stilton het gevoel dat hij op de verkeerde plek in het leven was.

Op dat moment arriveerde Jompa. Hij was een tengere man met weelderig, golvend haar en een zwarte capuchontrui. De gebruikelijke sjaal was twee keer rond zijn hals geslagen en kwam tot zijn knieën. Hij werd onmiddellijk naar Stiltons tafel geroepen. 'Hé, Jompa! Heb je je telefoon bij je?'

Dat had Jompa en het duurde niet lang voordat zijn kameraden hadden uitgelegd hoe het zat. 'Die vent is geduwd! Jezus!'

Ook Jompa schikte zich snel in de hiërarchie rond de tafel, waarin Stilton als vanzelfsprekend de dienst uitmaakte. Hij legde uit wat hij een paar uur eerder ook had verteld, waarna Jompa een korte film op zijn telefoon opzocht. Stilton en Jompa bestudeerden de film vlak naast elkaar. Die toonde eerst het neergestorte lichaam aan de overkant van de straat, vergezeld van geschreeuw van de omstanders, waarna opnamen dichter bij het lichaam en mensen die zich langs de randen bewogen volgden. Eén detail, een plotselinge beweging, trok Stiltons aandacht onmiddellijk.

'Kun je me die film sturen,' zei Stilton. Het was geen vraag.

Stilton voelde het bier uit de Gröne Jägaren. Hij was het niet meer gewend om zoveel te drinken. Op Rödlöga waren ze bijzonder matig geweest, ze hadden één avond per week een fles rode wijn gedeeld. Daar waren andere dingen die bedwelmend waren. De glazen bij Mette had hij gedronken zonder er daarna iets van te merken.

Maar het bier van de vorige avond had zijn sporen achtergelaten. Hij stond lang onder een koude douche, krabde aan de grijze haren op zijn borstkas en dacht aan het filmpje van Jompa. Hij wilde het zo snel mogelijk aan Mette laten zien.

'Waar ben je?' hoorde hij Olivia roepen.

Wat doet zij hier? Hij wikkelde een handdoek om zich heen en liep naar de salon.

Olivia stond bij een van de schotten en keek naar een opgeplakte foto. 'Wie is dit?'

'Verner.'

'Verner wie?'

'Dat vragen wij ons ook af. Kun je even wachten zodat ik iets kan aantrekken?'

Stilton verdween in zijn kooi en Olivia bleef naar het gezicht op het schot kijken. Het zag er bijzonder dood uit en was aan elkaar genaaid. Verner? 'Is hij degene die uit het Forensisch Instituut gestolen is?' vroeg ze toen Stilton in een joggingbroek en een geel T-shirt terugkwam.

'Ja. Heb je met Mette gesproken?'

'Heel kort, ik was gisteren bij haar. Heet hij Verner?'

'Nee, hoewel, dat weet ik niet. We noemen hem zo.'

Hij liep naar Olivia toe en omhelsde haar. Ze hadden elkaar nauwelijks gezien sinds hij weer gezond was en hadden bijna niet kunnen praten over wat er het jaar ervoor was gebeurd. Dat hij haar bijna was verloren door een brandstichting en dat zij hem bijna was verloren door corona. De omhelzing werd dus extra lang en innig. Voordat Stilton haar losliet overwoog hij of Olivia Rödlöga misschien moest erven als Luna er geen belangstelling voor had.

'Hoe is het met je?' vroeg hij en hij deed een stap naar achteren.

'Goed, zoals iedereen altijd zegt, ook al is het niet waar.'

'De mensenhandel?'

'Ja.' Ze negeerde Stiltons kortaangebonden manier van praten. Ze was het gewend en wist dat hij er niets mee bedoelde.

'Vertel,' zei Stilton.

Olivia ging zitten en vertelde uitgebreid over wat ze had meegemaakt, zodat ze haar ontzetting kwijt kon raken. 'Je denkt dat je gehard raakt,' zei ze. 'Dat je eraan went, in staat bent er professioneel mee om te gaan, efficiënt wordt.'

'Maar zo is het niet?'

'Op dit moment niet.' Olivia schudde haar hoofd zo hevig dat het lange donkere haar rond haar schouders vloog, alsof ze datgene waarmee ze worstelde op die manier kwijt kon raken.

'Alles heeft tijd nodig,' zei Stilton. 'Binnenkort kun je er afstand van nemen. Alle zaken verdwijnen uiteindelijk naar de achtergrond.'

'Waarna er een nieuwe zaak voor in de plaats komt.'

'Je bent een politieagent.'

Olivia knikte terwijl ze naar de vloer keek. 'Waar is Luna op het dek mee bezig?' vroeg ze om het over iets anders te kunnen hebben.

'Ze renoveert de aak alsof ze bezeten is. Ik heb haar ten huwelijk gevraagd.'

'Echt waar?'

'Ik weet alleen niet of ze het serieus nam.'

'Misschien is ze juist daarom zo fanatiek bezig,' zei Olivia.

'Omdat...?'

'Omdat ze niet weet hoe ze moet omgaan met je aanzoek.'

'Denk je?'

Olivia merkte dat Stilton oprecht verbaasd was. Dat gebeurde niet vaak en ze had spijt van wat ze had gezegd. 'Hebben jullie het fijn gehad op Rödlöga?'

Het was een abrupte verandering van gespreksonderwerp die zelfs Stilton, die op dat gebied soms nogal traag kon zijn, niet ontging. Hij glimlachte echter. 'Ja, heel fijn. Ben je hier met een speciale reden of wilde je gewoon met iemand praten?'

'Abbas' moeder is opgedoken. Wist je dat?'

Dat wist Stilton niet. Hij had Abbas al een hele tijd niet gesproken. Ze hadden contact met elkaar als daar een reden voor was, en niet om zomaar met elkaar te praten. 'Meen je dat?' zei hij om toch iets te zeggen.

'Ze logeert blijkbaar bij hem.'

Het was informatie die Stilton moest verwerken als hij in zijn kooi lag. 'Hoe reageert hij daarop?' vroeg hij. 'Heb je hem gesproken?'

'Heel vluchtig. Ik had ergens hulp bij nodig.'

'Je hebt zijn moeder dus niet ontmoet?'

'Nee.' Olivia stond op. Ze had een deel van wat er 's nachts door haar hoofd spookte van zich af kunnen praten en had Tom verteld dat hun wederzijdse bijzonder goede vriend Abbas in een interessante situatie was terechtgekomen.

Terwijl ze de trap op liep draaide ze zich om. 'Hoe kun je een vrouw verkrachten als haar kind toekijkt of het kan horen?'

Daar had Stilton geen antwoord op.

*

Het gastenverblijf van het echtpaar Olsäter lag achter het huis, op enige afstand van datgene wat een kippenhok moest worden. Het was een rood geschilderd en goed onderhouden huisje. Een van de kinderen had er een paar jaar met het gezin gewoond, maar nu stond het leeg. Het bestond uit een kleine zitkamer, een slaapkamer, een keukentje en een badkamer met een douche.

Het was volledig bewoonbaar voor gasten en op dit moment waren dat Alina en haar zoontje.

Mårten had er een grote mand met speelgoed naartoe gebracht dat in de loop der jaren was gekocht om alle kleinkinderen in een goed humeur te houden. Nu dacht hij dat Oleksi er ook plezier aan kon beleven. Mette had het bed opgemaakt, had een extra verwarmingselement neergezet zodat ze het niet koud zouden hebben en had ervoor gezorgd dat er ontbijtspullen in het keukentje stonden.

Nu zaten ze met zijn vieren voor het huisje en dronken koffie en limonade. Het was een mooie ochtend en de lucht was helder, ook al was het bijna herfst. De bladeren van de berkenbomen begonnen geel te worden en de zomerwarmte was op zijn retour, dus was het belangrijk om zo veel mogelijk te profiteren van de uren die buiten doorgebracht konden worden.

'Hebben jullie vannacht goed geslapen?' vroeg Mette.

'Ik had moeite om in slaap te vallen,' zei Alina. 'Oleksi sliep heel snel, maar had nachtmerries.'

'Dat is natuurlijk niet zo vreemd,' zei Mårten.

Olivia had een lang gesprek met Mette en Mårten gehad waarin ze het grootste deel van de ontberingen die Alina en Oleksi hadden doorstaan had verteld. Ze hadden geluisterd, hadden alles in zich opgenomen en hadden er geen moeite mee om zich te verplaatsen in de hel die de vluchtelingen hadden meegemaakt.

Mårten was het meest bezorgd over Oleksi. Hij was kinderpsycholoog, had jarenlang met zwaar getroffen kinderen gewerkt en wist veel over trauma's op die leeftijd. Het probleem in dit geval was dat de jongen alleen Oekraïens sprak en dat deed hij niet, dus moest hij andere methoden gebruiken. In eerste instantie was dat contact maken, vertrouwen opbouwen en ervoor zorgen dat Oleksi zich veilig bij hem voelde.

Een manier daarvoor is om hem mijn project te laten zien, dacht hij en hij stond op. Hij wees naar het kippenhok bij de heg. 'Ik wil Oleksi onze kippen graag laten zien,' zei hij tegen Alina terwijl hij zijn hand naar de jongen uitstak.

Oleksi keek naar zijn moeder, die aangaf dat het goed was, waarna Mårten en de jongen hand in hand naar de heg liepen.

Mette had veel ervaring op een ander gebied. Ze had onderzoek gedaan naar wreedheid in allerlei vormen en had te maken gehad met kwetsbare en ernstig mishandelde vrouwen. Het voordeel voor haar was dat ze kon communiceren met Alina. Het was niet haar bedoeling om Alina's psychische lijden en haar oorlogstrauma te behandelen, daarvoor waren anderen beter geschikt en zij zou erbij betrokken worden als dat nodig was. Op dit moment wilde ze er alleen voor zorgen dat deze jonge vrouw warmte en zorgzaamheid voelde, dat ze besefte dat er mensen in dit vreemde land waren die om haar en haar zoontje gaven.

'Heb je weleens aan pottenbakken gedaan?' vroeg ze. 'Met klei gewerkt?'

'Nee.'

'Dat is niet gemakkelijk, maar leuk om te doen en heel ontspannend. Ik kan het je laten zien. Ga je mee?'

Mette stond op en Alina volgde haar voorbeeld. Terwijl ze onderweg waren hoorden ze kakelende geluiden en ze keken naar de heg. Het was Mårten, die zonder woorden aan Oleksi probeerde uit te leggen wat er in het masoniethok zou komen door een kip te imiteren. Mette vervloekte zichzelf dat ze haar telefoon niet bij de hand had. Dat filmpje zou het fantastisch gedaan hebben tijdens het volgende kreeftenfeest.

Toen ze de hoek van het huis omsloegen stond Olivia aan de voet van de trap naar de voordeur.

'Hallo,' zei Mette. 'We waren in de achtertuin. Is er iets gebeurd?'

'Niet echt. Ik wilde alleen weten hoe het met Alina en Oleksi gaat. Hallo, Alina.'

'Hallo.'

'Het gaat goed,' zei Mette. 'Ze logeren in het gastenverblijf. Mårten probeert Oleksi uit te leggen wat er in het kippenhok komt en ik ga Alina de pottenbakkerskamer laten zien. Was dat het enige waarom je hier bent?' Mette vermoedde dat het meer dan alleen een beleefdheidsbezoekje was.

'Niet echt, ik wil Alina een paar foto's laten zien.' Olivia haalde een iPad uit haar tas en zette hem aan. 'Ik heb ze van Abbas gekregen. Het zijn foto's van de bezoekers van Casino Cosmopol. Misschien is de Pool Jacek daar geweest.'

Alina reageerde op de naam Jacek, dus hield Olivia haar iPad omhoog en schakelde over op Engels. 'Ik wil dat je naar deze foto's kijkt om te zien of een van de mannen Jacek is.'

Alina knikte en begon de foto's die Olivia op het scherm vertoonde te bestuderen. Olivia had de foto's zelf bekeken in de hoop dat ze de chauffeur uit Nynäshamn zou herkennen, maar was daarin niet geslaagd. Mette keek naar het kippenhok. Ze hoopte dat Oleksi daar nog een tijdje zou blijven.

Er verstreken ongeveer vijf minuten voordat Alina reageerde. 'Dat is hem.' Ze wees met een trillende vinger naar een gezicht.

'Weet je dat zeker?' vroeg Olivia.

Alina knikte en beet op haar onderlip.

'Bedankt voor je hulp,' ging Olivia verder. 'Dit is heel belangrijk omdat we nu een volledig opsporingsbericht kunnen uitsturen. We krijgen hem te pakken.' Olivia streelde Alina's arm.

'Dan gaan we nu pottenbakken,' zei Mette, en ze pakte Alina's andere arm vast.

'Ik heb Verner vandaag gezien,' zei Olivia. Ze stopte de iPad weer weg.

Mette bleef op de trap staan. 'Verner? Waar dan?'

'Ik heb een foto van hem gezien toen ik op de aak was. Is dat geen ongelofelijk belachelijke naam?'

'Ongelofelijk belachelijk, maar dat moet je tegen Tom zeggen.'

Mette en Alina verdwenen in de woning en Olivia keek naar Mårten en Oleksi bij het kippenhok. Ze zaten op hun hurken en keken tussen het kippengaas door. Ze was blij dat de jongen bij Mårten was terechtgekomen, ook al was het tijdelijk, en dat Mette Alina onder haar hoede nam. Nu moesten ze er alleen voor zorgen dat ze de mannen die hun ellende hadden veroorzaakt arresteerden.

In elk geval één van de mannen.

Ze opende de iPad weer en keek naar de man die Alina had aangewezen. Nu zag ze iets vaag bekends aan hem. Hij had in de camper in Nynäshamn gezeten die zij Zweden binnen had laten rijden.

Ze mailde de foto naar Lisa zodat hij verspreid kon worden.

*

'Ben je zo fanatiek bezig omdat ik je een aanzoek gedaan heb?'

'Fanatiek? Wat bedoel je?'

'Je bent volkomen geobsedeerd aan het werk.' Stilton stond een stukje bij Luna vandaan op het voordek en keek naar haar terwijl ze met de schuurmachine in de weer was.

Ze zette hem uit en liep naar hem toe. 'Het was dus een huwelijksaanzoek?'

'Min of meer.'

Luna lachte en schudde haar hoofd. 'Nee,' zei ze vervolgens. 'Daarom ben ik niet zo fanatiek bezig. Ik ben trouwens helemaal niet fanatiek, ik doe alleen wat er gedaan moet worden. Het heeft niets met jou te maken.'

'Dat is mooi.'

Luna legde de schuurmachine neer en sloeg haar armen om Stiltons nek. 'Ik heb nagedacht over je "min of meer"-aanzoek.'

'Ja?'

Luna kuste hem. De verfschilfers op haar bezwete wangen schuurden tegen zijn wangen. Ze boog haar hoofd naar achteren en keek in zijn ogen. 'Misschien moeten we vanavond een lekkere maaltijd eten, een glas wijn drinken en ons verloven. Wat vind je daarvan?'

Stilton was eigenlijk van plan geweest om naar Mette toe te gaan om haar Jompa's film te tonen en daarna naar het appartementencomplex in de Götgatan om de foto van Verner aan de bewoners te laten zien, maar plannen konden aangepast worden.

'Verloven we ons?' zei hij.

'Ja. Laten we daarmee beginnen.'

Stilton streelde Luna's wang en wilde haar net een kus geven toen hij vanuit zijn ooghoeken iets zag wat hem niet beviel. Twee personen, een man en een vrouw in donkere jacks, waren onderweg naar de aak. De vrouw had blond haar in een knot en droeg zwarte handschoenen. De man was Robert Pärlqvist, de Norrlander, een bekwame moordonderzoeker in de tijd waarin Stilton eveneens bij de politie had gewerkt.

Stilton duwde Luna een stukje van zich af en knikte naar de ladder. Luna keek om en zag de twee personen naar boven komen.

'Hallo, Tom, *long time,*' zei Pärlqvist terwijl hij zijn hand naar Stilton uitstak.

'Hallo, Robban. Werk je nog steeds op het bureau?'

'Ja. Dit is Malin Ekdahl.'

Stilton begroette Ekdahl, waarna Luna hetzelfde deed. Ze voelde meteen dat Tom zich niet op zijn gemak voelde en gespannen was.

'Woon je hier op de aak?' vroeg Pärlqvist.

'Ja. Ben je hiernaartoe gekomen om dat te vragen?'

'Nee,' antwoordde Pärlqvist met een uitdrukkingsloos gezicht. 'We willen je een paar vragen stellen over een gebeurtenis die in 2016 op de Filipijnen plaatsgevonden heeft.'

'Waarom dat?'

'Op het politiebureau,' zei Ekdahl.

Stilton voelde Luna's ogen in zijn rug prikken en was dank-

baar dat het gesprek op het politiebureau zou plaatsvinden.
Met haar blik zou hij later moeten omgaan.

*

Malin Ekdahl ging achter een bureau zitten en gebaarde dat Stilton op de stoel tegenover haar moest plaatsnemen. Ze had haar handschoenen uitgetrokken. Pärlqvist liep naar het raam en leunde tegen het kozijn. Stilton overwoog of hij zou blijven staan, dat deed hij liever als hij het gevoel had dat hij in het nauw werd gedreven.

'Ga alsjeblieft zitten,' zei Ekdahl en ze gebaarde opnieuw naar de stoel.

Stilton deed wat ze vroeg en keek naar Ekdahl, die een dunne map opende. Ze is jong voor een onderzoeker, dacht Stilton, als ze dat tenminste is. Aan de andere kant was Olivia van Ekdahls leeftijd geweest toen Mette haar bij haar team had binnengehaald. Waarschijnlijk ben ik degene die oud begint te worden.

'De politie in Manilla heeft ons gevraagd om je informatief te verhoren over de omstandigheden rond de dood van een Roemeense vrouw met de naam Maria Basescu,' begon Ekdahl. 'De gebeurtenis heeft in augustus 2016 in Puerto Galera plaatsgevonden. Ken je de bewuste vrouw?'

'Ja.'

'Ze is 's nachts onder een brug buiten het dorp dood aangetroffen. Ze had een bungeejump vanaf de brug gemaakt en de verdenking bestaat dat iemand de veiligheidspin waarmee het springtouw vastzat eruit heeft getrokken waardoor ze op de rotsen gestort is.'

'Wat heeft dat met mij te maken?'

'Was je in die tijd op de Filipijnen?'

'Wanneer precies?'

'Rond half augustus 2016.

'Ja.'

'Wat deed je daar?'

Stilton besefte dat Malin Ekdahl de leiding van dit verhoor had, misschien vanwege zijn relatie met Pärlqvist. Ze hadden goed met elkaar overweg gekund en Pärlqvist voelde zich misschien niet helemaal op zijn gemak over de situatie.

Dat gold eveneens voor hem.

'Ik was op zoek naar Basescu om haar te vervolgen,' zei Stilton terwijl hij in Ekdahls ogen keek. 'Ze had in Zweden een aantal kinderen vermoord om hun organen te verkopen.'

'Daar zijn we van op de hoogte. Heb je haar gevonden?'

'Nee.'

'Ben je in Puerto Galera geweest?'

'Voor zover ik me kan herinneren niet.'

'Een barman daar heeft je via de pasfoto van de luchthaven geïdentificeerd. Hij heeft verteld dat je de nacht van het ongeluk samen met Basescu naar de bewuste brug gereden bent. Wat is je antwoord daarop?'

'Hij heeft de verkeerde persoon aangewezen.'

'Waarom zou hij dat doen?' vroeg Ekdahl.

'Misschien wilde hij de politie een plezier doen, dat gebeurt vaker.'

'Je bent daar dus niet geweest?'

'Nee.'

'En je ontkent elke betrokkenheid bij die gebeurtenis?'

'Absoluut.'

Ekdahl keek naar Stilton. Zijn gezicht was onbeweeglijk en kalm.

Pärlqvist schraapte zijn keel en Stilton keek naar hem. 'Basescu was blijkbaar van plan om daar een soortgelijk handeltje op te zetten,' zei Pärlqvist.

'Met kinderen?'

'Ja.'

'Daar had ik geen idee van. Weerzinwekkend.'

'Ja. Vanuit dat oogpunt was haar dood min of meer een goede daad.'

Ekdahl schrok een beetje.

'Zo zou je het kunnen zien,' zei Stilton.
'Het is bijna verdedigbaar.'
'Bijna.'
De mannen keken elkaar aan.
'Goed, dan hebben we de antwoorden die we wilden hebben,' zei Pärlqvist. 'Of niet soms, Malin?'
Ekdahl gaf geen antwoord, ze vond waarschijnlijk dat ze niet veel antwoorden hadden gekregen. Aan de andere kant was de getuigenverklaring van de barman het enige wat Tom Stilton met de plek van Basescu's dodelijke ongeluk verbond. Tot nu toe. Voorlopig had ze er niets aan toe te voegen.
Pärlqvist liep met Stilton mee naar de deur. 'Wat doe je tegenwoordig?' vroeg hij.
'Ik help de Zilveren Wolven met een onderzoek. Mette is er ook bij betrokken.'
'Doe haar de groeten.'
'Dat zal ik doen.'
Stilton gaf Pärlqvist een hand. Ekdahl bleef op haar stoel zitten.
'Trouwens, mag ik een vraag stellen?' zei Stilton. 'Waarom doen ze nu pas onderzoek naar de zaak?'
'Ze hebben een coldcaseteam in het leven geroepen. Het is een van de eerste zaken waarnaar ze kijken.'
'Oké.'
Pärlqvist liep met Stilton mee naar de gang en liet zijn stem dalen. 'Zou je bereid zijn om DNA af te staan?'
'Waarom dat?'
'Ze hebben blijkbaar een DNA-spoor op de veiligheidspin gevonden waarnaar ze onderzoek doen. Misschien nemen ze nog contact met ons op.'
'Dan wachten we dat af. Tot ziens.'
Pärlqvist bleef staan en zag Stilton in de gang verdwijnen.

DNA? Stilton bleef voor de lift staan zonder op de knop te drukken. DNA op de veiligheidspin? Wat gebeurde er als ze daar iets uit konden halen? Hij wist dat Zweden geen uitleveringsverdrag met de Filipijnen had, maar toch. Moest hij weigeren om zijn DNA af te staan? Hoe zou dat geïnterpreteerd worden?

'Hallo, Tom.' Stilton draaide zich om en zag Olivia en Lisa naar de lift toe lopen. 'Wat doe je hier?'

'Ben je bij iemand op bezoek geweest?'

'Ja, de Zilveren Wolven.'

Olivia keek naar Stilton en om de een of andere reden kreeg hij het gevoel dat ze besefte dat hij loog.

*

Mette stond bij de magnetron om het restant lasagne van de vorige avond op te warmen.

Alina had een paar uur achter de draaischijf gezeten en Mette had geconstateerd dat ze haar meerdere had ontmoet. Na een paar pogingen was Alina al in staat geweest om een schaal te maken met wanden die niet instortten. Dat was meer dan Mette de eerste paar keer dat ze het had geprobeerd voor elkaar had gekregen. En toen ze eindelijk een schaal had gemaakt had Mårten gedacht dat het een asbak was.

De magnetron piepte en ze haalde de lasagne eruit. Alina was met Oleksi in het gastenverblijf. Ze had spaghetti en falunworst meegenomen en had erop gestaan om zelf in het keukentje te koken.

'Ga zitten!'

Mette draaide zich om en zag haar man in zijn blauwe werkoverall de keuken in komen. 'Wat is er?

'Ga zitten.'

Mette ging met de opgewarmde maaltijd in haar handen zitten en Mårten ging aan het korte eind van de tafel staan.

'Abbas heeft daarnet gebeld,' zei hij. 'Zijn moeder is plotseling opgedoken.'

'Zijn moeder?' Mettes enigszins sceptische vraag ging gepaard met een verbijsterde gezichtsuitdrukking, precies zoals

Mårten had verwacht. Hij had haar gevraagd om te gaan zitten omdat hij had gezien dat ze een bord in haar handen had en niet wilde dat het op de vloer zou stukvallen.

'Ze logeert bij hem.' Mårten ging zitten. Hij had de boodschap overgebracht en het bord was nog heel.

Mette schoof de lasagne weg. 'Wat bedoel je met "opgedoken"? Wist hij niet dat ze zou komen?'

'Hij wist zelfs nauwelijks dat ze bestond. Hij heeft niets meer van haar gehoord sinds ze hem als kind in de steek gelaten heeft.'

'En nu logeert ze bij hem?'

'Blijkbaar.'

'Wat vreemd.'

'Ja. Hij vertelde niet veel over de omstandigheden, dus heb ik ze uitgenodigd om hier morgen te komen lunchen. Ik moet zeggen dat ik heel nieuwsgierig ben.'

Mette knikte en trok het bord lasagne naar zich toe. Langzaam bracht ze met de vork een draderige hap naar haar mond. Abbas' moeder?

*

Het gesprek op het politiebureau had veel herinneringen losgemaakt bij Stilton, rauwe herinneringen. Een daarvan was door zijn hersenen gestroomd en in zijn borstkas beland. Muriel, een van zijn goede vrienden uit de periode waarin hij dakloos was geweest, was tijdens een politieactie nietsontziend doodgestoken door een Roemeense vrouw, Maria Basescu. Hij had zich lange tijd verantwoordelijk gevoeld voor die tragedie. Hij was ter plaatse geweest en was van mening dat hij de moord had kunnen voorkomen. Dat was niet zo, maar de herinnering kwelde hem nog steeds en nu drong die zich weer op.

Daarom stond hij in een lichte regen voor een gedenkplaat die aangaf waar de as van Muriel Johansson begraven was.

'Hallo, Tom,' hoorde hij een lichte stem vlak achter zich zeggen.

'Folami?' Stilton draaide zich om, deed een stap naar het slanke, donkere meisje toe en omhelsde haar net zo lang tot ze zich van hem losmaakte.

'Ik kom hier vaak,' zei Folami. 'Jij ook?'

'Nee.'

'Denk je wel aan haar?'

'Van tijd tot tijd. Vandaag werd ik aan haar herinnerd.'

'Waardoor?'

Stilton wilde niet op de reden ingaan, dus veranderde hij van onderwerp. 'Je spreekt fantastisch goed Zweeds.'

'Dank je wel.'

Ze keken elkaar aan en Stilton glimlachte. 'Ik heb je al heel lang niet gezien,' zei hij. 'Hoe is het met je?'

Folami hield een vinger voor haar lippen en Stilton zweeg, deed een stap opzij en wachtte. Folami liep naar de gedenksteen toe en bleef er zwijgend voor staan. Stilton zag een traan over haar wang rollen en keek naar haar gebalde handen. Ze rouwde met haar hele lichaam.

Muriel had voor Folami gezorgd toen het meisje naar Zweden kwam. Ze was op de vlucht voor het geweld in Nigeria en op zoek naar haar broer Akin. De verlopen vrouw die op straat in haar levensonderhoud voorzag en het getraumatiseerde meisje hadden al snel een intense band gekregen. Die band werd verscheurd door de bloederige aanval op Muriel.

'Ik ben klaar,' zei Folami, waarna ze haar hand in die van Stilton liet glijden.

Ze begonnen dicht tegen elkaar aan over de begraafplaats te lopen, die nagenoeg verlaten was. De lichte regen was opgehouden, een zwakke wind waaide tussen de grafstenen.

'Dus, hoe is het met je?' herhaalde Stilton.

'Goed. Op de middelbare school haalde ik de hoogste cijfers en nu studeer ik voor arts. Ik heb nog drie jaar te gaan.'

'Dat is fantastisch!'

'Ik doe het voor Muriel,' zei Folami. 'Ze zei vaak dat ik niet zoals zij mocht worden, dat ik een goed beroep moest krijgen.

Maar ze was de warmste persoon ter wereld en dat heeft niets met het beroep te maken. Dus op een bepaalde manier wil ik worden zoals zij was, of zijn zoals zij was.'

'Dat is mooi. Hoe is het met Akin?'

Folami trok haar hand los en keek naar de graven. 'Niet zo goed,' zei ze zachtjes. 'Tijdens de pandemie heeft hij zelfmoord gepleegd. Hij kon het niet langer aan.'

Stilton sloeg zijn armen om Folami heen. Hij wist niet wat hij moest zeggen. Haar broer Akin was eerder dan Folami naar Zweden gekomen en was het slachtoffer van orgaanhandelaren geworden. Het was hem gelukt om te ontsnappen, waarna hij ernstig gewond raakte bij een auto-ongeluk. En nu was hij dood.

Folami maakte zich los en begon weer te lopen. 'Ik heb een paar jaar geleden gehoord dat de moordenaar op de Filipijnen overleden is,' zei ze.

'Ja. Ze heeft haar straf uiteindelijk gekregen.'

'Zoals je beloofde.' Folami bleef staan en keek naar Stilton. Na een paar seconden wendde hij zijn blik af. Folami boog zich langzaam naar voren en gaf een lichte kus op zijn wang.

Die kus had hij nodig.

*

Ivanna stofzuigde de vloer met lange, regelmatige bewegingen. Ze moest bukken om onder de rode fauteuils te komen. Ze kwam hier niet graag en vond het enorme aquarium achter haar rug niet prettig. Stel dat het glas breekt en al het water naar buiten stroomt? Dan verdrink ik hier. En dan al die vissen. Ze vond ze er griezelig uitzien, met hun dikke koppen en onderbeet. Ze had gezien hoe ze hun bek openden en hun kleine, spitse tanden ontblootten. Het veroorzaakte onaangename rillingen in haar lichaam. Ze had gehoord dat ze koeienvlees aten, grote stukken die in het water werden gegooid en bliksemsnel opgevreten werden. Ze huiverde en ging rechtop staan. Maar ik klaag niet, dacht ze. Ik heb een droombaan. Ik mag werken en wonen op een fantastisch jacht waar iedereen beleefd en vriendelijk is.

Ze stofzuigde verder en begon te denken aan de oorlog, aan alle doden, en hoe het haar vergaan zou zijn als Sasja haar niet van de mannen in de camper had gered. En ze dacht aan Alina en Oleksi en de weerzinwekkende dingen die Alina in de camper moest ondergaan. Wat was er daarna met hen gebeurd? Soms had ze wroeging omdat ze Alina en haar zoontje in de steek had gelaten, maar wat had ze voor keus gehad? Dan was ze ook verkracht. Ze hoopte dat ze Zweden hadden bereikt en het goed met hen ging.

'Hoe gaat het hier?'

Ivanna draaide zich om. Grigori stond in de deuropening met een glas in zijn hand en nat haar. Hij had een handdoek rond zijn nek en droeg een korte blauwe broek. Ivanna zag zijn troebele ogen. Het was duidelijk niet zijn eerste glas van vandaag. Ze wist dat het verschillende bemanningsleden was opgevallen dat het alcoholgebruik van de eigenaar de laatste tijd aanzienlijk was toegenomen.

Ivanna zette de stofzuiger uit. 'Goed,' antwoordde ze. 'Ik ben bijna klaar.'

'Ik hoor dat je het geweldig doet.'

'Dank u.'

Grigori ging in een van de fauteuils zitten. 'Kom je uit Kiev?'

'Ja.'

'Heb je daar nog familie?'

'Nee, ze...' Ivanna zweeg.

'Het is een verschrikkelijke oorlog,' zei Grigori op meelevende toon. 'Iedereen wordt erdoor getroffen... Dus nu ben je helemaal alleen op de wereld?'

Ivanna knikte. De eigenaar van het jacht praatte voor het eerst onder vier ogen met haar. Ze wist niet goed hoe ze zich moest gedragen, of ze de stofzuiger weer aan moest zetten of niet. Hij klonk zo vriendelijk en misschien wilde hij verder met haar praten. 'Wat een groot aquarium trouwens,' zei ze om iets te zeggen.

'Ja. Vind je het mooi?'

'Ik kom hier niet zo vaak, alleen om schoon te maken.' Het was geen antwoord op zijn vraag, maar ze wilde niet onbeleefd zijn door te zeggen wat ze echt van het aquarium vond. Dat kon hij verkeerd opvatten. 'Deze stoelen...' zei ze met een knikje naar de fauteuils. 'Het lijkt wel een bioscoop, of een theater.'

Grigori glimlachte en nam een slokje. 'Ga zitten.' Hij klopte op de rode zitting van de stoel naast zich. Ivanna aarzelde even; het gaf haar geen goed gevoel. Maar de eigenaar van het jacht vroeg het haar zelf, dus legde ze de stofzuigerslang neer en ging voorzichtig naast Grigori zitten.

'We hebben hier een paar keer per jaar voorstellingen,' zei hij. 'In het voorjaar en het najaar, voor een select gezelschap.'

'Komen de gasten hiernaartoe om naar de vissen te kijken?'

'Ja.' Grigori knikte naar het aquarium. 'Het zijn roodbuikpiranha's, vrij zeldzame vissen die in het wild alleen in het Amazonegebied in Zuid-Amerika voorkomen.' Hij boog zich naar Ivanna toe.

Ze rook een aparte geur aan hem, niet alleen alcohol maar ook iets anders.

'Hoe heet je nog meer behalve Ivanna?' vroeg hij.

'Kovalenko.'

'Heb je de andere bemanningsleden al leren kennen?'

Ivanna was dankbaar dat Grigori van onderwerp veranderde en vertelde snel dat ze contact had met verschillende personeelsleden. 'Ze zorgen heel goed voor me,' zei ze.

'Dat is fijn. Mag ik vragen hoe oud je bent?'

'Achttien.'

'Een prachtige leeftijd.' Grigori streelde met zijn vinger over haar arm, dronk zijn glas leeg en stond op. Ivanna voelde dat ze ook moest opstaan. Ze kwam overeind en belandde recht tegenover Grigori. Hij keek in haar ogen. 'Je bent heel bijzonder, Ivanna,' zei hij, waarna hij naar de deur liep.

Ivanna liep naar de stofzuiger en schoof het mondstuk langzaam over de vloer. Bijzonder? Waarom ben ik bijzonder?

Grigori liet zich weer in het zwembad zakken. De ontmoeting met Ivanna had de kwellende gedachten aan het verdwenen juweel verdreven. Nu keek hij uit naar de volgende voorstelling. Die zou zoals gepland plaatsvinden en zou een succes worden.

Hij zwom met kalme bewegingen door het water, keerde en zwom terug. Toen hij aan zijn vierde baantje bezig was bliepte zijn telefoon, die op de betegelde rand lag. Hij zwom met een paar krachtige slagen naar de kant, droogde zijn handen af aan een handdoek, pakte zijn telefoon en haalde het bericht op. Het was een moeilijk te interpreteren foto voor mensen die niet ingewijd waren. Grigori zag echter dat het een close-up was van een lichaamsdeel waarvan een stuk vlees was weggesneden.

Dat deed hem bijzonder goed.

*

Stilton kwam uit de fotowinkel in de Götgatan en vouwde een vel papier op. Hij had de foto van Verner aan het winkelpersoneel laten zien zonder dat het iets had opgeleverd. Niemand herkende hem. Nu wist hij niet goed wat hij moest doen. Hij was van plan geweest om langs de appartementen in het gebouw tegenover de Gröne Jägaren te gaan in een poging Verners eventuele appartement te vinden omdat hij van het dak van dat pand was gevallen of geduwd. Hij had al snel geconstateerd dat meerdere panden aan elkaar gebouwd waren en dat het mogelijk was om via de daken van het ene naar het andere gebouw te komen. Dat leverde een oneindig aantal potentiële appartementen op.

Daarom had hij zich geconcentreerd op de naburige winkels, wat helaas niets had opgeleverd, en nu stond hij enigszins besluiteloos op straat.

De zoektocht had op dit moment natuurlijk meerdere redenen, waarvan het vinden van het appartement er maar één was. Het ging net zo goed om het verdringen van de gedachten aan het gesprek met Pärlqvist en Ekdahl op het politiebureau. Bovendien probeerde hij zijn terugkeer naar de aak uit te stellen. Hij wist wat hem daar te wachten stond en daarom hield hij zich met andere dingen bezig.

Eigenlijk wilde hij naar Mette om Jompa's filmpje te laten zien, maar ze had het blijkbaar druk met een paar vluchtelingen.

Zou hij naar restaurant Snövit aan de Ringvägen gaan? Daar was Verner tenslotte afgezet. Was hij naar binnen gegaan? Kwam hij er vaker?

Stilton begon naar de Ringvägen te lopen. Als hij in een andere gemoedstoestand was geweest, had hij misschien genoten van de wandeling. Het regende niet meer en de zon scheen tussen de gebouwen door, maar dat registreerde hij niet. Hij keek naar het trottoir terwijl hij nadacht over de verschillende scenario's voor wat betreft het gesprek met Luna. Het kon alle kanten op gaan.

Misschien moet ik wijn kopen, zoals ze voorstelde, en gokken op kaarsen en een lekkere maaltijd. Vergeet het, dacht hij, we verloven ons vanavond niet.

'Komt het gezicht je bekend voor?'

'Nee. Hij ziet er heel dood uit.'

'Dat klopt.'

'We bedienen geen dode klanten.'

Stilton stond in restaurant Snövit en liet Verners foto aan de vrouw achter de bar zien. Ze had blijkbaar gevoel voor humor. Hij wist dat het geen ideale foto was om te laten zien als je iemand zocht, maar de situatie was nu eenmaal niet anders.

'Misschien is hij hier tijdens zijn leven geweest,' zei Stilton. 'Hij is onlangs overleden.'

Dat feit hielp de vrouw ook niet verder. 'Wil je iets eten?'

Dat wilde Stilton niet. Hij liep het restaurant uit en constateerde dat het vijf uur was. Hij kon het niet langer uitstellen. Hij moest Luna's blik onder ogen zien.

*

Zowel het voor- als het achterdek was leeg, wat hem een onheilspellend gevoel gaf. Luna was niet in de weer met de schuurmachine. Misschien is ze naar Rödlöga gegaan, dacht hij om zich vast te klampen aan een volkomen onwaarschijnlijke strohalm. Hij liep de trap naar de salon af.

Luna was niet naar Rödlöga gegaan. Ze zat op de muurbank met een vel papier in haar hand. Stilton wist wat het was; het maakte deel uit van een van zijn scenario's.

'Hallo,' zei hij en hij ging in de fauteuil zitten.

Luna keek met een uitdrukkingsloze blik naar hem en hief het vel papier een stukje. 'Dit heb ik vorig jaar in je hut gevonden terwijl je op de Intensive Care op sterven lag,' zei ze verbeten. 'Je vertelde uiteindelijk dat het een kopie van een krantenartikel was. De Filipijnse politie had een doorbraak bereikt in het onderzoek naar de dood van een vrouw, Maria Basescu, die na een bungeejump in Puerto Galera onder verdachte omstandigheden was overleden. De verdenking richtte zich op een blanke westerling van middelbare leeftijd die zich waarschijnlijk ter plaatse bevond toen het dodelijke ongeval plaatsvond. Ik vroeg of jij het was en jij ontkende het, weet je nog?'

'Ja.'

'Loog je?'

'Nee.'

'Maar daar wilde de politie vandaag met je over praten, nietwaar?'

'Ja,' antwoordde Stilton.

'Waarom?'

'De Filipino's hadden iemand gevonden die beweerde dat ik daar was geweest.'

'In Puerto Galera?'

'Ja.'

'Was dat zo?'

'Daar heb ik al antwoord op gegeven.'

Luna liet het vel papier zakken terwijl ze in Stiltons ogen bleef kijken. 'Tom, ik weet hoe je die vrouw haatte, ik weet hoeveel verdriet je had nadat ze Muriel had doodgestoken, en ik weet dat je vlak na Muriels begrafenis naar de Filipijnen bent gegaan. Ik weet ook hoe gesloten en afwezig je was toen je terugkwam en je bij Aditi in Mae Phim verstopte.'

'Ik verstopte me niet.'

Luna keek naar de onwrikbare blik in Stiltons ogen. 'Heb jij het gedaan?' vroeg ze.

'Wat is je bedoeling hiermee?'

'Ik wil weten of ik met een moordenaar naar bed ga.'

Stilton schudde zijn hoofd zwijgend en stond op.

'Wat ga je doen?' vroeg Luna.

'Weg. Zodat je niet met een moordenaar naar bed hoeft.' Stilton liep naar de trap.

'Tom!'

Stilton draaide zich om en keek in Luna's ogen. 'Je mag geloven wat je wilt,' zei hij, waarna hij de treden snel op liep.

Luna zag hem naar buiten verdwijnen.

*

Lisa en Olivia gingen beiden met een glas bier aan een hoektafeltje zitten in het café dat op een steenworp afstand van het politiebureau lag. De zaak zat vol en de sfeer was feestelijk, ook al was het pas donderdag. Er was duidelijk een sterke behoefte om elkaar te ontmoeten, met elkaar om te gaan en plezier te hebben, ondanks alle ellende in de wereld. Voor Lisa en Olivia was het een manier om hun hoofd leeg te maken van de donkere kanten van de mensheid waarmee ze zich tijdens hun werk bezighielden.

'Heb je nog iets van Lukas gehoord?' vroeg Lisa terwijl ze haar jack uittrok en over de stoel hing.

Lukas Bengtsson was sinds een paar jaar Olivia's vriend. Hij was een getalenteerde kunstenaar die internationaal naam begon te maken. Op dit moment was hij in New York om een solo-expositie voor te bereiden.

'Nee,' antwoordde Olivia. Ze keek naar Lisa. 'We hebben een pauze ingelast.'

'Wat? Sinds wanneer?'

'Sinds hij vertrok. Het is niet zo dramatisch.'

'Dat vind ik wel. Waarom heb je niets gezegd?' Lisa voelde zich een beetje gekwetst omdat Olivia haar niets had verteld. Ze waren tegenwoordig meer dan collega's, ze waren heel goede vriendinnen. 'Jezus, jullie gingen altijd volkomen in elkaar op.'

Olivia nam een slok bier. 'De laatste tijd niet,' zei ze. 'Hij gaat voornamelijk op in zijn kunst sinds de expositie in Kopenhagen zo'n succes was. Iedereen trekt aan hem.'

'Dat is toch geweldig?'

'Ja, natuurlijk. Ik gun het hem absoluut, maar het heeft ook duidelijk gemaakt waar zijn prioriteiten liggen.'

Lisa keek ongelovig naar Olivia. Ze wist het een en ander over Olivia's prioriteiten als het op het werk aankwam, maar koos ervoor om daar niet op te wijzen.

'En er is heel veel gebeurd door zijn probleem,' ging Olivia verder.

Lisa lachte, ze kon zich niet meer inhouden. 'Er is ook heel veel met jou gebeurd,' zei ze.

'Ja, oké,' gaf Olivia toe omdat ze wist wat Lisa bedoelde.

In de jaren waarin Lukas en zij een relatie hadden, had hij veel moeten verdragen. Hij had bijvoorbeeld niet geweten of ze dood was of leefde, een keer na een helikopterongeluk en een keer na een brandstichting toen ze door Lukas' stalker was ontvoerd.

Dat was boven op zijn psychische problemen gekomen.

'Ik geloof in elk geval dat we ons er goed bij voelen om tijdelijk uit elkaar te zijn,' ging Olivia verder. 'Om na te kunnen denken. Het is heel duidelijk geworden dat we volkomen verschillend zijn en verschillende dingen willen.' Olivia streek met een vinger over de rand van het vochtige bierglas.

Lisa probeerde het te doorgronden. 'En wat wil jij dat hij niet wil?'

Olivia haalde haar schouders op. 'Tja... je weet wel... misschien wil ik een iets georganiseerder leven.'

'Hoezo? Wil je kinderen?'

'Uiteindelijk wel, maar dat is het niet. We zijn elkaar min of meer kwijtgeraakt en wat in het begin zo aantrekkelijk was, is dat nu niet meer. Zoals dat nu eenmaal gaat, na een tijdje komt het besef dat je eigenlijk niet zoveel overeenkomsten hebt. We zijn er slecht in om dingen samen te doen.'

'Dus jullie hebben allebei geen ander ontmoet?'

'Nee, niet voor zover ik weet in elk geval.'

Lisa verbaasde zich over Olivia's koele houding. Ze had gedacht dat Olivia en Lukas voor altijd samen zouden blijven. En zo niet, dan zou de breuk minstens zo gepassioneerd zijn als de hartstochtelijke liefde die ze hadden gedeeld.

'Je hoeft niet zo bezorgd te kijken,' zei Olivia. 'Ik voel me goed. En voorlopig is het een pauze. Hij kan zijn gang gaan en ik ook. We zien wel wat er gebeurt. Sorry, maar ik moet naar het...' Olivia wees naar de toiletdeur en stond op.

Lisa bleef zitten, keek naar de andere gasten en dacht na over haar eigen langeafstandsrelatie. Oskar was politieagent in Kristianstad en zij in Stockholm. Als Olivia en Lukas het niet redden, hoe moest dat hun dan wel lukken? Lisa wist dat Oskar niet kon verhuizen, zijn dochtertje Emma woonde daar tenslotte. Dus zou zij degene zijn die haar leven in Stockholm moest opgeven om de relatie goed te houden, maar ze wist niet zeker of ze bereid was om dat te doen.

Lisa's gedachten werden onderbroken doordat Olivia's telefoon trilde. Ze keek over haar schouder en zag dat Olivia net het toilet in was gegaan nadat ze in de rij had gestaan. Op het display stond ANONIEM. Kon het van het werk zijn? Lisa pakte haar eigen telefoon om te zien of zij ook was gebeld, maar dat was niet zo. Olivia's telefoon bleef trillen en Lisa besloot op te nemen. 'Olivia's telefoon, je spreekt met Lisa Hedqvist.'

Het bleef een paar seconden stil.

'Hallo?'

'Ja, hallo,' hoorde ze een mannenstem zeggen. 'Is Olivia daar?'

'Op dit moment niet, wie kan ik zeggen dat haar gebeld heeft?'

'Ove Gardman. Ik heb een nogal slechte ontv...'

Het gesprek werd afgebroken. Lisa keek vragend naar de telefoon voordat ze hem weer op de tafel legde.

Op hetzelfde moment kwam Olivia terug. 'Sorry, er stond een enorme rij,' zei ze.

Lisa keek naar haar. 'Ove Gardman,' zei ze terwijl ze Olivia bestudeerde, die duidelijk verbaasd ging zitten.

'Wat is er met hem?'

'Is hij de reden?'

'De reden waarvan? Van de pauze? Ben je gek geworden? We hebben elkaar al jarenlang niet gesproken.'

'Hij heeft je net gebeld.'

'Hoe weet jij dat?'

'Ik ben politieagent.' Lisa leunde naar achteren en glimlachte.

Olivia pakte haar telefoon. 'Heb je mijn telefoon opge...'

'Yep.'

'Kreng.' Olivia lachte en Lisa dacht dat ze een lichte blos op haar wangen zag.

'Ben je wel helemaal eerlijk tegen me?' vroeg Lisa.

'Ja, natuurlijk ben ik dat. Ik begrijp er niets van. Waarom belt hij me?'

'Misschien wil hij jullie flirt weer oppakken, want jullie hadden toch een flirt?'

'Eh... ja... dat hadden we inderdaad, maar dat is al zo lang geleden.'

Ove Gardman was een zeebioloog die Olivia had ontmoet

toen ze op de politieacademie zat en de opdracht kreeg om onderzoek naar een cold case te doen. De zaak ging om een niet-geïdentificeerde vrouw die op een gruwelijke manier was vermoord op een strand op Nordkoster en Ove was de jongen die de vreselijke moord had gezien. Olivia's speurwerk zorgde ervoor dat de zaak werd opgelost op een manier die ze nooit had voorzien. De vrouw op het strand bleek de biologische moeder van Olivia te zijn, een afschuwelijke ontdekking die Olivia's leven volkomen op zijn kop zette en ervoor zorgde dat ze een tijdje troost in de armen van Ove Gardman had gezocht.

Dat wist Lisa allemaal, ook al had ze hem nooit ontmoet. 'Hij heeft een interessante stem,' zei ze.

'Hoe kom je daarbij? Hebben jullie lang gepraat?'

'Heel lang. Hij vertelde hoe erg hij je miste en...'

'Schei uit, Lisa. Wat zei hij? Zou hij nog een keer bellen?' Olivia keek op haar telefoon.

Lisa glimlachte. Ze was nog steeds niet zeker van Olivia's gevoelens. 'Wil je dat?'

'Natuurlijk, ik vraag me af wat hij van me wil.'

'De verbinding werd verbroken. Hij had een slechte ontvangst. Hij belt beslist nog een keer.'

Dat deed hij tien minuten later, toen Olivia haar glas bier leeg had en er net nog een had besteld.

*

De plastic beker was halfvol toen Stilton het antiquariaat in liep. Bensemans lippen waren paarsblauw van de rode wijn.

'Proost.'

Stilton stak zijn duim op en ging in de buurt van Ronny Redlös zitten, die met een boek in zijn hand in zijn versleten fauteuil zat. Hij was geboren met een boek in zijn hand en het antiquariaat was van hem.

'Je ziet er een stuk beter uit,' zei Ronny. 'De laatste keer dat ik je zag leek je een wandelende vogelverschrikker.'

'Daarna ben ik naar het eiland gegaan om aan te sterken. Hoe is het met jullie?'

'Zie je dat niet?' vroeg Benseman terwijl hij zijn beker hief. 'Er is niets veranderd.'

Stilton was vanaf de aak hiernaartoe gekomen. Hij had op dit moment niet veel andere plekken om naartoe te gaan. Mette had vluchtelingen in huis, Abbas had zijn moeder te logeren en hij wilde niet naar Olivia toe. Hij verdroeg het niet om de situatie met Luna aan haar uit te leggen.

Dus werd het Ronny's antiquariaat, een plek waar hij vele uren in het gezelschap van deze twee mannen had doorgebracht. Beiden waren bijzonder belezen en kenden veel anekdotes. Ze waren prettig gezelschap als hij afleiding wilde.

'Wat vind jij van die verdomde oorlog?' vroeg Benseman terwijl hij Stilton een beker wijn gaf.

'Het is zoals het is, we kunnen er niet veel aan doen,' zei Stilton. Hij nam een slok van de goedkope wijn. 'De Russen gaan verliezen.'

'Waarom denk je dat?'

'Ze hebben geen moraal.'

'En waaraan hebben we de eer van je bezoek te danken?' vroeg Ronny. Hij vermoedde dat Stilton een reden had om langs te komen, zoals altijd, ook al genoot hij van hun gezelschap. Stilton was niet iemand die zomaar ergens rondhing, was Ronny's mening. Niet meer, in elk geval.

'Ik heb wat problemen met Luna,' zei Stilton.

'Dat is vervelend.'

'Ja.'

'En dus ga je bij een paar echte steunpilaren op bezoek,' zei Benseman lachend.

'Ik wilde vragen of ik vanavond bij jou kan slapen.'

'Dat weet je wel. Mijn vloer is jouw vloer. Proost.'

Daarna toostten ze nog een paar keer, een prijs die Stilton voor zijn tijdelijke onderkomen moest betalen. Dat was echter geen grote beproeving voor hem.

Toen Ronny een nieuwe fles wijn ontkurkte hadden ze de belangrijkste kwesties afgehandeld, zoals de zin van het leven en de onvermijdelijke realiteit van de dood. Toen dat achter de rug was, begon Stilton over iets wat zijn gedachten naast Luna eveneens bezighield. 'Is er een kans dat jullie deze man tegengekomen zijn?' Hij haalde de foto van Verner tevoorschijn en liet hem zien. Ronny's antiquariaat lag op maar een paar honderd meter afstand van de plek waar het lichaam was gevonden. Misschien had Verner belangstelling voor literatuur gehad en was hij in het antiquariaat geweest.

De twee oudere mannen bestudeerden de foto.

'Hij is dood,' voegde Stilton eraan toe om ze voor te zijn. 'Hij is een tijdje geleden van een dak tegenover de Gröne Jägaren gevallen.'

'Jezus. Was hij dat?' zei Benseman. 'Ik heb erover gehoord...'

'Maar jullie herkennen hem niet?'

De mannen schudden hun hoofd.

'We proberen te achterhalen wie hij was,' ging Stilton verder. 'Hij had niets bij zich waarmee we hem kunnen identificeren. Bovendien is zijn lijk woensdag uit het Forensisch Instituut gestolen.'

Ineens nam de belangstelling van de twee mannen aanzienlijk toe.

'Hebben ze het lijk gestolen?' vroeg Benseman. 'Waarom dat?'

'Geen idee.'

'Interessant,' zei Ronny. Hij leunde naar achteren.

Stilton keek naar hem. 'Wat zegt de literatuur over gestolen lijken?' vroeg hij.

'Oneindig veel. Niet alleen in misdaadfictie, maar ook in veel romans van een heel ander niveau.'

Ronny was geen liefhebber van thrillers.

Daarna bleef Ronny twintig minuten lang doorpraten over lijken die een belangrijke rol hadden gespeeld in diverse literaire heldendichten en boeken van Dostojevski, Edgar Allan

Poe en Somerset Maugham. Toen hij over de moorden in de IJslandse *Edda* begon onderbrak Stilton hem. 'Gestólen lijken, Ronny, geen lijken in het algemeen.'

'Ik begrijp het. Is dat een belangrijk verschil voor je?'

'Op dit moment wel.'

'Egyptische farao's zijn uit hun sarcofagen gestolen, maar misschien is dat een beetje te lang geleden?'

'Nogal.'

Daarna ging het gesprek over op actuelere onderwerpen, zoals wie de komende verkiezingen zou winnen en hoe dat van alles en nog wat zou beïnvloeden. Ze waren alle drie doodsbang voor een regeringswissel.

'Stel dat die griezel premier wordt?' Benseman had een bloedhekel aan Ulf Kristersson.

De discussie ging een tijdje door en doofde vanzelf. Geen van hen kon de uitslag van de verkiezingen voorspellen. Stilton keek naar Benseman en vroeg zich af of hij over zijn bezoek aan Muriels graf zou vertellen. Hij zag ervan af.

'Ik maak nog een fles open,' zei Ronny en hij verdween achter het gordijn naar zijn slaapnis.

Daarna worstelden de drie vrienden zich door de fles wijn en beseften, toen ze terug waren bij de zinloosheid van alles, dat het tijd was om de avond te beëindigen.

'Zullen we naar het rijk van slaap en dromen wankelen?' zei Benseman tegen Stilton.

'Graag.'

Stilton gaf Ronny een hand en liep naar de deur. Hij kon een nacht op Bensemans vloer verdragen, maar daarna moest er iets aan de situatie veranderen.

*

Eén politieauto stond iets achter de afrit, de andere stond er iets voor. Ertussen stonden een paar geüniformeerde agenten met stopborden in hun hand. Het was een controle om chauffeurs op alcohol te testen en rijbewijzen te controleren, of in het beste geval iemand met een gestolen auto te betrappen. Tot nu toe was het resultaat mager. Eén bestuurder had te veel gedronken, twee hadden geen rijbewijs bij zich gehad. De controle zou zo meteen beëindigd worden.

'Neem jij die auto?'

Een van de politieagenten wees naar een grijze Toyota-sedan die met hoge snelheid naderde. De vrouwelijke politieagent deed een stap naar voren, stak haar stopbord uit en gebaarde met haar andere hand naar de uitrit. Het effect was niet zoals ze zich had voorgesteld. De Toyota meerderde vaart en raasde langs haar. De politieagenten in de auto erachter reageerden meteen. Ze zetten het zwaailicht en de sirene aan en reden erachteraan. De andere twee politieagenten haastten zich naar hun eigen auto. De chauffeur van de eerste auto rapporteerde via de radio dat ze een grijze Toyota die had geweigerd te stoppen achtervolgden.

'We rijden met hoge snelheid naar de Värmdöleden in de richting van Gustavsberg. Hebben jullie auto's in de omgeving?'

'Ja. Willen jullie assistentie van een helikopter? We hebben er een in de buurt.'

'Dat kan nodig zijn.'

De bestuurder scheurde de Värmdöleden op en zag de Toyota voor zich. Hij meerderde vaart en zag dat de auto die ze achtervolgden minstens 180 kilometer per uur reed. In de achteruitkijkspiegel zag hij dat zijn collega's eveneens de Värmdöleden op reden en hij hoorde hun sirene. Hij nam contact met ze op en besprak wat ze zouden doen. Met de huidige snelheid was het niet raadzaam om te proberen de Toyota tot stoppen te dwingen.

'We achtervolgen op afstand,' zei hij. 'We krijgen assistentie van een helikopter.'

De achtervolging op de Värmdöleden duurde ongeveer een kwartier waarna de Toyota de afrit naar Norra Lagnö nam. De banden piepten terwijl hij door de bocht slipte en het viaduct over reed.

De eerste achtervolgende auto minderde vaart. Het begon gevaarlijk te worden voor de andere weggebruikers. Het is maar goed dat het niet druk is, dacht de bestuurder. Die idioot kan elk moment op de verkeerde weghelft terechtkomen. Hij bereikte de andere kant van het viaduct en verloor de Toyota uit het oog. 'We zijn het viaduct naar Norra Lagnö net gepasseerd en zien de auto niet meer. Is de helikopter in de buurt?'

'Jazeker.'

De piloot van de helikopter had volledig overzicht. Hij zag de grijze Toyota over de Gamla Skärgårdsvägen scheuren en plotseling scherp naar links afslaan, de Lagnövägen in, een bocht die hij met die snelheid nooit kon maken.

'Zie je de Toyota?' vroeg de bestuurder van de politieauto.

'Ja.'

'Waar gaat hij naartoe?'

'Nergens naartoe. Hij is gecrasht.'

De twee achtervolgende surveillancewagens bereikten al snel de kruising waar de Toyota had willen afslaan. In eerste instantie zagen ze de auto niet, maar een rookzuil verraadde de locatie. Hij was een stuk het bos in gereden en tegen een hoge rotswand tot stilstand gekomen. De voorkant was volledig ingedeukt. De agenten sprongen uit de surveillancewagen en renden met getrokken pistolen naar de Toyota toe. Dat was overbodig. De bestuurder van de Toyota lag half uit het raam en zijn hoofd was verbrijzeld. Hij was morsdood. Ze liepen naar de andere kant en constateerden dat er iemand vastgeklemd op de passagiersstoel zat. Een deel van de voorruit was in de borstkas van de man gedrukt en hij was zwaargewond. Ze riepen een ambulance en de brandweer op.

'Kijk hier eens,' zei een van de agenten. Hij stond bij de kofferbak, die een stukje open had gestaan, waarna hij de klep met de loop van zijn pistool helemaal omhoog had geduwd. 'Wat is dit in vredesnaam?'

Een andere agent haalde een zaklamp tevoorschijn en scheen ermee in de kofferbak. Er lagen een aantal zwarte vuilniszakken in.

Zes, om precies te zijn.

'Drugs?'

*

Ze lag met gesloten ogen in de kooi en zag hem uit het water komen. Ze zag zijn gebruinde, gespierde lichaam, zijn erectie, de blauwe ogen met de kalme blik. Ze zag zijn uitgemergelde lichaam in het ziekenhuisbed, omringd door slangen, diep in coma, en zag de dood op de rand van het bed zitten. Hij telde af.

En ze zag zijn opeengeklemde lippen toen hij opstond, naar het voordek liep en verdween.

De tranen liepen langzaam uit haar ogen op het kussen terwijl ze met haar hand over de lege plek naast zich streek.

Je mag geloven wat je wilt.

De man aan wie ze dacht lag op een dun matras op een harde houten vloer en staarde naar het plafond. Datgene waarvoor hij bang was geweest, was gebeurd. Het verleden had hem ingehaald en had het belangrijkste in zijn leven, zijn relatie met Luna, aangetast. Hij zag haar voor zich, haar gezicht, haar ogen, hoe ze volkomen serieus had gevraagd of hij een moordenaar was. Hij deed zijn ogen dicht en probeerde aan iets anders te denken.

Er was niets.

Alina zat eenzaam in de buurt van het gastenverblijf onder een appelboom. Oleksi sliep nog steeds, waardoor zij de gelegenheid had om te huilen. Ineengedoken en stil, met haar handen voor haar gezicht. Zo trof Mårten haar aan. Hij was met een kop koffie in zijn hand naar buiten gegaan om het kippenhok nog een keer te controleren. Vandaag zouden er vijf kippen komen en hij wilde dat ze zich welkom voelden.

'Mag ik bij je komen zitten?'

Alina keek op, veegde haar tranen weg en knikte.

Mårten nam naast haar plaats. 'Wil je koffie?'

Alina schudde haar hoofd en keek om zich heen naar de appelbomen, de enorme verbena's, de mooie rode dahlia's. Thuis had ze dahlia's op haar balkon gehad.

'... alles wat menselijk is hebben ze me afgenomen...'

Mårten moest zich naar haar toe buigen om haar zachte stem te horen en besefte dat hij zijn gehoorapparaat niet aan had staan. Hij haalde zijn telefoon tevoorschijn en verhielp het probleem.

'... hoe kan ik dit ooit aan mijn man vertellen?'

Mårten legde voorzichtig een hand op Alina's arm. Ze liet het toe zonder naar achteren te deinzen. 'Weet hij niet wat je meegemaakt hebt?'

'Nee. Hij weet dat we leven en dat we hier zijn, maar meer niet.'

Mårten knikte zwijgend. Alina had het verschrikkelijkste meegemaakt wat een vrouw in zijn ogen kon overkomen en haar zoontje was daar deels getuige van geweest. Hoe vertel je zoiets aan je man? Een man die gedwongen wordt om in de oorlog te vechten.

'Je hoeft het hem niet te vertellen voordat jullie elkaar weer zien,' zei hij.

'Misschien niet, maar ik weet niet hoe lang we hier moeten blijven. De oorlog kan nog eeuwen duren. Vind je dat ik niets moet zeggen?'

'Niet aan de telefoon.' Mårten wist niet goed waarom hij dat zei, hij wist niets over Alina's relatie met haar man, het was alleen een gevoel. Nu hij voor zijn leven vocht was het misschien niet gunstig om te horen waaraan Alina had blootgestaan.

Alina legde haar hand op die van Mårten. 'Jullie zijn zo lief voor ons,' zei ze. 'Ik ben jullie heel dankbaar.'

'Het is het minste wat we kunnen doen.' Mårten voelde zijn telefoon trillen in zijn zak, maar wilde het gesprek niet onderbreken.

'Volgens mij gaat je telefoon,' zei Alina. Ze trok haar hand terug.

'Sorry,' zei Mårten. Hij haalde hem tevoorschijn. 'Mårten Olsäter.'

'Hallo, Mårten, met Magnus van de Zilveren Wolven. Is Mette in de buurt? Ze neemt haar telefoon niet op en het is dringend.'

'Wacht even.' Mårten verontschuldigde zich bij Alina en ging op zoek naar Mette.

Ze kwam net uit de badkamer toen hij de slaapkamer in kwam.

'Heb je je telefoon niet bij je?'

'Onder de douche?'

'Hier,' zei Mårten terwijl hij haar zijn telefoon voorhield. 'Het is Magnus.'

Mette trok haar badjas aan en pakte de telefoon. 'Hallo, Magnus. Is er iets gebeurd?'

'Ze hebben je gestolen lijk gevonden.'

'Dat is geweldig.'

'In zes delen.'

Mette knikte naar Mårten, die besefte dat hij moest verdwijnen en vervolgens de slaapkamer uit liep.

'In stukken gesneden?'

'Ja. De politie achtervolgde vannacht een auto die uiteindelijk tegen een rotswand aan reed. In de kofferbak lagen zes vuilniszakken met lichaamsdelen. De forensisch patholoog-anatoom herkende het gezicht meteen.'

'Het gestolen lijk?'

'Ja.'

'Wie zaten er in de auto?'

'Twee mannen. Ze zijn beiden verbrand. De agenten haalden de zakken uit de kofferbak en een minuut daarna begon het wrak te branden. Volgens het rapport was het een explosieve brand. Ze konden niets doen.'

'Oké, bedankt. Ik neem contact op met de patholoog-anatoom.'

'Doe dat. En luister, dit verandert de opzet misschien enigszins.'

'Wat bedoel je?'

'Een gestolen en in stukken gesneden lijk lokt reacties uit, zelfs op het politiebureau.'

'Daar hebben we het later over.' Mette verbrak de verbinding en pakte haar eigen telefoon.

*

Stilton had niet bepaald een goede nacht achter de rug, op het paardenharen matras op de vloer en met een kussen van de bank onder zijn hoofd. Bovendien had hij last gehad van brandend maagzuur en daarnaast sombere gedachten in het algemeen. Hij had dat echter helemaal aan zichzelf te danken. Uiteindelijk was hij in een onrustige roes weggezakt. Tien minuten later ging zijn telefoon, die op de vloer lag. Hij keek op het display en zag dat het Luna helaas niet was.

'Hallo, Mette. Ik ben net wakker.'

'Ik dacht dat je de aak aan het schuren was.'

'Waarom bel je?'

'Ze hebben Verner gevonden.'

Stilton stond zo snel op dat zijn bloeddruk daalde en hij bijna viel. Daarna probeerde hij zich aan te kleden terwijl hij tegelijkertijd luisterde naar wat Mette vertelde.

'We zien elkaar over een halfuur bij het Forensisch Instituut,' zei hij toen ze klaar was.

Stilton trok zijn trui aan en keek in Bensemans slaapkamer. Die was leeg. Was hij nu al vertrokken? Zijn tong kleefde aan zijn gehemelte door de wijn van de vorige avond. Hij overwoog om Bensemans tandenborstel te gebruiken, maar zag daarvan af.

De lange kale man en de gezette vrouw, twee voormalige legendes in hun vakgebied, liepen naast elkaar naar de autopsiezaal.

'Waarom steel je een lijk om het daarna in stukken te snijden?' vroeg Stilton.

'Om je ervan te ontdoen, het te laten verdwijnen,' antwoordde Mette. 'Je stinkt naar drank.'

'Goedkope wijn.'

Ze liepen de zaal in, waar dezelfde droefgeestige stilte als altijd heerste. Op twee baren tegen de achterste muur lagen twee lijkzakken. Op de baar in het midden van de zaal waren een aantal lichaamsdelen zo geplaatst dat ze aan een mens deden denken. De lucht was verzadigd van een zoetige, misselijkmakende stank.

'Ik hoorde dat jullie zouden komen, dus heb ik de delen vast neergelegd.' De vrouwelijke patholoog-anatoom maakte een gebaar naar de stukken. Ze knikte naar de lijkzakken op de achtergrond. 'En daar liggen de personen die waarschijnlijk verantwoordelijk zijn voor het in stukken snijden.'

Stilton vertrok geen spier. De stank deed hem niets. Hij keek naar de baar en herhaalde wat hij een minuut eerder had gezegd: ‘Waarom steel je een lijk om het daarna in stukken te snijden?’

‘Misschien om dit te verbergen.’ De patholoog-anatoom draaide de torso om en wees naar de schouder. ‘Van de schouder is een stuk huid verwijderd.’

‘En?’

De patholoog-anatoom liep naar het lange aanrecht met de gootsteen en pakte een map die een aantal foto’s bevatte die van het intacte lichaam waren gemaakt. ‘Dit zijn foto’s van het lijk voordat het gestolen werd. Het was na de val op straat al behoorlijk gehavend, wat waarschijnlijk de reden is dat we dit niet gezien hebben.’

‘Wat hebben jullie niet gezien?’

‘Dit.’ De patholoog-anatoom hield Stilton een foto voor en wees naar een verbrijzeld schouderblad. ‘Zie je dat teken op de achterkant?’ vroeg ze.

‘Ja. Wat is het? Een tatoeage?’

‘Dat denk ik wel.’

Mette pakte de foto en bestudeerde hem. ‘Het is moeilijk te zien wat het is. Het heeft iets weg van een driehoek.’

‘Een zwarte driehoek in een cirkel,’ zei Stilton. ‘En die is weggesneden?’

‘Ja,’ beaamde de patholoog-anatoom.

‘Mag ik de foto houden?’

‘Je kunt een kopie krijgen. We hebben de uitslag van de DNA-test trouwens. Er is geen match.’

Stilton keek naar de lijkzakken bij de achtermuur. ‘Neem je ook DNA van die twee af?’

‘Dat is al gebeurd.’

*

‘Vind je het niet slordig dat een patholoog-anatoom een dergelijke tatoeage niet meteen ontdekt?’ zei Stilton.

Mette en hij waren naar de werkkamer van de Zilveren Wolven in het politiebureau gegaan, een grote en op dit moment verlaten kamer.

'Misschien wel,' beaamde Mette. 'Maar er werd aangenomen dat het om zelfmoord ging en misschien waren ze daarom niet bijzonder alert, ik weet het niet. Het was tenslotte een flink verbrijzeld lichaam. De hoofdzaak is waarschijnlijk dat we het nu weten.'

'Misschien was het de reden om het lijk te stelen.'

'Als dat zo was, dan moet het voor sommige mensen heel belangrijk zijn. We kunnen proberen op internet naar een zwarte driehoek in een cirkel te zoeken.'

'Ik wil om te beginnen de bewakingsfilm van het Forensisch Instituut nog een keer bekijken,' zei Stilton.

'Waarom dat?'

'Heb je hem bij je?'

Mette opende haar laptop en haalde de film op.

Na een tijdje stopte Stilton de opname bij een fragment waarop het parkeerterrein te zien was. 'Vergroot dat eens,' zei hij.

Mette deed wat hij vroeg.

'Daar!' zei hij. 'Zie je die auto?'

Mette boog zich naar het scherm en keek naar de auto op het parkeerterrein die Stilton aanwees. 'Een Toyota-sedan,' zei hij. 'Net zo'n auto als waar de lijkdelen in lagen.'

'Wat bewijst dat?'

'Dat de twee in de lijkzakken Verner uit het Forensisch Instituut gestolen hebben.'

'Dat wisten we toch al?'

'Niet voor honderd procent.' Stilton ging achter een bureau zitten en pakte zijn telefoon. 'Ik heb een film van een telefoon te pakken gekregen die misschien kan helpen,' ging hij verder en hij haalde Jompa's film op. 'Deze is genomen vlak nadat Verner op het trottoir terechtgekomen was.' Stilton hield Mette zijn telefoon voor. 'Zie je die man aan de rechterkant die zich bukt en vlak naast het lichaam iets van de straat pakt?'

'Ja.'

'Ik wil weten wat hij oppakt.'

'Weet je wie het is?'

'Zo meteen wel. Kun jij koffie halen?'

Er was een tijd geweest waarin niemand Mette vroeg om koffie te halen, maar alles verandert en dat gold ook voor de rangorde. Mette liep de kamer uit en Stilton toetste een nummer op zijn telefoon in. Na een paar seconden werd er opgenomen. 'Hallo, Jompa, met Tom Stilton. Ik heb een filmpje van de Gröne Jägaren van je gekregen. Kun je het ophalen en de speakerfunctie aanzetten?' Stilton wachtte een paar seconden. Hij hoorde Jompa's ademhaling aan de andere kant van de lijn. 'Heb je het gevonden?'

'Ja,' antwoordde Jompa.

'Een stukje na het begin zie je rechts op het scherm een man die zich naar het lichaam buigt. Zie je hem?'

'Ja.'

'Het ziet eruit alsof hij vlak naast het lichaam iets oppakt. Weet jij wat dat was?'

'Nee.'

'Hoe heet die man?'

Het bleef zo lang stil dat Stilton geïrriteerd raakte. 'Ga niet moeilijk doen, Jompa. Ik kan ook naar je huis komen.'

'Het is Fille,' zei Jompa zachtjes.

'Fille wie?'

'Filip Blomberg.'

'Heb je een telefoonnummer van hem?'

'Nee.'

'Weet je waar hij woont?'

'In Söder.'

'Oké, dank je wel.' Stilton verbrak de verbinding. Hij had niet gemerkt dat Mette met twee koppen koffie was teruggekomen en al op hitta.se aan het zoeken was.

'Er woont een Filip Blomberg in de Gotlandsgatan 33,' zei ze. 'Dat is in de buurt.'

'Mooi. Ik ga ernaartoe.'

'Kun je niet gewoon bellen? Ik heb zijn telefoonnummer hier.'

'Ik wil hem zien als ik met hem praat,' zei Stilton.

'Misschien heeft die Jompa hem al gebeld.'

'Misschien, maar misschien ook niet. Bedankt voor de koffie, die drink ik als ik terug ben. Ik vind koude koffie lekker.'

Mette schudde haar hoofd. Ze besloot om op internet te zoeken naar een cirkel met een zwarte driehoek erin.

*

Sublimatie was een mooi woord voor datgene waar Stilton zich op dit moment mee bezighield: een bijna koortsachtige zoektocht naar een onbekende persoon om de confrontatie met zijn privéleven te vermijden.

Hij had echter ook een reden voor zijn gedrag. Het onderzoek naar het gestolen lijk was opgewaardeerd. Het lichaam was in zes delen aangetroffen, een tatoeage was weggesneden en het had de dood van twee mannen veroorzaakt. Weliswaar door hun eigen toedoen, maar toch. Dat was waarop hij zich concentreerde toen een man met rood haar de deur opende.

'Filip Blomberg?'

'Ja?'

Jompa had Filip niet gebeld, dat zag Stilton aan de blik in zijn ogen toen hij vertelde wat hij kwam doen.

'Wat voor film?' vroeg Filip.

Ze stonden in een overvolle hal op de tweede verdieping in de Gotlandsgatan. Overal lagen schoenen, innebandy-sticks, jassen en minder duidelijk te identificeren kledingstukken.

'Deze film,' zei Stilton. Hij liet Jompa's film op zijn telefoon zien. 'Jij staat aan de rechterkant en pakt iets van de straat op. Wat was dat?'

'Niets bijzonders.'

'Woon je hier alleen?'

'Nee, ik woon samen met mijn vriendin, hoezo?'
'Is ze thuis?'
'Nee.'
'Mooi. Zullen we in de keuken gaan zitten?'
'Waarom dat?'
'Omdat het blijkbaar even gaat duren voordat je vertelt wat je opgeraapt hebt.'
'Ben je een smeris?'
'Ja, en ik wil weten wie de dode man was. Misschien kun je me daarbij helpen.'
Filip frunnikte aan een versleten innebandy-stick. Hij was lang en zag er sportief uit. Zo te zien overwoog hij wat hij zou zeggen. Het duurde zo lang dat Stilton zijn vraag herhaalde. 'Wat raapte je op?'
'Een sigarettenhouder.'
'Waarom?'
'Geen idee, ik deed het gewoon. Ik was dronken en hij lag daar en ik raapte hem op...'
'Heb je hem hier?'
Filip verdween in het appartement en Stilton voelde aan de innebandy-stick. Hij had de sport nooit begrepen, maar had ook nooit veel belangstelling voor sport in het algemeen gehad. Als je vissen tenminste niet als een sport beschouwde.
'Hier is hij.' Filip kwam de hal weer in en gaf Stilton een glanzende gouden sigarettenhouder.
Stilton pakte hem aan en opende hem. Hij was leeg. 'Was hij leeg toen je hem pakte?'
'Nee. Er zaten een paar sigaretten in. Van die vieze Franse...'
'Gitanes?'
'Ik weet het niet, ze smaakten smerig...'
Stilton rook aan de houder en zag iets aan de binnenkant van het deksel. 'Ik neem deze mee,' zei hij.
Filip knikte en deed een stap opzij. Stilton liep naar de deur.
'Krijg ik hier problemen door?' vroeg Filip.
Stilton draaide zich om. 'Omdat je een voorwerp gestolen

hebt van iemand die net op straat te pletter gevallen was?'

Filip staarde naar de vloer en Stilton trok de deur achter zich dicht.

Hij besloot een taxi naar het politiebureau te nemen en bewaarde het bonnetje omdat hij de rit bij de Zilveren Wolven wilde declareren. Misschien kon hij zelfs een uitgebreide lunch afschrijven? Hij voelde dat hij iets in zijn maag moest hebben na alle wijn van de vorige avond.

Toen hij de werkkamer in kwam zat Mette nog steeds over haar laptop gebogen.

Ze keek op. 'Hoe is het gegaan?'

'Hij had deze opgeraapt.' Stilton legde de gouden houder op Mettes bureau.

'Een sigarettenhouder?'

'Ja, met een paar Franse sigaretten erin en een detail in het deksel.'

Mette opende de houder, keek naar het deksel en zag een uitgesleten en bijna onleesbare inscriptie.

'Kun jij lezen wat er staat?' vroeg Stilton.

'Nee, maar het lijken cyrillische letters.'

'Dat denk ik ook. We moeten hem naar de forensische onderzoekers sturen.' Stilton ging aan de andere kant van het bureau zitten, pakte het koffiekopje en nam een slok koude koffie. 'Hoe gaat het met de tatoeage?'

'Er zijn honderden cirkels met driehoeken erin op internet te vinden. Ik denk niet dat we daar verder mee komen.' Mette klapte de laptop dicht en stond op. 'Ik ga ervandoor. Abbas en zijn moeder komen lunchen. Heb je over haar gehoord?'

'Ja. Hoe heet ze?'

'Drishti.'

'Het is een beetje vreemd, vind je niet?'

'Dat ze ineens opduikt?'

'Ja.'

'Misschien kreeg ze last van haar geweten. Als mensen ouder

worden hebben ze de neiging om over hun leven na te denken en dingen recht te willen zetten. Misschien is dat haar bedoeling.'

Stilton keek naar de tafel. Dingen rechtzetten? Hoe doe je dat in vredesnaam? 'Misschien wel,' zei hij.

Mette trok haar jas aan.

'Ik heb gehoord dat jullie vluchtelingen in huis hebben,' ging Stilton verder.

'Ja, een vrouw en haar zoontje. De vrouw is het slachtoffer van seksuele uitbuiting. Olivia en Lisa vroegen om hulp.'

'Hoe gaat dat?'

'Goed, maar het is heel triest en we weten niet goed hoe we kunnen helpen.'

Stilton lachte. 'Daar zijn jullie experts in. Hoe gaat het trouwens met het kippenhok?'

'Ik wil het er niet over hebben. We krijgen vandaag blijkbaar vijf kippen. Zal ik je een lift naar de aak geven?'

'Nee, dat... Ik ga wandelen.'

Mette zwaaide naar hem, liep de kamer uit en kwam onmiddellijk weer naar binnen. 'Dat vergeet ik helemaal,' zei ze. 'We hebben hier vandaag om vier uur een bespreking.'

'Met wie?'

'Magnus en Erik Morling.'

'Waarom dat?'

'Problemen, neem ik aan. Tot vanmiddag.'

Mette verdween weer en Stilton boog zich over zijn koffiekopje. Hij zou niet naar de aak wandelen.

Morling?

*

Het was lunchtijd in Antibes. Vandaag werd er een rijke vissoep met vers brood en aioli aan de eigenaar van het jacht geserveerd. Hij zat op het achterdek aan een tafel in de buurt van het zwembad, bracht de lepel naar zijn mond, blies even en nam een hap. Hij had een briljante chef aangenomen voor een salaris dat hoger was dan de chef van Macron kreeg, maar hij was het waard. Als geld de minste van je zorgen is, is er geen reden om te beknibbelen op de goede dingen van het leven.

Grigori doopte de lepel weer in de soep en achtervolgde er een tijdje een rivierkreeftstaartje mee. Door de beweging verzonk hij in zichzelf, naar de plek waar hij heel eenzaam en verdrietig was. Iemand had zijn hart gestolen en had een lege kubus achtergelaten.

Hij vermoedde wie het was geweest.

De lepel kreeg het rivierkreeftstaartje te pakken en bracht hem naar Grigori's mond. Hij kauwde en slikte. Hij was er niet in geslaagd om het ei te beschermen, de taak die zijn familie al generaties lang onberispelijk uitvoerde en nu kreeg hij zijn straf. Er waren mensen die het op hem voorzien hadden, die hadden geprobeerd aan boord te komen, op de plek waar hij zich het veiligst voelde. Hij had zichzelf als onkwetsbaar beschouwd, maar die illusie was verbroken. Meerdere van zijn hooggeplaatste contacten beantwoordden zijn telefoontjes niet meer. Een paar van zijn beste vrienden waren al uit de weg geruimd. Officieel ging het om zelfmoord, maar Grigori was ervan overtuigd dat ze waren vermoord. Ze waren uit hotelramen gesprongen, dreven vergiftigd in zwembaden of hingen aan een touw in garages. Hij maakte zich steeds meer zorgen dat hij ook op Poetins lijst stond en het slechts een kwestie van tijd was. Vluchten? Zich verstoppen? De tentakels van de GROE kronkelden over de hele wereld. De boot was zijn beste bescherming. Zijn fort.

Ik moet waakzamer zijn, dacht hij. De beveiliging moet opgeschroefd worden. Misschien moet ik het anker lichten en naar Turkije gaan? Naar Istanbul? Hij verwierp het idee. Het zou betekenen dat hij Julie van school moest halen en ze haar vriendinnen niet meer zou zien, en dat wilde hij niet.

Maar ik moet ervoor zorgen dat ze voortdurend beveiligd wordt, dacht hij, ook in Nice.

Hij keek naar het bord dat voor hem stond en roerde met zijn lepel tussen de stukken vis in de naar saffraan geurende soep. Plotseling schoof hij het bord weg. Vergiftiging, dacht hij, dat is de manier waarop ze werken. Kon hij zijn bemanning nog wel vertrouwen? Hij keek om zich heen en zijn blik bleef hangen op Ivanna, die op een afstandje met schoonmaakmiddelen in haar handen passeerde. Zij is degene die het kortst aan boord werkt, dacht hij. Zou ze benaderd zijn? Had hij niet gemerkt dat ze hem af en toe in het geheim observeerde? Hij pakte het glas wijn dat voor hem stond, dronk het in één keer leeg en liet de alcohol door zijn lichaam stromen om zijn zenuwen te kalmeren. Je mag niet instorten, Grigori, je moet een voorstelling organiseren.

Op dat moment ging zijn telefoon en hij nam op. 'Met Grigori.'

'Ik heb het enkelbandje gezien.'

Sasja? Grigori vloog op uit zijn stoel, zijn ruggengraat voelde als een stalen snaar. 'Hallo, lieverd,' zei hij. 'Wat voor enkelbandje?'

'Je bent te ver gegaan.'

'Waar ben je?'

Ze lachte hees en hard bij wijze van antwoord. Hij liet haar lachen terwijl hij over het dek liep. 'Julie zei dat je in Polen was,' ging hij verder.

'Polen, Singapore, Chili. Je zult me nooit vinden.'

'Ik heb er geen belangstelling voor om je te vinden.'

'Ik weet het, arme Grisja. Heeft de vloek van het ei je al getroffen?'

Hij hoorde de spottende ondertoon en beet op zijn tanden. 'Je speelt hoog spel, Sasja.'

'Jij ook, hoewel jouw spel veel zieker is dan het mijne. Het trieste is dat ik van je hield.'

'Ik weet het. Ben je op geld uit?'

'Je bent ongelofelijk banaal. Doe voorzichtig.'

'Sasja!'

'Ja?'

'Pas goed op het ei.'

'Welk ei?' Sasja verbrak de verbinding en Grigori stond op het punt zijn telefoon overboord te gooien. Hij kookte van woede.

*

Mårtens uitnodiging voor de lunch was volkomen spontaan geweest. Hij beschouwde Abbas als een familielid. Mårten en Mette Olsäter waren zijn contactpersonen geweest toen hij probeerde zijn criminele verleden achter zich te laten. Daardoor was er een sterke band tussen hen ontstaan.

Toen Mårten dan ook hoorde dat Abbas' moeder was verschenen, voelde het volkomen natuurlijk om haar samen met Abbas uit te nodigen. Dat had diverse redenen.

Mette was niet uitgesproken enthousiast geweest. Afwachtend was waarschijnlijk een correctere omschrijving van haar houding tegenover de lunch. Ze wist dingen over Abbas' afschuwelijke jeugd waarvan Mårten niet op de hoogte was.

'Drinken we wijn?' vroeg Mårten aan Mette, die net klaar was met het dekken van de lange tafel in de keuken. Ze antwoordde niet meteen. Abbas was heel terughoudend met alcohol, overdag dronk hij in elk geval niet. Maar zou zijn moeder rode wijn en water verwachten? Of zou ze moslim zijn?

'We zetten een fles neer zodat iedereen die dat wil kan nemen,' zei Mette. Dat gaf haar de mogelijkheid om een glas in te schenken als de spanning aan tafel opliep.

'Ze zijn er. Ik doe open.' Mårten liep naar de hal en Mette wierp een laatste blik op de tafel die was gedekt met borden die ze zelf had gemaakt, kristallen glazen en mooie servetten die een van haar schoonzussen tijdens een reis naar Helsinki had gekocht. In het midden van de tafel stond de robuuste blauwe Le Creuset-pan. Mårten had zich uitgesloofd en had, hoewel het een lunch was, een Marokkaanse stoofschotel met kikkererwten, raita en couscous gemaakt, zodat Drishti zich thuis zou voelen. Hij was tenslotte de kok en kon dat beslissen.

'Welkom!' Mette spreidde haar armen en omhelsde Abbas. Daarna aarzelde ze even. Het voelde niet natuurlijk om de vreemde vrouw naast hem te omhelzen, dus gaf ze haar een hand en stelde zich voor. 'Ik ben Mette.'

'Drishti. Abbas heeft zoveel over je verteld.'

'Echt?'

Mette lachte, wat Mårten een beetje te hard vond klinken.

Dat vond Abbas ook, maar hij glimlachte. Het was de eerste keer dat hij zijn moeder aan vrienden van hem voorstelde en dat gebeurde niet zonder een zekere spanning.

'Laten we meteen aan tafel gaan, dan kunnen we tijdens het eten praten,' zei Mårten met een uitnodigend gebaar. Hij was eerder nieuwsgierig dan gespannen.

Mette schepte voor allemaal uit de pan op en constateerde dat Drishti alleen water inschonk. Dan neem ik ook geen rode wijn, dacht ze. Ze hoopte dat de lunch niet al te ongemakkelijk zou worden.

Dat was gelukkig niet zo.

Het gesprek verliep snel en eenvoudig in het Engels en ging over een combinatie van herinneringen en het heden. Abbas was ongewoon spraakzaam, bijna opgewonden, vooral toen hij over zijn vader en al diens stommiteiten vertelde. Zijn vader was alcoholist en verdiende af en toe de kost als orgeldraaier in de toeristische gedeelten van Marseille. Drishti droeg ook bij met een paar hilarische gebeurtenissen die het gezin waren overkomen.

Abbas vertelde echter niet hoe ernstig zijn vader hem had mishandeld in de periode nadat Drishti het gezin had verlaten, en dat hij daardoor uiteindelijk uit huis was gegaan.

'Ik denk dat ik een glas wijn neem,' zei Mårten. Hij pakte de fles. 'Wil een van jullie ook?'

Dat wilden de anderen niet, dus schonk Mårten alleen voor

zichzelf in, waarna hij iedereen aan tafel, niet in het minst zijn vrouw, verraste door over te schakelen op Frans. Het was niet perfect, maar goed genoeg om complimenten van Abbas en Drishti te krijgen.

'Spreek jij Frans?' vroeg Mette in het Zweeds.

Mårten lachte. 'Dat wist je niet, hè? Ik heb mijn geheimen. Proost.'

Daarna vertelde hij dat het Franse geheim een digitale cursus was die hij het jaar ervoor in zijn muziekgrot had gevolgd toen Mette nauw betrokken was geweest bij het arresteren van een aantal vaccinterroristen.

Dit was zijn kans om daar een beetje mee te pronken.

'Je leert Frans en bouwt kippenhokken. Je bent een veelzijdige man.' Drishti glimlachte naar hem.

'In de herfst van je leven moet je stimuleren wat er nog over is,' antwoordde Mårten eveneens met een glimlach.

Mette vond het een beetje zoetsappig klinken.

Abbas legde zijn vork neer en wees door het keukenraam naar buiten. 'Er staat een jongetje op het gras. Wie is dat?'

Mårten draaide zich om en zag Oleksi op het gras staan. 'Dat is Oleksi; zijn moeder en hij logeren in het gastenverblijf. Ze zijn uit Oekraïne gevlucht.'

Mårten zwaaide naar Oleksi, die terugzwaaide.

Mette stond op. 'Willen jullie koffie?'

'Graag,' antwoordde Drishti.

'Espresso of cappuccino? We hebben zo'n machine die alles kan maken.'

'Dan wil ik graag een dubbele espresso.'

Mette liep naar het koffiezetapparaat en Abbas begon af te ruimen. Drishti stond er een beetje hulpeloos bij. Ze was niet vertrouwd met de keuken.

'Laten wij vast naar de salon gaan,' zei Mårten, die haar verlegenheid zag. 'Dan kan ik je meteen een deel van het huis laten zien.'

Hij nam Drishti mee naar de indrukwekkende Afrika-kamer, die was ingericht met souvenirs van alle reizen die het echtpaar over de hele wereld had gemaakt, waarna ze naar de kleine salon met de grote groene tegelkachel gingen.

'Jullie hebben een prachtige woning,' zei Drishti.

'En groot. Hij is veel te groot voor Mette en mij, maar we hebben moeite er afstand van te doen. Ga zitten.' Mårten gebaarde naar de bruine fauteuils voor de open haard. Drishti nam plaats en Mårten ging in de fauteuil naast haar zitten.

'Mag ik je een vraag uit nieuwsgierigheid stellen?' vroeg hij terwijl hij naar Drishti keek.

'Dat mag.'

'Hoe was Abbas als kind?'

'Hij was min of meer als alle andere kinderen, soms ondeugend en soms een beetje bang. We woonden in een van de louche wijken van Marseille. Waarom vraag je dat?'

'Ik ben kinderpsycholoog en heb mijn hele leven met kinderen gewerkt,' legde Mårten uit. 'Abbas' reis door het leven is nogal spectaculair en ik ben nieuwsgierig naar hoe die begonnen is.'

'Heb je het aan hem gevraagd?'

'Hij herinnert zich niet veel van zijn jeugd.'

'Misschien heeft hij het verdrongen,' zei Drishti. 'Ik ben bij zijn vader weggegaan toen hij zeven was.'

'En bij hem.'

'Ja, en dat probeer ik nu goed te maken. Ik weet alleen niet of het lukt.'

'Hij lijkt je bij zijn leven te betrekken.'

'Dat klopt, maar ik kan hem niet echt bereiken.'

'Geef hem tijd. Dat heeft hij op het emotionele vlak nodig.'

Drishti glimlachte en leunde naar achteren terwijl Mette en Abbas binnenkwamen met de koffie.

Ze namen afscheid in de hal. Deze keer gaf Mette Drishti een korte omhelzing. Abbas merkte het. Hij was tevreden en kalm. De lunch was goed verlopen en het leek erop dat niemand zich ongemakkelijk had gevoeld. Hij trok de deur met een glimlach achter zich dicht.

'Dat ging toch goed?' zei Mårten terwijl hij Mette naar de keuken volgde.

'Jawel...'

'Niet dan?'

Mette draaide zich om. Ze wist niet goed wat ze moest zeggen en had het gevoel dat Mårten bevestiging zocht, alsof hij zelf onzeker was. Was hij dat? 'Ze was sympathiek,' zei Mette.

'Dat was ze zeker.'

Ze keken elkaar aan.

'Ruim jij de koffiekopjes op?' vroeg Mårten terwijl hij zich omdraaide en weer naar de hal liep. 'Ik ga naar de kippen kijken.'

De kippen waren op de plek waar de kippen thuishoorden: binnen de omheining. Mårten was van plan ze vrij rond te laten lopen, maar daarvoor moesten een paar obstakels worden overwonnen. Het eerste was Mette. Ze was er fel op tegen dat de kippen door de hele tuin zouden zwerven. Het tweede was de vos. Geen specifieke vos, maar omdat vossen geen ongewoon verschijnsel in Kummelnäs waren bestond het gevaar dat de kippen een maaltje voor de vossen zouden worden. Voorlopig zouden de kippen dus achter het draadgaas blijven.

Vervolgens liep Mårten naar het gastenverblijf om een praatje met Alina en Oleksi te maken. Hij klopte op de deur en wachtte. 'Hallo,' zei hij. 'Ik ben het, Mårten.'

Geen antwoord. Hij deed een stap opzij en keek door een van de ramen naar binnen, maar zag Alina en Oleksi niet. Een bétje verbaasd voelde hij aan de deur. Die was open. Hij liep naar binnen en riep weer 'hallo'. Met het oog op de omvang van het huisje was dat meer een reflex. Hij constateerde vrijwel meteen dat het huisje leeg was en dat alle sporen van Alina en Oleksi waren verdwenen. Hun kleren, de tas die Alina van Mette had gekregen, alles. Mårten liep weer naar buiten en keek in de tuin om zich heen. Die was net zo verlaten, op de kippen bij de heg na.

'Mette!'

Mette zag Mårten door het raam en opende het. 'Wat is er?'

'Alina en Oleksi zijn verdwenen! Het huisje is leeg en hun spullen zijn weg.'

Mette moest zichzelf daarvan overtuigen, zo was haar karakter nu eenmaal. Nadat zij eveneens had geconstateerd wat haar man al had verteld – dat de vluchtelingen waren verdwenen – ging ze voor het gastenverblijf zitten en belde Olivia. Het duurde even voordat ze opnam en Mette voelde haar maag samentrekken.

'Hallo, Mette. Hoe was de lunch?'

'Alina en Oleksi zijn verdwenen.'

'Hoezo verdwenen?'

'Ze zijn weg. Ze hebben hun spullen gepakt en zijn vertrokken.'

Olivia voelde haar maag eveneens samentrekken. Was iemand erachter gekomen dat ze in Kummelnäs verbleven? Jacek was nog steeds op vrije voeten. Maar hoe zou hij moeten weten waar ze waren?

Mette interpreteerde haar stilte op dezelfde manier. 'Denk je dat ze ontvoerd zijn?' vroeg ze. 'Of meegelokt?'

'Hoe moet ik dat weten?'

'Sorry, ik vroeg het me gewoon af,' zei Mette.

'Het spijt me, ik ben gewoon in de war.'

'Je moet ze op laten sporen,' drong Mette aan.

'Dat doe ik,' zei Olivia. 'Bel me zodra ze opduiken.'

'Natuurlijk.' Mette liet haar telefoon zakken en keek naar Mårten. 'Dit voelt niet goed,' zei ze.

'Nee.' Mårten draaide zich om en liep haastig naar het hek.

'Wat ga je doen?'

'Ik ga in de buurt zoeken, misschien dwalen ze hier ergens rond. Ga je mee?'

'Nee, ik moet naar het politiebureau.'

*

De bespreking vond plaats in het kantoor van hoofdinspecteur Erik Morling. Ooit was hij een ondergeschikte op Mettes afdeling geweest, maar inmiddels was hij naar een veel hogere positie opgeklommen.

Morling was een streber.

De aanwezigen bij de bespreking waren Mette, Stilton en Magnus Adolfsson, het hoofd van de Zilveren Wolven. Drie van hen zaten, terwijl Stilton tegen een kast met mappen leunde. Het kantoor was ingericht op een manier die duidelijk maakte dat dit het kantoor was van iemand die zich vrij hoog in de organisatie bevond. Morling vond het prettig dat te benadrukken. Vandaag droeg hij een rood vlinderdasje.

De bespreking was begonnen met een stijve begroeting, waaraan Magnus zich onttrok met een gebaar naar Stilton: 'Jullie kennen elkaar toch?'

Stilton glimlachte. 'Morling heeft veel voetenwerk voor me gedaan toen we jacht maakten op de Laserman.'

Morling beantwoordde de glimlach niet. 'Ik heb deze vergadering bijeengeroepen vanwege de ontwikkelingen in de zaak van het lijk dat een tijdje geleden uit het Forensisch Instituut gestolen is en dat nu in stukken gesneden teruggevonden is,' begon hij. 'Als ik goed ben ingelicht, hebben de Zilveren Wolven zich tot nu toe met het onderzoek beziggehouden.'

'Dat klopt,' antwoordde Magnus. 'Om precies te zijn hebben Mette en Tom dat gedaan.'

'In eerste instantie ging het om het vaststellen van de identiteit van het lijk,' ging Morling verder. 'Is dat juist?'

'Nee,' zei Mette. 'In eerste instantie ging het om het vinden van het lijk.'

'En het vaststellen van de doodsoorzaak,' voegde Stilton eraan toe.

'Hij is toch van een dak gesprongen?' vroeg Morling.

'Of hij is geduwd. Wij neigen naar het laatste.'

'Tja... met het oog op het in stukken snijden zijn er in de huidige situatie natuurlijk veel interpretaties mogelijk.'

'Waar wil je naartoe?' vroeg Mette. Ze kon alleen aan de verdwenen vluchtelingen denken en wilde de bespreking zo snel mogelijk achter de rug hebben.

'Waar ik naartoe wil is de vraag of de Zilveren Wolven met het oog op de gebeurtenissen de juiste groep is om verder onderzoek naar deze zaak te doen.'

'Je bedoelt de grafschennis?' zei Mette. 'Want meer dan het in stukken snijden van een lijk is het niet. Denk je dat we dat niet aankunnen?'

'Wat ik bedoel is de media-aandacht die deze zaak met zich meebrengt. We zijn al benaderd door journalisten en zullen platgebeld worden als dit bekend wordt. Een gestolen lichaam dat in stukken gesneden teruggevonden wordt. Dat begrijp je toch ook wel?'

'Absoluut. En jij wilt het contact met de media graag zelf afhandelen?'

Morlings voorliefde om in de schijnwerpers te staan was algemeen bekend. Mettes insinuatie was loepzuiver.

Morling negeerde haar scherpe opmerking. 'Hoe schatten jullie de situatie in?' vroeg hij.

'Onze allereerste prioriteit is de identiteit van het lijk achterhalen.'

'We noemen hem Verner,' voegde Stilton eraan toe, voornamelijk om Morling in verwarring te brengen. Hij wilde ook dat de bespreking zo snel mogelijk voorbij was.

'De tweede prioriteit is om op basis van de identiteit van het slachtoffer vast te stellen waarom hij in stukken gesneden is,' ging Mette verder. 'De daders zijn tenslotte al buiten beeld.'

'Zijn dat degenen die verongelukt zijn?'

'Naar alle waarschijnlijkheid wel. Als je ons dus iets meer tijd geeft, dan komt het helemaal goed. We staan op het punt om de identiteit van het lijk te achterhalen.'

'Is dat zo?' Magnus probeerde zijn verbazing niet te laten merken.

'Ja,' zei Mette. 'Zodra de laatste puzzelstukjes op hun plaats zijn gevallen stellen we je op de hoogte.'

Stilton vertrok geen spier. Mette loog Morling recht in zijn gezicht voor. Zijn respect voor haar steeg nog een beetje.

'Dat ging best goed, vind je niet?' zei Mette.

'Ja.'

Stilton en zij liepen naar de uitgang van het politiebureau. Morling had bakzeil gehaald en de Zilveren Wolven mochten doorgaan met het onderzoek. Ze hadden de zaak – het achterhalen van de identiteit van het lijk – tenslotte bijna opgelost.

'Ik vraag me alleen af wat die laatste puzzelstukjes zijn,' ging Stilton verder.

'De sigarettenhouder en de weggesneden tatoeage,' zei Mette. 'We moeten gewoon onze uiterste best doen.' De wind rukte aan haar haar en ze draaide haar hoofd weg om Stiltons blik te ontwijken.

'We tasten in het duister, Mette, en dat weet jij ook,' zei hij. 'Moeten we zijn foto naar de media sturen?'

'Laten we nog even afwachten. Ik neem de bus hier. Doe de groeten aan Luna.'

'Dat zal ik doen.'

Mette liep naar de bushalte en Stilton wist niet wat hij moest doen. Zijn uiterste best doen? Ik kan Olivia net zo goed bellen om over Luna te vertellen, dacht hij. Dan heb ik het maar gehad.

'Hallo, Tom. Ik heb het nogal druk. Mag ik je later bellen?'

'Natuurlijk.'

Olivia verbrak de verbinding en liep naar Lisa toe, die bij een muur in de coördinatiekamer van het team Mensenhandel stond om foto's van Alina en Oleksi op te hangen. Ze werden nationaal gezocht en hadden foto's naar alle surveillance-afdelingen gestuurd. Lisa wees naar een van de foto's. 'Als we ervan uitgaan dat ze vrijwillig vertrokken zijn...'

'Waarom zouden ze dat doen? Ze werden ongelofelijk goed verzorgd en logeerden in hun eigen gastenverblijf. Daarnaast kennen ze niemand in Stockholm en spreken ze nauwelijks Engels. Waar zouden ze naartoe moeten?'

'Wat is volgens jou het alternatief? Dat andere personen de tuin zijn binnengedrongen en ze ontvoerd hebben? Op klaarlichte dag? Mette en Mårten hebben niets gezien en hebben geen ruzie of geschreeuw gehoord.'

'Misschien zijn ze in een auto gelokt,' opperde Olivia.

'Door wie dan? De enige die hen kent is die pooier, Jacek, en ik kan me niet voorstellen dat ze bij hem in een auto gestapt zijn.'

'Misschien heeft hij ze gedwongen? Of die vrouw uit het bos, hoe heet ze ook alweer?'

'Sasja.'

'Stel dat zij plotseling de tuin in gekomen is en ze zover gekregen heeft om met haar mee te gaan.'

'Waarom zouden ze dat doen?' vroeg Lisa.

'Ze heeft Ivanna, de Oekraïense jonge vrouw, ook zover gekregen om in Polen in haar auto te stappen.'

'En? Dat is wel heel vergezocht,' zei Lisa. Ze schudde haar hoofd en ging achter haar bureau zitten.

'Zijn er nog geen rapporten over Jacek?' vroeg Olivia om van onderwerp te veranderen.

'Nee. Wat een beetje verontrustend is omdat zijn foto overal gepubliceerd is. Kan hij het land uit gevlucht zijn?'

'De grensbewaking is gealarmeerd, maar dat is natuurlijk geen garantie.' Olivia pakte haar jas en trok hem aan. 'We gaan morgen verder,' zei ze.

'Wat ga je doen?'

'Mezelf een beetje opvrolijken. Je kunt me op mijn telefoon bereiken.'

Lisa keek haar na terwijl ze in de gang verdween.

*

Ze hadden afgesproken in Royal Viking, een hotel naast Centralen, het centraal station van de metro. De locatie hadden ze om een nostalgische reden gekozen. Dit was de plek waar ze elkaar voor het eerst hadden ontmoet. Hij was gebruind en knap de hotelbar in geslenterd, zo herinnerde Olivia het zich in elk geval. Deze keer was Ove Gardman er al toen ze binnenkwam. Hij zat aan een tafeltje met een kop koffie voor zich. Hij was minder bruin en iets ouder, maar nog steeds knap, constateerde Olivia. Toen ze op zijn schouder tikte glimlachte hij breed, stond op en omhelsde haar lang. 'Wat leuk om je te zien,' zei hij.

'Insgelijks,' antwoordde Olivia.

Nu wandelden ze naast elkaar langs Norr Mälarstrand. Ze hadden niet besproken waar ze naartoe zouden gaan. Misschien gingen ze ergens in de buurt van het Rålambshovspark een hapje eten. Vanaf het moment dat ze elkaar zagen hadden ze onafgebroken gepraat. Olivia herinnerde zich weer hoe gemakkelijk het was geweest om met hem om te gaan. Weliswaar was dat destijds grotendeels via Skype gegaan omdat Ove overal op de wereld werkte, maar ze hadden altijd iets gehad om over te praten. Nu had hij verteld dat hij onder auspiciën van het Wereld Natuur Fonds werkte aan het herstel van mariene milieus, om precies te zijn ging het om het project Red de Oostzee.

'Hoe lang blijf je hier?'

'Minstens vier jaar.'

'Wow, je komt hier de komende jaren dus wonen.'

'Wat voor mij een eeuwigheid is,' zei Ove met een glimlach. Ik heb de afgelopen jaren rondgezworven en ben nooit langer dan acht maanden op dezelfde plek gebleven. Het zal fijn zijn om een tijdlang niet uit een koffer te leven.'

'Weet je al waar je gaat wonen?'

'Ik heb een appartement in Midsommarkransen gevonden.'

Dat is maar twee stations bij Hornstull vandaan, dacht Olivia.

Plotseling bleef Ove staan en pakte haar arm vast. 'Ik móét het vragen. Wat is er met ons gebeurd?'

'Gebeurd? Wat bedoel je?' vroeg Olivia.

'Waarom zijn we het contact met elkaar verloren?'

Olivia haalde haar schouders op. 'Ik weet het niet. Het gebeurde gewoon. Jij reisde de hele tijd rond en daarna kreeg je een relatie met die Maggie...'

'"Die Maggie".' Ove lachte. 'Vond je dat erg?'

'Niet echt. Misschien herinner je je nog dat ik in die periode nogal in de war was door alles wat er in mijn leven gebeurde.'

'Ja, dat herinner ik me nog.'

'Heb je nog steeds een relatie met haar?'

'Nee, het ging goed zolang we samenwerkten, maar daarna bloedde het dood. En jij?'

'Ik weet het niet.'

'Wat bedoel je?' vroeg Ove.

'Ik heb het net uitgemaakt met mijn vriend. Of liever gezegd, we hebben een pauze genomen om na te denken.'

'Oké... en wat is je gevoel nu je erover nadenkt?'

'Op dit moment eigenlijk vrij goed. Zullen we jeu de boules gaan spelen? Er zijn banen in het Rålambshovspark.'

'Leuk.'

*

Stilton hield er niet van om in het duister te tasten. Daardoor verdween de energie die hij had opgebouwd. De sigarettenhouder was bij de forensisch onderzoekers en Mette had het internet afgezocht naar de tatoeage, wat niets had opgeleverd. Wat kon hij doen? Hij zag Morlings rode vlinderdas voor zich en stond op het punt om naar de Götgatan te gaan om bij een paar honderd appartementen aan te bellen, maar liet het idee varen.

Het was de moeite niet waard.

Hij slenterde door Gamla stan en stak de brug over naar Slussen, dat één grote bouwplaats was. Midden op de brug bleef hij staan en keek naar de plek onder de spoorbrug waar hij als dakloze heel wat uren had doorgebracht. Nu was het één groot gat. Het verleden is een gat, dacht hij, en hij voelde zich een overblijfsel. Waarvan wist hij niet.

Een eindje in de Götgatsbacken stond een vrouw die de daklozenkrant *Situation Stockholm* verkocht. Hij herkende haar niet uit zijn tijd, liep naar haar toe en wees naar de kranten. 'Hoeveel kosten ze?'

'Tachtig kronen. Je mag swishen.'

Stilton haalde zijn telefoon tevoorschijn en de vrouw hield hem een gelamineerd kaartje voor waarop de gegevens van de verkoper en een swishnummer stonden. Dat kende hij ook niet uit zijn tijd. Orde en netheid. Hij betaalde en liep met de krant in zijn hand verder. De rollen waren omgedraaid.

Hij ging in Björns trädgård zitten en bladerde een beetje in de krant. Artikelen, korte gedichten, verhalen van daklozen, hij herkende het meeste. Het was een wereld die hij achter zich had gelaten. Hij liet de krant zakken en keek om zich heen. In dit park had hij ook veel tijd doorgebracht, in een meer of minder verloederde staat. Een aantal vrienden uit die tijd verschenen voor zijn geestesoog. Sommige waren dood, wist hij, andere leefden nog.

Zoals Benseman.

En Minken.

Minken was weliswaar nooit dakloos geweest, maar was diep weggezakt in drugsgebruik en andere ellende. Langzamerhand had hij zijn leven weer op orde gekregen en was hij voor Stilton op het persoonlijke vlak belangrijk geworden. Stilton haalde zijn telefoon tevoorschijn en zocht een bepaalde foto: een man met donkere, diepliggende ogen en wat verstrooide haren op zijn gezicht. Onder de foto stond: *Nu gaat mijn baard eraan!*

Dat was Minken.

Toen Stilton op de intensive care lag had Minken Luna beloofd om zich niet te scheren voordat Stilton weer gezond was. *Een man van zijn kaliber gaat niet op die manier dood*, had hij gezegd. Toen Stilton de ziekte als door een wonder overwon en herstelde, had Minken de foto naar Luna gestuurd. Stilton was erg ontroerd geweest toen hij het verhaal hoorde.

Dat was hij nu weer terwijl hij naar de foto keek. Misschien werd dat veroorzaakt door de situatie waarin hij zich bevond en omdat hij zich nogal fragiel voelde. Of misschien had het een andere reden dat hij Minkens telefoonnummer intoetste.

Hij nam onmiddellijk op. 'Hallo, Tompa! Ben je nog steeds in de scherenkust?'

'Nee, ik zit in Björns trädgård en dacht dat we misschien een biertje konden gaan drinken als je daar zin in hebt.'

'Slaapt de paus op zijn rug? Ik ben er over een kwartier. De Gröne Jägaren?'

'Nee, daar niet.' Stilton had er om verschillende redenen geen behoefte aan om naar de Gröne Jägaren te gaan. Dus stelde hij Ramblas bij Hornstull voor.

Daar hadden ze eerder met elkaar afgesproken.

'Heb je groeipillen geslikt?'

'Wat zijn dat?'

'Anabolen! Je lijkt Hoa-Hoa verdomme wel!'

Ze zaten naast een donkerrode muur bij een raam in restaurant Ramblas en hadden een paar glazen koel sterk bier voor zich staan. Stilton legde uit dat hij op het eiland had getraind om zijn lichaam weer in vorm te krijgen.

Minken knikte. 'Ik ben zelf ook een tijdje bezig geweest met het opbouwen van spieren,' zei hij. 'Tot de politiek ertussen kwam.'

Stilton wachtte af; hij wist dat er meer zou komen. Tijdens een gesprek met Minken hoefde je meestal alleen te knikken of af en toe een goed getimede vraag te stellen. Hij was net een zelf spelende piano, of hij nu high was of niet.

'Je weet dat ik de gave van het woord heb,' ging Minken verder. Hij likte een beetje schuim van zijn bovenlip. 'Ik ben min of meer een evenwichtskunstenaar als het op taal aankomt, zou je kunnen zeggen, en waar is dat meer nodig dan in de politiek?'

'Oké...'

Minken boog zich naar voren en liet zijn stem dalen alsof hij een staatsgeheim ging onthullen, wat hij op een bepaalde manier ook deed. 'Ik ben van plan om mijn eigen partij te beginnen,' fluisterde hij. 'De Zweden-Gematigden. Wat denk je ervan?'

'Van de naam?'

'Het idee natuurlijk! Al het goede op één hoop gegooid.'

Stilton, die van oudsher een socialistdemocraat was, was van mening dat er helemaal geen goeds zat in de politieke richting waarvoor Minken blijkbaar belangstelling had. Maar dat zei hij niet. Hij zat hier om gezelschap te hebben.

'Hoe ben je van plan dat aan te pakken?' vroeg hij.

'Heel eenvoudig. Eerst rekruteer ik een partijleider en wat ander loslopend volk. Mag ik een naam noemen?'

'Natuurlijk.'

'Hanif Bali. Wat denk je van die vent? Hij is een beetje ingekakt bij de Gematigden en snakt beslist naar een nieuwe klus. Wat tegen hem spreekt is dat hij de neiging heeft om in de problemen te komen. Maar wat een charisma! Wat een enorme hoeveelheid volgers op internet! Hoewel, we moeten zien, er zijn andere alternatieven. Heb jij geen zin om je erin te gooien?' Minken knipoogde en dronk zijn halve glas bier leeg. Hij was op dreef.

'Ik denk het niet,' antwoordde Stilton met een geamuseerde glimlach. 'Wat zou jouw rol in de partij trouwens zijn?'

'De strateeg natuurlijk! De mastermind! Het brein dat de lijnen uitzet, de grijze eminentie die visies in de oren van het voetvolk fluistert. Op dit moment pieker ik over een goede slogan. "Laten we de toiletten uitmesten!" Wat denk je daarvan?'

'De toiletten?'

'Symbolisch! Er is tegenwoordig zoveel gelul, we moeten alles uitmesten!'

'Minken, luister, ik heb een vraag. Waarom de Zweden-Gematigden? Ik dacht dat je begaan was met de kwetsbaren in de samenleving, met mensen die het slecht hebben.'

'Dat klopt. Gisteren. Vandaag zijn de bakens verzet! Dat is het mooie van de politiek. Je kunt van mening veranderen zoals je van overhemd verandert. Een beetje zweet onder je armen en voilà! Een nieuwe mening!' Minken dronk zijn glas leeg en gebaarde dat hij er nog een wilde. 'Wil jij ook?'

'Jazeker.'

'We moeten maar zien,' zei Minken. 'Het is veel werk en er zijn zoveel andere dingen die gedaan moeten worden.'

'Zoals?'

'En hoe is het met jou? Gebruind, getraind en gelukkig?'

'Ik weet niet of ik gelukkig ben,' zei Stilton.

'Problemen met Luna?'

'Een beetje.'

Ze kregen beiden een nieuw glas koel schuimend bier. Stilton had het gevoel dat hij hier eeuwig kon blijven zitten terwijl hij langzaam dronken werd, zodat zich een weldadige laag rond alle problemen zou vormen. 'We zijn op dit moment niet zulke goede vrienden,' ging hij verder, waarna hij een slok nam.

Minken zette zijn glas met een klap op de tafel. 'Je mag niet met haar dollen,' zei hij. 'Luna is *one of a kind*!'

Minken had een bijzondere relatie met Luna. Hij was op de aak geweest toen Stilton ziek was en had haar getroost. Hij had haar wanhopige tranen gezien en had gevochten om sterk te blijven. Voor haar.

'Ik weet het,' zei Stilton. 'Maar soms ontstaan er problemen.'

'Zoals met Bettan.'

Bettan was de vrouw met wie Minken een groentekwekerij was begonnen toen Stilton en Luna in Thailand verbleven. 'Lokale producten van eigen bodem'. Na verloop van tijd had ze een eind aan hun relatie gemaakt om redenen die pijnlijk voor Minken waren.

'Bedankt voor de foto die je gestuurd hebt toen ik op de intensive care lag,' zei Stilton om over iets anders te beginnen. Hij begon het effect van het bier te voelen.

'*De nada*,' zei Minken. 'Het belangrijkste is dat je weer gezond bent. Wat doe je op dit moment?'

Stilton overwoog of hij hem zou vertellen waarmee hij bezig was maar besloot dat het te ingewikkeld was nu hij zich niet helemaal helder voelde. 'Niets bijzonders,' zei hij.

Minken knikte en accepteerde het. Hij bevond zich op hetzelfde niveau. 'Luister...' zei hij.

'Ja?'

'Los jullie problemen op, anders word je net zoals ik.'

'De mastermind?'

Minken lachte en Stilton deed mee.

Ze namen voor Ramblas afscheid van elkaar. Minken vertrok in de richting van de Högalids-kerk en Stilton liep naar Hornstull. Als hij naar rechts was afgeslagen, dan was hij binnen vijf minuten bij de Pålsundsbrug geweest en had hij de aak kunnen zien.

Die weg, de weg naar de problemen, koos hij niet.

De scène die eindigde met zijn uitspraak 'Je mag geloven wat je wilt' en zijn vertrek van de aak, had hij al een paar keer in zijn hoofd afgespeeld.

Wat dacht ze eigenlijk? Hij had er geen idee van.

Maar dat was niet het ergste scenario. Dat zou zich pas voordoen als Pärlqvist belde om te vertellen dat de Filipino's een DNA-monster van hem wilden. Hij had besloten daar geen gehoor aan te geven, maar hoe zou dat geïnterpreteerd worden? Hoe zou Luna dat opvatten? Waarom zou hij weigeren om DNA af te staan als hij onschuldig was? Dat zou ze nooit accepteren. Het zou hun relatie voorgoed kapotmaken, daarvan was hij overtuigd.

Hij hoopte dat het telefoontje nooit zou komen.

Toen hij halverwege de Hornsgatan was bleef hij staan, haalde zijn telefoon tevoorschijn en belde Luna.

Ze nam niet op.

*

Luna liep dezelfde route door Kummelnäs als haar partner een tijdje geleden had gedaan, van de bushalte tussen de grote, mooie villa's door naar de woning van Mårten en Mette. De schemering was ingevallen, de straatlantaarns brandden en de straatstenen glansden na de korte regenbui van daarnet. Ik hoop dat ze niet net aan het eten zijn, dacht ze. Of dat ze bezoek hebben.

Ze had twee redenen gehad om niet te bellen. Ten eerste wilde ze hen persoonlijk spreken en ten tweede wilde ze in hun buurt zijn, in hun woning. Ze had de warme sfeer nodig die daar altijd heerste.

Mårten was niet thuis.

'Hij is overal posters aan het ophangen,' zei Mette nadat ze Luna in de hal had omhelsd.

'Wat voor posters?'

Mette vertelde in het kort over de twee vluchtelingen die rond het middaguur waren verdwenen.

'Hij hoopt dat iemand in de wijk iets gezien heeft, zoals onbekende mensen of auto's of wat dan ook. Wil je koffie?'

'Nee, dank je.'

Ze gingen in de keuken zitten en Mette stak een paar waxinelichtjes aan. Ze probeerde haar nieuwsgierigheid te bedwingen. Het was ongebruikelijk dat Luna aan het eind van de dag onaangekondigd alleen op bezoek kwam en ze vermoedde dat het met Tom te maken had. 'Hoe is het met je?' vroeg ze nadat ze in Luna's ogen had gekeken.

'Niet zo goed.'

'Heeft het met Tom te maken?'

'Ja.'

'Wat is er gebeurd?'

Mette merkte dat Luna een aanloop nam, ze haalde diep adem en liet haar stem dalen. 'Er zijn twee politieagenten naar de aak gekomen,' begon ze, waarna ze weer zweeg.

'Wat wilden ze?'

'Praten over iets wat jaren geleden op de Filipijnen gebeurd is.'

Mette moest heel veel moeite doen om natuurlijk over te komen. Ze ging eveneens zachter praten, alsof er iemand in de hal stond die hen afluisterde. 'Waarom dat?'

Luna stopte haar hand in haar jaszak en haalde het krantenartikel dat ze in Toms hut had gevonden tevoorschijn. Mette pakte het aan en las het langzaam en zorgvuldig. Ze had het niet eerder gezien, maar had geen moeite om de betekenis ervan te begrijpen.

Ze kon dit nu helemaal niet gebruiken.

'Wat zegt hij er zelf over?' vroeg ze terwijl ze naar Luna keek.

'Dat het niet over hem gaat.'

'Dan is dat misschien ook zo.'

'Ja, misschien wel,' zei Luna.

'Twijfel je?'

'Ja.'

'Waarom?'

Luna vertelde wat ze wist: over Toms haat voor de vrouw die Muriel had vermoord, over zijn reis naar de Filipijnen die in dezelfde periode had plaatsgevonden. 'Ik weet niet wat ik moet geloven,' zei ze. 'Wat denk jij?'

Mette vouwde het krantenartikel op en gaf het aan Luna terug. 'Ik vind dat je erop moet vertrouwen dat hij de waarheid spreekt. Dat zou ik doen.'

'Je denkt dus dat hij niet liegt?'

'Dat weet ik niet, maar ik geloof niet dat hij een koelbloedige moordenaar is.'

Het was een onderscheid met doodslag. Mette wist niet wat Stilton had gedaan en wilde het ook niet weten.

'Dat geloof ik ook niet.' Ze stopte het krantenartikel weer in haar zak. De druk was tijdelijk verminderd en ze had uitgesproken wat er aan haar knaagde. Als Mette vertrouwen in Tom had, dan zou zij dat toch ook moeten hebben? Of moest ze gewoon haar ogen sluiten, alles verdringen en verdergaan? Ze hield tenslotte van hem.

'Bedankt,' zei ze en ze stond op. 'Het komt beslist goed. Doe de groeten aan Mårten.'

'Dat zal ik doen.'

Het afscheid in de hal eindigde met een uitwisseling van zinnen die al een tijdje de ronde deden in de vriendenkring. Nu was het Mettes beurt om de vraag te stellen. 'Heb je gehoord dat Abbas' moeder opgedoken is en bij hem logeert?'

*

Karim was uitgeput. Hij trok zijn jas in de hal uit en ging met een energiedrankje in zijn hand naast zijn partner op de bank zitten. Hij had alweer elf uur aan één stuk door gewerkt en had zijn leven een paar keer geriskeerd. Tenminste, hij had een aantal botsingen met verschillende voertuigen met een dodelijke afloop als worstcasescenario geriskeerd.

Hij bezorgde inmiddels een halfjaar maaltijden voor Foodora, verdiende daar redelijk mee en had er in het begin veel plezier in gehad. Toen was het een sport om de bestellingen zo snel mogelijk bij de klant te krijgen, ongeacht files en rode verkeerslichten. Daar had hij nu genoeg van.

'Waar kijk je naar?' vroeg hij.

'*Opsporing Verzocht*.'

Karim leunde naar achteren, hij had niet veel belangstelling voor de jacht van de Zweedse politie op criminelen en wilde naar voetbal kijken. Hij nam een slok en spuugde de energiedrank meteen weer uit. Op het scherm was een foto verschenen van een man die door de politie werd gezocht in verband met onder meer kinderontvoering en sekshandel. Hij herkende de man meteen. Hij had twee keer een maaltijd aan hem geleverd, beide keren op hetzelfde adres, een appartement in Fittja.

*

Toen ze klaar waren met jeu de boules in het Rålambshovspark aten ze een late, lange lunch bij Boule&Bar, die ze afsloten met een paar biertjes. Daarna besloten ze om samen over de Västerbrug naar Hornstull te lopen. Midden op de brug pakte Ove haar hand vast en vertelde hoe verliefd hij op haar was geweest en hoe hij had geworsteld met het feit dat ze alleen vrienden wilde zijn. Olivia hield haar hand in de zijne terwijl ze verder liepen. Op de hoek van de Långholmsgatan en de Högalidsgatan bleven ze staan. Ove zou de metro naar Midsommarkransen nemen en zij zou naar huis lopen.

Dat was in elk geval het plan.

In plaats daarvan wankelden ze haar hal in en gingen ze daar verder met de kus die voor haar portiekdeur was begonnen. Ze trokken hun jas uit en haastten zich naar de slaapkamer, waar ze zich verder uitkleedden tot ze volledig naakt tegenover elkaar stonden. Op dat moment stopten ze.

Ove streelde haar wang. 'Dit is krankzinnig,' zei hij.

'Ja, maar dat kan me even niets schelen,' lachte Olivia, waarna ze hem op het bed trok.

Na afloop lagen ze uitgeput dicht tegen elkaar aan. Oves vingers streelden Olivia's borst en ze genoot van zijn aanraking. Ze voelde zich merkwaardig veilig in zijn armen. Lukas was vandaag een paar keer door haar geweten geflitst, maar ze had hem verder laten fladderen. Ze wist niet wat hij in New York deed en hij wist niet wat zij hier deed.

'Waar denk je aan?' vroeg Ove.

'Dat ik me goed voel.'

'Dat is fijn,' zei Ove. Hij trok haar nog dichter tegen zich aan. 'Zo voel ik me ook. Heel goed. Het kan een gewoonte worden.'

Olivia schrok onmerkbaar en keek naar het schilderij van zichzelf aan de muur tegenover het bed. Het was door Lukas geschilderd.

Op dat moment ging haar telefoon. Olivia verstijfde. Stel dat het Lukas is? Waarom heb ik hem niet uitgezet? Ze draaide zich op haar zij en keek op het display. Lisa? Waarom belt ze? Ze pakte haar telefoon en nam op. 'Hallo, Lisa, kunnen we morgen praten? Ik ben...'

'Ze hebben Jaceks appartement gevonden. Het ligt in Fittja. We halen je nu op. Je bent toch thuis?'

'Ja.'

Lisa verbrak de verbinding en Olivia keek naar Ove. Hij boog zich naar haar toe en gaf haar een kus.

*

Jacek zat in de keuken en snoof een lijntje coke. Hij had het nodig. Nadat hij had verteld wat er bij de camper was gebeurd had niemand nog contact met hem opgenomen. Het bleef doodstil, een stilte die hem met elke dag die verstreek meer paranoïde maakte. Hij kon hier niet eeuwig opgesloten blijven zitten, hij had hulp nodig om naar Polen terug te komen. Hij stopte zijn vinger in de beker poederkoffie en roerde. De vloeistof was lauw, zoals altijd. Hij had ook honger. De stapel pizzadozen op de vloer getuigden van de maaltijden die hij at. Hij liet alles thuisbezorgen omdat hij sinds zijn vlucht uit de camper niet meer buiten durfde te komen.

Hij boog zich naar voren om de jaloezieën dicht te trekken en zag toen twee zwarte auto's voor het portiek stoppen. Verdomme! Seconden later stond hij en had hij een pistool in zijn hand. Hij rukte zijn jack van de haak en rende naar de voordeur. Vroeg of laat zou het gebeuren, dat wist hij, en hij had bedacht wat hij dan zou doen, hoe hij zou vluchten.

Dat was via de zolder.

Daar was een lange, smalle gang die werd gedeeld met meerdere flats en werd gescheiden door branddeuren. Hij wist hoe ver hij moest lopen om via een ander pand op de binnenplaats uit te komen. Een paar minuten later rende hij onder dekking van de duisternis over de binnenplaats naar de poort die op de straat uitkwam.

Hij had helaas niet op de vooruitziende blik van de politie gerekend. Zij kenden de zoldergangen en potentiële vluchtmogelijkheden eveneens. Daarom stonden er een ME-busje en verschillende politieauto's in de aangrenzende zijstraten. Jacek zag er een op het moment dat hij via de poort naar buiten kwam en maakte meteen rechtsomkeert.

'Daar is hij!' riep Lisa. Ze zat samen met Olivia in een van de politieauto's in de zijstraat en zag dat Jacek zich abrupt omdraaide. Het volgende moment sprongen ze uit de auto en renden ze naar de ingang. Een collega in de auto meldde via de radio dat de gezochte persoon was gezien.

Jacek liep met het pistool in zijn hand de binnenplaats op. Het was een groot plein met beplanting, een speeltuintje en een gebouwtje voor vuilnis. Vlak naast het speeltuintje brandde een lamp, de rest van de binnenplaats lag in het donker. Het licht dat uit de ramen van de omringende gebouwen scheen reikte niet ver. Hij rende naar het gebouwtje, rukte de deur open en liep naar binnen. Daar duurde het even voordat zijn ademhaling was gekalmeerd en hij in staat was om na te denken. Ze gaan de flat in, maar die is leeg. Wat doen ze daarna? Ze kunnen niet weten dat ik hier ben. Alles is in orde. Niemand heeft me gezien. Ze blazen de operatie straks af. Drie seconden later dacht hij aan de lauwe koffie die hij op de tafel had laten staan. Shit. Oké, wat doen ze dan? Weten ze van de zolder? Misschien. Maar die leidt naar een aantal uitgangen in meerdere gebouwen. Ik kan overal in de duisternis verdwenen zijn. Niemand heeft me tot nu toe gezien. Ik blijf hier.

Olivia en Lisa bleven staan toen ze op de binnenplaats kwamen. Ze zagen Jacek niet, maar wisten dat hij hier was, of zou moeten zijn. Ergens in de duisternis.

Vermoedelijk gewapend en eventueel onder invloed van drugs.

'Wat doen we?' fluisterde Lisa.

'Informatie over de situatie geven.' Olivia liep de zijstraat in, activeerde de portofoon op haar schouder, kreeg contact met de actieleider en beschreef de situatie.

Die was ingewikkeld.

De binnenplaats was een kwetsbaar gebied dat was omringd door appartementen. De meeste waren verlicht en binnen liepen mensen rond. Ze konden een ongecontroleerde schietpartij in deze omgeving niet riskeren. Op het moment dat ze de gezochte persoon via een megafoon zouden roepen, zouden er beslist bewoners naar de ramen komen om te zien wat er op de binnenplaats aan de hand was, waardoor ze het risico liepen om door verdwaalde kogels te worden geraakt. Dat risico moest geëlimineerd worden.

'Wat doen we?' vroeg Olivia zachtjes.

'Eén moment.'

De actieleider overwoog om agenten langs de appartementen te sturen om de bewoners te vragen het licht uit te doen en naar het trappenhuis te gaan. Dat zou tijd kosten. De uiteindelijke beslissing was tijdrovend, maar veiliger: agenten zouden inderdaad langs alle appartementen gaan. Als de voortvluchtige persoon zich op de binnenplaats bevond, kon hij tenslotte geen kant op.

'We blijven hier dus wachten?' vroeg Olivia zachtjes.

'Ja. Het arrestatieteam is opgeroepen.'

De intense stank van rottend afval drong in Jaceks neus en zijn maag draaide om. Niet kotsen, verdomme! Geen geluid! Hij voelde nog een keer: het pistool was ontgrendeld. In het ergste geval schiet ik me een weg naar buiten. Wat heb ik te verliezen? Ik had dat verdomde joch moeten houden, dacht hij. Dan had ik nu met het pistool tegen zijn hoofd naar buiten kunnen lopen en een van hun auto's kunnen opeisen.

Hij hoorde een zacht geluid, duwde de deur een stukje open en tuurde in de duisternis. Hij zag geen bewegingen, alleen dat het licht achter een aantal ramen uitging. Wat doe ik als ze de binnenplaats op komen? Als ze zo'n verdomde hond bij zich hebben? Kan zo'n beest me ruiken in deze stank? Hij trok de deur weer dicht.

Lisa en Olivia hadden hun wapens getrokken. Ze stonden nog steeds bij de poort naar de binnenplaats en tuurden in de duisternis. Ze hadden beiden een hoge hartslag en zweetten onder hun armen door de stress.

'Zullen we proberen contact met hem te krijgen?' fluisterde Olivia.

'Dan weet hij dat we hier zijn.'

Lisa keek op haar horloge. Ze vond het onaangenaam lang duren voordat het arrestatieteam arriveerde. Hoe lang zou Jacek nog in zijn schuilplaats blijven, wanneer was zijn geduld op? Hij moest zich toch realiseren dat de politie hem min of meer had omcirkeld? Wanneer zou hij wanhopig worden? Wat deden ze als hij ineens vanuit de duisternis op hen af zou stormen? Moesten ze op zijn benen schieten? Dat zou niet gemakkelijk zijn. Ze waren beiden goede schutters, maar het risico om te missen en het lichaam op een verkeerde plek te raken was groot. Als Jacek tenminste niet als eerste schoot en een van hen raakte. Hij zou zich tenslotte opgejaagd wild voelen.

Dat was inderdaad zo.

En niet alleen dat, hij kon de stank van de vuilnisbakken niet meer verdragen. De zwakke geluiden waren gestopt en hij zag nog steeds niets bewegen als hij naar buiten keek. Waren de smerissen vertrokken? Hij wist niet hoe lang hij zich hierbinnen had verstopt, maar minstens een halfuur, dacht hij. Uiteindelijk werden de stank en de spanning te groot, hij kon het niet meer verdragen. Voorzichtig duwde hij de metalen deur open en liep naar buiten. Het eerste wat hem opviel waren de ramen van de appartementen. Ze waren bijna allemaal donker. Zelfs de lamp bij het speeltuintje was uit. Hij hief zijn pistool en probeerde in de duisternis voor zich te kijken.

Olivia zag vanuit haar ooghoeken een beweging. Ze wees met de loop van haar pistool in de bewuste richting. Lisa hurkte en tuurde in de duisternis. Olivia deed zo geruisloos mogelijk een paar stappen opzij. Ze mochten niet te dicht naast elkaar staan. Beiden luisterden aandachtig. Grind? Het zwakke geluid klonk alsof er iemand over grind liep. Lisa knikte naar het speeltuintje. Daar was hij. Olivia overwoog om haar zaklamp te pakken. Als ze die aandeed, dan was ze een open doelwit als Jacek zou schieten. Als ze het niet deed, dan kon hij een meter voor haar vanuit de duisternis opduiken. Dat was een slechter alternatief, dus knipte ze de felle zaklamp aan en gleed met de lichtbundel over de binnenplaats. Een seconde later klonk er een schot in de duisternis en meteen daarna nog een.

Daarna werd het stil.

Het eerste schot was rakelings over Olivia's schouder gevlogen en raakte de muur van het gebouw achter haar. Het tweede was afkomstig van Lisa en had Jacek geraakt. Ze had in het licht van de zaklamp een glimp van hem opgevangen en had geschoten. Het gebrul dat over de binnenplaats echode bevestigde dat ze hem had geraakt.

'Olivia!' riep ze.

'Ik ben hier. Wees voorzichtig!' Olivia scheen met de zaklamp op het lichaam dat een stukje verder weg op het grind lag te kronkelen. Lisa rende met een geheven pistool naar hem toe. 'Hij heeft zijn pistool laten vallen!' riep ze.

Op dat moment stormde het arrestatieteam de binnenplaats op.

*

Oleksi zat achter in de grote ondergrondse ruimte dicht tegen zijn moeder aan. Het was een schuilkelder die niet meer werd gebruikt. De ijzeren deur was opengebroken door daklozen en de ruimte was een toevluchtsoord voor verlopen figuren geworden. Er was geen warmtebron, maar ze waren er beschermd tegen regen en noodweer. Een paar kapotte matrassen lagen verspreid op de aarden vloer; dekens vol gaten en een paar smoezelige slaapzakken waren beschikbaar voor degenen die wilden slapen. Overal lagen plastic zakken, lege blikjes en aluminium bakjes; restanten van het eten dat de bewoners hadden bemachtigd. Van het granieten dak vielen druppels.

'Heb je honger?' fluisterde Alina.

Oleksi schudde zijn hoofd.

Ze waren uit het gastenverblijf in Kummelnäs gevlucht en mochten een stuk meerijden met een Estlandse arbeider. In de omgeving wemelde het van de min of meer legale werkkrachten. De Estlander sprak heel weinig Engels, maar hij besefte dat Alina en de jongen uit de buurt van andere mensen wilden blijven. Hij wist niet waarom en vroeg er ook niet naar. Hij herkende de situatie waarschijnlijk.

Op een bepaald moment stopte hij. 'Daar,' zei hij.

Hij wees naar een groepje bomen. Achter de bomen verrees een hoge rotswand en bij de grond was een ijzeren deur zichtbaar die half openstond. Alina en Oleksi stapten uit en de man reed weg.

Ze liepen naar de ijzeren deur en gingen naar binnen. Het was donker en het duurde even voordat hun ogen daaraan gewend waren.

'Hallo,' zei een vrouw in het Zweeds. 'Kom binnen.'

Alina begreep wat ze zei en liep de ruimte in. De vrouw wees naar een matras dat een stukje verder weg lag. Alina pakte Oleksi's hand vast en liep ernaartoe.

'Kijk, mama!' Oleksi trok aan Alina's hand en knikte in de duisternis, waar een katje zat.

'Dat is Fonzi,' zei de vrouw, die zag wat Oleksi had ontdekt. 'Hij woont hier ook.'

Oleksi liep naar de kat toe en Alina zei tegen hem dat hij voorzichtig moest zijn. Daardoor besefte de vrouw dat de nieuwkomers waarschijnlijk geen Zweeds verstonden. Ze had geen idee wat voor taal ze spraken, maar het klonk Oost-Europees.

'Waar komen jullie vandaan?' vroeg ze in goed Engels.

'Oekraïne,' antwoordde Alina. Ze ging op het matras zitten en hield haar zoontje in de gaten.

'Bah, oorlog en ellende, hebben jullie geen plek om te wonen?'

'Nee.'

'Jullie kunnen zo lang blijven als jullie willen, maar over een tijdje wordt het hier ijskoud. Het is moeilijk om de warmte binnen te houden en we willen geen vuur maken omdat de rook blijft hangen. Heeft hij honger?' De vrouw knikte naar Oleksi, die op zijn knieën zat en het katje in zijn armen hield.

'Ik denk het wel,' zei Alina. 'Hoewel hij zegt dat hij niets hoeft te eten.'

De vrouw trok een grote rugzak naar zich toe en zocht erin. 'Hier,' zei ze terwijl ze Alina een plastic pakje met rond roggebrood voorhield. 'Het is vers, ik heb het vanochtend gejat. Hoe heet hij?'

'Oleksi. En ik ben Alina.'

'Elisabeth, maar ik word Flisan genoemd.'

'Ben jij de enige die hier woont?'

'Jezus, nee, er wonen hier veel mensen, maar ze komen en gaan. Soms is hier bijna niemand, en de volgende dag zijn het er acht tot tien. Dat is afhankelijk van het weer.'

Alina haalde een paar sneden roggebrood uit het pakje en

liep naar Oleksi toe. Hij griste er een uit haar hand en begon meteen te eten. Hij had inderdaad honger.

'Blijven we hier?' vroeg hij tussen twee happen door.

'Misschien wel,' zei Alina. 'Een tijdje.'

Meer kon ze niet zeggen. Ze had geen idee wat de toekomst zou brengen. Ze was bang, voelde zich verloren en moest nadenken. Misschien kon deze Zweedse vrouw haar helpen. Flisan leek vriendelijk.

De verhoorkamer in het politiebureau was ingericht met maar één doel: verhoren. De kale muren waren lichtgroen, de kunststof vloer was geblokt, in het midden stond een rechthoekige tafel met vier metalen stoelen eromheen en in de bovenste helft van de deur zat een vierkant raam.

Als de kamer leeg was, hoorde je alleen het zwakke zoemende geluid van de ventilatieschacht bij het plafond.

'Zet hem daar maar neer.' Olivia wees naar een van de stoelen bij de tafel.

Lasse had de arm van de geboeide Jacek vast en bracht hem naar zijn plek. 'Zal ik hem losmaken?'

'Ja.'

Lasse maakte de handboeien los en duwde Jacek op de stoel. Lisa zat aan de andere kant van de tafel. Olivia ging naast haar zitten en keek naar de man tegenover haar. Hij droeg een groen overhemd en had een verband rond zijn gewonde arm. Zijn haar stond alle kanten op, zijn wangen waren bedekt met baardstoppels, zijn ogen waren niet zichtbaar omdat hij naar beneden keek en zijn lippen waren gebarsten.

Ze hadden een paar uur gewacht met het verhoor omdat er eerst een aantal formaliteiten rond de inval op de binnenplaats afgehandeld moesten worden. Ze hadden een tijdje besproken wie hem zouden verhoren, en de keus was op Olivia en Lisa gevallen. Lasse zou hen assisteren. Ze waren alle drie in Västberga geweest toen Jacek was gevlucht en ze waren eveneens alle drie in Nynäshamn geweest toen hij in Zweden arriveerde.

'Hallo, Jacek,' begon Olivia. 'Ken je me nog?'

Jacek bleef naar de tafel kijken.

'Is het gelukt om de voorraden die je zou ophalen naar Polen te transporteren en af te leveren?' ging ze verder.

Lisa begreep niet goed waar Olivia naartoe wilde, maar ze wachtte af. Jacek antwoordde niet.

'Wat is je achternaam, Jacek?'

Stilte.

Olivia en Lisa beseften beiden hoe het verder zou gaan. Jacek was niet van plan mee te werken, maar daar hadden ze rekening mee gehouden.

Olivia ging verder: 'We weten dat je Oekraïense vrouwen seksueel uitbuit. We weten dat je ergens in Polen een vrouw in je camper verkracht hebt en haar vervolgens als seksslavin hebt misbruikt, en we weten dat je in Västberga een kind onder bedreiging van een pistool ontvoerd hebt. Je krijgt een heel lange gevangenisstraf, ook al houd je je mond. We gaan ervan uit dat je een eenvoudige pooier in een aanzienlijk grotere organisatie bent en willen meer over die organisatie weten. Wie was de tweede man in de camper?'

Jacek hief zijn hoofd een stukje alsof hij de vraag niet goed begreep. Olivia keek naar zijn gelige, troebele ogen. Hij is gewend drugs te gebruiken, dacht ze.

'In de camper bevond zich behalve de vrouw en haar zoontje nog een man,' verduidelijkte Lisa. 'Wie was dat?'

Jacek keek weer naar beneden en streek met zijn tong over zijn droge lippen. Na een paar seconden trok hij hem terug. Hij zweeg nog steeds.

Olivia keek vragend naar Lasse. Moeten we doorgaan? Lasse haalde zijn schouders op. Ze konden doorgaan, maar het zou nergens toe leiden.

'Is de tweede man in de camper op dit moment in Zweden?'

Jacek bleef zwijgen en Lisa nam het over. 'In Polen verscheen een vrouw in een zwarte auto bij de camper. Ze nam een Oekraïense tiener met de naam Ivanna mee. De vrouw heet Sasja. Wie was dat?' Ze zei het voornamelijk om iets te zeggen. 'Weet je waar de twee vluchtelingen die je in de camper hebt vervoerd, Alina en Oleksi, zich op dit moment bevinden?'

Jaceks gezicht bleef uitdrukkingsloos.

'Je bent dus niet van plan mee te werken?' zei Lisa.

Jacek glimlachte.

'Breng hem maar weg,' zei Olivia.

Lasse liep naar Jacek toe en deed hem de handboeien weer om.

Toen ze de kamer hadden verlaten, stond Olivia op. 'Denk je dat we hem aan het praten krijgen?'

'Misschien, het hangt waarschijnlijk af van hoeveel er op het spel staat.'

'Hoeveel hij over het netwerk weet?'

'Ja. Misschien weet hij niets, hij kan gewoon een simpele pooier aan de rand van de organisatie zijn.'

'Dat geloof ik niet.'

'Waarom niet?'

Olivia wilde niet naar haar intuïtie verwijzen, dus zei ze: 'Hij gokt in het casino.'

Een onbegrijpelijke opmerking die nog lang nadat ze de verhoorkamer hadden verlaten in de lucht bleef hangen.

*

Ze werden voornamelijk geleid door de weersomstandigheden. Drishti wilde iets van Stockholm zien, de zon scheen en de stad was prachtig in deze tijd van het jaar. Dus liep ze samen met haar zoon door Kungsträdgården, langs het Koninklijk Paleis en via de bijna belachelijk smalle stegen naar de Skeppsbrug, die ze overstaken naar Söder Mälarstrand. Abbas gedroeg zich als de gids, voor zover hij iets wist over datgene waar ze langsliepen, en verder genoot hij.

Ze kwamen langs een heleboel verkiezingsposters en Abbas legde uit dat er binnenkort verkiezingen in Zweden waren en dat daardoor een machtsverschuiving kon plaatsvinden. Een gevaarlijke verschuiving volgens Abbas, een mening waar hij niet verder over uitweidde tegenover Drishti.

Ze bleven op de kade onder de München-brouwerij staan en keken uit over het water. Het uitzicht op het stadhuis was adembenemend, het water glinsterde en de oude witte stoomboot Mariefred voer in de warme wind langs. Abbas keek naar de Pålsundsbrug. Min of meer onbewust was hij in de richting van Långholmen gelopen, naar de Sara la Kali, de aak waarop zijn beste vriend met diens partner woonde. Hij vond het tijd om zijn moeder aan die twee voor te stellen. Tom en hij hadden geen contact met elkaar gehad sinds Drishti was verschenen, en eigenlijk al niet sinds Tom naar Rödlöga was vertrokken. Een paar telefoongesprekken, een enkele sms, dat was alles. Nu zou daar verandering in komen.

'Wonen ze op een aak?' vroeg Drishti.

'Ja.'

'Wat exotisch.'

Abbas had daar nooit over nagedacht. Exotisch? Ja, misschien wel.

Ik vraag me af wat ze zou denken als ik haar vertel waar Tom een aantal jaren van zijn leven nog meer heeft gewoond. Dat waren plekken die nauwelijks exotisch genoemd konden worden.

Misschien bijzonder.

Ze klommen de ladder op en zagen Luna iets verderop met haar rug naar hen toe staan. Ze had een verfblik in één hand en met de kwast in haar andere hand schilderde ze de reling zwart. Haar lange haar zat in een dikke paardenstaart.

'Hallo, Luna!'

Haar AirPods voorkwamen een onmiddellijke reactie. Pas toen Abbas schuin voor haar kwam staan en zwaaide schrok ze.

'Hallo...' Ze haalde de AirPods uit haar oren, zette het blik verf neer en legde de kwast erop.

'Dit is Drishti,' zei Abbas. 'Mijn moeder.'
Drishti stak haar hand uit. Luna veegde haar handen aan de werkoverall af en begroette haar.
'Ben je aan het schilderen?' vroeg Abbas.
'Ja, ik renoveer de boot.'
'Oké. Goed van je.'
Er viel een stilte. Abbas wist niet goed hoe hij verder moest gaan. Hij had gedacht dat Luna nieuwsgierig naar zijn moeder zou zijn, maar dat was ze op dit moment blijkbaar niet.
Zijn moeder verbrak de stilte. 'Hoe is het om op een aak te wonen?'
'Vermoeiend. Er moeten voortdurend een heleboel dingen bijgehouden worden.'
'Dat begrijp ik.'
Abbas ging niet op zijn gemak van zijn ene been op het andere staan. 'Is Tom beneden?' vroeg hij.
'Nee.'
'Oké, waar... Komt hij zo meteen terug?'
'Dat denk ik niet.'
Abbas kende Luna goed. Minder goed dan hij Tom kende, maar voldoende om zowel haar ogen als de ondertoon te kunnen interpreteren. Het was niet zoals het moest zijn, dus ging hij over op het Zweeds: 'Is er iets gebeurd?'
'Ja, maar dat moet je met Tom bespreken.'
Abbas wendde zich tot Drishti en legde uit dat zijn vriend Tom helaas niet op de aak was, dus dat ze verder moesten gaan. Er was een oude gevangenis in de buurt waar nu een restaurant in zat. Daar konden ze misschien lunchen. Drishti knikte naar Luna en begon naar de ladder terug te lopen. Zij had de gespannen sfeer ook gevoeld.
Toen ze weer op de kade stonden boog ze zich naar Abbas toe. 'Het leek alsof ze zich niet op haar gemak voelde,' fluisterde ze. 'Was dat omdat je mij bij je had?'
'Nee, absoluut niet. Ze was een beetje moe.' Een leugentje om bestwil dat Drishti geen seconde geloofde, vooral niet toen Ab-

bas zijn telefoon tevoorschijn haalde en zich verontschuldigde. 'Ik moet even bellen.'

Het telefoontje was naar Stilton, die niet opnam.

Dat maakte Abbas niet minder verward.

*

Stilton zag op het display wie er belde, maar koos ervoor niet op te nemen. Hij nam aan dat Abbas wilde praten over zijn plotseling verschenen moeder en daar had hij op dit moment geen belangstelling voor. Hij was net zo nieuwsgierig naar haar als Luna daarnet was geweest. Ze hadden andere dingen die hun aandacht opeisten.

Hij zat in Bensemans kleine woonkamer, die volgepropt was met boeken en tijdschriften. Rommelig maar gezellig. Benseman had hem aangeboden om zo lang als dat nodig was te blijven en Stilton had het aanbod na een kort innerlijk overleg aangenomen. Samen hadden ze een weerspannig opklapbed, wat extra kussens en een elektrische deken van zolder gehaald.

Stilton wist niet zeker of hij die zou gebruiken.

Ronny had 's ochtends gebeld en had Stilton, nadat hij over het tijdelijke verblijf had gehoord, aangeboden om zijn laptop te lenen. Dat aanbod had Stilton eveneens geaccepteerd. Hij had tenslotte helemaal niets van de aak meegenomen.

De enige twee dingen die hij bij zich had gehad, had hij aan de overvolle boekenkast gehangen: een politiefoto van Verner en een foto van de tatoeage die van Verners schouder was verwijderd. Het was hem duidelijk dat Erik Morlings geduld met de Zilveren Wolven en hun puzzelstukjes waarschijnlijk eindig was. Ze moesten verder met de identiteit van het lijk.

Hij wist op dit moment alleen niet hoe.

Stilton ging op de doorgezakte ribfluwelen bank zitten en keek naar de opgezette bunzing die op de vensterbank stof stond te verzamelen. De vorige avond had Benseman uitgelegd dat het een cadeau was geweest van een lieve vrouw in Boden, in de tijd dat hij daar bibliothecaris was geweest. Ze had de bunzing op een avond laat met een briefje ernaast in de bibliotheek achtergelaten.

'Dat heb ik nog steeds.' Benseman had het briefje gepakt en aan Stilton laten zien.

Een cadeautje voor meneer B. Licht en hoop.

'Ze is datzelfde jaar omgekomen in een lawine,' zei Benseman en hij vouwde het briefje weer op. 'Ik was van plan om de bunzing als huwelijkscadeau aan Muriel te geven.'

Benseman was stapelverliefd op Muriel geweest en stond op het punt haar ten huwelijk te vragen toen ze werd vermoord.

Stilton wendde zijn blik af van de bunzing en klapte de laptop open, die op de tafel stond, ingeklemd tussen een enorme bijbel en een stapel *National Geographics*. Hij staarde een paar minuten naar het scherm, maar had geen idee wat hij moest doen. Uiteindelijk pakte hij zijn telefoon en belde Mette. 'Hallo, Mette, heb je al iets over de zaak gehoord?'

'Hallo en nee. Ik ben ermee bezig, maar het lijkt geen hoge prioriteit te hebben. Ze hebben veel te analyseren. Wat ben jij aan het doen?'

'Niets. Nadenken. Wanneer krijgen we de uitslag van de DNA-monsters van de lijkendieven die Verner in stukken gesneden hebben?'

'Als ze dat gedaan hebben,' zei Mette. 'Ik neem aan dat daarvoor hetzelfde geldt, het werk heeft zich opgestapeld. We zullen moeten afwachten.'

'Vertel dat maar aan Morling.'

'Hij is onze minste zorg. Hoe is het met jou? Voel je je goed?'

De vraag kwam vanuit het niets en Stilton begreep niet waarom ze hem op dit moment stelde. Een seconde later besefte hij echter wat de reden was. 'Heb je met Luna gepraat?'

'Ja.'

'*Shit happens*.'

Er viel een stilte. Stilton zag voor zich hoe Mette haar tanden op elkaar klemde. Ze haatte het als hij zo'n houding aannam, vooral in een situatie zoals deze. Hij wist niet precies wat Luna tegen Mette had gezegd, maar de strekking was niet moeilijk te bedenken: hij was van de aak vertrokken. Mette had niets met de reden daarvoor te maken.

Volgens hem.

'Waar slaap je nu?' vroeg Mette uiteindelijk.

'Bij Benseman.'

'Hoe lang blijf je daar?'

'Dat weet ik niet. Tot nu toe gaat het goed. Ik heb hier een opgezette bunzing en een elektrische deken, dus heb ik niets te klagen.'

Mette verbrak de verbinding.

Stilton ging op de bank zitten en voelde dat hij zichzelf helemaal zat was.

*

Het leeftijdsverschil was minimaal. Julie was negentien en Ivanna achttien. De rest was een enorm verschil. De ene tiener was opgegroeid in een mateloos rijk gezin met een spectaculair jacht, de andere was afkomstig uit een arm arbeidersgezin dat in een krappe woning aan de rand van Kiev had gewoond. Een gezin dat niet meer bestond.

Toch stonden ze vlak naast elkaar en keken ze uit over de blauwgroene Middellandse Zee. Julie had vrij van school in Nice en Ivanna had een uur pauze.

Julie had contact met haar gezocht. Ivanna was de enige vrouw van haar leeftijd aan boord en Julie was nieuwsgierig naar haar omdat ze had gehoord dat ze een vluchteling uit Oekraïne was.

'Hoe ben je hier terechtgekomen?' vroeg ze.

'Ik ben in Polen opgehaald.'

Ivanna stelde zich afwachtend op. Ze wist wie Julie was en voelde zich in het begin ongemakkelijk, maar dat verdween al snel. Julie bleek open, extrovert en spraakzaam te zijn.

Voor Julie vormde Ivanna een scherp contrast met haar vriendinnen in Nice. Die waren geobsedeerd door kleren, geld en feesten en konden ongelofelijk saai zijn. Ivanna was anders, serieuzer.

'Heeft Sasja je opgehaald?' vroeg Julie.

'Ja. Waar is ze nu? Ik heb haar al een hele tijd niet gezien.'

'Ze is terug naar Polen om vluchtelingen te helpen. Er komen blijkbaar nog steeds mensen de grens over.'

Ivanna knikte en leunde met haar armen op de reling.

Julie keek naar beneden en zag twee smalle littekens op een van haar polsen. 'Heb je je gesneden?' vroeg ze.

Ivanna trok de mouw van haar shirt snel over de littekens. Het was niet de bedoeling om ze te laten zien, dat was een vergissing. Toch zei ze: 'Ja.'

Julie begreep hoe de littekens waren ontstaan en dat ze daar niets mee te maken had. Ze streelde voorzichtig met haar hand over Ivanna's rug. 'Ik hoop dat je het hier naar je zin hebt,' zei ze voorzichtig.

'Dat heb ik.'

'Vind je het niet erg dat mijn vader een Rus is? Ik bedoel, met het oog op de oorlog?'

'Niet echt, een deel van mijn familie komt uit Rusland.'

'Ben je trouwens van plan om hier te blijven? Je wilt toch beslist andere dingen doen dan een boot schoonmaken?'

Een schip, corrigeerde Ivanna haar bijna. 'Misschien wel,' zei ze. 'Op dit moment is het prima. Wat ga jij doen als je klaar bent met school?'

'Ik weet het niet. Ik wilde een tijdlang influencer worden, maar dat vindt mijn vader "verwerpelijk".' Ze maakte aanhalingstekens met haar vingers.

'Waarom dat?'

'Ach, zo is hij nu eenmaal. Hij vindt het geen werk om een heleboel foto's van jezelf te posten en make-up te verkopen. Hij wil dat ik economie ga studeren, hem opvolg en zaken ga doen.'

'Zaken?' Ivanna wist niet wat de eigenaar van het jacht voor werk deed, daar werd onder het personeel niet over gepraat.

'Inderdaad,' zei Julie. 'Investeren en dat soort dingen, maar dat lijkt me ontzettend saai. Zullen we iets te drinken nemen?'

'Graag.'

'Ik drink altijd ijsthee als ik hier ben. Wil jij dat ook?'

Ivanna knikte. Eigenlijk had ze geen dorst, maar het leek onbeleefd om het af te slaan.

'Dan ga ik het halen.' Julie liep weg.

Ivanna keek uit over het water en bedacht hoe verschillend hun levens waren. Zou ze net zoals Julie willen leven?

Daar was ze niet helemaal zeker van.

Julie pakte de twee hoge glazen met ijsthee van de in livrei geklede ober aan. Terwijl ze naar Ivanna terugliep passeerde ze het dak van het aquarium. Ze keek niet naar beneden. Ze vond de piranha's walgelijk. Ze had een keer gezien dat ze gevoerd werden met stukken koeienkarkas en had dat weerzinwekkend gevonden. Ze begreep niet waarom ze geen andere vissen in het aquarium konden hebben, zoals mooie scholen koraalvissen.

'Julie.' Julie bleef staan.

Grigori lag met een roze krant in zijn handen op een ligstoel. 'Twee glazen?' vroeg hij.

'Ja, een is voor Ivanna.'

Grigori liet de krant zakken. 'Ga je Ivanna een glas ijsthee geven?'

'Ja. We zijn op het voordek aan het praten.'

'Waarover?'

'Van alles en nog wat. Ik vind haar fascinerend. Het is onvoorstelbaar dat ze de oorlog ontvlucht is en hier beland is.'

Grigori stond op en pakte een van de glazen uit Julies hand.

'Wat doe je?' vroeg ze.

Hij zette het glas op een kleine teakhouten tafel. 'Ik vind niet dat je met haar moet fraterniseren.'

'Fraterniseren?'

'Vriendschap met haar sluiten.'
'Maar ik mag haar graag.'
'Juist daarom.'
Julie wilde een boze opmerking maken, maar bedacht zich toen ze de blik in zijn ogen zag. Die herkende ze. Hij wilde niet dat ze met Ivanna praatte. Einde discussie.
'Ga in plaats daarvan naar de haven.' Hij glimlachte en haalde een goudkleurige creditcard uit zijn korte broek. 'Koop een hoed.'
'Een hoed? Waarom een hoed?'
'Een shirt dan.'
Julie pakte de creditcard aan en liep weg. Ze wierp een korte blik naar het voordek en zag Ivanna naar haar kijken.
Ik geneer me dood, dacht ze.
Een in het zwart geklede man maakte zich van de reling los en volgde haar.

Ivanna keek weer naar de zee. Ze had de scène tussen Julie en haar vader gezien en besefte de betekenis ervan.
'Ivanna.'
Ivanna draaide zich om en zag Grigori naar zich toe komen. Hij bleef vlak voor haar staan en keek in haar ogen. 'Je praat niet met mijn dochter,' zei hij beheerst.
'Maar zij was degene die...'
'Verbeeld je niet dat je iets bent wat je niet bent,' onderbrak Grigori haar. 'Je bent een zielige pauper die in een goot zou liggen te rotten als je hier niet terechtgekomen was. Vergeet dat nooit. Ga naar beneden, waar je thuishoort.'
Ivanna keek nog even in zijn ogen, waarna ze wegrende terwijl de tranen over haar wangen stroomden.

*

Alle negen leden van het team Mensenhandel waren bijeengekomen in de coördinatiekamer. De dagelijkse update werd geleid door Jens Borgmark. Hij droeg een overhemd met bij de hals een paar knopen los en zat op een bureau onder het whiteboard. 'Europol heeft daarnet contact met ons opgenomen,' zei hij. 'Ze hebben geen gegevens over Jacek. Hij is waarschijnlijk alleen een handlanger. Ze vroegen zich af waarom we zijn achternaam niet weten en ik heb gezegd dat we daaraan werken.'

'Dat is lastig als hij zwijgt,' zei Lisa.

'Ik weet het.' Borgmark wees naar de grote kaart van Europa die aan de muur hing. 'Momenteel hebben ze in heel Europa een stuk of dertig personen in kaart gebracht die actief betrokken zijn bij de sekshandel,' ging hij verder. 'Ze zijn erin geslaagd om Sky ECC te decoderen en hebben op die manier informatie gekregen.'

'Wat is Sky ECC?' vroeg Olivia.

'Een communicatienetwerk dat door criminelen wordt gebruikt. Ze hebben echter niemand in Scandinavië gevonden en dringen bij ons aan op informatie. Ik heb uitgelegd dat we veel slechtere afluistermogelijkheden hebben dan andere landen, maar dat we zo breed mogelijk werken.'

'Hebben ze inmiddels meer informatie over wie de organisatie leidt?' vroeg Lisa.

'Nee. Zo goed functioneert het afluisteren blijkbaar ook weer niet.' Borgmark glimlachte en stond op van het bureau.

'Morgenochtend om 11.00 uur hebben we een nieuwe briefing,' zei hij.

Lisa en Olivia verlieten de zaal en Lisa bleef in de gang staan. Olivia zag dat ze onder druk stond, haar gezicht had een gespannen trek en ze streek met haar hand over de ruwe muur.

'Wat is er?' vroeg Olivia.

'Ik heb er heel veel moeite mee dat Alina en Oleksi spoorloos verdwenen zijn. Ze moeten toch ergens zijn? Nu hebben we Jacek gearresteerd en blijkt dat hij waarschijnlijk niets met hun verdwijning te maken heeft.'

'Dat klopt.'

'Dus waar zijn ze dan? Ze zijn tenslotte helemaal op zichzelf aangewezen. En begin niet weer over die Sasja, want dat geloof ik niet.'

'Oké. Er was nog iemand in de camper en we weten niet waar hij zich bevindt. Kan hij contact met ze opgenomen hebben?'

'En waarom zouden ze met hem meegaan? Hij is net zo'n ongelofelijke klootzak als Jacek.'

'Misschien zijn ze gedwongen? Hij kan ze bedreigd hebben.'

'In de tuin van Mårten en Mette?'

'Of in het gastenverblijf misschien?'

'Ik geloof het niet.' Lisa begon weer te lopen. 'Het spijt me,' zei ze, 'maar ik ben gewoon heel bezorgd om ze. Ze hebben zoveel meegemaakt en dan verdwijnen ze ineens.'

Olivia sloeg haar arm om Lisa's schouders. 'Ik vind het net zo moeilijk als jij,' zei ze. 'Maar we gaan ze vinden.'

'Hoe weet je dat? Je "intuïtie"?'

'Nee, maar het is ons werk.'

Ze liepen naar de lift en Lisa probeerde haar ongerustheid over de vluchtelingen van zich af te zetten. Vlak voordat ze de lift in stapten zei ze: 'Wat leuk trouwens voor Lukas.'

'Wat bedoel je?'

'De beurs die hij gekregen heeft.'

Olivia keek verbaasd naar Lisa en Lisa keek net zo verbaasd terug.

'Weet je dat niet?' ging ze verder. 'Is jullie pauze zo volledig?'

'Blijkbaar, maar hoe weet jij dat?'

'Hij heeft gisteren foto's op Insta gezet. Hij heeft een woning met een atelier in Brooklyn gekregen die een jaar voor hem betaald wordt. Hebben jullie echt helemaal geen contact?'

'Nee,' zei Olivia. Ze keek weg.

'Het spijt me, ik dacht dat je het wist.'

Ze namen voor het politiebureau afscheid van elkaar. Olivia had Lisa ervan overtuigd dat ze zich prima voelde en Lisa vertrok haastig naar haar training terwijl Olivia naar Norr Mälarstrand begon te lopen.

Lukas zou een jaar in New York blijven en daar had hij haar niets over verteld? Hij wist dat ze nooit op Instagram keek en had niet eens de moeite genomen om haar een sms te sturen?

Het ging absoluut niet prima met haar, zoals ze Lisa had verzekerd. Ze was gekwetst en boos.

Ze pakte haar telefoon en schreef een sms: *Gefeliciteerd met je beurs. Het was fijn geweest om het van jou persoonlijk te horen.*

Geen vrolijke emoji's of andere onzin.

Ze verstuurde de sms, stopte haar telefoon weer in haar zak en begon in een snel tempo naar het water te lopen.

Daarna begon ze pas na te denken.

Wat had ze zelf gedaan zonder het Lukas te vertellen? Ze had seks met Ove Gardman gehad alsof het de normaalste zaak van de wereld was. Over de consequenties had ze geen moment nagedacht. Maar we zijn tijdelijk uit elkaar, dacht ze. Dat was een gezamenlijke beslissing. We zouden een tijdje vrij zijn om erachter te komen wat we willen. Ik zou niet boos zijn als Lukas hetzelfde had gedaan. Of wel soms? En ik heb Ove daarna niet meer gezien. Het was een eenmalig iets, dat soort dingen gebeuren nu eenmaal. Ik ben niet degene die heeft besloten om naar de andere kant van de wereld te verhuizen.

Toen ze bij het water was, plingde haar telefoon. Lukas had geantwoord: *Ik dacht dat het je niet zou interesseren. Jij was degene die een tijd geen contact wilde hebben.*

Olivia schreef geprikkeld een antwoord: *Dat klopt, maar op dat moment zou je geen jaar wegblijven, of wel soms?*

Ze keek naar haar antwoord en wiste het. Was zij degene die de spelregels voor hun pauze had opgesteld? Had Lukas alleen gedaan wat zij wilde? Net zoals Ove lang geleden had geaccepteerd dat ze alleen bevriend met hem wilde zijn?

Olivia ging op een bankje zitten en keek uit over het water. Er waren veel mensen aan de waterkant. Ze wandelden, jogden, praatten, lachten en lieten hun honden uit. Ove en zij hadden hier samen gewandeld. Ze was heel blij geweest om hem weer te zien, zo blij dat ze met hem naar bed was geweest. Daarna was ze met dezelfde snelheid weer aan het werk gegaan, zonder aan hem of aan Lukas te denken.

Was ze zo egocentrisch?

Gebruikte ze haar werk als excuus om haar privéleven niet onder ogen te hoeven zien? Klassiek, dacht ze. Ik ben helemaal niet origineel, alleen zielig. Ze pakte haar mobiel weer en schreef een sms: *Sorry, het is ineens zo definitief allemaal. Daar was ik niet op voorbereid. Ik ben heel blij voor je.*

Lukas antwoordde onmiddellijk: *Ik snap het. Misschien moeten we praten, maar ik heb nu geen tijd. Later?*

Dat doen we, antwoordde Olivia. Ze bleef met haar telefoon in haar hand zitten. Wat hadden ze eigenlijk te bespreken? Hij had besloten om in New York te blijven zonder over hun relatie na te denken. Zij had seks met een ander gehad. Dat waren geen ideale omstandigheden om elkaar terug te vinden, als ze dat tenminste wilden. Misschien hadden ze allebei, bewust of onbewust, zo gehandeld om de tijdelijke breuk definitief te maken. Misschien waren ze te laf geweest om dat uit te spreken voordat Lukas vertrok. In plaats daarvan hadden ze er met hun respectievelijke gedrag voor gezorgd om uit elkaars leven te verdwijnen. Olivia leunde naar achteren op de bank en liet het onvermijdelijke feit tot zich doordringen: Lukas en zij hadden geen pauze in hun relatie genomen.

De breuk was definitief.

Ze voelde de tranen opkomen en over haar wangen stromen. Het was haar eigen schuld, dat wist ze, maar toch deed het pijn.

'Waarom huil je?' Olivia keek op. Voor haar stond een jongetje dat verbaasd naar haar keek. Zijn moeder, die een eindje verderop stond, keek een beetje verlegen.

'Laat die mevrouw met rust, Ahmed,' zei ze vermanend tegen haar zoontje.

'Het hindert niet,' zei Olivia tegen de vrouw, waarna ze in de ogen van het jongetje keek. 'Ik huil omdat een vriend van me weggegaan is.'

'Ver weg?'

'Ja.'

'Weet je, ik was ook verdrietig toen mijn vriend Igor wegging, maar ik was blij toen hij thuiskwam. Hij had chocolaatjes voor me gekocht. Misschien doet jouw vriend dat ook.'

'Misschien wel,' antwoordde Olivia.

'Ahmed, kom nu, we hebben haast,' zei de moeder van het jochie.

'Oké,' zei Ahmed. 'Dag. Denk aan de chocolade die je krijgt, dan ben je weer blij.'

'Dat zal ik doen,' antwoordde Olivia. Ze veegde de tranen van haar wangen en glimlachte.

Ze keek Ahmed na, die naar zijn moeder toe rende. Hij leek van dezelfde leeftijd als Oleksi te zijn. Kleine Oleksi, die zoveel traumatische dingen had moeten meemaken. Hoe zou het nu met hem zijn? Olivia was net zo bezorgd over Alina en de jongen als Lisa, maar ze wist niet goed hoe ze daarmee moest omgaan. Een moeder en haar zoontje verdwenen. Ze waren de oorlog ontvlucht en waren vreemdelingen in een nieuw land. Waar moesten ze zoeken? Olivia's gedachten gingen in een nieuwe richting en haar verdriet verschoof naar de achtergrond.

Ik bel Tom, dacht ze. Hij weet tenslotte waar je naartoe moet als je nergens naartoe kunt.

Tom Stilton was in bepaalde situaties haar anker. Ze hadden jarenlang zoveel samen meegemaakt en daardoor was er een gevoel van volledig vertrouwen tussen hen ontstaan. Bovendien kon hij goed luisteren en kon hij verstandig reageren als hij ervoor in de stemming was.

Hij nam niet op en ze werd zelfs niet naar zijn voicemail doorgeschakeld.

Daarna belde ze Luna.

Het resultaat was ongeveer hetzelfde als toen Abbas had geprobeerd om bij Tom op bezoek te gaan. Hoewel ze alleen telefonisch contact hadden voelde Olivia dat Luna zichzelf niet was. Niet echt.

'Heb je problemen met Tom?' vroeg ze.

'Ja. Hij woont hier momenteel niet.'

'Waar woont hij dan?'

'Bij een vriend, neem ik aan.'

'Wil je erover praten?'

'Op dit moment niet,' antwoordde Luna. 'Hoe is het met jou?'

Het gesprek ging nog even verder en was vrij ongemakkelijk. Ze hadden allebei geen behoefte om te praten, dus besloot Olivia het telefoongesprek te beëindigen. 'Als je Tom spreekt, kun je dan tegen hem zeggen dat ik met hem in contact probeer te komen?'

'Dat zal ik doen. Tot ziens.'

Olivia liet haar telefoon op haar schoot zakken. Logeert Tom bij een vriend? Hoeveel vrienden heeft hij? Abbas? Ze geloofde niet dat Tom een kamer met Abbas' moeder zou willen delen. Ronny? Benseman? Meer namen kon ze niet bedenken. Hij had al zijn vrienden uit zijn tijd als dakloze verbannen. Iedereen behalve Benseman. Minken? Dat was een beetje te vergezocht. Logeerde hij bij Benseman? Ze belde Ronny. 'Hallo, met Olivia. Is Benseman bij jou?'

'Nee, hij is naar huis. Waarom?'

'Weet jij of Tom bij hem logeert?'

Ronny wist niet goed wat hij moest antwoorden. Wilde Stilton dat hij het zou vertellen? Maar het was Olivia. 'Ja,' zei hij. 'Op dit moment wel.'

'Heb je Bensemans telefoonnummer voor me?'

Dat had Ronny.

Olivia belde en er werd opgenomen. 'Ja, hij is hier,' zei Benseman. 'Wacht even.'

Benseman gaf zijn telefoon aan Stilton, die op de bank zat.

'Wie is het?' vroeg Stilton.

'Een naaste van je.'

Heel even hoopte Stilton dat het Luna was, maar er waren blijkbaar anderen van wie Benseman vond dat ze naasten van hem waren. Olivia bijvoorbeeld.

'Hallo,' zei ze. 'Waarom neem je je telefoon niet op?'

'Ben ik dat verplicht?'

'Logeer je bij Benseman?'

'Ja.'

Stilton besefte dat Olivia eveneens op de hoogte was van de situatie. Het nieuws doet de ronde, dacht hij.

'Ik zit tussen twee woningen in,' ging hij verder. 'Zoals we vroeger zeiden. Wat wil je? Ik zag dat jullie Jacek opgepakt hebben.'

'Ja, maar daar wil ik het niet over hebben.'

'Ik luister.'

'Kunnen we afspreken?'

'Omdat?'

Olivia vond het een vreemd antwoord. Hoe gaat het eigenlijk met hem? Is hij aan het ontsporen? Net als Stiltons andere contacten had ze lange tijd gevoelige antennes gehad als het om Toms situatie ging. De laatste jaren was dat verminderd. Hij was weer de persoon die ze kenden, maar onder de oppervlakte waren de antennes gebleven en op dit moment kwamen ze weer tevoorschijn.

'Gewoon om elkaar te zien,' zei ze voorzichtig. 'Is daar een reden voor nodig?'

'Helemaal niet, ik ben op dit moment met een heleboel dingen tegelijk bezig, met het werk en de situatie met Luna. Het is moeilijk om me te concentreren.' Stilton keek naar de opgezette bunzing alsof die een vast punt voor hem was. 'Maar natuurlijk,' ging hij verder. 'Waar zullen we afspreken?'

Het werd Olivia's appartement, een plek waarvan ze wist dat Tom zich er op zijn gemak voelde. Hij had gedurende de jaren om verschillende redenen een paar keer op haar bank geslapen.

Nu zaten ze naast elkaar op diezelfde bank en hadden beiden een beker vers gezette koffie voor zich staan. Olivia had verteld hoe bezorgd ze was over de verdwenen vluchtelingen en Stilton deelde die bezorgdheid.

Gezien de omstandigheden gaf de verdwijning hun een onbehaaglijk gevoel.

'Het vreemde is dat Alina, de moeder, weet dat ze hier veilig is als Oekraïense vluchteling,' zei Olivia. 'Dat hebben we uitgelegd en dat heeft ze begrepen. Ze heeft geen enkele reden om bang te zijn voor de overheid.'

'Misschien is ze ergens anders bang voor.'

'Wat zou dat moeten zijn?'

'Andere mensen die niets met de overheid te maken hebben.'

Olivia haakte erop in door te vertellen over het onderzoek naar mensenhandel en de tweede man in de camper, die Alina eveneens had verkracht en die op dit moment waarschijnlijk in Zweden verbleef.

'En over hem weten jullie niets?'

'Inderdaad.'

Precies zoals Olivia en Lisa eerder al hadden geconstateerd, zag Stilton geen logische reden waarom de tweede man de vluchtelingen uit de tuin van de Olsäters meegenomen zou hebben. Het mysterie was voor hem net zo groot.

Stilton haalde een paar vellen papier tevoorschijn. 'Ik heb trouwens een eigen mysterie,' zei hij.

'Je verdwenen lijk?'

'Ons lijk. Recherchecommissaris Olsäter zou beledigd zijn als ik het als mijn lijk zou beschouwen. Kijk hier eens naar.' Stilton legde de vellen papier tussen de bekers op de tafel en wees naar een ervan. 'Zie je?'

Olivia trok het vel papier naar zich toe. Het was haar niet helemaal duidelijk wat er op de foto te zien was. 'Wat is dit?'

'Een close-up van een stuk vlees dat van het gestolen lijk gesneden is. Er staat een tatoeage op. Daar, zie je?'

Olivia zag het toen ze het vel papier dichter bij haar ogen hield.

'Is het een soort driehoek?'

'In een cirkel.'

'Maar dan hebben jullie toch iets om mee te werken?'

'Niet veel. Mette heeft geprobeerd het teken op internet op te zoeken. Zonder resultaat.' Stilton vouwde de vellen papier op en stopte ze in zijn jack terug.

Olivia keek naar hem.

'Wat is er?' vroeg hij.

'Het lijkt je te bevallen.'

'Wat bedoel je?'

'Om met de Zilveren Wolven te werken. Onderzoek naar een zaak doen. Je bezighouden met waar je goed in bent.'

'Waar ik goed in was is honderd jaar geleden verdwenen. Dit is therapie.'

'En wat is daar mis mee?'

Stilton pakte zijn beker op. De koffie was afgekoeld, maar dat vond hij niet erg. 'Je hoort mij niet klagen,' zei hij. 'En weet je wat?'

'Nee?'

'Ik denk, en dat is alleen intuïtie, dat er veel meer aan dit lijk vastzit.'

Olivia, die het regelmatig over haar intuïtie had, keek naar de man naast zich. Als Tom vermoedde dat er meer aan vastzat, of dat nu intuïtie was of niet, dan was het misschien zo.

Ze werd zelf bijna nieuwsgierig naar het in stukken gesneden lijk.

*

Ze hadden een korte wandeling door het bosgebied naast de rotsruimte gemaakt. Alina had trechtercantharellen tussen het vochtige mos gevonden. Het maakte haar uitzonderlijk blij. Dezelfde paddenstoelen als in de bossen bij Butja! Ze plukte er zoveel als ze in haar zakken kon stoppen en liet Oleksi zijn jas uittrekken zodat hij de rest kon meenemen. Voorzichtig slopen ze naar de schuilkelder terug.

'Eetbare paddenstoelen!' Alina liet de paddenstoelen met een stralende glimlach aan Flisan zien.

Flisan keek er sceptisch naar. 'Wat ga je daarmee doen?'

Flisan was opgegroeid tussen beton en wist helemaal niets over paddenstoelen.

'Ik ga ze bakken,' zei Alina iets minder enthousiast.

'Heb je dan ook een koekenpan gevonden?'

Alina ging op het matras zitten dat ze voor Oleksi en haar in beslag had genomen. Ze had niet aan een koekenpan gedacht, ze had alleen geplukt. Als je eetbare paddenstoelen vond, dan plukte je die. Oleksi liep naar de kat die langs de rotswand sloop en tilde hem voorzichtig op.

'Verdomde vlooienbaal!'

Oleksi draaide zich om. Een man met een woeste baard en een kapotte broek wankelde de rotsruimte in.

'Die kat moet opdonderen!'

'Hou je kop!' Flisan was opgestaan en ging voor de man staan. Ze was net zo lang als hij. 'De kat is van ons en als het je niet bevalt dan kun je naar de hel lopen! Die vind je hier net om de hoek!'

De man had blijkbaar eerder met Flisan te maken gehad, want hij stak zijn middelvinger op en strompelde naar een kapot matras. Flisan liep naar Oleksi toe. Hij had niet verstaan wat de man schreeuwde, had alleen gezien dat hij agressief was en naar de kat wees. 'De kat is van ons,' zei ze zachtjes.

'Ons?' herhaalde Oleksi zonder te verstaan wat Flisan zei.

'Fonzi,' zei Flisan terwijl ze naar de kat wees. 'Van jou en van mij.' Dat begreep Oleksi en hij drukte de kat tegen zich aan. Fonzi zou niet in een greppel in Oekraïne terechtkomen.

Flisan ging naast Alina zitten, die de trechtercantharellen aan het schoonmaken was, koekenpan of niet. 'Alina,' zei Flisan voorzichtig. 'Jullie zijn vluchtelingen. Jullie mogen in Zweden zijn. Niemand zal jullie kwaad doen. Waarom neem je niet gewoon contact op met de politie? Het is niet goed om met je zoontje in deze verdomde rotsruimte te wonen.'

Alina bleef de kleine paddenstoelen koortsachtig van dennennaalden en stukjes aarde ontdoen en weigerde in Flisans ogen te kijken.

'Alina...' Flisans stem had zo'n smekende klank dat Alina haar hoofd hief. Ze keek in Flisans ogen, donkere ogen met rimpeltjes in de hoeken.

'Er zijn hier mensen die ons kwaad willen doen,' zei ze.

Toen het daglicht door de duisternis begon te dringen trok Mårten zijn badjas aan en liep naar het kippenhok. Hij opende de haak lusteloos en ging naar binnen. Vijf kippen in verschillende kleuren fladderden weg toen hij met een troebele blik op een krukje ging zitten. Hij had de hele nacht wakker gelegen.

Hij was geschokt.

De vorige avond had hij hand in hand met zijn vrouw op de bank voor de televisie naar de ondergang van het land gekeken. Uur na uur hadden ze de laarzen verder door het land zien stampen, van stemlokaal naar stemlokaal. Toen de verkiezingsavond voorbij was bleek bijna een kwart van de Zweedse bevolking ermee vergiftigd te zijn.

Mårten huiverde en trok de badjas dichter rond zijn lichaam. Het was een kille ochtend. Een voorbode, dacht hij. Een voorbode van een killere en ruwere samenleving, een samenleving die was ontdaan van alles waarop hij ooit trots was geweest. Een land waar mensen elkaar met waardigheid en respect behandelden. Dat land was de vorige avond verdwenen.

'Lieverd.'

Mårten draaide zijn hoofd om. Mette stond in het geopende keukenraam met een glas melk in haar hand. 'Het helpt niet als je verkouden wordt,' zei ze.

Nee, dacht Mårten, dat is zo. Niets helpt. Hij stond op en keek naar zijn vrouw.

'Neem een paar eieren mee, dan maak ik een omelet,' zei ze, waarna ze het raam dichtdeed.

*

Stilton ruimde Bensemans salontafel op door de tijdschriften en boeken op het tapijt te leggen. Mette was onderweg hiernaartoe. Ze had niet gezegd waarover het ging, maar er was niet veel keus. Het in stukken gesneden lijk of Luna. Hij gaf de voorkeur aan het eerste.

Misschien had ze iets over de sigarettenhouder gehoord?

Stilton wist dat hij te veel waarde aan de inscriptie hechtte. Er kon van alles staan wat helemaal niets met de moord op Verner te maken had. Maar strohalmen moeten gekoesterd worden, dacht hij. We hebben tenslotte geen overvloed aan sporen om te volgen.

'Kom binnen.'

Mette liep de woonkamer zowel geamuseerd als verbaasd binnen. Ze had de bewoner van het appartement nog nooit ontmoet, maar had veel over hem gehoord. Hij scheen van excentrieke spullen te houden en deze kamer bewees dat. 'Is hij een hoarder?' vroeg ze terwijl ze naar de stapels tijdschriften en doorzakkende boekenplanken keek.

'Dat kun je wel zeggen, of misschien eerder een prepper. Sommige mensen hamsteren conservenblikken en poedermelk, hij houdt het op boeken. Ga zitten.'

Mette pakte een paar tijdschriften van een stoel en nam plaats. 'En nu hebben de bruinhemden het voor het zeggen,' zei ze met een grimas.

'Ja, het is onbegrijpelijk. Hoe neemt Mårten het op?'

'Hoe denk je? Hij heeft de hele nacht wakker gelegen en vanochtend vond ik hem volkomen van slag in het kippenhok.'

Stilton knikte. Hij nam aan dat er meer mensen dan alleen Mårten geschokt waren. Zelf was hij eerder cynisch. 'Laat ze het maar een tijdje voor het zeggen hebben, dan zien we wel wat de gevolgen zijn,' zei hij. 'In het beste geval gaat het zoals in Denemarken en Finland. Daar hebben ze zichzelf volkomen belachelijk gemaakt.'

'En in het ergste geval?'

Daar wilde Stilton niet op doorgaan, dus veranderde hij van onderwerp. 'Heb je al iets over de sigarettenhouder gehoord?'

'Nee,' antwoordde Mette. 'Heb je hier een laptop?'

'Ja.' Stilton knikte naar de plek waar hij stond en Mette moest zich naar voren buigen om de laptop tussen alle rommel op de tafel te zien staan. 'Wil je hem gebruiken?' ging Stilton verder.

'Misschien wel.'

Stilton keek naar Mette. Wat voerde ze in haar schild? Hij zag dat ze een aanloop nam, op haar onderlip beet en een haarlok van haar voorhoofd streek.

'Heb je weleens van het bedrijf Clearway AI gehoord?' vroeg ze terwijl ze hem aankeek.

'Vaag. Ik heb er een keer iets over gelezen. Hoezo?'

'Het is een Amerikaans bedrijf dat zich heeft gespecialiseerd in het scannen van gezichten. Ze hebben een enorme database met tien miljard biometrisch geanalyseerde portretten.'

'Tien miljard?'

'Ja, maar het is een controversieel bedrijf.'

'Waarom dat?'

'Vanwege problemen met de privacy. Hun computers kunnen personen identificeren aan de hand van van portretten, beelden van bewakingscamera's, privéfilms, foto's, Facebook, Instagram enzovoort. Als dat mogelijk is geven ze ook informatie over de plek waar de foto's zijn gemaakt.'

'Dat klinkt nogal angstaanjagend.'

'Ja. In de VS wordt het bedrijf hevig bestreden door een aantal organisaties, vooral omdat verschillende politiekorpsen, met inbegrip van de FBI, er gebruik van maken. Of eigenlijk maakten, want tegenwoordig zijn ze terughoudender.'

'Oké, en wat wil je daarmee zeggen?' vroeg Stilton, hoewel hij het al wist.

'Het is de Zweedse politie streng verboden om Clearway te gebruiken.'

'Wij zijn geen politieagenten.'

‘Jij en ik zijn op dit moment allebei aan de politie verbonden, dat weet je.’

Ze keken elkaar een paar seconden aan, waarna Stilton zijn laptop aan Mette gaf. Ze klapte hem open met een korte opmerking. ‘Geen woord tegen Morling.’

Een tamelijk overbodige opmerking.

Mette zette de laptop aan, ging naar het mailprogramma, haalde een papiertje uit haar jaszak en bestudeerde dat, waarna ze met beide wijsvingers een mailadres intoetste.

‘Wat doe je nu?’ vroeg Stilton.

‘Ik heb een persoonlijk contact bij de politie in Massachusetts, Greg Forster. Ze gebruiken Clearway daar nog steeds. Als hij een goede bui heeft wil hij ons misschien helpen.’

Mette typte een uitgebreide mail, legde de omstandigheden rond het gestolen en in stukken gesneden lijk uit, voegde een paar foto’s bij die de technische recherche van het gezicht had gemaakt en vroeg om hulp als dat mogelijk was. ‘Zo,’ zei ze terwijl ze de mail verstuurde.

‘Wil je koffie?’

‘Nee, dank je. Vertel, hoe gaat het tussen jou en Luna?’

Stilton wist dat het zou komen, of had het eerder gevreesd, en hij bereidde zich voor op een poging het uit te leggen. Op dat moment bliepte de laptop. Mette boog zich zo snel als ze kon naar voren. ‘Hij heeft meteen geantwoord!’

‘Wat schrijft hij?’

Mette las, glimlachte bijna koket en begon te blozen. ‘Hij wordt nogal persoonlijk,’ zei ze. ‘Laten we dat maar overslaan. De essentie van de mail is dat hij een poging gaat doen. Omdat ik het ben, schrijft hij.’

Stilton keek naar Mette. ‘Heb je een avontuurtje met die Greg gehad?’ vroeg hij.

‘Moeten we het daarover hebben?’

Dat doe ik liever dan over Luna praten, dacht Stilton en hij boog zich naar Mette toe. ‘Ik ben verschrikkelijk nieuwsgierig, Mette. Vertel!’

*

Olivia zat op de bank en keek naar haar muren. Ze had net een telefoongesprek met Lukas gevoerd dat had geresulteerd in wat ze al wist. Het was voorbij. Hij bevond zich op een andere planeet en ging volledig op in zijn succes. Hij was gelukkig. Euforisch. Olivia had opnieuw gezegd dat ze blij voor hem was en hij had plichtmatig gevraagd hoe het met haar ging. Ik heb het druk op het werk en ben met een vroegere vriend naar bed geweest, dacht ze. Ze had het niet gezegd. Ze vond het niet nodig om eerlijk te zijn als het er alleen voor zorgde dat de ander erdoor gekwetst raakte. Bovendien had ze geen reden om dat bewust te doen. Ze hadden het telefoongesprek afgesloten met de afspraak dat ze contact met elkaar zouden hebben als Lukas terugkwam, wat ook plichtmatig was geweest.

Olivia stond op van de bank en haalde een schilderij van de muur, het eerste dat Lukas van haar had geschilderd. Ze keek er even naar voordat ze het achterstevoren tegen de muur zette. Daarna ging ze weer zitten en keek naar de lege plek op de verder overvolle muur. Plotseling voelde ze zich heel eenzaam.

Op dat moment ging haar telefoon en ze zag Ove Gardmans naam op het display verschijnen. Ze liet haar telefoon overgaan tot het gesprek naar voicemail overschakelde. Ze kon het op dit moment niet opbrengen om met hem te praten. Vlak daarna kreeg ze een sms: *Zullen we morgen een biertje gaan drinken?*

Olivia keek naar haar telefoon. Ze wist niet wat ze moest antwoorden. Het was zo heerlijk geweest om hem terug te zien, zo eenvoudig en vanzelfsprekend, maar op dit moment wist ze niet in welke richting ze wilde dat haar privéleven zou gaan en ze wilde absoluut geen verwachtingen bij Ove wekken die ze niet kon waarmaken.

Het spijt me, ik ben op dit moment geen leuk gezelschap. Heel druk op het werk, schreef ze en ze liet haar telefoon zakken. Ze wachtte even met het versturen van de sms.

*

Grigori stond bij de rechthoekige opening van het grote glazen dak. Normaal gesproken voerde hij de vissen nooit, daar had hij personeel voor, maar soms voelde hij de behoefte om het zelf doen. De paar minuten die het de grote school piranha's kostte om de stukken vlees los te scheuren en zich een weg naar de botten te vreten waren een uitlaatklep voor hem, waardoor de innerlijke druk verminderde.

Dit was zo'n gelegenheid.

Hij had vanochtend een anonieme mail gekregen, een bijzonder onaangename mail. Het was een lange lijst met de namen van alle Russische zakenmannen en oligarchen die onder 'mysterieuze omstandigheden' waren gestorven. In totaal ging het om veertien personen en sommigen van hen waren samen met hun gezin overleden.

Hij kende ze allemaal en met een aantal van hen was hij bevriend geweest. Met sommigen had hij zelfs besproken wie de volgende zou kunnen zijn. Hij hoopte dat de anonieme afzender Julies mailadres niet had, maar vond het geen probleem als Sasja de lijst kreeg.

Hij liet het laatste stuk vlees vallen, haalde een wit doosje tevoorschijn en liet het glazen luik dicht glijden.

Als ik het Oog van de Nacht niet terugkrijg is alles voorbij, dacht hij terwijl hij over het glazen dak liep. Het minste wat ze kan doen is contact opnemen. Wat moet ze met het ei? Ik kan het terugkopen voor twee keer zoveel als ze er ergens anders voor zou krijgen. Snapt ze dat niet? Of gaat het alleen om wraak? Denkt ze geen seconde aan Julie? Als het mij raakt, dan raakt het haar ook. Hoe lang is ze van plan om tegen Julie te liegen? Of doet ze dat niet?

Hij haalde zijn telefoon tevoorschijn en belde zijn dochter.

'Hallo, met je vader. Heb je tijd om te praten?'

'Ja, we hebben pauze. Wat wil je?'

'Heb je nog iets van je moeder gehoord?'

'Nee, de laatste keer was toen ze in Polen was. Heb jij niets van haar gehoord?' vroeg Julie.

'Nee.'

'Vreemd. Hebben jullie ruzie?'

'Nee, maar ik moet haar spreken, het is belangrijk.'

'Waarom bel je haar dan niet?'

'Ze neemt niet op. Weet je zeker dat je niet met haar gepraat hebt?'

'Ja. Denk je dat ik lieg?'

'Nee, natuurlijk niet. Kun jij proberen haar te bellen? Misschien neemt ze op als ze ziet dat jij het bent.'

'En wat moet ik dan zeggen? Dat je haar wilt spreken?'

'Ja, of vraag waar ze is, dan kan ik daar misschien contact met haar opnemen.' Grigori beet op zijn lippen, hij wist dat hij zich op glad ijs begaf. Zijn dochter vragen om haar moeder uit te horen was op het randje.

'Oké,' zei Julie. 'Maar nu heb ik weer les.'

'Ik hou van je.' Grigori liet zijn telefoon zakken. Hij voelde zich gemeen, maar wat kon hij anders doen? Hij moest het ei terug zien te krijgen, anders was het allemaal voorbij. Hij keek weer naar de piranha's. Het water was nog steeds rood van het kadaver.

Stilton deed hetzelfde als de vorige keer toen hij hier was. Hij stapte een halte eerder uit en wandelde door Kummelnäs. Mette had een nieuwe mail van Greg Forster gekregen en wilde dat ze die bij haar thuis zouden bekijken. Daar had hij niets op tegen. Het appartement van Benseman had zijn tekortkomingen.

Hij genoot van de wandeling. De situatie met Luna had hij in het vakje voor toekomstige problemen geplaatst. Vandaag zou hij zich bezighouden met een ander en in zijn ogen aanzienlijk acuter probleem: Mette had gesuggereerd dat het antwoord van Forster interessant was.

Interessant?

Dat liet ruimte voor interpretaties en daar hield hij zich mee bezig terwijl hij met veerkrachtige passen langs de grote houten woningen en goed onderhouden heggen liep. Had ze een naam gekregen? Een identiteit voor Verner? Stel dat zijn naam inderdaad Verner was? Hoe groot zou die kans zijn? Eén op een miljard? Of had ze informatie gekregen die in andere richtingen leidde? Had Verner een tweelingbroer die de president van Servië was?

Hij voorkwam maar net dat hij op een dikke Spaanse wegslak trapte die over de stenen gleed. Die fout had hij al een paar keer gemaakt, waarna hij de smerige troep van zijn schoenzolen had moeten schrapen.

Toen hij het hek bereikte, hadden zijn gedachten een paar rondjes afgelegd en waren ze terug bij Verner. Hij duwde de klink naar beneden en constateerde dat hij opgewonden was.

Nieuwsgierig en opgewonden. Zouden ze de man met de rode vlinderdas eindelijk de mond snoeren?

Het gekakel bij de heg vertelde hem dat de kippen waren gearriveerd. Mårten zat in zijn eentje voor het gastenverblijf. Stilton begroette hem terwijl hij over het gazon liep.

'Hoe gaat het met de kippen?'

'Goed.'

Meer zei hij niet en Stilton besefte dat Mårten gedeprimeerd was. Hij ging op een tuinstoel naast hem zitten. 'Maak je je zorgen over de verkiezingsuitslag?'

'Dat ook. In wat voor land leven we?'

'Zweden. Vergeet niet dat bijna de helft van de bevolking een andere regering wilde. De volgende keer kan het anders zijn, dat weet je.'

Mårten streek met zijn hand over zijn gerimpelde hals; hij wist dat Stilton gelijk had. Er zouden nieuwe verkiezingen komen. Betere verkiezingen. Zo moest hij denken.

'Is er nog iets anders wat je zorgen baart?' ging Stilton verder.

'Ja. We hebben nog helemaal niets over Alina en Oleksi gehoord.' Mårten schoof zijn handen tussen zijn benen. Zijn spaarzame grijze haar stond naar alle kanten uit; hij zag eruit alsof hij net uit bed kwam.

'Ze duiken weer op,' zei Stilton, eerder bij wijze van troost dan als inzicht.

'Laten we het hopen. Ik ben gehecht geraakt aan dat jongetje. Ik dacht dat we ze hier een tijdje konden houden en ze een beetje veiligheid konden geven na alles wat ze meegemaakt hebben. Nu weten we niet wat er gebeurt en waar ze terechtkomen.'

'Dat klopt.'

Mårten zuchtte hartgrondig en keek naar Stilton. 'Ik neem aan dat je een afspraak met Mette hebt?'

'Ja.'

'Ze is in de keuken.'

Stilton stond op, gaf Mårten een klopje op zijn arm en liep naar de trap.

'We drinken vandaag geen rode wijn.' Mette zat bij de keukentafel met een opengeklapte laptop voor zich. Ze was zichtbaar geconcentreerd. Stilton ging naast haar zitten. Hij nam aan dat ze hem iets op het scherm wilde laten zien, maar dat duurde even.

'We hebben antwoord van Greg gekregen,' begon Mette. 'Hij heeft onze foto's door het programma van Clearway gehaald en heeft een paar foto's gekregen die met de onze matchen. Een foto van een man op een bankje in een park en een van een bewakingscamera in een videotheek. Beide locaties bevinden zich in Marseille.' Mette liet de informatie tot Stilton doordringen.

Was Verner een Fransman die afkomstig was uit Marseille?

'Heeft hij ook een naam voor ons?'

'Ja. Adam Berrada.'

'Adam Berrada.'

'Ja. Zo zag hij eruit toen hij nog leefde.' Mette draaide het scherm een stukje naar Stilton toe. Hij keek naar de twee foto's op het scherm. De gelijkenis met de in stukken gesneden man was opvallend. Het was Verner. Of Adam Berrada, zoals hij blijkbaar heette.

'Ongelofelijk,' zei Stilton. Hij leunde naar achteren op zijn stoel. 'We hebben zijn identiteit.'

'Het blijft voor altijd tussen ons welke methode we daarvoor gebruikt hebben.'

Stilton lachte om de dramatische ondertoon. Zo belangrijk was het nu ook weer niet. Mette en hij hadden de regels eerder overtreden. Het belangrijkste was toch dat het resultaat had opgeleverd? Maar misschien was ze de laatste tijd gevoeliger geworden.

'En wat doen we nu?' vroeg hij. 'De man heeft duidelijk banden met Marseille, ook al is hij in de Götgatan overleden.'

'Ik bel Jean-Baptiste Fabre. Herinner je je hem nog?'

'Ja. Een uitstekende politieagent.'

Abbas en hij hadden enkele jaren geleden veel met hem te maken gehad in verband met de brute moord op Samira, een jonge vrouw uit Marseille. Zij was eveneens in stukken gesneden. Die moord had Abbas bijzonder hard geraakt omdat hij stapelverliefd op de vrouw was geweest.

Mette stond op van de tafel, pakte haar mobiel en belde Fabre, die meteen opnam.

'Hallo, JB, met Mette. We hebben informatie nodig over een vermoorde man die Adam Berrada heet en banden met Marseille heeft. Hij kan een Franse staatsburger zijn. Kun je me daarmee helpen?'

Mette hield niet van inleidende zinnetjes zoals 'Hoe staat het ermee?', 'Is alles goed?' of 'Hoe voel je je?'. Ze was rationeel.

Dat probeerde Stilton ook te zijn. Hij haalde zijn telefoon tevoorschijn, bekeek de lijst met eigenaren van de appartementen van het complex dat op de kruising van de Götgatan en de Kocksgatan lag en schudde zijn hoofd.

'Geen Berrada?' vroeg Mette.

'Nee, maar hij kan het appartement ondergehuurd hebben. Ik ga bij de verhuurbedrijven informeren.'

*

Hij had succes bij Hostini AB. Het bedrijf verhuurde twee appartementen in het gebouw en hij kreeg de namen van de eigenaren van de appartementen. De tweede, een jonge vrouw die tijdelijk in Londen woonde, had haar appartement aan ene Adam Berrada verhuurd.

'Is er een probleem?' vroeg ze.

'Ja. Berrada is helaas overleden, dus moeten we het appartement bekijken.'

Stilton vond het niet nodig om de jonge vrouw te vertellen dat haar tijdelijke huurder was vermoord. Dat zou ze vanzelf in de krant lezen.

Het appartement lag in de Kocksgatan 6. De bezwete vastgoedbeheerder stelde vast dat het huiszoekingsbevel dat Stilton hem liet zien hun het recht gaf om het appartement te betreden. Toch was hij aan het mopperen. 'Ik hoop niet dat hij dood in de woning ligt.'

'Ik kan je garanderen dat dat niet zo is,' zei Stilton.

Hij stond samen met Mette en een technisch rechercheur vlak achter de vastgoedbeheerder.

'En hoe weet je dat?'

Stilton keek naar Mette en constateerde dat ze er net zo moe uitzag als hij. Niet fysiek, maar de irritatie vanwege de traagheid waarmee de deur werd geopend was aan haar gezicht af te lezen.

'Kun je de deur nu openen?' spoorde ze hem aan.

'Het is een veiligheidsslot en het is een beetje versleten, dus het is niet gemakkelijk te openen.'

Na nog wat gerommel kreeg hij het toch voor elkaar.

'Bedankt,' zei Mette. 'We hebben je verder niet nodig.'

'Ik kan mee naar binnen gaan,' zei de vastgoedbeheerder met uiterst menselijke nieuwsgierigheid.

Mette en de technisch rechercheur liepen naar binnen en Stilton duwde de vastgoedbeheerder vriendelijk maar resoluut naar achteren, waarna hij de deur sloot.

Ze troffen een chaos in het appartement aan. Meubels waren omgevallen, vloerkleden waren weggeschoven, een lamp lag gebroken op de vloer. De donkere gordijnen voor de ramen waren dichtgetrokken.

Ze droegen alle drie schoenbeschermers en handschoenen. Stilton deed een plafondlamp aan en de technisch rechercheur wenkte dat hij naar het bureau moest komen. 'Kijk hier eens.'

Stilton bukte zich en zag een kleine, blauwe schroevendraaier liggen.

De technisch rechercheur pakte hem voorzichtig op en hield hem voor zich. Mette liep naar hen toe en keek naar het gereedschap. 'Is dat bloed?'

Er zaten donkere vlekken op de schroevendraaier en de technisch rechercheur opende een plastic zakje. 'Volgens mij wel,' zei hij, waarna hij de schroevendraaier in het zakje liet vallen.

Mette en Stilton keken elkaar aan en dachten hetzelfde. In het rapport van de patholoog-anatoom stond dat er enkele wonden op het lichaam zaten die niet levensbedreigend maar wel behoorlijk diep waren. Ze konden door een steekwapen zijn veroorzaakt, misschien een schroevendraaier. Ze keken naar het zakje met de schroevendraaier. Als er DNA op zat, dan zouden ze dat kunnen vergelijken met het DNA van de verongelukte mannen die het lijk vermoedelijk in stukken hadden gesneden. Het eventuele bloed op de schroevendraaier moest overeenkomen met dat van Adam Berrada.

'Ik ga bij de trap kijken,' zei Stilton en hij liep de kamer uit.

Hij verliet de flat via de voordeur en constateerde dat de vastgoedbeheerder halverwege de trap stond. 'Ga naar beneden,' zei hij. 'Dit is een plaats delict.'

De man schuifelde met tegenzin een paar traptreden af terwijl Stilton naar boven liep. Het appartement lag op de bovenste verdieping en bovenaan de trap was een zolderdeur. Op de klink zaten een paar donkere vlekjes. Heeft hij geprobeerd zich met zijn handen te verdedigen, dacht Stilton. Hij haalde zijn telefoon tevoorschijn om agenten op te roepen die het trappenhuis konden afzetten. Op weg naar beneden zag hij meer vlekjes op de trap en hij dankte de voorzienigheid dat er niemand overheen had gelopen zodat ze intact waren gebleven.

Toen hij weer in het appartement kwam stond Mette met een telefoon in haar hand. 'Deze lag achter de bank,' zei ze. 'Hij kan van Berrada zijn.'

'Kunnen we hem openen?'

'Ik geloof dat hij leeg is.'

De technisch rechercheur bukte zich, zocht in zijn tas, haalde een laadsnoer tevoorschijn en stopte dat in een stopcontact. 'Dit duurt even,' zei hij.

Stilton en Mette keken rond in het tweekamerappartement.

Behalve de woonkamer was er een slaapkamer met een eenpersoonsbed en een keuken met een tafel met twee stoelen en maar heel weinig servies.

'Denk je dat hij het appartement alleen als overnachtingsplek gebruikte?' zei Stilton.

'Misschien wel.' Mette opende de kledingkast en constateerde dat die leeg was. Stilton ging op een stoel zitten en keek naar de chaos in de woonkamer. Wat had zich hier afgespeeld? Was hij gemarteld en het dak op gevlucht? Waarom? Wie was hij?

'Hij heeft voldoende stroom,' zei de technisch rechercheur. Hij gaf de telefoon aan Mette.

Ze drukte de knop aan de zijkant in en het display lichtte op. Berrada had duidelijk geen pincode op zijn telefoon, wat vreemd was.

'We nemen het later door,' zei ze. 'Gesprekslijsten, sms'jes, alles.'

'Controleer zijn voicemail,' zei Stilton.

Mette haalde het enige bericht dat Berrada had gekregen op. Ze zette het volume harder en wachtte. Er klonk wat gekras, waarna een norse stem in het Engels begon te praten: 'Hallo, met Jacek. Het was geen goede nacht. Politie. Ik moest vluchten.'

*

Een halfuur later speelde Mette hetzelfde bericht af, dat kort maar opzienbarend was. Deze keer luisterden er meer mensen mee. Een groot deel van het team Mensenhandel stond in de coördinatiekamer zwijgend rond de telefoon. Toen Mette hem uitzette duurde het even voordat Olivia zei wat de meeste aanwezigen zich eveneens begonnen te realiseren: 'De ontvanger kan de tweede man in de camper zijn.'

'Weten jullie hoe hij heet?' vroeg Lisa.

'Adam Berrada,' antwoordde Stilton.

'We denken dat hij een Fransman is,' voegde Mette eraan

toe. 'Hij is overleden na een val van een gebouw van vijf verdiepingen in de Götgatan. Hij is waarschijnlijk geduwd.'

'Daarna is hij uit het Forensisch Instituut gestolen en is hij in stukken gesneden,' voegde Stilton eraan toe.

'Een gestolen lijk?' zei Olivia. 'Verner?'

'Verner?' vroeg Borgmark.

'Een werknaam,' antwoordde Stilton.

Ze begonnen allemaal door elkaar te praten. Misschien hadden ze een van Jaceks handlangers gevonden, de man die eventueel ook in de camper had gezeten. Hij was weliswaar dood, maar geïdentificeerd.

'Op dit punt komen onze onderzoeken waarschijnlijk bij elkaar,' zei Mette met een blik naar Olivia.

'Ja, daar lijkt het op.' Ze richtte zich tot Stilton. 'Ik wil graag alle foto's van het Forensisch Instituut van Berrada hebben, met inbegrip van de tatoeage die je hebt laten zien. En kunnen we de telefoon hier houden? Ik wil hem meenemen als we Jacek opnieuw gaan verhoren.'

'Hij is nog niet gecontroleerd,' zei Mette, die probeerde grip op haar eigen onderzoek te houden.

'Ik hoef alleen het voicemailbericht te hebben. We kunnen het kopiëren als je dat wilt.'

'Dat wil ik,' zei Mette.

'Wanneer gaan jullie Jacek ondervragen?' vroeg Stilton.

'Nu,' zei Olivia. 'Of beter: zodra we de foto's hebben.' Ze was in gedachten al onderweg naar de verhoorkamer.

Mette en Stilton liepen samen de coördinatiekamer uit.

'Nu weten we dus dat Berrada vermoord is en vermoedelijk door wie,' zei Mette. 'We weten alleen niet waarom of wie de daders zijn.'

'Kan het om een confrontatie over de seksmarkt gaan?'

'Misschien.'

'Kan Jacek betrokken zijn bij de moord?'

'Misschien.'

'Dat zijn veel misschiens.'

Mette haalde haar mobiel tevoorschijn en bleef bij de ingang van het politiebureau staan. 'Ga jij maar vast,' zei ze. 'Ik kom zo.'

Stilton deed wat hem werd gezegd en liep naar buiten. Toen de deur dicht was kreeg Mette degene die ze had gebeld aan de telefoon.

'Hallo, Magnus. We hebben de identiteit van het lijk. Hij heet Adam Berrada en is vermoedelijk een Fransman. Ik wacht op meer informatie over hem. Informeer jij Morling?'

'Is het niet beter als je dat zelf doet? Hij heeft beslist een aantal vervolgvragen aan jullie.'

'Juist daarom. En luister, ik heb de gesprekslijsten van Berrada's telefoon nodig. Kun jij die regelen?'

'Natuurlijk.'

'Bedankt.' Mette liet haar telefoon zakken en keek naar Stilton, die tegen een lantaarnpaal leunde. Die man leunt veel te veel, dacht ze. Hij moet naar de aak om zijn leven op orde te brengen.

*

Tom had een paar keer geprobeerd haar te bellen, maar ze had ervoor gekozen om niet op te nemen. Ze moest ongestoord nadenken. Nu was ze daar klaar mee en was ze op weg naar Ronny's antiquariaat in de Katarina Bangata.

Mette was heel duidelijk geweest, zij zou Tom vertrouwd hebben. Maar ik ben Mette niet, dacht Luna, ik heb een andere relatie met hem. Ik hou van Tom, hij is mijn partner, ik wil mijn hele leven met hem doorbrengen. Dat stelt andere eisen aan een relatie, een intensere vorm van eerlijkheid.

De deur van de winkel stond open. Ze liep naar binnen en zag Ronny halverwege een houten ladder wankelen. Hij probeerde een boek te pakken dat vlak onder het plafond stond.

Luna durfde hem niet te begroeten uit angst hem te laten schrikken waardoor hij misschien zou vallen, dus wachtte ze af. Het lukte Ronny om het boek naar voren te schuiven en hij kwam de ladder af.

'Hallo,' zei hij.

'Hallo. Je hebt het boek te pakken gekregen.'

'Ja, ik snap niet waarom alle boeken van onschatbare waarde altijd vlak onder het plafond staan.'

'Misschien wil je ze niet verkopen?'

'Dat zou het kunnen zijn,' zei Ronny. Hij had daar zelf nog niet aan gedacht. Misschien heb ik ze daarom onbewust zo hoog neergezet? Er waren namelijk boeken bij waarvan hij om persoonlijke redenen niet graag afstand wilde doen, maar waarvan hij vond dat ze vanwege zijn reputatie toch in de winkel hoorden te staan. Het boek in zijn hand was zo'n boek. Het was een eerste druk van Gunnar Ekelöfs debuut *Laat op aarde*, gesigneerd door de auteur en een zeldzaamheid. Ronny was een groot bewonderaar van Ekelöf.

'Heb je dit gelezen?' vroeg hij terwijl hij Luna het boek voorhield.

'Nee. Wat is het?'

'Een verzameling gedichten van Gunnar Ekelöf, een van onze meest bijzondere dichters. Toen hij op sterven lag, zei hij dat hij wilde dat zijn as over de rivier de Paktolos in Sardis werd uitgestrooid. Een heel merkwaardige man. Waaraan heb ik deze eer te danken? Ga zitten.'

Luna nam plaats op de stoel waarnaar Ronny gebaarde. Ronny bleef met het boek in zijn hand bij de ladder staan.

'Ik probeer Tom te pakken te krijgen,' zei Luna. 'We hebben wat problemen.'

'Ik heb het gehoord. Hij is hier geweest. Heb je hem niet gebeld?'

'Jawel, maar hij neemt niet op. Weet jij waar hij is?'

'Hij logeert bij Benseman.'

'O ja?' Bij Benseman? Ze had zich natuurlijk afgevraagd waar hij 's nachts sliep. Niet bij Mette of Olivia, en waarschijnlijk ook niet bij Abbas en zijn moeder. Maar Benseman? Dat had ze niet verwacht. 'Heb je zijn telefoonnummer?'

Ronny schreef Bensemans telefoonnummer op voor Luna. Zo meteen komt Abbas ook nog langs om het telefoonnummer te vragen, dacht hij.

'Bedankt,' zei Luna. Ze pakte het papiertje aan. 'Waar woont Benseman?'

'In de Blekingegatan 32, maar hij is daar nu niet.'

'Maar misschien is Tom er wel?'

'Dat zou kunnen,' antwoordde Ronny.

'Heb je de portiekcode ook?'

Omdat Benseman niet thuis was, had het weinig zin hem te bellen. Luna liep het korte stuk naar de Blekingegatan, liep de vier trappen op en belde drie keer aan voordat ze het opgaf.

Tom was hier niet.

Toen ze weer op straat stond zag ze café Pelikan vlakbij liggen. Omdat ze Toms gewoontes kende, liep ze ernaartoe. Hij kon daar zitten piekeren, spijt hebben, haar missen. Dat hoopte ze in elk geval.

Ze ging het café in en keek om zich heen. Er waren maar een paar gasten en geen van hen was Tom.

*

Tom was op Luna's aak.

Hij had Mettes advies opgevolgd zonder dat hij het had gehoord en was naar de aak gegaan om zijn leven op orde te brengen, of in elk geval te proberen verder te komen. Hij wilde proberen Luna uit te leggen wat hij niet wilde uitleggen.

Toen hij daar arriveerde was de aak verlaten.

Het eerste wat hij deed was de kapiteinshut in lopen, waar hij constateerde dat het tweepersoonsbed was opgemaakt. Daarna ging hij naar de salon en nam plaats op de plek waar hij had gezeten toen Luna hem had geconfronteerd. Hij herinnerde zich elk woord dat tussen hen was gezegd. Misschien had ik haar de waarheid moeten vertellen in plaats van weg te gaan, dacht hij. Ik had kunnen zeggen dat wat er gebeurd was een plotselinge ingeving was geweest die niet was gepland. Onvergeeflijk, maar op dat moment toch gerechtvaardigd omdat het voorkwam dat Basescu nieuwe afschuwelijke wreedheden zou begaan. Zou ze het begrepen hebben?

Diep vanbinnen twijfelde hij daaraan.

Bovendien zou het betekenen dat hij haar met potentieel fatale informatie opzadelde. Als ze dat voor zichzelf hield, maakte ze zich schuldig aan het beschermen van een misdadiger. Als ze het wel vertelde, zou zijn leven geruïneerd zijn.

Het was voorbij.

Hij liep naar de kapiteinshut terug en zag zijn groene tas achter in de kooi staan. Hij opende hem en stopte er wat ondergoed en een paar shirts in, waarna hij zijn tandenborstel en een strip omeprazol uit de kombuis haalde. Hij had de afgelopen nachten last van zijn maag gehad. Toen hij uit de salon kwam zette hij de tas op tafel en liep weer naar de kapiteinshut. Op de plank naast het bed lag altijd een blocnote. Soms werd hij 's nachts wakker en wilde hij de een of andere gedachte opschrijven. Meestal ging het erom wie hij moest bellen. Hij ging op het bed zitten en schreef een kort berichtje aan Luna, trok de pagina eruit en legde die op haar kussen.

Meer kon hij niet doen.

Ze zagen elkaar bijna gelijktijdig. Zij kwam vanaf Söder Mälarstrand aanlopen en hij vanaf de aak, en ze bleven ieder aan een kant van de brug staan. Dat duurde niet lang, Stilton begon de brug op te lopen en Luna deed hetzelfde aan de andere kant. Halverwege ontmoetten ze elkaar en bleven ze weer staan, een paar meter bij elkaar vandaan.

Luna keek naar de tas in Stiltons hand. 'Ga je weer weg?'

'Ja, ik heb een briefje voor je geschreven. Het ligt in de kooi.'

'Wat heb je geschreven?'
'Dat ik meer van je hou dan van wat ook op aarde.'
Stilton keek in Luna's ogen en ze beantwoordde zijn blik. Ze hadden geen oog voor de kanovaarder die onder de brug door peddelde en aan de andere kant weer tevoorschijn kwam.
Luna deed een stap naar voren, stak haar hand uit en streelde Stiltons borstkas. 'Ik wil dat je blijft,' zei ze. 'Ik wil dat we hier doorheen komen.'
Stilton slikte en Luna zag dat zijn ogen glansden. Met een lichte beweging liet hij de tas op de brug vallen en trok haar naar zich toe. Ze liet zich omhelzen.
Stilton hield haar vast en keek uit over het water. Hij wist niet of ze ervoor had gekozen om zijn leugen te geloven of om verder te gaan zonder antwoord te krijgen. Achterlaten en verdringen, net zoals hij zelf deed.
Wat hij wel wist was dat een DNA-test alles kapot zou maken.

*

Jacek zat op verdenking van meerdere ernstige misdrijven in Kronoberg, het huis van bewaring op Kungsholmen. Hij had bovendien ruzie met een bewaker gekregen en was in een isoleercel met een gepantserde deur geplaatst. Daarvandaan werd hij meegenomen voor een verhoor.
Het scenario was vrijwel hetzelfde als de vorige keer. Olivia en Lisa zaten aan één kant van de tafel, Jacek zat tegenover hen en Lasse stond bij de deur. Het enige verschil was dat er nu een telefoon en een map op de tafel lagen. Bovendien flikkerde het licht van de plafondlamp.
'Ik hoop dat je vandaag wel wilt meewerken,' zei Olivia en ze trok de telefoon naar zich toe. 'Voor je eigen bestwil.'
Jaceks uitdrukkingsloze gezicht was voldoende antwoord. Hij was van plan te zwijgen.
'We gaan een kort bericht in het Engels van een voicemail afspelen en ik wil dat je goed luistert.'

Olivia zette haar telefoon aan, ze had de mededeling op Adam Berrada's voicemail opgenomen. De opname duurde precies zes seconden. Lisa en Olivia observeerden Jaceks gezicht terwijl hij ernaar luisterde en registreerden de kleine trilling allebei. Olivia zette de telefoon uit.

'Omdat je vertelde wie je was, hoeven we niet te vragen wie die boodschap ingesproken heeft. Dat was jij. Weet je waar we die gevonden hebben?'

Jacek zweeg.

'In Adam Berrada's appartement in de Kocksgatan.'

'Was hij daar?'

Het waren de eerste drie woorden, maar er zouden meer volgen.

'Nee,' zei Lisa.

'Zat Berrada bij jou in de camper?' vroeg Olivia.

Jacek glimlachte. 'Vraag dat maar aan hem.' Adam is niet opgepakt, dacht hij, ze krijgen hem nooit te pakken.

'Omdat je hem vlak na je vlucht uit de camper belde gaan we ervan uit dat jullie elkaar kennen,' zei Lisa.

Stilte.

'Heb je na dit ingesproken bericht nog contact met hem gehad?'

'Vraag dat maar aan hem.' Jacek glimlachte weer en Olivia opende de map die voor haar lag.

'Dat zouden we graag doen, maar dat zal moeilijk worden,' zei ze. 'De eerste keer dat we met hem in contact kwamen zag hij er zo uit.' Ze legde een close-up van Berrada's gezicht, dat na zijn val op straat in het Forensisch Instituut zo goed mogelijk was hersteld, voor hem neer.

Jacek staarde naar de foto.

Olivia liet hem lang genoeg staren om te zien dat hij slikte.

'De tweede keer dat we met hem in contact kwamen zag hij er zo uit.' Ze legde twee nieuwe foto's neer waarop Berrada's in stukken gesneden lichaam op een metalen tafel lag. 'Neem alle tijd die je nodig hebt,' zei ze.

Jacek keek naar de foto's, slikte, wreef snel in zijn ogen en wendde zijn hoofd af. 'Haal ze weg,' zei hij.

'Waarom dat?' vroeg Lisa.

'Ik wil ze niet zien!' Jacek ging staan en legde zijn handen op de tafel.

Lasse liep snel naar hem toe. 'Ga zitten,' zei hij.

Jacek trilde hevig, haalde zwaar adem en wiegde heen en weer.

'We kunnen ze natuurlijk weghalen,' zei Olivia. Ze stopte de foto's in de map terug.

Lasse kreeg Jacek zover dat hij weer ging zitten en bleef achter hem staan.

'Je vriend Adam Berrada is vermoord en in stukken gesneden,' zei Lisa. 'We willen weten waarom.'

Jacek keek langs haar naar de flikkerende lamp aan het plafond. 'Wie heeft dit gedaan?' vroeg hij bijna afwezig. Zijn stem klonk nu volkomen anders, zachtjes en schor. Hij haalde moeizaam adem en op zijn voorhoofd klopte een ader.

'Twee mannen die later in een auto verongelukt zijn,' antwoordde Olivia. 'We hebben ze niet naar hun motief kunnen vragen. Kun jij ons daarmee helpen?'

Jacek wiegde met zijn bovenlichaam. Olivia keek naar hem. Hoe was zijn relatie met Adam? Waren ze partners in crime? Was Adam zijn baas? De ingesproken mededeling deed dat vermoeden. Of stonden ze dichter bij elkaar dan dat? Jaceks reactie op de foto's kon daarop wijzen. Het was alsof hij een goede vriend voor zijn ogen in stukken gesneden had zien worden. Of was hij bang dat hem hetzelfde zou overkomen?

'Wat had je voor relatie met Adam?' Ze gebruikte de voornaam bewust. Er kwam geen reactie. Jacek had nog steeds een afwezige blik in zijn ogen. 'Jacek?'

Stilte.

Olivia wilde verder. Ze opende de map weer en haalde er een nieuwe foto uit. 'Herken je dit?' vroeg ze.

De foto was een vergroting van een tatoeage, een cirkel met een zwarte driehoek erin.

Jaceks blik gleed langzaam van het plafond naar de tafel. Hij keek met half dichtgeknepen ogen naar de foto, alsof hij bang was voor wat hij zou zien. 'Waar komt deze foto vandaan?' stamelde hij.

'Het is een foto van de schouder van je vriend Berrada. De tatoeage is verwijderd voordat hij in stukken gesneden werd.'

Jacek sloeg zijn handen voor zijn gezicht, zijn adamsappel ging op en neer.

'Herken je de tatoeage?' vroeg Lisa.

Jacek knikte zonder zijn handen weg te halen.

'Heeft hij een betekenis?' ging Lisa verder. 'Het is een cirkel met een zwarte driehoek erin. Is het een symbool voor iets?'

Het bleef een hele tijd stil. Lisa en Olivia zagen hoe gekweld Jacek zich voelde, hij schoof onrustig op zijn stoel heen en weer. Uiteindelijk haalde hij zijn handen weg en zei dat hij een pen wilde hebben. Lisa keek naar Olivia, die op haar beurt naar Lasse keek, die nog steeds achter Jacek stond. Lasse knikte. Olivia pakte een pen en schoof die samen met een blocnote naar Jacek toe. Hij pakte de pen en schreef twee woorden in hoofdletters op de blocnote: *TRIADE NOIRE*.

Olivia draaide de blocnote om en keek naar de woorden. 'Triade Noire. Is dat een naam?'

Jacek knikte.

'Van een organisatie?' vroeg Lisa.

Jacek knikte weer.

'Die zich bezighoudt met sekshandel en mensensmokkel?'

Jacek bleef bewegingloos zitten. Hij ontkende of bevestigde het niet.

'Weet je wie de organisatie leidt?' vroeg Olivia.

'Nee.'

'Waarvandaan wordt de organisatie bestuurd?'

'Geen idee.'

'Heb je zelf ook zo'n tatoeage?' vroeg Lisa.

'Nee.'

'Dan wil ik je nu iets heel anders vragen,' zei Olivia. 'Toen jij en Adam de vrouw in de camper in Polen verkrachtten, was er ook een Oekraïens tienermeisje bij jullie. Ze is opgehaald in een zwarte auto door een vrouw die Sasja heet. Wie was dat?'

'Daar heb ik niets van gemerkt.'

'Heb je niet gezien dat het meisje opgehaald werd?'

'Nee.'

Het verhoor ging nog een tijdje door zonder meer informatie op te leveren.

'Dan denk ik dat we nu moeten stoppen,' zei Lisa.

Lasse begeleidde Jacek, die volkomen verslagen leek, uit de verhoorkamer. Olivia en Lisa keken hen na.

'Dat voelde helemaal geweldig,' zei Lisa. 'Mag ik dat zeggen?'

'Dat mag, als je het maar niet hardop doet.' Olivia glimlachte. Ze wisten allebei wat Jacek met Alina en haar zoontje had gedaan en hadden er geen enkele moeite mee om hem te breken.

Olivia pakte de map van de tafel. 'Triade Noire... de zwarte triade,' zei ze. 'Een nogal onnozele naam voor een organisatie.'

'Mannen waarschijnlijk.'

'Triade, driemanschap. Zou dat betekenen dat de organisatie door drie mensen geleid wordt?'

'Misschien wel. In dat geval moeten we jacht maken op nog twee tatoeages.'

Olivia knikte naar Lisa en liep naar de deur. 'Ik ga naar huis.'

Olivia liep het politiebureau uit en was van plan om ergens te gaan zitten, waar dan ook, gewoon om weg te komen. Ze wilde kijken naar mensen die vrolijk waren en van elkaar hielden. Ze had expres niet aan Lisa gevraagd of ze meeging: ze wilde alleen zijn. Maar waar zou ze naartoe gaan?

'Hallo, wat een toeval.'

Olivia draaide zich om en zag Ove Gardman staan.

'Toeval?' zei ze verbaasd.

'Ja, ik sta hier te wachten en dan kom jij naar buiten.'

Olivia glimlachte. 'Dat is geen toeval, maar stalken,' zei ze.

'Je legt op alle slakken zout, agent. Alsjeblieft.' Ove hield haar een groene kartonnen strook voor.

'Wat is dat?'

'Kaartjes om in de attracties van Gröna Lund te mogen. Met inbegrip van de Giant Drop.'

'Wat? Nu?'

'Ja. Of heb je andere plannen?'

'Nee,' lachte Olivia. 'Maar Gröna Lund?'

'Ik ben er nog nooit geweest en jij moet een beetje plezier maken. Ga mee.' Ove stak zijn hand naar Olivia uit en ze pakte hem. De juiste persoon op de juiste plaats, dacht ze. Dat was inderdaad toeval.

Mette reed in haar auto naar het politiebureau in de Kronobergsgatan. Ze had aangeboden om Stilton op te pikken, maar hij wilde er op eigen gelegenheid naartoe komen. 'Ik moet mijn benen strekken.'

Hij ging met de bus.

Mette had 's ochtends een korte sms van de forensische afdeling gekregen. In de loop van de dag zouden ze informatie over de sigarettenhouder mailen. Ze wilde die informatie zo snel mogelijk met Stilton delen, maar niet in Kummelnäs. Mårten was nog steeds gedeprimeerd en ze hadden een waterlek in de kelder.

Stilton had kunnen voorstellen dat ze naar de aak zou komen, maar hij had haar nog niet verteld dat het weer goed was tussen Luna en hem, dat wilde hij op het juiste moment doen.

Het werd dus het kantoor van de Zilveren Wolven.

Mette was er eerder dan Stilton en overwoog om koffie te halen zodat die koud was als hij arriveerde. Magnus was voor een opdracht in Borås en de kamer was leeg. Ze trok haar jas uit en ging met haar rug naar de deur achter een bureau zitten. Daardoor ontsnapte er een verkeerde opmerking aan haar toen ze de deur hoorde opengaan. 'Als je koude koffie wilt moet je die zelf halen,' zei ze.

'Sorry?'

Mette draaide zich om en zag Erik Morling in de deuropening staan. Hij droeg een keurig grijs kostuum en zijn vuurrode vlinderdas.

‘Ik dacht dat het Tom was,’ zei Mette met een min of meer verontschuldigend gebaar.

‘Wil hij koude koffie hebben?’

‘Soms wel. Zoek je Magnus?’

‘Nee. Ik heb hem gisteren gesproken en hij vertelde dat jullie ons gestolen lijk geïdentificeerd hebben.’

‘Dat klopt,’ beaamde ze.

‘Gefeliciteerd. Goed gedaan.’

‘Bedankt.’ Mette hoopte vurig dat het hierbij zou blijven en dat Morling niet zou gaan zitten om vragen te stellen. Dat deed hij inderdaad niet, hij bleef staan en stelde vragen.

‘Hoe hebben jullie dat voor elkaar gekregen?’

‘Methodisch politiewerk.’

‘Dat begrijp ik, maar meer concreet? Jullie hadden niet veel om mee te werken. De laatste puzzelstukjes zijn dus inderdaad op hun plek gevallen?’

‘Precies.’

‘En welke waren dat? Ik wil de media graag informeren over dit succes, alle positieve resultaten zijn goed voor het imago van het rechtswezen.’

‘We geven toch nooit forensische details vrij?’

‘Misschien niet, maar met het oog op mijn positie kan het goed voor me zijn om het te weten. Het ergste wat ik me kan voorstellen is dat ik vragen krijg waarop ik het antwoord niet weet. Als ik het goed begrijp was het niet met behulp van DNA.’

‘Nee, het was met behulp van een sigarettenhouder met een specifieke inscriptie.’

‘O ja? Wat ingewikkeld,’ zei Morling.

‘Inderdaad, maar dat kun je niet naar buiten brengen. We wachten nog op aanvullende informatie over deze man.’

‘Hij heet toch Adam Berrada?’

‘Ja.’

‘En wanneer krijgen jullie die informatie?’

‘De Franse politie werkt er op dit moment aan en we wachten af wat ze voor ons hebben,’ zei Mette.

'Zodra je iets weet wil ik dat je onmiddellijk contact met me opneemt.'

'Uiteraard.'

Morling bleef een paar seconden in Mettes ogen kijken, alsof hij niet overtuigd was. Daarna liep hij de kamer uit en botste in de deuropening bijna tegen Stilton op.

'Ik hoor dat je van koude koffie houdt,' zei hij.

Stilton deed de deur achter hem dicht en keek naar Mette, die haar schouders ophaalde.

'Wat wilde hij?' vroeg Stilton terwijl hij aan de andere kant van het bureau ging zitten.

'Graven.'

'Wat heb je gezegd?'

'Ik heb gelogen,' zei Mette, waarna ze haar laptop opende.

De mail van het Forensisch Instituut was binnengekomen, een uitvoerige mail waarin gedetailleerd werd beschreven hoe ze te werk waren gegaan om de zwaar versleten inscriptie in de houder te ontcijferen. Ze maakten zich zorgen om hun beroepseer.

Mette bekeek de inhoud. 'De inscriptie is in het Russisch,' zei ze. 'Precies zoals we al vermoedden.'

'Grappig. Hij is een Fransman.'

'Misschien sprak hij Russisch. Dat is toch niet onmogelijk?'

'Wat staat er?'

'De vertaling luidt: voor mijn vriend Adam van je vriend Grigori.'

'En wie is dat in vredesnaam? De een of andere Rus?'

'Misschien wel. Maar nu weten we in elk geval dat de sigarettenhouder van Adam was en dat hij hem cadeau gekregen heeft van ene Grigori.'

Stilton haalde zijn telefoon tevoorschijn. 'Ik bel Olivia en vraag haar om bij Jacek te informeren of hij weet wie Grigori is.'

'Denk je dat hij dat vertelt?'

'Misschien wel, ze hebben hem gisteren behoorlijk murw gemaakt. Heeft Olivia jou ook gebeld?'

'Ja,' zei Mette. 'Triade Noire.'

'Een zwarte driehoek in een cirkel. Volkomen duidelijk.'

'Als je het weet wel.'

*

Alle negen leden van het team Mensenhandel waren in de coördinatiekamer verzameld.

Jens Borgmark zat op een bureau in het midden, de rest stond om hem heen. Een van de ramen stond wijd open.

'Triade Noire is dus de naam van de internationale organisatie?' zei Borgmark.

'Inderdaad,' zei Olivia.

'Die zich met mensenhandel bezighoudt?'

'Volgens Jacek wel,' vulde Lisa aan.

'En ze hebben een cirkel met een driehoek erin als symbool?'

'Ja,' zei Olivia. 'Hij ziet er zo uit.' Ze overhandigde hem een paar close-ups van de tatoeage die Mette haar had gegeven.

'Weet Jacek wie de leiding van de organisatie heeft?' vroeg Borgmark.

'Nee, maar daar kan hij over liegen,' zei Lisa.

'En hij wist ook niet waarvandaan die bestuurd wordt?'

'Nee, maar de naam suggereert dat het ergens in Frankrijk kan zijn.'

'Inderdaad,' zei Borgmark. 'Göran...'

'Ja?'

'Jij informeert Europol. Misschien zijn ze de naam eerder tegengekomen. Stuur de foto's van de tatoeage ook naar ze toe.'

'Oké.' Göran ging achter een computer zitten.

Borgmark liep naar het whiteboard en pakte een rode stift, waarna hij met hoofdletters TRIADE NOIRE opschreef. Daarnaast schreef hij *Adam Berrada* en *Jacek*.

'Hebben we nog steeds geen achternaam van Jacek?' vroeg Borgmark.

'Nee,' zei Lisa. 'Maar we hebben wel een andere naam via Berrada's sigarettenhouder met een Russische inscriptie: voor mijn vriend Adam van je vriend Grigori.'

Borgmark schreef *Grigori* op het bord en trok een streep van de naam naar Berrada. Hij legde de stift neer en keek naar Olivia en Lisa. 'Goed gedaan!'

Ze accepteerden het compliment zonder te vertellen wie de naam Grigori had achterhaald.

'Hij stond dus gewoon buiten?'

Ze waren naar de koffiekamer gegaan. Lisa schonk koffie in haar beker terwijl ze de vraag aan Olivia stelde.

'Ja.'

'Met kaartjes voor de attracties in Gröna Lund?'

'Ja, en ik snap niet hoe hij daar zomaar op goed geluk kon staan. Hij had tenslotte geen idee hoe laat ik klaar was met werken en of ik er überhaupt was. Tenzij hij natuurlijk een insider had...' Olivia nam een slok koffie en keek boven haar beker naar Lisa.

'Ik begrijp er helemaal niets van,' antwoordde Lisa. 'Wie zou dat kunnen zijn?'

'Ja, wie, Lisa?'

Ze keken elkaar een seconde aan voordat ze allebei begonnen te lachen.

'Je vindt hem leuk, nietwaar?' zei Lisa.

'Ja, absoluut, maar...'

'Zeg niet dat je niet klaar bent voor een nieuwe relatie.'

'Maar zo is het nu eenmaal.'

'Ontspan een beetje, Olivia, neem het voor wat het is. Jullie hebben het leuk samen.'

'Ja, maar ik heb het eerder verknald met hem omdat ik niet wist wat ik wilde.'

Lisa legde haar hand op Olivia's schouder. 'Ik zeg vrije val. Dat is wat je nodig hebt. Op dit moment is hij goed voor je. Analyseer niet te veel.'

Olivia glimlachte naar Lisa. Misschien had ze gelijk. Ove en zij hadden heel veel plezier samen en hadden altijd voldoende om over te praten. Waarom zou ze dat opgeven? Misschien moest ze zichzelf die vrije val inderdaad toestaan?

*

Ze lunchten op een terras in de Fleminggatan. De herfst maakte zich steeds meer kenbaar, maar op het juiste tijdstip scheen de zon tussen de gebouwen door en maakte het een behaaglijke plek, ondanks het relatief drukke autoverkeer een paar meter verderop.

Mette had gepaneerde witvis genomen. Volgens de menukaart was het snoekbaars, maar dat betwijfelde ze. Stilton at een caesarsalade met knapperige croutons. Die was precies zoals verwacht kon worden. Hij dronk er een biertje bij en voelde dat het tijd was om Mette in te lichten over zijn veranderde privésituatie. Ze was er tenslotte een beetje bij betrokken geweest. 'Ik ben weer naar de aak verhuisd,' zei hij, waarna hij een crouton in zijn mond stopte.

'Sinds wanneer?'

'Gisteren.'

'Dat is mooi.'

'Ja,' zei Stilton.

'Of niet soms?'

'Waarom zou het niet mooi zijn?'

'Ik weet het niet, jullie zijn allebei tenslotte niet bepaald mededeelzaam, vooral jij niet. Jullie hebben het dus opgelost?'

'Wat moesten we oplossen?'

Mette raakte een beetje geïrriteerd. Ze had alle respect voor hun privéleven en dat ging haar normaal gesproken niet aan, maar ze had pasgeleden met Luna gepraat, die heel verdrietig was geweest en haar dingen had verteld die haar ook hadden geraakt, op een manier die ze niet had laten merken. Ze had geen zin om naar Tom te luisteren als hij deed alsof zijn neus bloedde.

'Je bezigheden op de Filipijnen,' zei ze bij wijze van openingszet.

Het had effect. Stilton legde zijn bestek neer. Hij wist dat Luna met Mette had gepraat, maar wist niet dat ze het over de Filipijnen hadden gehad. Mijn bezigheden, dacht hij. Het was een omzichtige formulering. 'We hebben het opgelost,' zei hij terwijl hij Mette in de ogen keek.

'Dat is mooi. Anders was het misschien niet goed gekomen.'

'Dat denk ik wel.' Stilton pakte zijn bestek weer op. Ik had nooit moeten vertellen dat ik weer op de aak woon, dacht hij. In elk geval niet tegen Mette. Hij zocht een crouton tussen de slablaadjes en veranderde van onderwerp. 'Ik heb vanochtend bericht van de forensische technici gehad over de schroevendraaier in de Kocksgatan,' zei hij. 'Het bloed is afkomstig van Berrada, en dat op de trap en de zolderdeur ook.'

'Hij heeft de steekwonden dus in het appartement opgelopen en probeerde te vluchten.'

'Waarschijnlijk wel. Bovendien hebben ze DNA op de schroevendraaier aangetroffen. Als het niet van Berrada is, dan is het van de daders.'

'Die dood zijn.'

Geen van beide onderzoekers merkte dat de gasten aan het dichtstbijzijnde tafeltje hun bestek hadden neergelegd en doodstil waren.

'Dat bevestigt waarschijnlijk ook dat hij niet vrijwillig van het dak gesprongen is,' zei Stilton.

'Of gesprongen is om erger te voorkomen, zoals ik opperde.'

'Inderdaad.'

Mettes telefoon zoemde in haar jaszak. Ze pakte hem en keek op het display. 'Het is Jean-Baptiste,' zei ze en ze stond op. Het was haar opgevallen hoe ingespannen de gasten aan het naburige tafeltje luisterden.

Stilton at zijn salade op en overwoog om nog een biertje te nemen. Hij zag dat Mette, die een paar meter verderop stond, voornamelijk luisterde. Toen het telefoongesprek afgelopen was gebaarde ze dat Stilton naar haar toe moest komen. Hij stond op en liep weg, tot ergernis van de gasten aan het naburige tafeltje.

'Wat zei hij?'

'Veel, hij kan af en toe een beetje omslachtig zijn, maar uiteindelijk vertelde hij dat Adam Berrada's naaste familielid een zus is.'

'En?'

Dat was geen verbazingwekkende informatie.

'De zus heet Drishti Berrada.'

Dat begon interessant te worden.

'Zoals Abbas' moeder? Drishti?'

'Ja. Ik weet niet hoe gebruikelijk die voornaam in Marseille is en dat wist JB ook niet, dus vroeg ik hem om Drishti Berrada na te trekken. Hij zei dat hij het meteen zou doen. Ben je klaar met je salade?'

'Ja.'

Mette gebaarde naar een ober en betaalde voor de lunch. Stilton nam aan dat ze trakteerde.

'Zullen we een stukje gaan wandelen?' stelde Mette voor. 'JB kan elk moment bellen.'

Ze begonnen naast elkaar naar de Kungsbrug te lopen.

'Is er geen nieuws over de vluchtelingen?' vroeg Stilton.

'Nee. We worden met de dag bezorgder. Ze moeten toch ergens zijn. Ze heeft een zoontje, ze moeten eten.'

'Zoeken ze in de logementen en bij de daklozenopvang en zo?'

'Ja, volgens Olivia zoeken ze overal.'

Op dat moment belde Fabre weer. Deze keer zette Mette de luidsprekerfunctie aan en vroeg hem om Engels te spreken voor Stilton.

'Is Tom daar?' vroeg Fabre.

'Ik ben hier,' zei Stilton.

'Hallo Tom! Hoe is het met je?'

Mette had er meteen spijt van dat ze Tom bij het gesprek had betrokken. Ze had er niet aan gedacht hoe goed Jean-Baptiste en Tom elkaar kenden sinds de moordzaak in Marseille. Maar nu was het te laat om van gedachten te veranderen, dus moest ze naar wat irrelevant geklets luisteren voordat ze er genoeg van had. 'Sorry dat ik jullie onderbreek, JB, maar heb je iets over Drishti Berrada gevonden?'

'Ja, meteen. Ze is bijna veertig jaar geleden getrouwd en nam de achternaam el Fassi aan.'

'Drishti el Fassi?'

'Ja,' antwoordde Fabre. 'Het is Abbas' moeder, wat een beetje vreemd is.'

Ze liepen helemaal tot de Kungsbrug zonder commentaar op Fabres informatie te geven. Ze dachten na. Halverwege de brug bleef Stilton staan. 'Heb jij het verwerkt?' vroeg hij.

'Nauwelijks. Het gestolen lichaam zou Abbas' oom moeten zijn?'

'Het klinkt onwaarschijnlijk,' zei Stilton.

Ze leunden naast elkaar op de brugleuning en keken naar het spoor onder hen. Een pendeltrein denderde langs en verdween in noordelijke richting.

'We moeten met Olivia praten,' zei Mette.

*

Ze wilden het persoonlijk doen, of in elk geval niet in de ruimte van het team Mensenhandel in het politiebureau. De informatie betrof een van hun beste vrienden en zijn moeder, dus spraken ze af op een bankje in het Kronobergspark.

'Is je contactpersoon hier absoluut zeker van?' vroeg Olivia. Ze leek geschokt.

'Daar ga ik van uit,' zei Mette. 'Jean-Baptiste is nooit slordig.'

'Wat kan dat betekenen? We weten dat Berrada intensief betrokken was bij de sekshandel, waarschijnlijk ook internationaal. Weet Abbas' moeder daarvan?'

'Ik zet vraagtekens bij haar plotselinge opduiken hier,' zei

Mette langzaam. 'Is het toeval dat ze ineens verschijnt en dat haar broer bijna tegelijkertijd wordt vermoord?'

'Ik neem aan dat ze weet dat hij in Stockholm woont,' vulde Stilton aan.

Daarna eindigde het gesprek met een onvermijdelijke vraag, die Olivia stelde. 'Wat doen we nu?'

'Ik ga met Abbas praten. Alleen,' antwoordde Stilton. Hij stond op en liep weg.

Mette en Olivia bleven zwijgend zitten. Een stukje verderop stond een eenzame vrouw met een gebaksdoos in haar handen tussen de bomen.

*

Het zou logisch zijn als Stilton opzag tegen het gesprek met Abbas, maar zo zat hij niet in elkaar. Hij vond het belangrijk om het snel en zonder omwegen te vertellen en antwoorden te krijgen, en hij wist dat Abbas daarin hetzelfde was.

Dus belde hij hem om te zeggen dat hij hem moest spreken, maar liet achterwege waarom dat was.

'Waar?' vroeg Abbas.

'Doe maar een voorstel.'

'Op de aak?'

'Nee.'

'Bij mij?'

'Liever niet. Laten we bij Tennstopet afspreken.'

Ze kwamen bijna tegelijkertijd aan en liepen het Vasapark in.

'Laten we een eindje gaan wandelen,' zei Stilton. Hij begon in de richting van het Sankt Eriksplan te lopen.

'Wat heb je op je hart?' vroeg Abbas.

Stilton begon te vertellen, zonder pauzes en overbodige uitweidingen.

Toen ze halverwege het park waren, was hij klaar. Abbas ging op een bank zitten. Hij had geen woord gezegd terwijl Stilton vertelde. Nu zei hij: 'Mijn moeder heeft dus een broer die in Stockholm woont?'

'Een bijzonder dode en in stukken gesneden broer. Heeft ze het nooit over hem gehad?'

'Nee. En hij was betrokken bij mensenhandel?'

'Ja.'

Abbas schudde zijn hoofd en Stilton ging naast hem op de bank zitten. Ze hadden samen zo'n beetje alles doorstaan waaraan het leven twee vrienden kan blootstellen. Ze hadden onder meer elkaars leven gered. Het kostte Stilton geen moeite om te begrijpen wat Abbas op dit moment voelde, in elk geval deels. Hij was net herenigd met zijn moeder en had iets van zijn verloren jeugd teruggekregen. Nu werd het tapijt weer onder hem vandaan getrokken.

Stilton wachtte af.

Achter de bank speelden een paar opgewekte mannen een partijtje jeu de boules op het grindpad. Hun vrolijke opmerkingen vlogen door de lucht.

'Laten we gaan,' zei Abbas. Hij stond op en Stilton zag de verwarring in zijn ogen, of misschien was het verdriet. 'Laten we het samen met haar bespreken,' ging hij verder.

Stilton knikte en liep met hem mee.

*

Drishti zat bij de glazen salontafel in Abbas' woonkamer. Alles was schoon en opgeruimd, zoals gewoonlijk. Ze had gemerkt hoe netjes, op de grens van pietluttig, Abbas was en ruimde zelf ook zorgvuldig op. In het midden van de tafel stond een backgammonspel. 's Avonds deden ze een paar spelletjes voordat ze naar bed gingen. Meestal won zij.

Omdat ze alleen was droeg ze haar hidjab niet. Die lag op de bank en de zon weerkaatste op haar kale schedel. Toen ze de deur open hoorde gaan pakte ze hem snel. Abbas kon tenslotte een gast bij zich hebben.

Dat was inderdaad zo.

'Dit is Tom Stilton,' zei Abbas toen ze in de woonkamer stonden. 'Hij is degene die op de aak woont.'

'Welkom,' zei Drishti terwijl ze opstond. 'Ik heb begrepen dat jullie elkaar al heel lang kennen.'

'Inderdaad.'

'Ga zitten.' Abbas maakte een gebaar naar de bank en Drishti ging weer zitten. Ze zag dat hij gespannen was en dat zijn ogen de hare ontweken. Stilton ging in een van de fauteuils zitten.

'Heb je een broer die Adam Berrada heet?' vroeg Abbas, die was blijven staan.

Drishti knikte. De vraag verraste haar duidelijk. 'Ja,' zei ze afwachtend. 'Waarom vraag je dat?'

'Ik wist niet dat ik een oom had.'

'Lang voordat jij geboren werd is Adam uit mijn leven verdwenen.'

'Maar je hebt het nooit over hem gehad.'

'Dat klopt. Hij was geen prettig gezelschap. Hij raakte als tiener al in de criminaliteit verzeild en we verbraken al het contact. Niemand wilde iets met hem te maken hebben. Maar waarom vraag je naar hem? Hoe weet je zijn naam?'

'Hij woonde blijkbaar in Stockholm,' zei Abbas.

'Adam?' Drishti leek buitengewoon verbaasd. 'Dat kan niet kloppen,' zei ze. 'Hoewel, dat weet ik natuurlijk niet. Nadat hij uit Marseille vertrok heb ik nooit meer iets van hem gehoord. Ja, toch wel, hij heeft me een keer gebeld. Hij woont dus in Stockholm?'

'Ja,' antwoordde Abbas.

'Wat vreemd,' zei Drishti. 'Hoe kan hij in Stockholm terechtgekomen zijn? Heb je contact met hem gehad?'

'Nee, hij is dood.'

Drishti sloeg haar hand voor haar mond. Stilton observeerde haar. Ze speelde geen toneel.

'Dood?' fluisterde ze.

'Ja.'

'Wanneer is hij overleden?'

'Pasgeleden,' zei Abbas.

'Hier in Stockholm?'

'Ja.'

Drishti draaide haar hand in het uiteinde van de sluier, haar andere hand lag trillend op haar knie.

'Hij is vermoord,' zei Stilton, die Abbas wilde ontlasten.

Drishti liet haar sluier los en keek met een ongelovige blik naar Stilton. 'Vermoord?'

'Ja, daar gaan we van uit.'

'Door wie dan? Wie heeft hem vermoord?'

'Hij is van een dak gevallen,' zei Stilton. 'We weten niet of hij geduwd is of gedwongen is om te springen. Een paar dagen later is zijn lijk uit het Forensisch Instituut gestolen, waarna het in stukken gesneden in een kofferbak teruggevonden is.'

Stilton draaide er niet omheen. Abbas' moeder zou de waarheid vroeg of laat toch horen. Drishti was intens geschokt. Abbas keek naar de vloer, hij kon het niet verdragen om de reactie van zijn moeder te zien. Stilton bleef naar haar kijken en zag de tranen over haar wangen stromen. Ze deed geen poging ze weg te vegen.

'Weet je waar Adam zich mee bezighield?' vroeg hij voorzichtig.

Drishti veegde de tranen met haar sluier weg en keek met een smekende blik in haar ogen naar Stilton. 'Ik had helemaal geen contact met hem.'

'Je zei dat hij je één keer gebeld heeft.'

'Ja, maar dat is al een tijdje geleden. Hij...' Drishti leunde naar achteren op de bank en keek naar het plafond alsof ze zich het gesprek met haar broer probeerde te herinneren. Stilton en Abbas wachtten af. Toen ze haar hoofd weer rechtte, had ze zich enigszins vermand. Ze keek naar Stilton. 'Misschien is hij degene die Adam vermoord heeft,' zei ze aarzelend.

'Wie?'

'Adam belde me omdat hij doodsbang en wanhopig was en niemand had om mee te praten. Hij beweerde dat hij met de dood bedreigd werd door een man met wie hij zakendeed en die gevaarlijk was.'

'Zei hij wie dat was?'

'Het was een Rus, ik geloof dat hij hem Grisja noemde. Hij was doodsbang voor hem.'

Stilton schrok op. Grisja? Grigori? De man van de sigarettenhouder? Kon dat dezelfde persoon zijn?

'Wat voor zaken deden ze samen?' vroeg Abbas.

'Dat zei hij niet.'

'Zei hij waar die Rus zich bevond?'

'Adam was in Antibes toen hij belde, maar ik weet niet... En nu is hij vermoord...' Drishti verborg haar gezicht in haar sluier en ze hoorden haar huilen. Stilton voelde dat het tijd was om te vertrekken. Op weg naar buiten dacht hij na over Antibes en Triade Noire. Was het toeval?

*

Olivia was net bezig om wat spullen van Lukas uit een kast te halen toen Mette belde. 'Tom en ik komen naar je toe. Ze hebben met Abbas' moeder gepraat.'

Tien minuten later liepen ze het appartement in en gingen ze samen met Olivia in de woonkamer zitten. Ze was ongelofelijk nieuwsgierig.

'Hoe reageerde hij?' vroeg ze. 'En zijn moeder?'

Omdat hun onderzoeken inmiddels waren samengevoegd vertelde Stilton over het gesprek met Abbas in het Vasapark en dat met zijn moeder in de Dalagatan. Toen hij de naam Grisja noemde, reageerde Mette daar meteen op.

'De sigarettenhouder!' zei ze. 'Grisja is een koosnaam voor Grigori.'

'Hoe weet je dat?' vroeg Olivia.

'Omdat ik gedurende de jaren heel vaak met Russen gewerkt

heb. Drishti heeft het beslist over Grigori gehad. Of eigenlijk Adam toen hij met haar telefoneerde.'

'En hij was blijkbaar doodsbang voor hem,' zei Stilton.

'Het is dus waarschijnlijk dat die Grigori zich ook met sekshandel bezighoudt,' zei Olivia. 'Misschien is er iets misgegaan en heeft hij Adam daarom uit de weg geruimd.'

'En de tatoeage dan?' vroeg Mette.

'Die hebben ze misschien weggesneden om geen spoor naar Triade Noire achter te laten. Grigori is misschien zelfs een van de leiders van de organisatie. Wist ze waar hij zich bevindt?'

'Antibes?' opperde Mette.

'Adam was daar toen hij met Drishti belde, meer weet ik niet,' zei Stilton. 'Maar met een beetje goede wil kan hij inderdaad aan Triade Noire gekoppeld worden.'

'Die Grigori kan dus in Antibes geweest zijn toen hij twee huurmoordenaars opdracht gaf om Adam hier in Stockholm te vermoorden.'

'Die inmiddels morsdood zijn,' voegde Stilton eraan toe terwijl hij zijn handen tegen elkaar wreef.

'Misschien was hij zelf een van de moordenaars,' zei Mette. 'Ze zijn tenslotte niet geïdentificeerd.'

Ze had het vermogen om alles altijd onnodig ingewikkeld te maken.

*

Grigori en drie van zijn in het zwart geklede mannen, allemaal met een zonnebril op, trokken de aandacht terwijl ze naar restaurant Mamo in het oude deel van Antibes liepen. De entourage signaleerde dat hij belangrijk was. Mensen draaiden zich om, keken hem na en dachten: wie is dat? Een bekende filmster? Of misschien een belangrijke politicus?

Nog maar een paar weken geleden zou Grigori ervan genoten hebben omdat hij zich daardoor de machtige man voelde die hij naar eigen mening was. Nu was het alsof hij spitsroeden liep. Natuurlijk, hij vertrouwde nog steeds op zijn uitstekend getrainde bewakingspersoneel. De mannen in het zwart waren geselecteerd uit de besten van de wereld en wisten wat ze deden, maar de vijand had methodes die moeilijk te voorspellen waren. De moord op zijn vrienden getuigden daarvan.

Eigenlijk wilde hij helemaal niet aan land gaan, maar een vergadering van financiële aard dwong hem ertoe. Hij had informatie gekregen dat de Franse overheid onderzocht wie de eigenaar van het conglomeraat was waaronder het Oog van de Nacht, zijn jacht en huis vielen en dat was onheilspellend. In het ergste geval kon het tot confiscatie leiden. Gelukkig kon hij de overheid dankzij zijn contacten een stap voor blijven, maar de situatie stond hem niet aan. Hij voelde zich opgejaagd en moest voortdurend lekken dichten.

Vervolgens dacht hij aan het verdwenen ei. Dat moest terugkomen, zo was het gewoon. Tot die tijd zou er een vloek op hem rusten, daarvan was hij overtuigd. Sasja, Sasja, dacht hij, je weet niet wat je aangericht hebt.

Op het moment dat het gezelschap afsloeg naar de Rue des Cordiers ging Grigori's telefoon. Hij bleef staan, keek om zich heen en haalde hem uit zijn zak. De in het zwart geklede mannen gingen als een muur om hem heen staan, scanden de straat met hun getrainde ogen en signaleerden discreet dat alles in orde was.

De stem die door zijn telefoon klonk gaf hem helaas niet bepaald het gevoel dat alles in orde was. Die vertelde dat een van Adams mannen in Stockholm was opgepakt door de politie. Hij kende hem niet persoonlijk omdat hij maar een kleine pion in de organisatie was, maar toch. Wat wist deze Jacek over de connecties met hem? Nog een lek dat gedicht moest worden.

Het werden er langzamerhand te veel.

Restaurant Mamo zat vol. Grigori en zijn entourage werden door de maître d' naar een afgeschermde tafel gebracht waar al twee goedgeklede mannen zaten die beiden een drankje voor zich hadden staan. Ze stonden snel op toen Grigori naderde en begroetten hem met een stevige handdruk. De drie in het zwart geklede mannen gingen aan de tafel ernaast zitten, zodat ze de zaal volledig konden overzien. Het was lawaaiig, maar er waren geen aanwijzingen dat er iets verdachts aan de hand was.

Alles leek onder controle.

De vrouw en de man, beiden veertigers, zaten naast een grote, nogal luidruchtige groep in het restaurant. Aan de stoel van de vrouw hing een tas die duidelijk maakte dat ze in de cadeauwinkel van het Picasso-museum waren geweest. Ze droegen beiden een trouwring en de man had zijn zonnebril op de tafel naast zijn bord gelegd. Terwijl ze de menukaart bekeken dronken ze een glas cava. Het was een heel normaal stel, dat zelfs voor een geoefend oog geen aandacht trok.

'Volledige beveiliging,' zei de vrouw zachtjes. Ze legde haar hand op die van de man en glimlachte naar hem.

'Ja, hij is voorzichtiger geworden,' antwoordde de man met een liefdevolle blik naar de vrouw.

'De mail heeft effect gehad.'

'Duidelijk.'

'Weten we met wie hij de afspraak heeft?'

'Nee, maar de strop wordt aangetrokken. Hij zou nooit van het jacht komen als hij niet onder druk zou staan.'

Ze ontbeten in de ochtendzon aan een klaptafel op het dek en genoten van de situatie. Ze hadden net seks gehad, voor de tweede ochtend na elkaar en intenser dan in lange tijd het geval was geweest. Ze waren geen van beiden begonnen over de oorzaak van de breuk, maar hadden stilzwijgend geaccepteerd dat die voorbij was. Stilton had besloten er niet over te beginnen dat Luna met Mette over hun problemen had gepraat. Het zat hem dwars, maar hij liet het rusten. Hij wilde datgene wat ze nu voelden niet in gevaar brengen. Het was zonder dat al fragiel genoeg.

'Hoe was het om bij Benseman te logeren?' vroeg Luna met een glimlach.

'Waardeloos. Het was alsof ik in een hamstergrot zat, maar hij heeft een goed hart en een opgezette bunzing.'

'Alleen dat al.' Luna lachte. 'En hoe gaat het met het gestolen lijk?'

Stilton gaf Luna een korte samenvatting van de ontwikkelingen. Hij wilde haar graag op de hoogte houden. Ze was vaak zijn beste klankbord als hij vastliep in verschillende gedachtestromen. Hij had de discussies met haar gemist.

'Wat ben je nu van plan te gaan doen?' vroeg ze toen Stilton klaar was.

'Ik weet het niet precies. We hebben met twee componenten te maken. De eerste is een vermoorde en in stukken gesneden man, de tweede is een organisatie die zich bezighoudt met mensenhandel en die overal in Europa vertakkingen lijkt te hebben.'

'Denk je dat er een verband is?'

'Absoluut. We moeten onze acties alleen coördineren. Veel wijst erop dat de man in Antibes, als hij daar inderdaad verblijft, erbij betrokken is, dus misschien moeten we de Franse politie inschakelen.'

'En dat willen jullie niet?'

Stilton had een antwoord op het puntje van zijn tong liggen, maar sprak het niet uit. Hij zag namelijk een man die hij herkende op de kade. De man leunde ter hoogte van de ladder tegen de muur en keek naar de aak.

'Jezus,' zei Stilton lichtelijk verbaasd.

'Wat is er?'

'Bo Fast?' Stilton wees naar de man terwijl hij tegelijkertijd opstond en naar de ladder liep.

Luna had geen idee wie Bo Fast was, maar met het oog op zijn haveloze uiterlijk en armoedige kleding vermoedde ze dat het een kennis uit Stiltons tijd als dakloze was.

Dat was inderdaad zo.

Bo Fast was een van de verkopers van de daklozenkrant *Situation Stockholm* en Stilton had destijds een vrij terloops contact met hem gehad. Ze hadden elkaar al ruim acht jaar niet gesproken.

'Hallo, Bo! Hoe is het met je?' Stilton stak zijn hand uit en Bo begroette hem met een glimlach die getuigde van het harde leven dat hij nog steeds leidde: tussen de gelige tanden zaten een aantal donkere gaten.

'Goed,' zei Bo. 'Ik kwam Benseman een tijdje geleden tegen. We begonnen over vroeger te praten en over iedereen die inmiddels overleden is en dat jij niet dood was en toen vertelde hij dat je op een aak bij deze brug woont.'

'Dat klopt,' zei Stilton. 'Wil je aan boord komen om een kop koffie te drinken?'

'Nee, daar heb ik geen tijd voor, ik heb nog het een en ander te doen. Ik wil je alleen iets vertellen.'

'En dat is?'

'Ik was in de tweedehandswinkel van de gemeente om wat kleding op te scharrelen en toen zag ik een poster met foto's van twee vermiste personen met wie ze in contact willen komen. Er stonden namen bij, maar die kan ik me niet herinneren. Het gaat om een vrouw en een kleine jongen en ik herkende ze allebei.'

Stilton was meteen volledig geconcentreerd. 'Waar herkende je ze van?'

'Herinner je je die rotplek op Värmdö waar we een paar keer geslapen hebben? Dat was een oude schuilkelder, weet je nog?'

'Ja.' Het was een van de herinneringen die Stilton het liefst wilde vergeten, maar dat waren andere tijden geweest.

'Ik ben er laatst naartoe gegaan toen het stortregende,' zei Bo. 'Daar heb ik ze gezien. Ze waren heel gesloten en ik denk dat het buitenlanders waren, want ze spraken geen Zweeds. Flisan beweerde dat ze uit Oekraïne kwamen, maar je weet dat ze van alles vertelt als ze daar zin in heeft. Toen ik dat briefje zag dacht ik aan jou. Je weet dat ik niets met de politie te maken wil hebben, maar jij bent tenslotte zelf...'

Stilton had zijn telefoon al in zijn hand voordat Bo zijn zin had afgemaakt.

*

Flisan had een plastic vork in haar hand en at gehaktballetjes met koude aardappelpuree uit een aluminium bak. Ze had een dikke deken met gaten om haar bovenlichaam gewikkeld. Het was koud in de rotsruimte.

'Binnenkort vriest onze reet eraf,' zei ze. 'En hoe moeten we dan schijten?' Ze begon schallend te lachen en twee magere dakloze mannen die iets verder weg zaten lachten mee. Galgenhumor hield de moed erin. Op dit moment waren er vijf personen in de schuilkelder: Flisan, de twee mannen en de verdwenen vluchtelingen.

Alina zat op haar matras met Oleksi naast zich. Flisan had

een stapel wit A4-papier en een paar pennen weten te bemachtigen, zodat Oleksi kon tekenen. Ze prees elke lijn die hij op het papier zette.

'Alina, heb je honger?' riep Flisan door de donkere ruimte.

Alina schudde haar hoofd. Ze had geen honger. Haar maag was maximaal gekrompen; 's ochtends een paar sneden brood en later op de dag een beetje dunne soep was voldoende. Oleksi kreeg het meeste eten dat Flisan meebracht.

De vorige dag was er een andere dakloze vrouw binnengekomen. Ze had Flisan trots een telefoon met een prepaidkaart laten zien, maar vertelde niet hoe ze eraan was gekomen. Alina durfde niet te vragen of ze hem mocht lenen. Ze wilde haar man in Oekraïne bellen, maar nam aan dat het een vermogen zou kosten, dus zweeg ze.

Flisan legde de plastic vork neer en keek naar de twee mannen.

'Zullen we Lurifax spelen?'

'Wat is dat?'

'Het leukste spel ter wereld. Degene die verliest moet...' Flisan zweeg en keek naar de mannen. Ze waren opgestaan en staarden naar de ingang van de grot. Daar stonden twee personen die hier absoluut niet thuishoorden. De een was lang, kaal en gebruind, de ander was Olivia Rönning. De vluchtreflex van de mannen trad onmiddellijk in werking. Een van hen rukte een rugzak naar zich toe en drukte zich tegen de rotswand. De ander verdween in de duisternis.

'Hallo, Alina,' zei Olivia terwijl ze met Stilton achter zich aan naar binnen liep.

Alina sloeg haar armen om Oleksi heen en kromp ineen.

'Dit is Tom Stilton, we zijn collega's.'

'Smerissen,' zei Flisan. 'Denk je dat we blind zijn?'

'Hallo, Flisan,' zei Stilton. 'Herken je me niet?'

Flisan ging rechtop zitten en keek naar Stilton. Langzaam begonnen een aantal fragmenten samen te komen en een beeld te vormen, een herinnering aan een haveloze figuur met trekken die deden denken aan de man die voor haar stond. 'Ben jij Jelle?'

'Ja,' zei Stilton met een glimlach.

Sommige kennissen uit die tijd hadden hem Jelle genoemd. Flisan was een van hen.

'Verrek,' zei Flisan. Ze stak haar hand uit en Stilton begroette voor de tweede keer binnen een paar uur een deel van zijn verleden.

Olivia was op haar hurken voor Alina en Oleksi gaan zitten terwijl de twee dakloze mannen uit de grot slopen.

'Hoe is het met jullie?' vroeg Olivia.

Alina gaf geen antwoord en Olivia zag hoe bang ze was. Waarom, dacht ze. 'Hebben jullie hier de hele tijd gezeten?'

Alina knikte.

'We hebben Jacek gearresteerd. Hij zit in de gevangenis.' Olivia wist niet of Alina zo bang was voor Jacek, maar ze zag dat Alina iets meer rechtop ging zitten.

'Zit hij in de gevangenis?' vroeg ze zachtjes.

'Ja. Hij kan je nooit meer kwaad doen.'

Olivia pakte haar telefoon en liet een foto zien van Adam Berrada toen hij nog in leven was. 'En dit is Adam Berrada, herken je hem?'

'Ja.' Alina beet hard op haar lip.

'Was hij de tweede man in de camper in Polen?'

Alina knikte.

'Hij is dood,' zei Olivia.

Alina liet Oleksi los en haar gezichtsspieren ontspanden. Olivia zag dat haar waakzaamheid verminderde.

Flisan kwam naar hen toe. 'Oleksi,' zei ze. 'Zullen we naar Fonzi gaan kijken?'

Alina vertaalde en Oleksi stond op, waarna Flisan zijn hand pakte en ze samen wegliepen. Ze nam aan dat het gesprek met Alina daardoor gemakkelijker zou verlopen.

Stilton trok een leeg bierkrat naar zich toe en ging naast Olivia zitten. Hij liet haar het woord doen, zij was tenslotte degene die Alina kende.

‘Kun je me vertellen waarom je niet bij Mette en Mårten gebleven bent?’ vroeg Olivia zo voorzichtig mogelijk.

Alina keek naar Oleksi, die met de kat in zijn armen in het donker zat.

‘Het kwam door Oleksi,’ begon Alina. ‘Hij herkende haar.’

‘Wie?’

‘De vrouw die daar was.’

‘Bij Mette en Mårten?’

‘Ja.’

Olivia wist over de lunch en legde het in het Zweeds aan Stilton uit. ‘Abbas en zijn moeder hebben daar geluncht,’ zei ze.

‘Dus de vrouw over wie ze praat was Abbas’ moeder?’

‘Blijkbaar wel.’

Olivia richtte zich weer tot Alina. ‘Waarvan herkende Oleksi haar?’

‘Zij was de vrouw met de auto in Polen. Sasja.’

Olivia begreep het niet, of wilde het niet begrijpen. ‘Wie bedoel je? De vrouw in de zwarte auto die het meisje opgehaald heeft?’ vroeg ze.

‘Ja.’

‘Weet Oleksi dat zeker?’

‘Ja.’

‘Was het dezelfde vrouw?’

‘Oleksi vertelde het me en toen werden we heel bang. We dachten dat ze bevriend was met Jacek en de andere man en we durfden niet te blijven.’

‘Dat begrijp ik,’ zei Olivia, die het nog steeds niet helemaal snapte.

Ze keek naar Stilton, die geen spier vertrok. ‘We bespreken dit later,’ zei hij.

Olivia knikte en keek weer naar Alina. ‘Bedankt dat je me dit vertelt,’ zei ze. ‘Ik begrijp waarom jullie vertrokken zijn.’

Alina knikte. Ze vertrouwde Olivia, zij was niet degene die hen bang had gemaakt. Olivia had hen uit de camper gered en had voor hen gezorgd bij het vrouwenopvangcentrum.

'Maar jullie kunnen hier niet blijven,' ging Olivia verder. 'Ik wil jullie graag naar Mette en Mårten terugbrengen. Ze hadden geen idee wie Sasja was en wij ook niet.'

'Maar als ze terugkomt?' zei Alina.

'Ze komt daar nooit meer,' zei Olivia zonder dat echt te weten. 'Daar gaan we voor zorgen.'

*

Drishti's koffer was bijna ingepakt toen Abbas in haar kamer keek. Hij had net zijn gebruikelijke rondje gerend, naar het Hagapark en terug, en het zweet druppelde op de handdoek die rond zijn nek hing.

'Ben je aan het inpakken?'

'Ja. Mijn arts heeft vanochtend gebeld.' Drishti streek met haar hand over haar gladde hoofdhuid. 'Hij wil onmiddellijk verdergaan met de kankerbehandeling.'

'O ja? Wanneer vertrek je?'

'Ik vlieg vanavond. Ik had graag langer willen blijven. We hebben het zo gezellig gehad, jij en ik.' Drishti ging naast de koffer op het bed zitten en pakte Abbas' handen vast. 'Alles is op dit moment zo overweldigend,' zei ze. 'Eerst de kanker en nu de dood van mijn broer en alles. Maar ik kom terug als je dat wilt.'

'Natuurlijk wil ik dat.'

'Kun je me naar het vliegveld brengen?'

'Jazeker.'

Drishti kuste Abbas' handen en liet ze los. Hij liep de kamer uit, ging op de bank zitten en droogde het zweet langzaam met de handdoek af. Hij had vannacht amper geslapen. Het verhaal over de onbekende oom en de reactie van zijn moeder hadden door zijn hoofd gespookt. Er waren een aantal vreemde toevalligheden die moeilijk te verwerken waren, ook voor hem. Hij was weliswaar croupier en wist dat veel dingen gestuurd werden door toeval, maar dit was geen roulette. Wist ze echt niet dat haar broer in Stockholm woonde? Was het toeval dat ze hier was gearriveerd op bijna hetzelfde moment dat hij was vermoord en in stukken was gesneden? En nu vertrok ze ineens overhaast? Het was voor de behandeling van haar kanker, natuurlijk, maar toch was het een merkwaardig toeval.

Hij voelde dat hij zijn gedachten met Tom moest bespreken.

*

Stilton zag ABBAS op het display staan en drukte het gesprek weg. Hij was er nog niet klaar voor om met hem te praten. Olivia was net voor het hek van de Olsäters gestopt, waar Mette en Mårten stonden te wachten. Alina en Oleksi kwamen van de achterbank en Mårten probeerde de jongen te omhelzen. Dat was voorbarig. Oleksi deinsde achteruit en Mårten begreep het.

'Welkom terug,' zei Mette tegen Alina.

Ze deed geen poging haar te omhelzen, daar was ze te verstandig voor. Olivia had gebeld om te vertellen wat er was gebeurd en had gevraagd of het goed was dat Alina en Oleksi terugkwamen. Dat was natuurlijk zo.

Ze liepen met zijn zessen naar het gastenverblijf. Mette liep naast Alina. 'Olivia heeft verteld waarom jullie verdwenen zijn. Ik wil je mijn excuses aanbieden voor wat er gebeurd is. Als we geweten hadden wie die vrouw was, dan hadden we haar nooit uitgenodigd.'

Alina knikte. Ze geloofde Mette.

'Hebben jullie honger?' vroeg Mette.

'Ja.'

'Mooi. Mårten heeft een stoofschotel gemaakt. Willen jullie samen met ons in de keuken eten?'

'Ik wil liever daar eten.' Alina wees naar het gastenverblijf.

'Dan vraag ik Mårten of hij het eten naar jullie toe brengt.' Ze draaide zich om en zag dat Mårten Oleksi mee had gekregen naar het kippenhok. Mårten had het hevigst gereageerd toen

Olivia belde. Mette was opgelucht, heel opgelucht, maar Mårten was opgetogen geweest. Hij mocht meer tijd met de kleine jongen doorbrengen en verdergaan waar hij gebleven was. Kinderen waren hem ongelofelijk dierbaar.

Rond de keukentafel zaten drie personen die in de loop der jaren nauw hadden samengewerkt en veel problemen hadden opgelost. Het vierde lid van de groep, Abbas, ontbrak. Hij vormde een deel van het huidige probleem.

'Koffie?' vroeg Mette.

Stilton en Olivia schudden hun hoofd. Koffiezetten kostte tijd.

'De jongen beweert dus dat Abbas' moeder, Drishti, de vrouw is die hij bij de camper in Polen gezien heeft,' begon Olivia. 'Sasja.'

'En dat is waar of hij heeft het verkeerd gezien,' zei Mette. 'Als hij het verkeerd gezien heeft – wat heel goed mogelijk is, want hij was in de tuin en zij was hier in de keuken en had een sluier over haar hoofd – dan is het mogelijk dat ze hem aan de andere vrouw deed denken. Als hij het inderdaad verkeerd gezien heeft, moeten we het laten rusten. We moeten er in elk geval voor zorgen dat Drishti hier niet meer komt.'

Stilton keek door het keukenraam naar buiten. In de verte zag hij Mårten in het kippenhok. Hij zat op zijn hurken en hield een hand op voor Oleksi. Stilton zag niet wat hij deed, maar nam aan dat hij een net gelegd ei aan hem liet zien.

'Maar als hij het goed gezien heeft, dan is de situatie urgent,' zei Olivia.

'Als hij het goed gezien heeft, dan hebben we een probleem,' zei Mette.

'Dat is nog zachtjes uitgedrukt,' zei Stilton. 'Als dat zo is, dan is Abbas' moeder net als haar broer betrokken bij internationale sekshandel en mensensmokkel.'

'In Triade Noire,' voegde Olivia eraan toe.

'Ze kan zelfs een van de leden van de drie-eenheid zijn,' zei

Mette. 'Misschien heeft ze net zo'n tatoeage als Adam Berrada.'

'Daar weten we niets van,' zei Stilton. 'Dus hoe pakken we dit aan?'

'Kunnen we Jacek onder druk zetten?' vroeg Mette. 'We kunnen hem een foto van Drishti laten zien.'

'Misschien wel,' zei Olivia. 'Maar hij beweert dat hij de vrouw die bij de camper was nog nooit had gezien. En Alina heeft haar ook nooit gezien, niet in Polen en niet hier.'

Ze zwegen alle drie, keken naar de tafel en dachten na. Het was een lastig probleem.

'Kunnen we Drishti met deze informatie confronteren?' opperde Mette uiteindelijk.

'De getuigenis van de jongen bedoel je?' vroeg Olivia.

'Ja.'

'En als ze zegt dat hij het mis heeft?'

'Dan hebben we niets,' stelde Stilton vast.

Het werd weer pijnlijk stil rond de tafel, tot Mette met een nieuw perspectief kwam. 'Er is nog een ander aspect,' begon ze aarzelend. 'Als Oleksi gelijk heeft, dan is Drishti betrokken bij de sekshandel en dan heeft ze vermoedelijk ook over de relatie met haar broer gelogen. Misschien is ze zelfs betrokken bij de moord op hem.'

Een onaangename gedachte voor iedereen in de keuken. Het ging om de moeder van een van hun beste vrienden, wat Olivia ertoe bracht de onvermijdelijke vraag te stellen: 'Hoe vertellen we dit aan Abbas?'

*

Abbas kwam net met een boodschappentas in zijn hand uit de delicatessenwinkel toen Stilton belde. 'Hallo, Tom. Ik probeerde je al te bereiken.'

'Dat heb ik gezien. Waar ben je?'

'Ik doe boodschappen.'

'Met je moeder?'

‘Nee, zij is thuis aan het inpakken.’

‘Gaat ze weg?’

‘Ze vliegt vanavond naar Frankrijk. De dokter heeft besloten om verder te gaan met de kankerbehandeling. Ik breng haar naar Arlanda.’

Stilton was op zijn zachtst gezegd verrast. Was Drishti van plan het land te verlaten? Dat maakte de situatie nog veel gecompliceerder. Misschien zou het hun kans om de waarheid te achterhalen zelfs verpesten.

Abbas hoorde dat Stilton diep ademhaalde. ‘Hallo, Tom... ben je er nog?’

Daarna moest Stilton opnieuw een verbale handgranaat in de schoot van zijn beste vriend gooien. Toen hij klaar was, was het Abbas’ beurt om te zwijgen. Hij zette de tas op de stoep en keek terwijl zijn borstkas in een zwart gat veranderde naar het Odenplan zonder dat zijn pupillen bewogen.

‘Abbas?’ zei Stilton uiteindelijk.

‘En dit is allemaal gebaseerd op de getuigenis van die jongen?’ vroeg Abbas langzaam.

‘Ja, maar het versterkt een aantal eigenaardigheden.’

‘Zoals?’

‘Dat weet je, daar hebben we het over gehad. Ze duikt in Stockholm op als de moord op haar broer wordt gepleegd, weet niets over hem en nu verdwijnt ze plotseling uit het land.’

Abbas keek naar het trottoir. Hij wist dat Tom gelijk had. Hij had vannacht met dezelfde merkwaardige feiten geworsteld. ‘Wat denk jij dat ik moet doen?’ vroeg hij.

‘Zorg ervoor dat ze niet vertrekt voordat we met haar gepraat hebben.’

‘Oké.’ Abbas verbrak de verbinding en pakte de tas op. Hij had lekkere hapjes gekocht – blauwschimmelkaas, groene en zwarte olijven, een blikje cornichons en vers brood – om samen met zijn moeder te eten voordat ze vertrok.

Nu moest hij dat vertrek zien te voorkomen.

Hij voelde zijn hand trillen toen hij de sleutel in het slot stak. De hele weg naar huis had hij geworsteld met zijn ademhaling en had hij geprobeerd zijn lichaam onder controle te houden terwijl hij haastig liep en intussen overwoog wat hij moest zeggen om ervoor te zorgen dat ze haar vlucht annuleerde. Hij liep de hal in en zette de tas op de vloer. 'Drishti,' zei hij.

Geen mama.

Ze gaf geen antwoord. Hij liep naar de logeerkamer. Die was leeg en de koffer was weg. Hij rende naar de hal en zag haar jas niet hangen. Bliksemsnel pakte hij zijn telefoon en belde Stilton.

Drishti's verdwijning veroorzaakte een koortsachtige activiteit die werd geleid door Mette. Het eerste wat ze deed was contact opnemen met Bosse Thyrén, een collega van Olivia en Lisa bij de NOA. Hij kreeg de opdracht om de avondvlucht naar Frankrijk te controleren. De boeking stond op naam van Drishti el Fassi. Als ze op de passagierslijst stond en op de luchthaven verscheen, zou ze ter plaatse worden opgevangen. Als ze niet geboekt had, moest hij alle andere vertrekkende avondvluchten controleren.

Het duurde even, maar met de huidige digitale systemen was dat toch minder dan een uur.

'Ze staat niet op de lijsten van de internationale avondvluchten,' zei Bosse toen hij Mette terugbelde. 'In elk geval niet onder die naam.'

'Oké, blijf aan de telefoon.' Mette legde de situatie aan Stilton en Olivia uit. De laatste zat nog aan de keukentafel, de eerste ijsbeerde van de Afrika-kamer naar de keuken en terug. Ze constateerden alle drie dat Drishti Abbas recht in zijn gezicht had voorgelogen. Ze zou vanavond geen vlucht nemen.

'De trein?' opperde Stilton terwijl hij de keuken in kwam.

'Bosse, kun je de treinen ook controleren? We hebben toch mensen op het Centraal Station?' vroeg Mette.

'Jazeker.'

'Als ze een ticket gekocht heeft, dan moet dat te achterhalen zijn. Regel het.'

'Ze kan ook een auto gehuurd hebben,' zei Olivia.

Mette hield de telefoon weer bij haar oor. 'Kun je ook alle autoverhuurbedrijven controleren? Als ze een auto gehuurd heeft, dan moet dat overdag geweest zijn.'

'Ik kom erop terug,' zei Bosse.

Mette legde haar telefoon neer. 'Ik ga een kop koffie nemen.'

'Voor mij graag een espresso,' zei Olivia.

Stilton schudde zijn hoofd.

'Ik kan voor jou koffie met koud water maken?' zei Mette.

Stilton ging tegenover Olivia zitten. Ze dachten beiden hetzelfde.

'Oleksi had gelijk,' zei Olivia. 'Het is Sasja.'

'Alles wijst in die richting. Waarom zou ze anders liegen en verdwijnen?'

'Ik snap alleen niet waarom ze hier is. Waarom komt ze hiernaartoe en kiest ze ervoor om bij Abbas te logeren? Een zoon die ze sinds zijn jeugd niet meer gezien heeft?'

'Misschien was ze van plan om bij haar broer te logeren, maar kreeg ze hem niet te pakken,' opperde Stilton.

'Omdat hij dood was?'

'Weten we wanneer ze bij Abbas arriveerde?' vroeg Mette bij het koffiezetapparaat.

'De dag nadat Berrada's lichaam in de Götgatan gevonden is,' zei Olivia. 'Als ik het tenminste goed begrepen heb.'

'Dat kan twee dingen betekenen,' concludeerde Stilton. 'Ze kreeg geen contact met haar broer of ze heeft hem vermoord.'

'Of ze heeft opdracht voor de moord gegeven,' voegde Mette eraan toe.

'En de mannen in de auto dan?' zei Olivia.

'Misschien hebben die het lijk alleen in stukken gesneden? We weten tenslotte niet of ze in Berrada's appartement geweest zijn omdat we de uitslag van het DNA op de schroevendraaier nog niet hebben. Misschien is dat wel van Drishti.'

Mette zette de koffie op de tafel op het moment dat ze een sms binnenkreeg.

'Bosse?' vroeg Olivia.

'Nee,' zei Mette terwijl ze de sms las. 'Abbas. Hij komt hiernaartoe.'

'Mooi,' zei Stilton.

Hij wilde hem om meerdere redenen hier hebben. Hij besefte wat Abbas op dit moment doormaakte en wilde er voor hem zijn. Bovendien was Abbas onvervangbaar als er een gevaarlijke situatie ontstond.

Het bezoek aan het kippenhok was achter de rug en Mårten liep met een groot tekenblok en een doos kleurpotloden naar het gastenverblijf. Oleksi en Alina zaten aan de wankele tuintafel. Mårten legde het tekenblok en de kleurpotloden voor de jongen neer. Oleksi knikte, koos een rood kleurpotlood en keek naar het lege vel alsof hij zich afvroeg wat hij zou tekenen. Mårten ging naast Alina zitten. 'Ik vind dat je je man moet bellen,' zei hij.

Alina keek hem verbaasd aan. 'Dat vond je toch geen goed idee?'

'Ik ben van gedachten veranderd.' Mårten haalde zijn telefoon tevoorschijn en legde hem voor Alina neer. 'Ik denk dat hij wil weten dat het goed met jullie gaat. Dat kan belangrijk voor hem zijn.'

Alina pakte de telefoon, keek naar Oleksi, die net een rode rechthoek op het papier had gezet en stond op. Ze liep een paar meter weg en ging onder een appelboom staan. Mårten duimde dat ze contact met haar man zou krijgen. Hoe begreep hij niet goed. Hij kon zich niet voorstellen dat ze tijdens de gevechten met telefoons rondrenden, maar misschien vocht hij op dit moment niet. Hij boog zich naar voren en keek naar Oleksi's tekening. In de rechthoek had hij een paar kleinere vierkanten geplaatst. Hij probeerde de tekening te interpreteren, maar slaagde daar niet in. Op de achtergrond hoorde hij

Alina's zachte stem. Hoewel hij geen woord Oekraïens verstond, begreep hij dat ze hem te pakken had gekregen en hij ademde opgelucht uit. Hij ving Oleksi's blik op en stak zijn duim op naar de tekening.

'Oleksi.'

De jongen draaide zich om. Alina was naar hem toe gekomen en hield hem de telefoon voor. Ze wilde dat haar zoontje met zijn vader zou praten. Zo interpreteerde Mårten het in elk geval. Oleksi hield de telefoon bij zijn oor en zei een paar woorden terwijl de tranen in zijn ogen schoten. Voordat de tranen over zijn wangen begonnen te stromen glimlachte hij breed. Hij zei nog een paar woorden en gaf de telefoon weer aan Alina. Ze verbrak de verbinding en gaf de telefoon aan Mårten terug.

'Bedankt,' zei ze.

'Gaat het goed met je man?'

'Ja.'

Alina boog zich naar voren en gaf Mårten een innige omhelzing. Hij was een beetje overrompeld, maar beantwoordde het gebaar. Daarna gingen ze weer zitten en Mårten wees naar de tekening. 'Wat tekent hij?'

'Ik denk dat het zijn gebombardeerde school in Butja is.'

De koffiekopjes waren leeg toen Bosse met een opgewonden klank in zijn stem terugbelde. 'We hebben beet bij de huurauto. Ze heeft vanochtend om 10.00 uur onder haar eigen naam een Seat Leon bij Avis in de buurt van het Klarabergsviaduct gehuurd. Ik heb het kenteken.'

'Uitstekend werk, Bosse!' zei Mette. 'Dan laten we haar in het hele land opsporen en...'

'Dat is volgens mij niet nodig.'

'Waarom niet?'

'De auto wordt ingeleverd in Nynäshamn.'

Stilton en Olivia konden het gesprek volgen omdat Bosse vrij hard praatte.

'Gdańsk,' zei Olivia op het moment dat ze de naam Nynäshamn hoorde. 'Ze is van plan om naar Polen te gaan.'

'Bosse, hoorde je wat Olivia zei?'

'Yep. Ik controleer de vertrekkende veerboten meteen. Wordt vervolgd!'

Mette hield de telefoon tegen haar borstkas; haar hart klopte verontrustend snel. Ze had een ernstig hartprobleem gehad en dat mocht niet nog een keer de kop opsteken, vooral vanwege Mårten. Ze keek door het raam naar buiten. Het kippenhok was leeg. Waarschijnlijk is hij naar Oleksi in het gastenverblijf gegaan, dacht ze.

'We vertrekken,' zei Stilton en hij stond op.

'Waarnaartoe?' vroeg Mette.

'Naar Nynäs natuurlijk. Ik bel Abbas. We kunnen hem onderweg oppikken. Olivia?'

Olivia stond meteen op. 'Ik wil Lisa mee hebben,' zei ze.

'Maar we weten nog niet eens of ze de veerboot neemt,' zei Mette.

'Wat moet ze anders in Nynäs doen? De toerist uithangen? We rijden er meteen naartoe.'

'Bosse belt weer,' zei Mette en ze nam op. 'Ja?'

'Een van de veerboten van Polferries vertrekt om 18.00 uur naar Gdańsk.'

'Bedankt. Kun je proberen de passagierslijst op te vragen? Als ze de veerboot neemt, heeft ze een ticket geboekt.'

'Ik kom erop terug!'

Stilton keek op de klok. Het was tien voor vijf. 'Het duurt ongeveer vijftig minuten om naar Nynäs te rijden,' zei hij. 'Als er geen files staan.'

'Rond deze tijd staan er altijd files,' zei Olivia. 'Bovendien moeten we Abbas en Lisa oppikken.'

'Als we het niet redden, moeten we de kapitein vragen om te wachten. Ga je mee?' De vraag was aan Mette gericht.

Ze had op dit moment een rampzalige beslissing kunnen nemen, een beslissing die met een hartaanval zou kunnen eindigen, maar dat deed ze niet. 'Ik blijf hier om de actie te coördineren,' zei ze terwijl ze een hand tegen haar borstkas drukte.

'Oké.' Stilton rende naar de hal met Olivia achter zich aan.

Mårten zat met Oleksi voor het gastenverblijf en tekende op het grote blok. Hij probeerde een kip te tekenen, maar het resultaat was beklagenswaardig. Oleksi lachte en pakte de pen van hem over. Op hetzelfde moment renden Stilton en Olivia door de tuin naar het hek. Mårten zag dat ze in Olivia's zwarte dienstauto sprongen en wegscheurden. Hij stond op en gebaarde tegen Oleksi dat hij terug zou komen.

'Wat is er gebeurd?' vroeg Mårten terwijl hij de keuken in liep. Toen hij zag dat Mette bleek was en over de tafel leunde werd hij doodsbang. 'Mette!'

'Ja?' Mette ging rechtop zitten en haalde diep adem.

'Is het je hart?' vroeg Mårten. Hij trok een stoel tot vlak bij haar.

Hij had haar gewaarschuwd toen ze over de Zilveren Wolven was begonnen. Het maakte niet uit hoe tam de zaak was waaraan ze werkte, hij wist dat ze zich er voor honderd procent, honderdtien zelfs, op stortte, en de schok van de vermiste vluchtelingen was daarbovenop gekomen. Was het weer te veel voor haar geworden?

'Lieverd, er is niets aan de hand,' zei Mette. 'Mijn hart sloeg over, maar dat is nu voorbij. Het is oké.'

'Weet je dat zeker?'

Mette omhelsde Mårten. Ze wilde dat hij de komende minuten kalm zou zijn. Als ze hem zo meteen over Abbas' moeder zou vertellen sloeg zijn hart misschien ook over.

*

Ze haalden Abbas en Lisa op bij het Gullmarsplan, zetten een zwaailicht op het dak en sloegen af naar de Nynäsvägen.

Olivia reed en Stilton zat naast haar. Hij had Avis-autoverhuur in Nynäshamn gebeld om te informeren of Drishti de auto had ingeleverd, maar kreeg een antwoordapparaat.

Er stonden natuurlijk files in zuidelijke richting en Olivia nam zo vaak mogelijk de busbaan en reed zo snel als ze durfde.

Toen ze Globen passeerden begon het te stortregenen. Lisa zat op de achterbank te googelen. Ze voelde zich een beetje misselijk; autorijden en lezen was geen goede combinatie voor haar maag.

'De veerboot heet Baltivia,' zei ze. 'Dat heb ik op de site van Polferries gevonden. Je kunt de veerboten virtueel bekijken.'

'Hoe ziet hij eruit?'

'Het is een van hun kleinere boten, heeft een capaciteit van tweehonderdvijftig passagiers en zo te zien zijn er vier dekken waar de passagiers mogen komen terwijl het autodek afgesloten wordt. Blijkbaar gaan het restaurant en het café pas open als de veerboot is vertrokken, en dat geldt waarschijnlijk ook voor de winkel, dus denk ik dat we ons op de dekken zes tot en met negen moeten concentreren. Daar zijn de meeste hutten en zitplaatsen.'

'We moeten de bemanning vragen om te helpen met zoeken,' zei Olivia.

'Hoe zie je dat voor je?' vroeg Stilton. 'Ze weten helemaal niet hoe Drishti eruitziet.'

Op dat moment beseften Lisa en Olivia dat zij daar ook geen idee van hadden.

'Zo ziet ze eruit,' zei Abbas. Hij hield zijn telefoon op. 'Ik heb een paar foto's van haar genomen toen we een wandeling maakten. Ze is vrij klein, tenger en heeft een rechte rug.'

De telefoon ging van Lisa naar Stilton, die hem voor Olivia ophield.

'Jullie lijken op elkaar,' zei ze.

Een twijfelachtige opmerking in deze situatie.

'Kun je de close-up naar Olivia en mij sturen?' vroeg Lisa.

'Oké.'

'Goed,' zei Stilton. 'Wat wordt onze tactiek? Ze heeft waarschijnlijk geen idee dat wij aan boord komen, dus heeft ze geen reden om zich te verstoppen. Nemen we allemaal een dek?'

Ze verdeelden de dekken en spraken af dat ze Drishti in eerste instantie zouden proberen te lokaliseren zonder in te grijpen.

'Denk je dat ze gewapend kan zijn?' vroeg Lisa.

'Op dit moment geloof ik alles over haar,' antwoordde Abbas.

Nadat ze een tijdje zwijgend hadden gereden draaide Stilton zich om naar de achterbank. 'Hoe is het met je, Abbas?'

'Daar kunnen we het later over hebben.'

Stilton keek naar hem. Zijn gezicht was uitdrukkingsloos, alsof het in brons was gegoten. Als dit achter de rug is moet ik voor hem zorgen, dacht Stilton. Hij moet zich verschrikkelijk misbruikt en verraden voelen. Door zijn eigen moeder. Misschien was het een vergissing om hem mee te vragen? Hij is waarschijnlijk woedend. Tegelijkertijd wist hij dat Abbas een uitzonderlijk vermogen had om zijn impulsen onder controle te houden. Hij liet zich in het heetst van de strijd nooit beïnvloeden door zijn emoties. Dat kwam achteraf. Bovendien was het vermoedelijk een voordeel om hem bij zich te hebben als ze Drishti benaderden. In het ergste geval kon ze gewapend zijn en Abbas had zijn messen altijd bij zich.

Daar ging Stilton tenminste van uit.

De files werden minder toen ze Jordbro en Västerhaninge waren gepasseerd, maar de tijd drong. Om kwart voor zes beseften ze alle vier dat ze Nynäshamn niet zouden bereiken voordat de veerboot vertrok. Stilton belde Mette en vroeg haar om met de havenmeester te overleggen. Hij was van mening dat zij de beste persoon was om de formaliteiten af te handelen.

'Bel de politie van Haninge ook en vraag ze om ervoor te zorgen dat niemand de veerboot verlaat voordat wij er zijn.'

Tien minuten later belde Mette terug. 'Ze wachten dertig minuten, geen seconde langer. Het heeft met andere routes te maken. Redden jullie dat?'

'We proberen het.'

'En luister, Bosse belde daarnet, ze heeft een ticket gekocht voor de Baltivia, vertrek 18.00 uur.'

'Dan weten we dat.'

Stilton liet zijn telefoon zakken en keek naar Olivia. 'Heb je dat gehoord?'

Olivia knikte en drukte het gaspedaal nog wat verder in. Ze reed honderdzestig kilometer per uur op de inhaalstrook en de ruitenwissers zwiepten koortsachtig heen en weer.

Ze haalden het.

Niet de normale vertrektijd, maar binnen het halve uur dat de havenmeester hun had beloofd. Ze reden helemaal tot de veerboot de kade op, sprongen uit de auto en werden begroet door een harde zeewind en drie plaatselijke politieagenten, die bevestigden dat er niemand van boord was gegaan.

Ze renden gebukt aan boord.

De bemanning was geïnformeerd over hun aankomst en was gevraagd om te helpen. Tien mensen stonden op een rij toen ze bij de receptie aankwamen.

Stilton liep naar een man in uniform die eruitzag als een officier. 'Niemand verlaat de veerboot zolang wij aan boord zijn,' zei hij. Hij moest het in het Engels herhalen voordat ze het eens konden worden. 'Je telefoon,' zei hij tegen Abbas.

Abbas gaf hem zijn telefoon met de close-up van Drishti's gezicht.

Stilton liet de foto rondgaan onder de bemanning en vertelde dat de vrouw een kaalgeschoren hoofd had en mogelijk een sluier droeg. Hij kreeg de telefoon terug en de bemanning verspreidde zich over het schip.

Olivia liep naar de officier toe. 'Hoeveel passagiers zijn er aan boord?' vroeg ze.

'De veerboot is halfvol; 103 personen.'

Daarna begon de zoektocht op de vier dekken.

Ze hadden toestemming gekregen om alle hutten te doorzoeken, wat met behulp van de bemanning vrij snel ging. Het leverde geen resultaat op. Het uitkammen van de open dekken kostte meer tijd.

Olivia had dek acht toegewezen gekregen. Behalve twee hutten waren er een aantal zithoeken met tafels en een grote open ruimte met ligstoelen. De meeste passagiers, zo'n tachtig personen, bevonden zich hier. Ze kwam aan de achterkant het dek op en keek om zich heen. Ze wist dat ze zich vrij kon bewegen, Drishti had geen idee wie ze was, maar toch liep ze voorzichtig tussen de rijen stoelen door. Toen ze de open ruimte naderde bleef ze staan. Schuin voor haar zat een vrouw met haar rug naar haar toe en een zwarte sluier op haar hoofd. Olivia trok zich terug, pakte haar telefoon en bestudeerde de close-up die Abbas had gestuurd voor alle zekerheid nog een keer. Zal ik de anderen bellen, dacht ze. Of loop ik gewoon langs en draai ik me na een tijdje om, zoals iedere willekeurige passagier?

Ze stopte haar telefoon weg, begon weer te lopen, passeerde de rij stoelen met de gesluierde vrouw en liep verder door de open ruimte. Na een paar meter bleef ze staan en draaide zich om, niet te snel, en keek naar de rij stoelen. De plek waar de vrouw had gezeten was leeg. Ze was opgestaan en liep het gangpad in. Olivia bestudeerde haar rug en begon haar te volgen. Een stuk achter de stoelenrijen bleef de vrouw plotseling staan, draaide zich om en keek naar Olivia. 'Weet jij waar de toiletten zijn?' vroeg ze.

Het was Drishti niet.

Toen de uiterlijke vertrektijd naderde ging Stilton naar de officier toe om de situatie uit te leggen. Hij vulde zijn verhaal aan met informatie over een in stukken gesneden man en liet de officier naar de kapitein op de commandobrug bellen. Toen hij contact had, gaf hij Stilton de telefoon, die in beknopt Engels vertelde waarom ze meer tijd nodig hadden. Deze keer vulde hij zijn verhaal aan met sekshandel en misbruik van Oekraïense vrouwen.

De kapitein gaf hem nog een halfuur. Een minuut later hoorde Stilton hem via de geluidsinstallatie verkondigen dat de technische storing binnen dertig minuten verholpen zou zijn.

Dat halfuur was voldoende om de rest van de veerboot, met inbegrip van het autodek, te doorzoeken. Toen ze daarmee klaar waren kwamen ze in de receptie bij elkaar.

'Ze is niet aan boord,' concludeerde Olivia.

'Of we hebben haar niet gevonden,' zei Stilton. 'Ze kan zich in een kast of een reddingsboot of wat dan ook verstopt hebben.'

Ze liepen de veerboot af. De wind rukte aan hun kleding terwijl ze naar hun auto gingen. Achter hen voer de veerboot weg. Voordat de teleurstelling te groot werd, zei Stilton: 'We informeren nog een keer bij het autoverhuurbedrijf.'

Ze gingen in de auto zitten, googelden het adres van Avis in Nynäshamn en reden ernaartoe. Deze keer was er personeel aanwezig.

'Een Seat Leon?'

'Ja.'

'Die hebben we vandaag niet binnengekregen.'

Ze reden zwijgend naar Stockholm terug. Stilton had Mette gebeld om te vertellen wat er was gebeurd. Drishti was niet aan boord en was helemaal niet in Nynäshamn geweest. Ze hadden Bosse ook gevraagd om de huurauto landelijk te laten opsporen en de grensbewaking te alarmeren.

'Ze heeft zich onderweg naar Nynäshamn waarschijnlijk bedacht,' zei Lisa.

'Ja.'

Veel meer werd er niet gezegd tijdens het uur dat Olivia nodig had om naar Stockholm te rijden en iedereen thuis af te zetten. Stilton bood aan om met Abbas mee naar boven te gaan.

'Nee, dank je, we spreken elkaar morgen.'

Iedereen die in Nynäshamn was geweest, was thuis toen Bosse Thyrén om 1.30 uur contact opnam om ze uit te nodigen voor een onmiddellijke Zoom-bespreking.

Stilton was met Luna's armen om zich heen in slaap gevallen nadat hij een whisky had gedronken en had verteld wat er was gebeurd. Daarna waren ze naar bed gegaan.

Mette was achter haar draaischijf gaan zitten en had haar teleurstelling op een klomp klei uitgeleefd. Dat hielp meestal. Uiteindelijk was Mårten in zijn gestreepte flanellen pyjama in de deuropening komen staan en had met een vinger op zijn horloge getikt. Ze had de draaischijf uitgezet en was met haar handen onder de klei snel van haar stoel opgestaan.

Lisa was meteen naar bed gegaan. Ze was van plan geweest om met Oskar in Kristianstad te facetimen, maar had zich bedacht. Misschien bracht hij zijn dochtertje Emma naar bed en stond hij niet open voor een klaagzang van haar.

Olivia had Ove Gardman gebeld en had onafgebroken over van alles en nog wat gepraat, behalve over Nynäshamn. Ze belde nog steeds met hem toen Bosse contact opnam.

Degene die het meest van slag was, Abbas el Fassi, had zijn backgammonspel tevoorschijn gehaald, had een waxinelichtje aangestoken en was op de bank gaan zitten. Daarna had hij meer dan een uur naar de stenen gestaard zonder ze aan te raken. Hij was op de bank in slaap gevallen.

Bosse Thyrén had niet geslapen. Hij zat in zijn kantoor in het politiebureau en werkte aan een bendemoord toen het telefoontje van een surveillancewagen binnenkwam. Meteen na het gesprek nodigde hij iedereen uit voor een Zoom-bespreking.

'Jullie zijn er allemaal,' zei hij.

Stilton keek naar het scherm voor zich. Hij zat in zijn boxershort en een T-shirt in de salon en had de deur naar de kapiteinshut dichtgedaan. Het scherm was verdeeld in zes velden, gevuld met zes min of meer wakkere gezichten.

'Hebben jullie Drishti gevonden?' vroeg hij.

'Nee,' antwoordde Bosse. 'Maar de huurauto is een halfuur geleden aangetroffen. Hij stond op de Terminalslingan, twee huizenblokken bij het autoverhuurbedrijf vandaan. Om 14.30 uur heeft de auto een parkeerbon gekregen.'

Vijf paar ogen keken hem verbijsterd aan. Olivia herstelde het snelst. 'Ze heeft dus een auto gehuurd, is twee blokken verderop gereden en heeft hem daar neergezet?'

'Blijkbaar wel.'

De andere vier probeerden de informatie te verwerken.

Stilton was daar het eerst mee klaar. 'Ze heeft ons bedonderd,' zei hij.

'Wat bedoel je?' vroeg Mette.

'Ze is ons de hele tijd een stap voor geweest. Ze besefte dat we alle vluchten zouden controleren zodra Abbas ontdekte dat ze weg was, ze besefte dat we verder zouden gaan met huurauto's, ze wist dat Olivia meteen zou reageren als ze Nynäshamn zou horen en aan Gdańsk in Polen zou denken, dus heeft ze een ticket gekocht en ons dat bij wijze van lokaas voorgehouden en wij zijn erin getrapt.'

Het was een hypothese, maar in de huidige situatie een heel redelijke, die bijzonder gênant was. Ze waren ontzettend in de maling genomen.

Er viel een lange stilte.

'Waar zou ze nu zijn?' vroeg Lisa uiteindelijk.

'Waarschijnlijk is ze rustig naar het Centraal Station gewandeld en heeft daar een trein genomen. Inmiddels kan ze halverwege het continent zijn,' zei Stilton. 'We moeten de bewakingsfilms bekijken.'

'Ze kan ook nog in de stad zijn,' opperde Mette.

Abbas' veld werd plotseling zwart.

'Waar is Abbas gebleven?' vroeg Olivia.

'Hij heeft blijkbaar uitgelogd,' constateerde Bosse.

Stilton liep haastig naar de kapiteinshut om zijn telefoon uit zijn broekzak te halen. Abbas nam niet op.

'Wat is er aan de hand?' vroeg Luna slaapdronken.

'Ik heb geen idee, maar ik ga naar Abbas toe. Waar zijn de autosleutels?'

'In de schaal.'

Stilton trok zijn broek aan en rukte zijn jack van de haak.

Stilton reed snel door de bijna verlaten straten. Hij wist dat hij een whisky had gedronken en was blij dat het er maar één was geweest. Waarom was hij ineens verdwenen, vroeg Stilton zich af. Waarom neemt hij niet op? Stilton belde opnieuw. Nog steeds geen antwoord. Hij reed de Dalagatan in en parkeerde een stukje bij Abbas' portiek vandaan. Hopelijk heeft hij de portiekcode niet veranderd, dacht hij. Dat had hij inderdaad niet. Stilton liep het trappenhuis in en drukte op de lichtschakelaar. Er gebeurde niets. Het bleef aardedonker. Hij haalde zijn telefoon tevoorschijn en deed de zaklampfunctie aan, waarna hij voorzichtig de trap op liep terwijl hij de treden voor zich verlichtte. Het was doodstil; het enige geluid was afkomstig van zijn eigen voetstappen. Toen hij voor Abbas' deur stond deed hij de zaklampfunctie uit en luisterde. Het was stil in het appartement. Hij stak zijn hand uit en belde aan. Er gebeurde niets. Hij hield zijn oor bij de deur, maar hoorde geen geluiden. Is hij niet thuis? Hij belde nog een keer, een beetje langer. Op dat moment hoorde hij vlak achter de deur iets.

'Abbas,' zei hij zachtjes.

Er gingen een paar seconden voorbij voordat hij een stem hoorde. 'Tom?'

'Ja. Kun je opendoen?'

Hij hoorde het slot omdraaien en de deur ging op een kier open. Stilton duwde hem verder open, stapte de hal in en zag dat Abbas naar de woonkamer liep. Hij had een mes in zijn hand en hield dat bij zijn dijbeen. Stilton deed de deur dicht en liep achter hem aan. Abbas ging op de bank zitten en legde het lange smalle mes op de tafel. Stilton nam plaats in een van de fauteuils en ze keken elkaar aan.

'Je verdween zomaar,' zei Stilton.

'Ik heb uitgelogd.'

'Waarom?'

Abbas boog zich naar voren en stak een nieuw waxinelichtje bij het backgammonbord aan. 'Het werd me te veel,' zei hij.

'Haar bedrog?'

Abbas knikte, pakte twee kleine witte dobbelstenen, schudde ze in een leren beker en liet ze op het bord vallen. Het waren een drie en een vier.

'Maar ze heeft iedereen bedrogen, niet alleen jou,' zei Stilton.

'Juist daarom.' Abbas verplaatste zijn eerste witte steen en Stilton pakte de leren beker. 'Ze is míjn moeder, niet die van jullie,' ging Abbas verder. 'Jullie zijn mijn beste vrienden en ze heeft jullie allemaal om de tuin geleid.'

'Dat kun je jezelf toch niet verwijten?' Stilton gooide dubbel vier en verplaatste zijn zwarte stenen.

'Dat doe ik niet,' zei Abbas. 'Ik vind het alleen gênant. Dat is toch niet zo moeilijk te begrijpen?'

Nee, misschien niet, dacht Stilton, maar zou hij niet eerder boos dan beschaamd moeten zijn? Dat zou ik zijn.

Ze bleven nog een tijdje in stilte spelen. Abbas kreeg de overhand en had bijna al zijn stenen al uit het spel toen Stilton het opgaf. 'Jij wint.'

'Dat doe ik altijd.'

Dat was waar. Hij was beter in backgammon.

Abbas stopte alle stenen in de juiste vakjes terug en klapte het spel dicht. 'Ze heeft vanaf het begin overal over gelogen,' zei hij zachtjes terwijl hij naar achteren leunde. 'Ze heeft gelogen over mij, mijn jeugd, misschien ook over haar kanker en waarom ze hiernaartoe is gekomen, ze heeft gelogen dat ze zich met me wilde verzoenen... "Het enige wat ik wil is je een beetje leren kennen"...' De verbittering in Abbas' stem was duidelijk.

'Zei ze dat?'

'Ja, en het ergste is dat ik haar geloofde.' Abbas likte aan zijn vingers, stak zijn hand uit en doofde het waxinelichtje. Het gele licht van de straatlantaarns scheen door het raam achter de bank naar binnen.

'We vinden haar,' zei Stilton om iets te zeggen.

'En wat helpt dat?'

Ja, wat helpt dat, dacht Stilton. Het zou Abbas niet helpen; het verraad kon niet hersteld worden. Maar misschien kon haar betrokkenheid bij de internationale mensenhandel bewezen worden en leidde dat tot een jarenlange gevangenisstraf. Dat hielp het gevoel voor rechtvaardigheid in elk geval.

*

Mette lag met open ogen in bed. Mårten had warme melk met honing voor haar gemaakt zodat ze zou ontspannen en dat had geholpen. Voornamelijk voor hem, want hij lag met een halfopen mond naast haar te slapen. Gelukkig sloeg haar hart zoals het hoorde, ondanks de opwinding van vannacht. Drishti had er met haar doortrapte plan voor gezorgd dat ze allemaal amateurs leken en dat stoorde haar mateloos. Zou dat vijftien jaar geleden ook gebeurd zijn, vroeg ze zich af. Was ik destijds ook in het bedrog getrapt? En Tom? En Olivia? Zouden we op dezelfde manier misleid zijn? Tom was in die tijd dakloos geweest. Ze had een groter probleem met haar eigen stagnatie, haar gebrek aan scherpte. Ik ben te oud geworden, dacht ze, ik moet mijn tijd besteden aan bezoekjes aan het Vlinderhuis en eieren rapen. Ik ben geen goede politieagent meer.

Ze had nog een tijdje medelijden met zichzelf voordat ze in een onrustige slaap viel. Het laatste wat door haar hersenen flitste waren twee woorden. Twee namen.

Grisja en Grigori.

Het was een bewolkte ochtend, zowel buiten als binnen. Buiten gleden grijze wolken langs de hemel en het regende zachtjes, in de coördinatieruimte van het team Mensenhandel zaten twee apathische voormalige politieagenten bij een tafel en dronken zwarte koffie. Ze gaapten allebei.

De derde persoon in de kamer deed dat niet, integendeel, ze straalde een uitputtende energie uit.

'We hebben nog heel veel op te lossen,' zei Olivia. Ze had Mette en Stilton gevraagd om naar het bureau te komen. Ze moesten verder met het onderzoek en ze was niet van plan om dat te laten dwarsbomen door de verdwenen Drishti. 'We hebben geen motief voor de moord en het in stukken snijden van Adam Berrada,' ging ze verder. 'Voor het in stukken snijden misschien wel, omdat het erom ging de tatoeage te verwijderen, maar niet voor de moord. We zijn niet verder gekomen met Jaceks informatie over Triade Noire, zoals wie er verder bij betrokken zijn en hoe groot de organisatie is.'

'Dat is eerder jullie gebied dan het onze,' probeerde Mette.

Olivia negeerde de opmerking. 'We weten ook niet waarom Drishti een Oekraïens meisje, Ivanna, in het bos in Polen opgehaald heeft, of waar ze haar naartoe gebracht heeft,' zei ze. 'Of waarom ze zichzelf daar Sasja noemde.'

'Waarschijnlijk is Ivanna ergens in Europa in de sekshandel terechtgekomen.'

'Misschien wel. We weten vooral niet waar Drishti zich bevindt.'

'Dus waar beginnen we?' zei Mette.

‘Bij de enige aanwijzing die we op dit moment hebben,’ zei Olivia.

‘Denk je aan die verdomde Rus?’ vroeg Stilton. Hij had slaap omdat hij ’s nachts bij Abbas was geweest en hij was een beetje chagrijnig.

‘Ja,’ antwoordde Olivia. ‘Grigori is zowel door de sigarettenhouder als datgene wat Drishti vertelde verbonden met de verminkte Adam. Hij beweerde tenslotte dat hij zakendeed met Grigori, of Grisja, zoals hij hem noemde, en dat die hem met de dood had bedreigd.’

‘Ze kan gelogen hebben, daar schijnt ze goed in te zijn.’

‘Absoluut, maar we moeten het in elk geval natrekken,’ zei Olivia.

‘Had ze het niet over Antibes?’ vroeg Mette aan Stilton.

‘Inderdaad.’

‘Ik bel JB nog een keer.’ Mette liep weg met haar telefoon en Stilton ging bij het whiteboard staan, waarop twee nieuwe namen waren geschreven: *Drishti el Fassi* en *Sasja*.

‘Die Triade Noire,’ zei hij met een knikje naar het bord, ‘heeft dat niets opgeleverd?’

‘Nog niet,’ zei Olivia. ‘Europol heeft de naam nog nooit gehoord. Op dit moment spitten ze oud Encrochat-materiaal door om te zien of de naam daarin voorkomt.’

‘Ik geloof dat Drishti daar veel over weet.’

‘Vermoedelijk wel. Misschien kunnen we nog een keer met Jacek praten om te informeren of hij wist dat Adam een zus had. Misschien heeft hij haar zelfs ontmoet zonder te weten dat zij degene bij de camper was?’

‘En wat hebben wij daaraan?’

‘Misschien weet hij of Drishti bij Triade Noire betrokken is.’

Op de achtergrond hoorden ze Mette praten. ‘We zoeken een Rus die Grigori heet en die zich eventueel in Antibes bevindt. Kun je controleren of er iemand met die naam is die voor het een of ander bekend is bij jullie? Bedankt alvast.’ Mette liet haar telefoon zakken en kwam naar de tafel terug.

'Hebben jullie vannacht goed geslapen?'
'Als een blok,' antwoordde Olivia.
'En jij?' vroeg Mette aan Stilton.
'Ik ben bij Abbas geweest.'
'Waarom verdween hij uit de Zoom-bespreking?' vroeg Olivia terwijl ze ging zitten.
'Hij voelde zich ellendig.' Meer was hij niet van plan te zeggen, dat was tussen hem en Abbas. 'Ik had kiespijn,' ging Stilton verder.
Mette en Olivia keken elkaar aan. Hij kon soms heel vermoeiend zijn.
'Hoe is het trouwens met de vluchtelingen?' vroeg Olivia.
'Goed, geloof ik,' zei Mette. 'Alina lijkt veel kalmer. Ze heeft gisteren met haar man gebeld.'
'Oekraïne lijkt het beter te doen in de oorlog.'
'Ja.'
'Tot Poetin kernwapens inzet,' zei Stilton.
Een eventuele discussie over de catastrofale gevolgen van een nucleaire aanval werd voorkomen door een telefoontje van Jean-Baptiste Fabre. Mette nam aan tafel op en zette de speakerfunctie aan.
'Hallo, Mette. We hebben de naam van een Rus die voor Antibes voor anker ligt op zijn enorme jacht, het Oog van de Nacht. Hij heet Vladovski en Grigori is zijn voornaam. Hij staat op een lijst met Russen tegen wie Frankrijk sancties wilde uitvoeren, maar is daaraan ontsnapt. Het jacht staat niet op zijn naam.'
'Waar houdt hij zich mee bezig?' vroeg Stilton.
'Dat is onduidelijk. In het rapport staat investeringen. Waar zijn jullie naar op zoek?'
'Adam Berrada heeft contact met ene Grigori in Antibes gehad. We weten niet waarom, maar misschien deden ze samen zaken.'
'Sekshandel? Daar was Berrada toch bij betrokken?'
'Ja, maar we weten niet of Grigori zich daar ook mee bezighoudt,' zei Mette.

'Zullen we hem natrekken?'

'Niet meteen, maar we komen erop terug.' Mette verbrak de verbinding.

Olivia stond op, liep naar het whiteboard en schreef *Vladovski?* achter *Grigori*. Daaronder schreef ze *Oog van de Nacht* en *Antibes*. Ze liet de stift zakken en draaide zich naar de tafel om. 'Misschien verbergt Drishti zich daar?' opperde ze.

'Op het jacht?'

'Ja.'

Stilton pakte Mettes telefoon.

'Wat ga je doen?'

'Ik bel JB weer om de contactgegevens van die Vladovski op te vragen. Als hij ze tenminste heeft.'

'En wat ga je daarmee doen?' vroeg Olivia.

Stilton gaf geen antwoord. Hij wist dat Mette en Olivia zouden protesteren als hij zou vertellen dat hij misschien met Abbas naar Antibes wilde gaan.

Vooral Mette.

Ze had gemengde gevoelens over zijn acties in het buitenland.

*

Olivia en Lisa gingen samen met hun collega Lasse Tingvall naar Jaceks cel in het huis van bewaring. Ze wilden hem een paar snelle vragen stellen en vonden het niet nodig om een verhoorkamer te reserveren.

Jacek lag half op zijn bed en zijn handen trilden een beetje alsof hij het koud had. Hij keek naar de deur.

Hij lijkt magerder geworden, dacht Olivia.

'Hallo, Jacek,' begon ze. 'We hebben een paar korte vragen voor je. Als je ons helpt, dan kan dat invloed op je situatie hebben.'

Wat ze daarmee precies bedoelde was onduidelijk, vooral voor Lisa en Lasse.

Olivia haalde een vel papier uit een plastic map en zag dat Jacek een stukje naar achteren deinsde. Hij was nog steeds aangeslagen door het laatste verhoor. Mooi, dacht Olivia. Ze hield hem een vel papier voor. 'Weet je wie dit is?' vroeg ze.

'Nee.'

'Dit is Adam Berrada's zus. Zij is degene die het Oekraïense meisje in het bos in Polen meegenomen heeft.'

'Ik heb haar nog nooit gezien, dat heb ik al verteld.'

'Dus je hebt deze vrouw nog nooit ontmoet?' vroeg Lisa.

'Nee.'

'Maar je weet wel dat Adam een zus had?'

Jacek knikte.

'Maakt zij ook deel uit van Triade Noire?'

'Dat moet je haar vragen.'

Daar gaan we weer, dacht Olivia. Misschien had ik hem een paar foto's van het in stukken gesneden lijk van Drishti moeten laten zien. Die had ze echter niet, dus veranderde ze van onderwerp.

'Heb je de naam Grigori Vladovski weleens gehoord?' vroeg ze.

'Wie is dat?'

'Een vriend van Adam.'

Jacek schudde zijn hoofd.

'En Grisja?'

Lisa, Olivia en misschien ook Lasse, die bij de deur stond, zagen een korte reactie bij Jacek. Hij bewoog zijn hoofd hoogstens een millimeter, maar het was duidelijk: hij kende de naam Grisja.

'Je weet wie Grisja is, nietwaar?' zei Lisa.

'Een Rus.'

'Verblijft hij in Antibes?'

'Dat weet ik niet,' zei Jacek.

Olivia ging op het uiteinde van het bed zitten en Jacek trok zijn benen onmiddellijk in. 'Het is als volgt, Jacek,' zei ze. 'We weten dat Adam zakendeed met Grisja en we gaan ervan uit dat het om sekshandel ging.' Het was een bewering waarvoor het bewijs ontbrak, maar dat wist Jacek niet. 'Daar willen we met Grisja over praten,' ging ze verder. 'Ging Adam weleens naar Antibes?'

'Soms.'

'Ontmoette hij daar personen die bij Triade Noire betrokken waren?'

'Dat weet ik niet.'

Olivia keek naar Jacek, stond op, stopte de foto van Drishti in de plastic map terug en liep naar de celdeur. Lasse hield hem voor haar open.

Lisa bleef bij de muur staan en keek naar Jacek. 'Je hebt geen antwoord gegeven op de vraag of Adams zus lid van Triade Noire is. Het zou goed zijn als je dat nu doet.'

Jacek trok een grijze deken over zich heen en schoof zijn voeten eronder. 'Ze heeft een tatoeage,' zei Jacek zonder Lisa aan te kijken.

'Zijn zus?'

'Ja.'

'Een cirkel met een driehoek erin?'

'Ja.'

'Hoe weet je dat? Je hebt haar toch nooit ontmoet?'

Jacek draaide zich naar de muur en trok de deken over zijn hoofd.

Lisa en Olivia keken toe terwijl Lasse de celdeur aan de buitenkant op slot deed. Toen hij daarmee klaar was zei Lisa: 'Dat weten we dan.'

'We hadden het veel eerder kunnen weten als Abbas zijn moeder onder de douche bespioneerd had.'

Ze glimlachten naar elkaar.

'Als Jacek tenminste niet liegt,' zei Lasse.

Grigori had na een onrustige nacht half gekleed op een ligstoel op het achterdek geslapen. Hij was gekweld door een onaangename nachtmerrie die hem nog steeds achtervolgde. Hij was negen jaar en zat op zijn knieën bij het bed van zijn stervende oma. Met haar laatste krachten hield zijn oma hem een glinsterend ei voor en zei dat hij het met zijn leven moest beschermen. Hij knikte en zag dat de oude vrouw hortend inademde en stierf. Toen hij opstond bleef de zoom van zijn overhemd achter zijn schoen haken en hij struikelde, het ei schoot uit zijn handen, viel op de stenen vloer en brak in duizend stukken.

Hij was badend in het koude zweet wakker geworden.

Nu zat hij in Eden-Roc, een exclusief restaurant op de punt van Cap d'Antibes, op loopafstand van de miljardairswoningen op de rotsen ernaast. Hij had een afgelegen tafeltje bij het raam met uitzicht op de baai gereserveerd, een van zijn twee vaste tafels in Antibes. De tweede was in Mamo. Twee in het zwart geklede, gewapende lijfwachten zaten aan weerszijden van hem, Anatoli rechts en Boris links. Hij had ze persoonlijk geselecteerd uit de groep onwrikbaar loyale mannen die hem altijd omringden. Ze hadden alle drie een eenvoudige lunch besteld die bestond uit een salade *aux anchois* en mineraalwater.

Op het witte tafelkleed lagen een paar iPads.

'Bin Rashid Al Aktoum landt morgen om 14.15 uur met een privévliegtuig in Nice,' zei Grigori. 'Hij komt met zijn neef. Ze verwachten met een limousine afgehaald te worden.'

'Dat is geen probleem.' Boris maakte een notitie op de iPad die voor hem lag.

'Drie van de gasten zijn kunstliefhebbers. Zij willen in de loop van de dag Fondation Maeght bij Saint-Paul de Vence bezoeken,' ging Grigori verder. 'Ze komen hier zelf naartoe en jullie halen ze om 16.00 uur in de haven op.'

Grigori prikte wat salade aan zijn vork en keek naar de zee. In de verte lag het Oog van de Nacht. Hij kon nog steeds een tinteling in zijn borstkas voelen als hij het jacht zag. De prijs? Astronomisch, maar hij had veel andere oligarchen overtroefd. Alleen Abramovitsj helaas niet. Zijn jacht was acht meter langer, maar daar was weinig aan te doen.

Boris schraapte zijn keel, waardoor Grigori zijn aandacht weer op de agenda richtte.

'Alle personeelsleden zijn vanavond vrij en gaan naar Antibes,' zei hij. 'Jullie moeten ervoor zorgen dat er niemand achterblijft.'

Nu was het Anatoli's beurt om een notitie op zijn iPad te maken. 'En Boris en ik regelen de gebruikelijke zaken,' zei hij.

'Zoals altijd.' Grigori nam een hap salade. Hij vond de zoute smaak van de ansjovis heerlijk. 'Zijn er nog onduidelijkheden?' ging hij verder.

'De twee Brazilianen en de Engelsman zijn dus al hier?' vroeg Boris.

'Ja. Ik neem contact met ze op als het zover is, eventueel kunnen ze om 16.00 uur meevaren. Of misschien komen ze zelf naar het jacht, ze zijn nogal excentriek. Een van hen is schatrijk geworden met modelvliegtuigen.'

Het was een bonte verzameling gasten, acht in totaal. Een paar van hen waren goed bevriend geweest met Jeffrey Epstein toen hij nog leefde. Grenzeloze mannen met grenzeloze vermogens. Grigori had zichzelf daar nooit toe gerekend. Hij was een eenling, in voor- en tegenspoed. Hij opereerde graag zonder op te vallen en droeg bij met kennis en kapitaal als dat nodig was. Jaren geleden was hij samen met zijn vrouw en haar broer een activiteit begonnen die bijzonder lucratief bleek te zijn.

Hij keek naar zijn sterke, gelijkmatige nagels. Hij had ze een tijdlang blank gelakt, maar was daarmee gestopt toen Julie was geboren.

'*Garçon*!' Grigori wenkte een ober. 'Een whisky graag.'

De ober boog, draaide zich om en liep weg. Na een paar meter botste hij bijna tegen twee mannen die naar Grigori's tafel liepen. Het waren twee Zweden en een van hen had een leren aktetas in zijn hand. Dat was Tom Stilton, die recht naar de raamtafel toe liep. De twee in het zwart geklede mannen stonden bliksemsnel op, draaiden hun iPads om en gingen voor Grigori staan. Stilton boog zich opzij. 'Grigori Vladovski?' vroeg hij.

Abbas en hij hadden informatie over de Rus van Fabre gekregen, met inbegrip van een foto van Instagram en de namen van een paar van zijn favoriete restaurants in Antibes. Mamo was daar een van, maar daar was hij niet geweest. Eden-Roc was een andere favoriet.

'En jij bent?' vroeg Grigori terwijl hij onderzoekend naar Stilton keek.

'Ik ben Tom Stilton uit Zweden. Dit is een collega van me. We werken samen met de Franse politie en hebben informatie nodig in een zaak die we onderzoeken.'

Grigori nam de twee mannen op. De een droeg een bruin versleten leren jack en de ander een bijzonder goed zittend grijs kostuum met een eenvoudige groene stropdas. 'En wat heb ik daarmee te maken?' vroeg hij.

'Je naam is opgedoken in het onderzoek. Mogen we gaan zitten?'

Grigori keek naar Boris en Anatoli. Ze wisselden een paar verhitte zinnen in het Russisch, waarna Grigori gebaarde dat ze konden gaan zitten. Hij keek naar Stilton. 'Neem plaats,' zei hij met een glimlach. 'Kan ik iets voor jullie bestellen?'

'Nee, bedankt,' zei Stilton, waarna hij tegenover Grigori ging zitten.

Abbas ging aan het tafeltje ernaast zitten en draaide zijn stoel naar Grigori en Stilton toe.

'Ken je een man die Adam Berrada heet?' vroeg Stilton aan Grigori.

'Nee.'

'Hij ziet er zo uit.' Stilton opende zijn leren aktetas en haalde er een foto uit van Berrada in een park in Marseille.

Grigori keek naar de foto en schudde zijn hoofd.

'Deze foto is genomen toen hij nog leefde,' ging Stilton verder. 'Tegenwoordig ziet hij er zo uit.' Stilton haalde een foto van Berrada in het Forensisch Instituut tevoorschijn. Hij besloot het in stukken gesneden lichaam niet te laten zien.

'Een dode man,' zei Grigori.

'Ja. Hij is vermoord en wij doen onderzoek naar het misdrijf.'

De ober kwam aanlopen met de whisky en zette het glas voor Grigori neer. Daar was hij dankbaar voor.

'Merci,' zei hij, waarna hij naar Stilton keek. 'En waarom zou ik hem moeten kennen?'

'Vanwege dit.' Stilton pakte een plastic zak met een glanzende sigarettenhouder uit zijn tas. Hij haalde de houder er voorzichtig uit en klapte hem open. Grigori nam een slok whisky.

'Deze sigarettenhouder was van Berrada,' ging Stilton verder. 'Er staat een inscriptie in die nauwelijks leesbaar is, maar onze forensische technici hebben ontdekt wat er staat. Het is Russisch.'

'En wat staat er?'

'Voor mijn vriend Adam van je vriend Grigori.'

'En dat moet ik zijn?' Grigori glimlachte. 'Weet je hoeveel duizenden Russen er Grigori heten?'

Nu glimlachten Boris en Anatoli ook. Abbas vertrok geen spier.

'Hij heeft hem dus niet van jou gekregen?' vroeg Stilton terwijl hij de houder dichtklapte.

'Nee. Was dat alles?'

'Niet helemaal. Nu we hier toch zijn kun je ons misschien helpen met een tatoeage die ons dwarszit. Het gaat om deze.' Stilton pakte een foto van de tatoeage op Berrada's schouder.

Grigori keek er even naar en haalde zijn schouders op.

'We vragen ernaar omdat de tatoeage van Berrada's schouder verwijderd is toen hij in stukken gesneden is,' zei Stilton en hij stopte de foto weer in de aktetas. 'Maar je herkent hem niet?'

'Nee.'

'Het is het symbool van Triade Noire, een internationale organisatie die zich onder meer met mensenhandel bezighoudt.'

Grigori bestudeerde Stiltons gezicht een hele tijd. Ze keken elkaar strak aan.

'Wat wil je daarmee suggereren?' vroeg hij beheerst.

'Niets. Ik vraag het gewoon, dat is mijn werk.'

'Dan kun je je werk als beëindigd beschouwen.'

'Je lijkt geïrriteerd.'

Boris kwam snel overeind. Stilton wilde hetzelfde doen, maar Abbas hield hem met een armbeweging tegen. Stilton liet zich weer op de stoel zakken.

Grigori zag de beweging en keek naar Abbas. 'Ja?'

'Drishti el Fassi,' zei Abbas met zijn donkere, kalme stem. 'Soms noemt ze zichzelf Sasja.' Meer zei hij niet.

Het effect was duidelijk. Boris ging weer zitten. Grigori pakte zijn glas en nam een slok om een paar seconden tijd te winnen. Toen hij het neerzette was hij maximaal gefocust op Abbas.

'Kun je daar iets dieper op ingaan?' vroeg hij afwachtend.

'Drishti is de zus van de vermoorde man en tevens mijn moeder.'

Boris en Anatoli hadden moeite om hun reacties te verbergen en keken naar de tafel. Ook Grigori had een paar seconden nodig om te beseffen wat Abbas daarnet had gezegd. Sasja's zoon? Hij wist dat ze een zoon uit haar tijd in Marseille had. Was dat de man die tegenover hem zat? Was hij een Zweedse politieagent? En daarna de volgende gedachte: verstopt ze zich bij hem?

'Wat is de bedoeling hiervan?' vroeg hij uiteindelijk.

'Mijn moeder is verdwenen. We vragen ons af of ze aan boord van het Oog van de Nacht kan zijn, je jacht dat buiten de haven van Antibes voor anker ligt. In dat geval moeten we ook met haar praten.'

'En waarom zou ze daar zijn?'

'Omdat ze een relatie met een Russische oligarch heeft.'

Nu was Stilton degene die zijn best moest doen om zijn reactie te verbergen. Wat beweerde Abbas? Dat ze een relatie met een oligarch had?

'Insinueer je dat ik dat ben?' vroeg Grigori.

'Dat weet ik niet,' antwoordde Abbas. 'Het is een mogelijkheid.'

Grigori boog zich naar Abbas toe en liet zijn stem dalen. 'Je moeder is niet op het jacht,' zei hij.

'En hoe weten we dat zeker?'

Grigori schoof zijn stoel naar achteren. Hij voelde zich onaangenaam onder druk gezet. De twee mannen hadden informatie die in veel opzichten en om meerdere redenen gevaarlijk was. Waren ze echt van de Zweedse politie? Of hadden ze een heel andere agenda? Kon hij gebruikmaken van de situatie en van het feit dat Sasja's zoon tegenover hem zat? Als hij dat tenminste was.

Hij nam nog een slok en wisselde een paar verhitte zinnen in het Russisch met Boris en Anatoli. Ze werden het snel eens. Grigori keek weer naar Abbas. 'Jullie zijn welkom aan boord,' zei hij. 'Als jullie me niet geloven.'

'Dat doen we inderdaad niet,' zei Stilton.

De vijf mannen verlieten het restaurant en liepen over het strand naar een rubberboot met buitenboordmotor die aan de gastensteiger lag. Ze keken geen van allen achterom, naar het parkeerterrein boven Eden-Roc. Daarom zagen ze de man en de vrouw niet die ineengedoken op de voorstoelen van een grijze Citroën zaten. De vrouw had een verrekijker voor haar ogen.

*

Ivanna was alleen in de kleine salon. Ze stond bij het aquarium en wreef met een vochtige doek over de grote glazen wand. Ze had de opdracht gekregen om elke millimeter van het glas te laten glanzen en had een trap nodig om het bovenste deel te bereiken. Terwijl ze daar stond en de school vissen met roodbruine buiken op maar een paar centimeter afstand achter het glas langs haar zwom, raakte ze haar evenwicht bijna kwijt. Er ging een huivering door haar lichaam. Ze liep naar beneden, wrong de doek boven de emmer uit en leunde tegen de trap.

Eerst zei hij dat ik heel bijzonder was, dacht ze, en vervolgens dat ik een zielige pauper was. Was dat alleen omdat ik met zijn dochter had gepraat?

Ze veegde haar handen aan haar schort af. Vanochtend had ze overwogen om van het jacht te vertrekken, om te vragen of ze aan land gebracht kon worden. Niemand kan me tegenhouden, toch? Maar waar moet ik dan naartoe?

Daarna dacht ze aan Alina en Oleksi. Ze had geen idee wat er met hen was gebeurd. Waren ze in Zweden terechtgekomen? Hadden ze hulp gekregen? Ze hoopte het.

Morgenochtend vertrek ik van het jacht, besloot ze en ze draaide zich om. Ik wil hier niet blijven. Ze begon weer te wrijven met de doek, sneller nu. Als ze hiermee klaar was moest ze de teakhouten vloer in de grote salon schoonmaken en dat was veel werk.

*

Ze gingen bij het achterschip aan boord.

Stilton en Abbas hadden tijdens de boottocht even in het Zweeds gepraat, waarbij ze de gok hadden genomen dat de andere drie dat niet verstonden. Toen ze het enorme jacht naderden, beseften ze dat het zinloos was om Drishti daar te zoeken. Als ze aan boord was, had Grigori haar beslist een sms gestuurd om haar te waarschuwen. Ze zouden haar nooit vinden als ze zich had verstopt.

Toch hadden ze beiden het gevoel dat het een bezoek waard was.

Misschien was de eigenaar van het jacht betrokken bij Triade Noire.

'Deze kant op.' Grigori begon over het brede achterdek te lopen en Stilton en Abbas volgden hem. Boris en Anatoli hadden gezelschap gekregen van nog vier in het zwart geklede mannen. Harde muziek dreunde op een hoger gelegen dek. Grigori bleef staan en pakte zijn telefoon. Na een kort gesprek in het Russisch werd de muziek zachter gezet.

'Mijn dochter,' zei hij. 'Zullen we naar de salon gaan?'

Hij nam Stilton en Abbas mee naar een van de extravagante salons aan boord. In het achterste deel van de ruimte was Ivanna de teakhouten vloer aan het dweilen.

'Ivanna!'

Ivanna keek op en zag Grigori's geïrriteerde gebaar. Ze moest verdwijnen. Snel liep ze met de emmer in haar hand de salon uit. Stilton keek haar na. Abbas was een paar stappen achter hem blijven staan en nam de kamer in zich op terwijl hij langzaam om zijn as draaide. 'Een flinke ruimte,' zei hij tegen Grigori.

'Ja. Zal ik jullie rondleiden zodat je je ervan kunt verzekeren dat je moeder niet aan boord is?'

'Dat is niet nodig. We weten dat ze hier niet is.'

Grigori keek onderzoekend naar Abbas. 'Waarom wilden jullie hier dan naartoe?'

'Om je een beetje beter te leren kennen,' zei Stilton.

Grigori keek naar de lijfwachten, die met een uitdrukkingsloos gezicht bij de ladder stonden. 'Dan weet ik wat ik jullie moet laten zien.'

Grigori kwam als eerste de salon uit en Stilton en Abbas liepen achter hem aan naar het middendek.

'Papa!' Julie rende in een felrood leren jack en fladderend bruin haar langs de reling naar hen toe. Grigori bleef staan. Na een kort gesprek in het Russisch haalde hij een creditcard uit zijn zak en gaf die aan zijn dochter. Ze gaf hem een kus op zijn wang en knikte naar Stilton en Abbas.

'Mooi jack,' zei Abbas. 'Gucci?'

'Inderdaad.' Julie bleef even staan en keek naar Abbas. Hij glimlachte naar haar.

'Tot ziens,' zei ze, waarna ze wegrende.

Grigori draaide zich naar zijn bezoekers om. 'Daar,' wees hij.

Stilton en Abbas keken in de richting waarnaar hij wees en zagen een grote glanzende glazen vloer die bijna de hele breedte van het dek besloeg. Onder het glas scheen blauw licht. Grigori liep ernaartoe, liep de glazen vloer op en gebaarde naar Stilton en Abbas dat ze hem moesten volgen. Ze bleven aan de rand staan en keken naar het glas.

'Het is sterk genoeg om jullie gewicht te dragen,' zei Grigori met een glimlach.

Hij liep verder naar het midden en bleef daar staan. Aan twee kanten van het glas kwamen in het zwart geklede lijfwachten staan. Stilton en Abbas keken naar elkaar, waarna ze voorzichtig het glas op liepen.

'Jullie willen me dus leren kennen?' zei Grigori tegen Abbas.

'Ja.'

'Kijk dan naar beneden.'

Stilton en Abbas keken naar het blauwe licht.

'We staan op het dak van een aquarium van honderden kubieke meters. Onder jullie voeten zwemt een school met zeshonderd piranha's. Willen jullie het beter zien?'

Hij haalde een wit doosje uit zijn zak en drukte erop. Langzaam gleed een glazen plaat van twee vierkante meter onder het glazen dek. Het was dezelfde constructie als in de kamer met de kubus waarin het ei werd bewaard. Het water golfde over de rand en Stilton en Abbas deinsden naar achteren.

'Struikel niet,' zei Grigori. 'Als de vissen honger hebben verscheuren ze een man in zes tot zeven minuten.'

Abbas keek in de macabere blauwe opening terwijl Stilton de

twee rijen mannen langs de randen van de glazen vloer in de gaten hield. Niemand bewoog.

'Hiervandaan worden ze gevoerd,' ging Grigori verder. 'Meestal met kadavers.'

Plotseling steeg er een bruisend geluid uit de school piranha's op.

'Horen jullie dat?' zei Grigori. 'Ze zijn onrustig omdat ze al een tijdje niet gevoerd zijn.'

Abbas en Stilton wisselden een blik. Ze stonden vlak bij de rand van een aquarium waarin een school uitgehongerde piranha's zwom en waren omringd door zwijgende in het zwart geklede mannen.

'Het voordeel van een jacht van deze omvang is dat het zo ver op zee ligt dat niemand kan horen of zien wat er aan boord gebeurt,' ging Grigori verder.

Het was een raadselachtige opmerking.

Stilton keek in de blauwe opening. Hij was onzeker over hun volgende stap. Hij wist dat Abbas zijn verborgen messen had, maar rond de glazen vloer stonden een stuk of vijftien mannen die beslist gewapend waren. Hij stond zo dichtbij dat het maar een haartje scheelde of hij zou zelf een stuk piranhavoer worden.

'Geweldig,' zei Abbas met een glimlach. 'Laat het me weten als je het wilt verkopen.' Hij ging op zijn hurken zitten en stak zijn hand in het water.

Grigori observeerde de goedgeklede man. Zijn groene stropdas raakte het wateroppervlak bijna. 'Wat doe je?' vroeg hij.

'Ik controleer de temperatuur.' Abbas haalde zijn hand uit het water en keek naar Grigori. De vlaggetjes klapperden door de wind uit zee, verder was het doodstil.

'Nu hebben we je inderdaad iets beter leren kennen,' zei Abbas terwijl hij zijn hand aan zijn colbert afdroogde. 'Als ik mijn moeder vind, vertel ik haar over de piranha's. Ze zou dit aquarium fantastisch vinden.'

'Dat weet ik wel zeker,' zei Grigori. 'Wanneer heb je voor het laatst contact met haar gehad?'

Voor Abbas en Stilton was het op veel manieren een vreemde vraag. Voor Grigori was het volkomen logisch.

'Vijfendertig jaar geleden,' zei Abbas. Hij begon naar het achterdek te lopen.

Stilton kwam achter hem aan.

*

Ze werden naar de haven van Antibes teruggevaren door een lijfwacht die geen woord zei. Hij voer zo snel dat ze drijfnat werden van het opspattende water. Het was lauw water, maar toch. Stilton zat op hete kolen. Hij wilde van de boot af om Mette te bellen.

'Piranha's,' zei Abbas toen ze op de pier stapten. 'Is dat niet een beetje primitief?'

Stilton gaf geen antwoord. Hij pakte zijn telefoon zodra hij op de pier stond. 'Hallo, Mette. Hoe zag Ivanna eruit, het meisje uit het bos in Polen?'

'Dat weet ik niet, maar ik kan het aan Alina vragen. Gaat het goed daar?'

'Matig. We zijn op Grigori's boot geweest. Hij houdt van piranha's.'

'Wie niet? Je hoort van me. En luister, JB heeft net gebeld. Ze denken dat ze Berrada's appartement in Marseille gevonden hebben.'

'Fantastisch. Het begint ergens op te lijken.'

Stilton en Abbas liepen vanaf de haven door de poort in de lange, lage stadsmuur. Stilton was nog nooit in Antibes geweest. Hij was geen cultuurliefhebber.

'Ik neem aan dat je hier je spullen verkocht?'

'Ja,' zei Abbas. 'Duizend jaar geleden.' Hij wilde niet herinnerd worden aan zijn tijd als verkoper van nagemaakte merkartikelen, dus wees hij naar een groot grindveld dat werd omringd door mooie, grote platanen. 'Zullen we jeu de boules spelen?'

'Daar ben ik heel slecht in.'

'Juist daarom.'

Ze wilden net een paar ballen van een ouder stel lenen toen Mette terugbelde en Alina's beschrijving van Ivanna doorgaf.

Toen ze klaar was, zei Stilton: 'Het meisje is op Grigori's boot. We hebben haar gezien.'

Hij hoorde Mette naar adem snakken. Ik hoop dat haar hartkleppen het houden, dacht hij.

'Daar heeft Drishti haar dus naartoe gebracht,' constateerde Mette. Haar ademhaling leek weer normaal, wat Stilton geruststelde.

'Blijkbaar,' zei hij.

'We kunnen Drishti dus aan het jacht koppelen.'

'Inderdaad.'

'Maar jullie weten niet of ze aan boord is?'

'Nee, we waren niet in de gelegenheid om dat te controleren.'

Het werd stil tussen Zweden en Frankrijk. Stilton keek naar Abbas, die nog steeds met het oudere stel bij het grindveld redetwistte. Ze waren blijkbaar niet bereid om hun ballen aan een stel volslagen vreemdelingen uit te lenen. Dat vond Stilton niet erg.

'Hoe reageerde Grigori op Triade Noire?' vroeg Mette.

'Hij haalde zijn schouders op.'

'Wat gaan jullie nu doen?'

'We blijven hier. Bel zodra je iets van JB hoort.'

Ze mochten de ballen niet lenen. Het oudere stel had Abbas een stuk droge baguette aangeboden en had uitgelegd dat je jeu-de-boulesballen niet aan vreemden uitleende. Brood kon je delen, maar ballen niet.

Abbas kwam naast Stilton staan en ze liepen naar het centrum.

'Denk je dat ze op de boot was?' vroeg Abbas. De link tussen Drishti en Ivanna en het jacht was tot hem doorgedrongen.

'Misschien wel,' zei Stilton. 'Misschien gaat Drishti vanavond met de piranha's zwemmen.'

'Dat hoop ik echt.'

De schemering was overgegaan in een discrete duisternis. Stilton had op internet B&B Rue Sade gevonden, die hem geschikt leek, en had kamers gereserveerd. Ze passeerden drukke terrassen en straatkramen waar van alles werd verkocht, van keramiektroep tot middelmatige olieverfschilderijen van terracottakleurige huizen en treurige honden.

'Een biertje?' stelde Stilton voor.

'Een martini.'

Eensgezind liepen ze naar de B&B en keken uit naar een plek om iets te drinken.

'Daar,' zei Abbas. Hij wees naar een groot terras met tafels op een mooi pleintje. 'Vlak bij waar we moeten zijn.'

'Oké.'

Ze liepen naar het terras en zochten een tafeltje. Het was vrij druk, met veel jonge mensen en heel harde muziek vanuit de bar. Niet ideaal voor de twee Zweden, maar het ging om een snel drankje en misschien een tijdje plaatselijke sfeer opsnuiven, een paar minuten ontspanning.

Ze keken om zich heen naar een leeg tafeltje. Dat was er niet en ze wilden net vertrekken toen ze een eindje verderop een jong meisje in een rood leren jack zagen zwaaien.

'Is dat zijn dochter niet?' zei Abbas.

'Volgens mij wel.'

Het was Julie. Ze liep tussen de tafeltjes door naar hen toe. Haar glanzende gezicht en opvallend stralende ogen maakten duidelijk dat ze niet helemaal nuchter was.

'Hallo,' zei ze. 'Ik zag jullie vandaag op de boot. Ik vraag me af wat jullie daar deden. Werken jullie in de mode?'

'Waarom denk je dat?' vroeg Abbas.

'Omdat je mijn jack herkende.'

'Mijn dochter heeft er net zo een, maar dan in het groen. Of pistache, zoals ze het zelf noemt.'

Julie lachte en Abbas glimlachte en Stilton probeerde de leiding te nemen voordat Abbas zich te veel liet meeslepen.

'Nee, we werken niet in de mode,' zei hij. Hij wilde net weglopen toen Abbas zei: 'We zijn goed bevriend met je vader.' Zijn hersenen werkten, zoals zo vaak, een paar seconden sneller dan die van Stilton en hij besefte het potentieel van de situatie. Grigori's dochter, aangeschoten en argeloos.

'Wat leuk,' zei Julie. 'Ik spreek de vrienden van mijn vader bijna nooit. Hij doet altijd zo geheimzinnig.' Julie gooide haar haar naar achteren en lachte hard, en Stilton begreep Abbas' strategie.

'We kennen je vader al jaren,' zei hij. 'Ik ben het met je eens dat Grigori een beetje geheimzinnig kan doen.' Stilton glimlachte en Julie legde haar hand op Abbas' arm. 'Zullen we iets drinken?' Ze draaide zich om en keek naar de dichtstbijzijnde tafeltjes. Met een zelfverzekerde glimlach boog ze zich naar een ervan. 'Lieverds, mogen we deze tafel een tijdje lenen?'

Het was niet duidelijk of het was omdat het verzoek van een miljardairsdochter afkomstig was of dat het gewone vriendelijkheid was, maar het tafeltje werd vrijgemaakt en het drietal ging zitten. Julie wenkte een ober. 'Wat willen jullie drinken?' vroeg ze. 'Aperol?'

Aperol was het meest afgezaagde drankje dat Abbas kon bedenken, een drankje voor mensen die geen verstand van drank hadden.

'Ik neem een biertje,' zei Stilton.

'En ik een dry martini,' voegde Abbas eraan toe.

Julie gaf de bestelling aan de ober door, nam zelf een Aperol en depte haar gezicht met een servet. 'Mijn vaders vrienden,' zei ze met een nieuwsgierige blik in haar ogen.

'En vijanden,' zei Abbas. 'Je vader heeft zijn momenten.'

'Daar weet ik alles van,' lachte Julie.

Stilton en Abbas wisten niet wat ze van het meisje tegenover hen moesten denken. Was ze zo naïef, was ze dronken of speelde ze een spelletje?

Nadat de ober hun glazen op de tafel had gezet en ze allemaal een slok hadden genomen, zei Abbas: 'We zijn ook goed bevriend met Sasja.'

'Wat leuk! Hoe kennen jullie mijn moeder?'

Het kostte Abbas het hele glas martini om te landen. Hij dronk het glas weliswaar snel leeg, maar de alcohol moest door zijn lichaam worden opgenomen. Stilton kon zich achter een paar flinke slokken bier verschuilen.

'Via haar werk met vluchtelingen,' zei hij. 'We proberen al een tijdlang met haar in contact te komen. Weet jij waar ze op dit moment is?'

'Ik geloof dat ze in Polen is en vluchtelingen helpt de grens over te steken. Ze is een echte held!'

'Dat klopt helemaal,' beaamde Stilton.

'En dat terwijl ze kanker heeft,' zei Abbas.

'Kanker?' Julie morste haar Aperol bijna. 'Mijn moeder heeft geen kanker! Waarom zeg je dat?'

'Omdat hij altijd mensen met elkaar verwisselt,' zei Stilton snel. 'Gisteren dacht hij dat ik miltvuur had. Hij is hopeloos. Negeer hem gewoon, Julie.' Hij pakte zijn glas bier en zag vanuit zijn ooghoeken hoe twee in het zwart geklede mannen zich een weg naar hun tafeltje baanden. Hij herkende ze van de glazen vloer op het jacht.

'Julie...' Een van de mannen maakte een overduidelijk gebaar naar Julie. 'Sta op.'

'Waarom?'

'We gaan naar Nice. Sta op.'

'Nee.'

Stilton en Abbas zagen Julies houding en verbeten gezichtsuitdrukking. Ze was van plan te blijven zitten. Een van de mannen pakte Julies arm en begon haar omhoog te trekken.

'Je ziet toch dat ze wil blijven zitten,' zei Stilton tegen de man.

De man negeerde Stilton en trok Julie van de stoel. Ze

schreeuwde en probeerde zich los te trekken, waarna een van de mannen haar een klap in haar gezicht gaf.

Er explodeerde iets in Stiltons binnenste.

Het gevoel dat door hem heen schoot had hij een paar keer eerder gehad, met fatalere gevolgen dan deze avond in Antibes.

Deze avond ramde hij zijn vuist in het gezicht van de man die Julie had geslagen. De man wierp zich brullend op Stilton. Er ontstond een korte worsteling, die ermee eindigde dat Stilton het hoofd van de man op de marmeren rand van de tafel beukte zodat het bloed uit zijn gezicht spoot. Abbas genoot van het tafereel, tot hij zag dat de tweede in het zwart geklede man een pistool in zijn hand had en de loop op Stilton richtte. Hij wist niet of hij van plan was om te schieten, maar nam geen risico. Een seconde later drong een smal zwart mes door de pols van de man die het pistool richtte. Hij brulde en het wapen viel op straat. Abbas haastte zich ernaartoe en pakte het op.

Alle gasten op het terras waren opgestaan. Julie zat ineengedoken bij een muur met een paar vriendinnen om zich heen terwijl de in het zwart geklede mannen in de duisternis verdwenen. De een had een bloedend gezicht en de ander een bloedende pols. Ze zouden geen contact met de Franse politie opnemen.

Stilton liep naar Julie toe en ging op zijn hurken zitten. 'Is alles goed met je?'

Julie knikte.

'Wil je dat we blijven?' ging hij verder.

'Nee, mijn vriendinnen zijn hier. We gaan naar school terug. Bedankt dat je me hebt geholpen. Die idioten zijn niet goed bij hun hoofd.'

Stilton kwam overeind en zag dat Abbas op een afstandje naar Julie stond te kijken.

Ze liepen zwijgend van het plein naar de B&B. Toen ze een vuilnisbak passeerden bleef Abbas staan, veegde het pistool af en gooide het erin. Stilton sloeg af naar een smalle straat. 'Eén minuut,' zei hij, waarna hij een avondwinkel in liep. Even later kwam hij met een tas in zijn hand naar buiten.

Niet veel later hadden ze de B&B bereikt. De ingang lag een stukje van de straat af, midden in een smalle tunnel. Ze bleven bij de deur staan en keken naar beide kanten van de tunnel. Er konden nieuwe in het zwart geklede mannen opduiken.

'De kust lijkt veilig,' zei Stilton.

Ze toetsten de code in en liepen een trap op. Daar bevond zich het hart van de B&B, een grote gecombineerde woonkamer en keuken, smaakvol ingericht met kostbare kunst aan de muren. Een jong stel zat met een laptop voor zich op een grijze bank. Abbas begroette hen en Stilton vroeg: 'Er schijnt hier een dakterras te zijn. Weten jullie hoe je daar moet komen?'

'De trap in de hoek,' zei de vrouw. Ze wees zonder van het scherm op te kijken.

Het terras was niet groot. Er stond een tafel met daaromheen vier stoelen en het bood uitzicht op de mooie golvende daken van Antibes, bijna helemaal tot de baai en het Oog van de Nacht voor de haven. Ze gingen zitten en Stilton haalde een fles calvados uit de zak en boog zich naar achteren om een paar kleine glazen van de plank aan de muur te pakken. Met vaste hand schonk hij de glazen tot vlak onder de rand vol, gaf er een aan Abbas en gaf woorden aan datgene wat er op het terras in hem was geëxplodeerd. 'Een halfzusje.'

'Blijkbaar.'

'En een moeder die een relatie met de goedmoedige viskweker op het Oog van de Nacht heeft.'

'Daar lijkt het op.'

Ze dronken hun glas halfleeg. De alcohol brandde in hun keel. Abbas huiverde en keek naar de daken. Hij zocht naar woorden, zijn stem klonk verloren en zoekend in de warme avondbries: '... en de kanker was ook een leugen...'

'Ja, blijkbaar wel.'

'... een kaal hoofd... ik snap er niets van.'

'Dat begrijp ik. Ik snap het ook niet.'

'... wat wilde ze bij me thuis bewerkstelligen? Was ik alleen een soort pion in een spel? Gebruikte ze me gewoon?'

'Misschien wel.'

'Maar waarom? Wat was de reden daarvoor?'

Daar had Stilton geen zinnig antwoord op. Hij dronk zijn glas leeg en schonk het weer vol. Ze keken beiden een hele tijd naar de nachtelijke hemel, volgden een vallende ster tot hij boven de zee doofde en hoorden in de verte zachte muziek.

Ze hadden in slaap kunnen vallen, gehuld in een benevelde cocon, maar Stiltons telefoon had daar bezwaar tegen. Hij trilde een tijdlang in zijn zak, stopte en begon weer te trillen. Uiteindelijk drong het door zowel zijn broek als zijn huid en hij reageerde. Hij haalde hem tevoorschijn, zag dat hij een sms van Robert Pärlqvist van de NOA had gekregen en opende hem met tegenzin. *Hallo Tom. Heb bericht van de Filipijnen over het* DNA. *Bel me zo snel mogelijk. Robban.*

Dat was geen informatie waaraan hij op dit moment behoefte had.

'Luna?' vroeg Abbas.

'Ja,' zei Stilton en hij stond op. 'Ik ga naar bed.'

'Doe dat, maar laat de fles staan.'

Stilton keek naar hem. Hij begreep dat Abbas grip op de situatie moest zien te krijgen, met of zonder de hulp van calvados. 'Tot morgen.'

Stilton verliet het terras en Abbas trok de fles naar zich toe. Normaal gesproken was hij heel terughoudend met alcohol en hij dronk in principe nooit sterkedrank als hij alleen was.

Deze avond was een uitzondering en hij dronk een paar uur door. Toen de maan op het hoogste punt was, meer geel dan grijs, haalde hij zijn telefoon tevoorschijn en belde Mariama in Gambia.

'Hallo, schat,' zei ze. 'Ik heb een verrassing voor je.'

Jean-Baptiste Fabre had vier collega's en een technisch rechercheur meegenomen. Ze betraden Berrada's appartement net na middernacht en kamden het zorgvuldig uit. De interessantste vondst was een zware metalen kluis die in een kledingkast stond en op slot was. Fabre liet een lasser komen.

Haar telefoon ging al heel vroeg, net na zes uur 's ochtends. Mette hoorde hem trillen en kwam zo stil mogelijk uit bed om Mårten niet wakker te maken. Ze redde het bijna uit de slaapkamer.

'Denk je om je hart?'

Mette draaide zich om en keek in de ogen van haar slaapdronken man. 'Dat weet je wel. Ga maar weer slapen, dan haal ik de eieren en maak een lekker roerei voor het ontbijt.'

Ze liep de slaapkamer uit en trok de deur achter zich dicht. Op de trap naar beneden zag ze dat Jean-Baptiste had gebeld. Ze belde hem in de keuken terwijl ze tegelijkertijd een fles bietensap uit de koelkast haalde. Dat was goed voor haar bloeddruk. 'Hallo, JB, waarom bel je zo vroeg?'

'Voor mij is het niet vroeg. Ik ben nog niet naar bed geweest.'

Mette hoorde dat hij enigszins schor klonk. Had hij de hele nacht pernod gedronken? 'Heb je gewerkt of ben je aan de zwier geweest?'

'We zijn vannacht in Adam Berrada's appartement in Castellane geweest. Hij had het onderhands gehuurd en had een andere naam opgegeven, wat het zoeken bemoeilijkte. We hebben het appartement uitgekamd en...'

'Wacht even.' Mette moest twee handen gebruiken om de dop van de fles te draaien en bovendien wilde ze zitten. Met het oog op het tijdstip ging ze ervan uit dat de informatie die JB voor haar had belangrijk was. 'Ja?' zei ze. 'Wat hebben jullie gevonden?'

'Van alles en nog wat. Het meest interessante zat in een kluis. Het heeft tijd gekost om die open te krijgen.'

'En wat zat erin?'

'Stapels geld, waarvan we nu de herkomst proberen te achterhalen.'

'En verder?'

'Een bijzonder zware laptop.'

'Kunnen jullie daarin komen?'

'Daar werken we op dit moment aan. Met het oog op de informatie die we van jullie hebben kunnen we explosieven verwachten.'

Explosieven, dacht Mette. In welke thrillerwereld leeft hij? 'Dat klinkt spannend,' zei ze. 'Wanneer denk je dat jullie hem gekraakt hebben?'

'Snel, hoop ik. Het is trouwens als volgt, Mette, als we er materiaal op vinden dat met de sekshandel te maken heeft, dan moeten we dat aan Europol geven. Berrada was een Fransman en de laptop is hier gevonden.'

'Dat begrijp ik, maar kun je ons een paar uur met de laptop geven? Als hij eerst naar Europol gaat, kan het even duren voordat wij er inzage in krijgen en misschien krijgen we niet alles. Het is tenslotte ons werk dat naar Berrada geleid heeft, nietwaar?'

'Absoluut. Ik kan hem eerst naar jullie sturen voor de afwikkeling.'

'Dank je wel.'

'Als we iets vinden natuurlijk. Blijf wakker, en dan neem ik zo snel mogelijk contact met je op.'

'Dat doe ik.' Mette legde haar telefoon op de tafel en nam een slok van het rode sap. Het smaakte min of meer zoals ze had gevreesd, maar ze had gelezen over de voordelen van het sap en was van plan het een kans te geven.

Berrada's laptop? Die kon onverwachte mogelijkheden bieden, vooral voor het team Mensenhandel. In het beste geval kregen ze informatie over de mysterieuze Triade Noire. In het op een na beste geval aanwijzingen waar Berrada's zus, Drishti el Fassi, zich schuil zou kunnen houden.

'Heb je eieren gehaald?' Mårten kwam in zijn blauwe badjas de trap af. Hij had blijkbaar trek in roerei.

'Ik ben nog niet buiten geweest,' zei Mette. 'Ik ben net klaar met een telefoongesprek.'

'Werk?'

'Om zes uur 's ochtends, wat denk je? Het was Jean-Baptiste. Als jij koffiezet, dan raap ik de eieren.'

De zin zou niet zo lang geleden nog absurd zijn geweest, maar nu sprak ze hem volkomen natuurlijk uit. Het aanpassingsvermogen van de mens is fenomenaal.

*

Stilton had de sms van Pärlqvist nog een keer gelezen toen hij wakker werd, had erover gepiekerd en had besloten hem niet te beantwoorden. Op dit moment in elk geval. Stel uit tot morgen wat je vandaag niet wilt doen.

Nu zat hij vlak bij de B&B op een terras op Place Nationale. Het was druk op straat, een vrachtwagen leverde goederen af bij een meubelzaak, een visboer stalde zijn verse vis op een laag ijs uit, jongeren fietsten langs met schooltassen op hun rug en oudere echtparen liepen moeizaam over de straatkeien.

Straatleven, dacht hij. Dat vind je niet op Rödlöga.

Toch bleef hij alert op zijn omgeving. De vernedering van de twee lijfwachten van Grigori kon heel goed vervelende consequenties hebben. Dat Abbas en hij voor zijn dochter waren opgekomen, was waarschijnlijk niet relevant. Grigori zou beslist wraak willen nemen. Dat deden mannen die piranha's in een aquarium hielden.

Stilton was dus op zijn hoede. Hij had Abbas net gebeld, die met een schorre stem had opgenomen.

'Het is vannacht laat geworden.'

'Ben je tot een conclusie gekomen?'

‘Waar ben je?’

‘Om de hoek op een terras. Zal ik koffie bestellen?’

‘Ja.’

Dat had hij gedaan, dus nu stonden er twee koppen koffie op het marmeren tafeltje voor hem. Hij pakte er een van en overwoog of hij Mette zou bellen.

Ze was hem voor.

‘Hallo, Tom. JB belde vanochtend vroeg. Ze hebben het appartement van Berrada vannacht doorzocht en hebben een laptop gevonden. Op dit moment proberen ze hem te openen.’

‘Mooi, daar kan interessante informatie op staan.’

‘Laten we het hopen. Hoe is het met jullie?’

‘Het gaat. Abbas heeft gisteren een halfzusje gekregen.’

Daarna vertelde Stilton over de moeilijk uit te leggen situatie rond Julie en Drishti en haar relatie met de Rus Grigori.

‘Hoe is hij eronder?’ vroeg Mette.

‘Ik weet het niet, hij heeft de halve nacht calvados naar binnen gegoten.’

Dat was voldoende antwoord voor Mette. Abbas was niet iemand die zonder reden dronken werd.

‘Hij komt eraan,’ zei Stilton. ‘Bel me zodra JB iets gevonden heeft.’

‘Dat doe ik.’

‘En zeg tegen hem dat ik straks contact met hem opneem. Ik denk dat we hier hulp nodig hebben. Er zijn veel in het zwart geklede mannen op het jacht.’

‘Wat ben je van plan?’

‘Van mijn koffie genieten. Tot later.’

‘Tot ziens.’

Stilton legde zijn telefoon naast zijn koffiekopje en schoof een stoel voor Abbas naar achteren. Hij zag er moe en verbeten uit.

‘Tot wat voor conclusie ik gekomen ben?’ vroeg Abbas terwijl hij zijn kopje pakte.

‘Ja. Of heb je alleen gedronken?’

'Ik heb gedronken en heb naar de maan gekeken tot ik dubbel begon te zien, en daarna heb ik Mariama gebeld.'

'Hoe is het met haar?'

Abbas zette zijn kopje neer en keek naar de drukte op straat. Zijn handen lagen roerloos op zijn dijbenen. 'Ik ben tot de conclusie gekomen het los te laten,' zei hij.

'Wat?'

'Alles wat met mijn verleden te maken heeft. Het wissen.'

'Gewoon zomaar?'

'Toen Drishti weer in mijn leven verscheen kwam alles naar boven wat ik weggestopt had. Ze groef alle pijn op en zorgde ervoor dat ik het minder erg maakte dan het was. Ik viel voor haar, maar nu heb ik haar gewist.'

Stilton keek naar de beheerste man naast zich. Hij wist wat Drishti hem had aangedaan en begreep zijn reactie. Hij was klaar met haar.

Stel dat ze op het jacht is, dacht Stilton. Stel dat we met haar in contact komen? Wat doet hij dan? Hoe reageert hij?

'Ik vermoord haar,' zei Abbas kalm alsof hij Stiltons gedachten kon lezen.

'Ik denk dat je dat moet zien te voorkomen, al is het alleen maar vanwege je halfzusje.'

Abbas glimlachte afwezig, bijna naar binnen gekeerd, en streek over zijn hals. 'Natuurlijk vermoord ik haar niet, ik wilde de woorden alleen op mijn tong proeven.'

Stilton was daar niet helemaal van overtuigd.

*

De elegante limousine stond al klaar toen het zilver glanzende privévliegtuig, een Challenger 3500, op de luchthaven van de Côte d'Azur in Nice landde. Boris keek naar het vliegtuig en veegde een onzichtbaar stofje van het witte voorspatbord van de limousine. Hij keek op zijn horloge. Het was 14.15 uur, precies zoals afgesproken.

De trap van het vliegtuig kwam naar beneden en twee mannen in witte kandora's met een zwarte band rond hun keffiyeh liepen het felle zonlicht in. Ze droegen beiden een donkere zonnebril en stapten het asfalt op. Boris was vlak bij de trap gaan staan en maakte zich lang. 'Bin Rashid Al Aktoum,' zei hij. 'Welkom.'

'Bedankt,' zei de oudste van de mannen. Hij wees naar de limousine die een stukje verderop stond. 'Is dat onze auto?' vroeg hij op een opvallend korzelige toon.

'Ja,' zei Boris. Hij negeerde de toon.

Hij had de auto in Nice gehuurd. Het was niet de langste limousine, er waren exclusievere modellen, maar omdat ze maar twee passagiers hoefden te vervoeren en het niet ver naar Antibes was, was hij van mening geweest dat deze voldeed. De auto was voorzien van alles wat je mocht verwachten, inclusief gekoelde champagne. Hij had begrepen dat de twee sjeiks gewend waren aan kleine religieuze overtredingen als het zo uitkwam.

'Deze kant op,' zei hij.

Hij hield het achterportier open en liet de oudste man instappen. Zijn neef stond aan de andere kant van de auto te wachten tot zijn portier werd geopend. Boris liep haastig om de limousine heen en opende het. Daarna ging hij achter het stuur zitten terwijl hij zijn gevoelens probeerde te verbergen.

'Hoeveel gasten zijn er vanavond?' vroeg Bin Rashid toen de limousine bij de luchthaven wegreed.

'Acht,' antwoordde Boris.

'Net als de vorige keer. Zijn er bekenden bij?'

'Ron Easter, de Engelsman. Hij was afgelopen voorjaar ook aanwezig.'

Bin Rashid legde aan zijn neef uit wie Easter was. Omdat hij dat in het Arabisch deed, kon Boris zich op de oprit naar de snelweg concentreren.

'Hoe is het met mijn vriend Grigori?' vroeg Bin Rashid terwijl hij zijn zonnebril afzette.

'Goed. Jullie ontmoeten hem zodra we gearriveerd zijn. Er staat champagne in de koelkast.'

De neef opende het luik en haalde er een gekoelde fles Dom Pérignon en twee hoge glazen uit. Toen Boris het geluid van de kurk hoorde minderde hij vaart, hij wilde geen natte plekken op de kleding van de gasten veroorzaken.

*

Anatoli had de deur aan de binnenkant op slot gedaan. Hij stond op een metalen trap in de kleine salon en draaide de rookmelder bij de ventilatieopening los. Voorzichtig haalde hij de minicamera eruit en deed er een nieuwe lithiumbatterij in.

Het was in een oogwenk gebeurd.

Hij draaide de rookmelder weer vast en klom van de trap. Voor alle zekerheid ging hij in een van de rode fauteuils zitten en keek naar de muur. Het was in principe onmogelijk om het minieme gaatje in het witte plastic te ontdekken. Geen van de gasten kon vermoeden dat de voorstelling in de zaal werd gefilmd.

Adam Berrada was degene die het voorstel had gedaan tijdens een bezoek aan het jacht. Het filmen van de voorstellingen was een beschermingsmaatregel. Het materiaal kon in een moeilijke situatie als chantagemiddel worden gebruikt. Iets om mee te onderhandelen als dat nodig zou zijn.

Tot nu toe had zo'n situatie zich niet voorgedaan. Grigori's relatie met zijn gasten was soepel verlopen, maar je kon natuurlijk nooit weten.

*

Fondation Maeght lag in de heuvels boven het pittoreske stadje Saint-Paul-de-Vence. Het was een beroemd kunstmuseum dat tot ver buiten de grenzen van Frankrijk bekend was. Het witte, architectonisch gedurfde gebouw lag in een mooi pijnbomenpark dat vol stond met beelden van kunsthistorische grootheden zoals Joan Miró en Alberto Giacometti. Daarnaast waren er muurmozaïeken van Marc Chagall te bewonderen.

Op dit moment was er een grote tentoonstelling van moderne kunst, *At the heart of abstraction* genaamd, die een groot succes was. Het park was vol bezoekers die rondslenterden en genoten van de zon, anderen hadden zich verzameld rond het met water gevulde bassin. Het was voorzien van kleurrijk mozaïek en bevond zich aan de zijkant van het museum.

'In feite was Braque de eerste die zich aan het kubisme wijdde,' zei een Engelsman in een lichtblauw zijden pak. Hij stond samen met twee andere mannen van middelbare leeftijd naast het bassin. Ze deelden een oprechte belangstelling voor kunst.

'Ik denk dat Picasso het daar niet mee eens zou zijn,' zei een van de andere mannen, waarna hij een hap van een rijpe abrikoos nam. 'Hij was van mening dat hij er in dezelfde periode mee begon, en misschien zelfs eerder.'

'De eerste, de grootste, de beste.'

Ze lachten alle drie en liepen naar het park terug, bleven af en toe bij een beeld staan en discussieerden verder over de betekenis van kunstenaars in de kunstgeschiedenis.

'Daarentegen heb ik heel veel moeite met veel van wat er tegenwoordig gedaan wordt,' zei een van de mannen. 'Bodypainting en *performance art* spreken me niet aan.'

'Dat hangt ervan af om welke performance het gaat. Je hebt toch niets tegen datgene waarnaar we vanavond gaan kijken?' vroeg Ron Easter, de Engelsman, met een glimlach.

'Dat hoop ik niet,' antwoordde de andere man, waarna hij een abrikozenpit uitspuugde. 'Zoals jij het beschreven hebt denk ik niet dat ik teleurgesteld word.'

'Dat word je inderdaad niet.'

Easter keek op zijn horloge. 'Misschien moeten we naar de haven gaan.'

De mannen liepen langzaam naar de uitgang van het park,

met een korte onderbreking bij het prachtige beeld van schroot van Jean Tinguely.

'Een opwindende dynamiek,' zei Easter.

'Ik vind het een beetje versnipperd.'

*

Mette was naar het politiebureau gegaan en had Olivia en Lisa gevraagd om naar het kantoor van de Zilveren Wolven te komen. Ze wilde dat ze erbij waren als Jean-Baptiste belde. Als er compromitterende informatie over de internationale sekshandel op Berrada's laptop stond, dan wisten Olivia en Lisa daar meer van dan zij.

Vlak voordat ze daar arriveerden, kreeg ze een telefoontje van Magnus Adolfsson. Hij zat op een andere verdieping van het politiebureau en had de gesprekslijsten van Adam Berrada's telefoon binnengekregen. Met enige moeite, zoals hij zei.

'Het interessantste is een aantal onbeantwoorde telefoongesprekken van een anoniem nummer.'

'Hebben jullie het telefoonnummer achterhaald?'

'Ja, het is Frans.'

'Kun je het aan me geven?' zei Mette snel.

Ze schreef het nummer op, bedankte Magnus, belde Jean-Baptiste Fabre en gaf hem het telefoonnummer. 'Kun je het meteen controleren?' vroeg ze.

'Natuurlijk.'

'Ik blijf wachten.'

Het duurde niet lang voordat Fabre had achterhaald van wie het nummer was.

'Drishti?' gokte Mette.

'Inderdaad.'

'Bedankt. Je hoort van me.' Mette toetste het telefoonnummer van Magnus in. 'Hallo, Magnus? Kun je me de gesprekslijst mailen? Ik wil zien op welke data de Franse telefoontjes plaatsgevonden hebben.'

De lijst arriveerde een paar minuten later. Mette bekeek hem en voelde haar hartslag bij elke nieuwe datum versnellen. Ze had de hele lijst doorgenomen toen Olivia en Lisa het kantoor in kwamen.

'Hallo, Mette. Heb je contact met Tom en Abbas gehad?' vroeg Olivia terwijl ze naast Mette en haar laptop ging zitten.

Mette had de mail van Magnus net weggeklikt.

'Vanochtend,' antwoordde Mette. 'Ze zijn nog in Antibes en wachten.'

'Op?'

'Betere tijden, zou je kunnen zeggen. Ze willen afwachten of er materiaal op Berrada's computer staat dat ze tegen Grigori kunnen gebruiken.'

'Hebben ze nog geen spoor van Drishti ontdekt?' vroeg Lisa.

'Nee, maar Abbas is te weten gekomen dat ze een relatie met een Rus heeft of heeft gehad. Ze hebben samen een dochter.'

Het kwartje viel het snelst bij Lisa. 'Maar dat is dan een halfzusje van Abbas.'

Voordat Mette antwoord kon geven kreeg ze een mail met verschillende zware bestanden van Jean-Baptiste Fabre.

Ze verdrongen zich alle drie voor de laptop. Mette opende het eerste bestand en het scherm werd gevuld met kolommen en namen. Toen ze het materiaal hadden bekeken, zei Lisa: 'Ongelofelijk.'

Voordat Mette het volgende bestand kon openen stond Olivia op. 'Ik denk dat we naar Borgmark moeten gaan en het hele team bij elkaar moeten roepen. Dit slaat in als een bom.'

*

Ivanna reed de schoonmaakkar naar de opslagruimte en liep naar haar hut. Die bevond zich helemaal onder in het jacht in een gang met vijf andere hutten. Ze had vermoeide armen en haar rug deed pijn; ze was vanochtend al om halfzeven met het schoonmaken van de commandobrug begonnen. Nu had ze een halfuur pauze en ze wilde even gaan liggen. Het was geen grote hut, met een kooi van schot tot schot, een wandtafel en een smalle kledingkast.

Daarom zag ze de witte, mouwloze, zijden jurk die uitgespreid op haar kooi lag meteen. Het was de mooiste jurk die ze ooit had gezien.

'Die is voor jou.'

Ivanna schrok en ging rechtop staan. Grigori stond in een blauw informeel kostuum in de deuropening. 'Je krijgt hem bij wijze van excuus voor mijn uitbarsting op het dek,' ging hij met een glimlach verder. 'Je bent geen zielige pauper. Je bent het slachtoffer van een afschuwelijke oorlog en ik ben dankbaar om je aan boord te hebben en je te kunnen helpen.'

Ivanna zweeg. Ze wist niet wat ze moest zeggen.

'Waarom pas je hem niet?' zei Grigori. 'Ik wacht buiten.' Hij liep de gang in en deed de deur achter zich dicht.

Ivanna keek naar de jurk. Voor mij? Ze draaide zich om, deed de deur op slot en kleedde zich uit. Met twee handen pakte ze de witte jurk op en trok hem voorzichtig over haar lichaam. Hij paste perfect. Ze draaide zich om naar de kleine ronde spiegel boven de wastafel, maar zag alleen het bovenste deel en ook als ze helemaal tegen de muur ging staan zag ze niet meer. Ze streek met haar handen over de zachte zijde.

Een discreet klopje op de deur bracht haar terug naar de werkelijkheid. Ze stak haar hand uit en opende de deur. 'Kom maar binnen,' zei ze.

Grigori bleef in de deuropening staan en keek een paar seconden zwijgend naar het meisje in de witte jurk. 'Je bent adembenemend mooi, Ivanna.'

'Bedankt.' Ivanna keek naar de vloer. Ze voelde dat ze bloosde, ook al wilde ze dat niet. De situatie beviel haar niet.

'Mag ik je om een gunst vragen?' zei Grigori. Hij stond nog steeds in de deuropening en streek over zijn baard.

Ivanna keek naar hem. Was dit het moment? Zou hij dingen van haar verlangen waarvoor ze doodsbang was? Een fractie van een seconde flitste de grijze camper door haar hoofd. 'Wat voor gunst?' vroeg ze bijna geluidloos.

'Er komen vanavond een paar belangrijke gasten en ik heb hulp nodig om de champagne rond te delen.'

De druk in Ivanna's borstkas verminderde iets en haar stem klonk vaster. 'Kan de bemanning dat niet doen?' vroeg ze.

'Nee, helaas niet. Het is hun vrije avond en ze gaan naar Antibes. Daarom heb ik jouw hulp nodig.'

'Maar ik heb nog nooit geserveerd, ik...'

'Dat is helemaal niet moeilijk,' onderbrak Grigori haar. 'Op het middendek komt een oesterbar. Je hoeft alleen rond te lopen met een blad en glazen champagne uit te delen. Dat kun je absoluut. Ik ben er zelf ook bij. Wat is je lievelingseten?'

De vraag overrompelde Ivanna.

'Waar heb je naar verlangd sinds je op de vlucht bent?' ging Grigori verder.

Ivanna begreep niet waarom hij dat wilde weten, maar gaf toch antwoord. 'Een hamburger.'

Girgorij lachte. 'Een hamburger?'

'Ja.'

'Dan krijg je vanavond een hamburger. Ik zorg ervoor dat de kok die maakt voordat hij naar de haven vertrekt. Kom om zeven uur naar de kapiteinshut, dan kunnen we eten voordat de gasten bijeenkomen. Weet je waar die is?'

Ivanna knikte. 'Daar heb ik schoongemaakt.'

'Vanavond ben je geen schoonmaakster, maar mijn gast. Ik vind het fijn als je de jurk aanhoudt.' Grigori glimlachte en liep de gang in.

Ivanna liet zich op haar kooi zakken en verstrengelde haar handen op de mooie jurk. Ze was volkomen in de war. Wilde hij gewoon aardig zijn of wilde hij iets anders van haar?

Ze voelde zich wanhopig alleen.

*

Ze hadden bijna allemaal een notitieblok in hun hand. Borgmark had ervoor gezorgd dat er een paar extra stoelen in de coördinatiekamer waren neergezet. Erik Morling en Magnus waren ook aanwezig. Het gerucht over een doorbraak had zich verspreid en de spanning was voelbaar. Lasse en Göran hadden Mettes laptop op een groot scherm aangesloten en de plafondlampen waren uit.

'Dit is de inhoud van het eerste bestand,' zei Olivia.

Mette had voorgesteld dat Olivia en Lisa de presentatie op zich zouden nemen. Zelf zou ze het contact met de mannen in Antibes regelen. Alle blikken waren op het grote scherm aan de muur gericht.

'Wat jullie hier zien is een beschrijving van de opbouw van de internationale mensenhandelorganisatie Triade Noire,' zei Olivia. 'Logistiek. Infrastructuur. Contactpersonen in Europa. Pooiers en werknemers. Het aantal prostituees dat aan de organisatie verbonden is. Namen en adressen. Gehuurde appartementen. Er is ook een kaart bijgevoegd.' Olivia haalde een kaart van Europa op waarop was aangegeven waar het netwerk opereerde en hoe de locaties verbonden waren.

'Dit is ongelofelijk,' zei Borgmark verbaasd. 'Europol wordt stapelgek als ze dit krijgt.'

'En dan heb je het volgende bestand nog niet gezien,' zei Lisa en ze haalde het op.

Het bestand bevatte een serie dichtbeschreven documenten die allemaal een discreet logo in de rechterbovenhoek hadden: een cirkel met een zwarte driehoek erin.

'Wat is dat?' vroeg Lasse.

'We hebben het alleen vluchtig kunnen bekijken, maar voor zover wij kunnen zien gaat het om de juridische constructie van het bestuur van Triade Noires. Hieruit blijkt dat de Rus Grigori Vladovski een slapende partner is. Waarschijnlijk heeft hij de opzet voornamelijk gefinancierd. De actieve leden zijn Drishti el Fassi en haar broer Adam Berrada.'

'Het gestolen lijk?' merkte Erik Morling op.

Ze keken allemaal naar de man met de vlinderdas. Veel aanwezigen begrepen niet wat hij hier deed.

'Ja,' antwoordde Olivia. 'Zoals we al vrij snel vermoedden.'

We? Tja... dacht Mette

'We moeten al het materiaal printen en zorgvuldig lezen,' zei Borgmark. 'Kun jij dat regelen, Mette?'

'Jazeker. Willen jullie het... Sorry, ik heb verbinding met Jean-Baptiste Fabre.'

'Dat is ons contact in Marseille,' legde Olivia voornamelijk voor Morling uit.

Jean-Baptiste verscheen op Mettes scherm. 'Hebben jullie het materiaal bekeken?' vroeg hij.

'Vluchtig,' zei Mette. 'Het is sensationeel. En het is veel.'

'Dat klopt.'

'Hallo, Jean-Baptiste. Borgmark hier. Jullie hebben fantastisch materiaal opgeduikeld. Hoe gaan jullie nu verder?'

'Europol heeft het zojuist ontvangen,' antwoordde Jean-Baptiste. 'Ze zullen waarschijnlijk zo snel mogelijk een grootschalige operatie in heel Europa coördineren.'

'Mag ik iets zeggen?' Morling had zich naar de tafel gemanoeuvreerd. 'Hallo, mijn naam is Erik Morling, ik ben het hoofd van de...'

'Kom ter zake,' onderbrak Mette hem.

Morling trok een zuur gezicht. 'Ik wil me er alleen van verzekeren dat Europol wordt geïnformeerd over het belang van onze operationele bijdrage aan dit onderzoek,' ging hij verder.

Het werd doodstil in de kamer en sommigen verschoven gegeneerd op hun stoel.

'Dat zal ik zeker doen,' zei Jean-Baptiste. 'Molund is de naam toch?'

'Morling, met een rrr in het midden.'

Mette duwde Morling bij de laptop vandaan en maakte een verontschuldigend gebaar naar Jean-Baptiste. 'Heb je contact met Tom of Abbas gehad?' vroeg ze.

'Ze hebben me gebeld en ik bel ze terug zodra we hier klaar

zijn. We wachten nog op het laatste bestand.'

'Is er nog een?' vroeg Olivia.

'Ja, de computerjongens werken aan het decoderen daarvan.'

*

De temperatuur daalde tegen de middag enigszins, de zon ging schuil achter ragfijne sluierwolken, de krachtige zeewind was warm. Het water in de haven bewoog nauwelijks. Het werd beschermd door een lange pier en verschillende gastensteigers waaraan de jachten als drijvende fortuinen dicht naast elkaar lagen, het een nog opzichtiger dan het ander. Toch kwamen ze niet in de buurt van het zwarte jacht dat ver buiten de haven voor anker lag, het Oog van de Nacht.

Stilton stond met zijn jack in zijn hand te kijken naar alles wat bij de kade in het water dreef. Zelfs met een pistool tegen zijn hoofd zou hij daar nog geen duik in nemen.

'Heb je zin om erin te springen?' Abbas knikte naar de troep in het water.

'Nauwelijks. IJs?'

Abbas likte aan een vanillebolletje in een grote hoorn. Een impulsaankoop, misschien om zijn humeur te verbeteren.

'Het is lekker,' zei hij. 'Zullen we Fabre nog een keer bellen?'

'Hij belt ons als hij tijd heeft.'

Stilton liep naar het grote grindveld dat was omringd door platanen. Hij wilde de schaduw in. De nieuwe, nadrukkelijkere sms van Pärlqvist zat hem dwars. Hij overwoog of hij zou antwoorden dat hij in het buitenland was en andere dingen aan zijn hoofd had, maar daaruit zou blijken dat hij bereikbaar was en dat wilde hij niet zijn. Hij ging op een houten bank onder een plataan zitten en wachtte op Abbas.

De man met de kater stond nog bij de kade en dacht na over Julie, zijn plotseling opgedoken halfzusje, en Grigori. Hij had Grigori verteld dat hij Drishti's zoon was voordat ze naar het jacht gingen, dus had Grigori geweten dat Julie en hij halfzus en halfbroer waren toen ze elkaar op het jacht ontmoetten. Een feit dat hij natuurlijk had moeten verbergen om zijn relatie met Drishti niet te verraden. Ingewikkeld, dacht hij terwijl hij aan de bol ijs likte.

En Julie?

Had hij gisteravond bij haar op het plein moeten blijven? Om wat te doen? Vertellen dat hij haar halfbroer was? Dat was geen informatie die ze op dat moment nodig had gehad. Hij had gezien dat Tom met haar praatte en dat haar schoolvriendinnen haar opvingen. Wat er daarna was gebeurd, was zijn zaak niet.

Bloedband of niet.

Toch voelde hij zich vreemd geraakt, ze bestond en was zijn halfzusje. Ze was knap, vrolijk en vermoedelijk volkomen onwetend over de activiteiten van haar ouders. Moest hij degene zijn die haar de waarheid vertelde? Dat stuitte hem tegen de borst.

Hij verliet de kade en liep naar de platanen. Stilton zat op een bankje en keek naar de stadsmuur. Iets verderop stopte een zwarte taxi waaruit drie personen stapten die vervolgens naar de haven liepen. Een van hen droeg een lichtblauw zijden kostuum. Normaal gesproken zou Stilton daar geen belangstelling voor hebben, maar ze werden opgewacht door twee in het zwart geklede mannen, van wie de Rus Boris er een was. Hij ging de drie mannen voor naar een zwarte rubberboot en hielp hen aan boord. Stilton keek de boot na terwijl die de haven uit voer en koers zette naar het Oog van de Nacht.

Op dat moment trilde zijn telefoon.

Als het Pärlqvist weer is, dan gooi ik het ding tussen de troep in het water, dacht hij. Hij haalde zijn telefoon tevoorschijn, zag dat het Mette was en hield hem bij zijn oor terwijl hij de druppels van Abbas' ijsje zag vallen. Straks komt het nog op zijn overhemd, dacht hij. 'Hallo, Mette. Heeft JB contact opgenomen?'

Daarna zat hij een tijdlang zwijgend te luisteren. Abbas keek naar zijn geconcentreerde gezicht en de gespannen trek rond zijn mond. Uiteindelijk onderbrak Stilton Mette: 'Ik snap het, Mette. Dat is nogal wat. Moeten we in actie komen?'

'Nee, jullie moeten afwachten. Europol zet de eerste stap.'

'En als hij het anker licht en wegvaart?'

'Daar kunnen jullie niet veel aan doen. Je bent op Frans grondgebied. Probeer JB te bereiken.'

'Oké.' Stilton liet zijn telefoon zakken en draaide zich om. Abbas was druk bezig de ijsvlekken van zijn lichtroze overhemd te vegen.

'De Rus is betrokken bij Triade Noire,' zei Stilton.

'Dat vermoedden we al.'

'Inderdaad.' Stilton liet de pijnlijkere informatie dat Abbas' moeder er eveneens bij betrokken was achterwege.

'Wat zei Mette? Gaan we naar het jacht om hem te arresteren?'

'Nee, dat mogen we niet zelf doen. We moeten hier op JB wachten.'

Abbas ging een stukje bij Stilton vandaan op de bank zitten. Op dit moment had hij moeite met wachten, hij voelde de calvados van de vorige avond nog steeds en had een uitlaatklep nodig, een fysieke uitlaatklep.

Ze keken naar de haven en het zwarte, glanzende monster dat op open zee voor anker lag.

De kapiteinshut van het Oog van de Nacht was geen hut in de normale betekenis van het woord, maar deed eerder denken aan de leeszaal van een luxueuze Engelse herenclub. De muren waren van donker teakhout, op de vloer lag weelderig tapijt en discrete lampen verspreidden zacht, geel licht. Het brede tweepersoonsbed stond tussen goedgevulde boekenkasten. Rond een ovale tafel van donker jacarandahout stonden vier diepe leren fauteuils. In één hoek draaide een volledig zwarte wereldbol met zilveren stippen; uit het binnenste van de bol stroomde zachte muziek. Aan de schotten hingen twee schilderijen, een olieverfschilderij van Julie en een groot oorlogstafereel van Konstantin Filippov.

'Wil je een glas wijn?' vroeg Grigori.

'Nee, bedankt.' Ivanna zat, zoals Grigori had gevraagd, in haar mooie witte jurk aan de ovale tafel. Ze had een dikke hamburger in haar handen en probeerde niet op haar jurk te morsen.

Grigori schonk een glas wijn voor zichzelf in en hief het glas naar Ivanna. 'Proost,' zei hij en hij nam een slok.

Ivanna knikte. Ze haar mond vol hamburger. Grigori zette zijn glas neer, haalde een blauw doosje uit de zak van zijn colbert en schoof het met zijn wijsvinger over de tafel naar Ivanna toe. 'Een cadeautje voor je,' zei hij.

'Waarom dat?'

'Omdat je heel bijzonder bent, zoals je weet. En omdat ik me wil verontschuldigen voor de aanval van Rusland op je vaderland. Dat is onvergeeflijk. Ik wil laten zien dat niet alle Russen slecht zijn.'

Ivanna legde de hamburger neer en veegde haar vingers aan een servet af. Voorzichtig pakte ze het doosje en haalde het deksel eraf. Op een laag watten lag een dun zilveren enkelbandje.

'Doe het eens om.'

Ivanna keek naar de gespierde man tegenover haar met de volle baard, de donkere ogen met de scherpe blik, de geprononceerde jukbeenderen en de behaarde handen met de korte stompe vingers. Ze pakte het enkelbandje voorzichtig uit het doosje, bukte zich en deed het rond haar enkel.

Grigori boog zich naar voren en keek ernaar. 'Het past bij je,' zei hij.

'Dank u.'

'Is de hamburger lekker?'

'Ja.'

De zachte muziek uit de wereldbol stroomde de kamer in. Grigori leunde naar achteren in de fauteuil en keek naar Ivanna. Zijn blik verontrustte haar en ze keek naar beneden.

'Ben je zenuwachtig voor het serveren?' vroeg Grigori.

'Een beetje.'

'Ik weet zeker dat het uitstekend zal verlopen. Het zijn heel vriendelijke mensen, beleefd, gedistingeerd en vanuit alle delen van de wereld.'

'En ze gaan allemaal naar de vissen kijken?'

'Ja.'

'Moet ik dit dragen?' Ivanna maakte een gebaar naar de jurk.

'Graag,' zei Grigori. 'Ik denk dat de gasten het zullen waarderen. Het kan zijn dat sommige een selfie met je willen maken.'

'Moet ik dat doen?' Ivanna dacht aan Grigori's woedeaanval na haar gesprek met Julie.

'Als je het wilt, is het geen probleem. Als je het niet wilt, kun je gewoon weigeren. Wil je echt geen glas wijn?'

'Nee.' Ivanna slikte de laatste hap hamburger door. Het was het lekkerste wat ze sinds het begin van de oorlog had gegeten.

*

De sfeer in de coördinatiekamer was gespannen. Ze wachtten allemaal op het laatste gedecodeerde bestand van Fabre en sommigen dwaalden rusteloos tussen de tafels heen en weer. Mette had Magnus gevraagd om Morling mee te nemen, wat met enig gemopper was gebeurd. Lasse en Göran hadden iedereen van koffie en droge kaneelbroodjes voorzien. De printer in de hoek printte de eerdere bestanden uit. Het was een enorme hoeveelheid materiaal.

'Het is er!' Mette boog zich over de laptop, haalde het binnengekomen bestand op en verbond de laptop met het scherm aan de muur.

Het gedecodeerde bestand bleek een film te zijn die ongeveer twintig minuten duurde en vanuit een hoog perspectief was genomen. Ze keken naar een kamer, of een salon. Op de voorgrond waren de ruggen van een aantal mannen te zien. Ze zaten naast elkaar. Op de achtergrond bevond zich een groot aquarium.

Ze stonden allemaal in een halve cirkel voor het scherm en keken naar wat zich daar afspeelde.

Het was schokkend.

Na zeven minuten liep Lasse weg om in een prullenbak te braken. Een paar minuten later stopte Mette de film. Ze hoefden niet meer te zien. Er heerste volledige stilte in de kamer.

'Waren dat piranha's?' fluisterde Borgmark uiteindelijk.

'Daar leek het op,' zei Göran. Hij veegde de tranen van zijn wangen.

Mette voelde de zweetdruppels langs haar wangen stromen. Ze stond op en liep naar buiten. Olivia en Lisa volgden haar en deden de deur dicht. Ze bleven in de gang staan en keken elkaar aan; geen van hen had woorden voor wat ze daarnet op het scherm hadden gezien. Het was onbeschrijflijk.

Olivia probeerde haar gedachten te ordenen en de schok te verdringen. 'Ivanna,' zei ze uiteindelijk.

'Ze is op de boot,' zei Lisa.

'Is ze daarom naar het jacht gebracht?'

Ze keken elkaar weer aan. Zou Ivanna het volgende slachtoffer worden?

'Ik bel Tom,' zei Mette. Ze pakte haar telefoon, haalde diep adem, veegde met een hand over haar gezicht en toetste Stiltons nummer in.

Hij kreeg het telefoongesprek onder een straatlantaarn op de kade. De duisternis was ingevallen en ze liepen naar de poort in de stadsmuur. 'Ja?' zei hij. 'Is er iets gebeurd?'

Mette beschreef wat ze op de film van Berrada's laptop had gezien en deed dat op een manier waardoor zelfs Stilton, die toch al heel veel had meegemaakt, verbijsterd raakte. Zijn gezicht vertrok in een enigszins verwrongen grimas en hij perste zijn lippen op elkaar. Abbas kwam gespannen naast Stilton in het licht van de straatlantaarn staan. Hij had het grootste deel van het gesprek over het aquarium en de bezorgdheid over Ivanna gehoord.

'Ik heb JB gewaarschuwd,' zei Mette. 'Ze zijn met een helikopter en een arrestatieteam onderweg.'

'Hoe lang duurt dat nog?'

'Ik weet het niet. Blijf waar je bent en...'

'We houden contact.' Stilton verbrak de verbinding en keek naar het Oog van de Nacht. 'Ze hebben een paar uur geleden drie mannen opgehaald,' zei hij.

'Durven we te wachten?' Abbas keek naar de haven met de gastensteigers. Naast een groot jacht lag een kleine rubberen boot en ze begonnen tegelijkertijd te rennen.

*

De schemering was boven de grote baai neergedaald, een warme bries waaide vanaf de open zee. Het was een warme, aangename avond aan de Franse Rivièra.

Aan boord van Grigori Vladovski's jacht waren de verwachtingen van de gasten op het middendek hooggespannen. Ze hadden zich verzameld bij de lange oesterbar die was bezaaid met geopende losgesneden oesters die op ijs lagen. Daarnaast konden de gasten die daar behoefte aan hadden roggebrood, dunne schijfjes citroen en tabasco pakken. Iedereen was met elkaar in gesprek, deels in verschillende talen. Aan de rand van het glazen dek naderde Ivanna in haar witte jurk. Ze hield een rond zilveren blad met twee handen vast. De negen hoge glazen rinkelden licht tegen elkaar. Ze liep heel voorzichtig naar het ijsbed met oesters terwijl ze het blad recht probeerde te houden en doodsbang was dat ze zou uitglijden. Door het blauwe licht van het aquarium onder haar zag ze eruit als een sprookjesfee.

'Dit is Ivanna!' Grigori maakte een gebaar met zijn hand en de gasten draaiden zich om.

'Ze is mooi,' fluisterde Easter in Grigori's oor.

'Heel mooi. Champagne!'

Ivanna hield het blad voor zich terwijl de gasten een voor een naar haar toe kwamen en een glas pakten. Grigori nam eveneens een glas en keek om zich heen. 'Op het leven!' zei hij terwijl hij zijn glas hief.

'Op het leven!' antwoordden de gasten eensgezind.

Ivanna maakte een lichte buiging en begon weg te lopen.

'Ivanna!' riep de oudere sjeik naar haar.

Ivanna bleef staan en zag dat de sjeik een telefoon tevoorschijn haalde. Hij liep naar Ivanna toe en gaf de telefoon aan zijn neef. Ze wisselden een paar woorden in het Arabisch. Het was duidelijk wat ze zeiden: de neef moest een foto maken van de sjeik en het meisje in de witte jurk. Ivanna keek naar Grigori, die glimlachte en een verontschuldigend gebaar met zijn handen maakte. Ze bleef roerloos staan terwijl de sjeik naast haar plaatsnam en hoopte dat hij zijn arm niet om haar heen zou slaan. Dat deed hij gelukkig niet. Hij keek met een bijzonder ernstige gezichtsuitdrukking naar de camera.

'Heren!' zei Grigori. 'Laten we opschieten met de oesters.'

Anatoli had de opdracht gekregen om voor de verlichting in de salon en voor de emmer te zorgen. Hij had het licht gedimd en was helemaal achterin gaan zitten. Het aquarium verspreidde zijn blauwe schijnsel tot aan de fauteuils. Het was stil in de salon toen de eerste gast binnenkwam, een zwarte man uit Brazilië. Hij bleef een paar seconden staan om zijn ogen aan het gedempte licht te laten wennen en ging in een fauteuil in het midden van de rij zitten. Daarna volgden de overige gasten een voor een, sommige met een champagneglas in de hand. Niemand zei een woord; de fauteuils werden met vriendelijke gebaren onderling verdeeld. Anatoli kwam overeind, deed de deur van de salon dicht en keek naar het rookalarm.

De voorstelling begon bijna.

*

Stilton was het gewend om een rubberboot te varen; het was het enige vervoermiddel dat hij op Rödlöga gebruikte. Deze boot was kleiner, maar had een extra zware buitenboordmotor. Ze vlogen over het zwarte wateroppervlak en Abbas, die op de rubberen bodem zat, hield zich stevig vast. De duisternis maakte het moeilijk voor Stilton om met de golven mee te gaan. Hij voer vol gas en vloog over de toppen terwijl het water over Abbas heen stroomde.

Ze hadden geen idee wat hen op het jacht te wachten stond. Het was niet bekend hoeveel gasten en in het zwart geklede mannen er aan boord waren en of Drishti er was.

Daarentegen wisten ze wel dat Ivanna op het jacht was.

Toen ze het Oog van de Nacht naderden, remde Stilton af, zette de motor uit en liet de rubberboot naar het jacht glijden. Hij wilde hun komst niet verraden. Abbas wees naar het dek en ze constateerden beiden dat er geen helikopters op de helipads stonden. JB's mensen konden landen als ze arriveerden. Stilton liet de boot tegen de instapladder aan de achterkant glijden, dezelfde plek waar ze de vorige dag aan boord waren gegaan.

Vandaag hadden ze daar een heel andere reden voor.

*

Er heerste een verwachtingsvolle stilte in de salon. De gasten die de voorstelling van het afgelopen voorjaar hadden meegemaakt, wisten wat hen te wachten stond, de anderen waren gespannen en geconcentreerd. Allemaal volgden ze de grote school die door het aquarium zwom met hun ogen. Een van de gasten draaide zich om naar Anatoli, die bij de muur zat. 'Mogen we naar het aquarium toe lopen als het begint?' vroeg hij.

Anatoli wist dat de man hier voor het eerst was, anders had hij de vraag niet gesteld. 'Dat zou ik niet aanraden,' antwoordde hij.

De Braziliaan, die naast de man zat, boog zich naar hem toe. 'Ik ook niet,' fluisterde hij. 'Ik ben hier in het voorjaar geweest en dit is een perfecte afstand. Net als bij ballet wil je niet te dicht bij het podium zitten omdat je de schoonheid van de choreografie dan mist.'

*

Stilton en Abbas waren gestrest, bezweet en gedesoriënteerd. Het aquarium en de salon waarover Mette had verteld waren hun doel. De vorige keer dat ze aan boord waren geweest, hadden ze op het dak van het aquarium gestaan, maar ze wisten niet hoe ze daar waren gekomen. Grigori had voor hen uit gelopen en ze waren via verschillende trappen en door een grote salon bij het glazen dak uitgekomen.

'Het moet een dek verder naar beneden zijn,' fluisterde Stilton.

Ze liepen gebukt langs de gladde reling en beseften hoe groot het jacht was en hoeveel dekken er waren. Ze moesten zich in bijna totale duisternis op de tast een weg banen, wat deels werd veroorzaakt doordat alle lampen van het jacht uit waren. Ze zagen nergens licht, voor hen en achter hen niet. En geen mensen, zelfs geen personeelsleden of lijfwachten.

'Waar is iedereen in vredesnaam?' fluisterde Stilton.

'In de salon misschien.'

'Dan moeten we opschieten.'

'Durven we onze zaklampen aan te zetten?'

'Nee.'

Stilton wilde het risico niet nemen. Er konden overal in het zwart geklede mannen staan zonder dat ze hen zagen. Abbas liep aarzelend verder en Stilton volgde hem. Plotseling stootte hij zijn knie tegen een uitstekend metalen voorwerp. Hij zakte in elkaar op het dek en beet op zijn tanden om geen schreeuw van de pijn te geven. Abbas bleef staan en draaide zich om. Stilton gebaarde dat het goed was en probeerde overeind te komen. Op dat moment trilde zijn telefoon. Hij bukte weer en haalde hem tevoorschijn. Het was Fabre.

'Hallo,' fluisterde Stilton. 'Waar zijn jullie?'

'We naderen de baai en zien het jacht. Er brandt bijna geen verlichting. Zijn jullie nog in de haven?'

'Nee, we zijn aan boord. Kom zo snel mogelijk hiernaartoe.' Stilton stopte zijn telefoon weg en volgde Abbas in de duisternis.

Grigori liet een oester in zijn mond glijden en slikte hem genietend door. Hij stond samen met Ivanna en Boris bij het ijsbed. Ivanna had het zilveren blad nog steeds in haar handen.

'Dat heb je uitstekend gedaan, Ivanna,' zei Grigori.

'Dank u.'

'Vond je het vervelend dat de sjeik met je op de foto wilde?' vroeg Boris.

'Een beetje.'

Boris lachte en stopte een schijfje citroen in zijn mond. Hij droeg een zwart jack en een grijze gebreide muts. Zo meteen was zijn werkdag voorbij. 'Vind je oesters lekker?' vroeg hij aan Ivanna.

'Ik heb er nog nooit een gegeten.'

'Dan moet je er een proeven,' zei Grigori. 'Ze zijn heerlijk. Duizend keer lekkerder dan hamburgers.'

Hij pakte een nieuwe oester en wees naar het glazen dek. 'Zo meteen ga ik je daar iets heel moois laten zien,' zei hij, waarna hij het trillende gele weekdier opslurpte. 'Iets wat je nooit zult vergeten.'

Boris keek naar zijn baas.

Stilton en Abbas waren langs twee trappen naar beneden geslopen zonder iemand tegen te komen en nu liepen ze de derde trap af.

'Hoeveel dekken zijn hier verdomme?' fluisterde Stilton.

'Te veel.'

Ze bereikten opnieuw een dek en keken om zich heen. Alleen duisternis. Stilton keek naar de hemel en zag een zwak lichtschijnsel boven de baai. Fabres helikopter. Moesten ze hier blijven staan om op hem te wachten?

'Kijk!' siste Abbas.

Stilton keek in de richting die hij aanwees en zag een zwak blauw schijnsel in de verte. 'Het aquarium,' zei hij.

'Het glazen dak.'

Ze begonnen naar het schijnsel toe te lopen. Abbas voorop terwijl Stilton achter hem aan strompelde.

Grigori haalde het witte doosje uit zijn zak. Hij stond met Ivanna en Boris naast zich een paar meter bij het luik vandaan.

'Nu moet je goed opletten,' zei hij terwijl hij op het doosje drukte.

Het glazen luik gleed langzaam open.

'Deze keer laat ik je de vissen vanaf een andere kant zien, Ivanna, dat is een compleet nieuwe ervaring. Kom mee.' Hij deed een stap in de richting van de opening, maar Ivanna bleef staan. Ze voelde zich niet op haar gemak en was bang.

'Je moet dichtbij staan om het goed te kunnen zien,' zei Grigori.

'Ik wil niet.'

'Doe het voor mij?' Grigori glimlachte.

Ivanna bewoog niet. Grigori liep naar haar toe en pakte haar linkerarm vast. Ivanna verzette zich, maar hij was veel sterker dan zij. Decimeter voor decimeter werd ze naar de blauw glinsterende opening getrokken, tot ze vlakbij was en het water op haar witte schoenen spatte.

'Zie je?' zei Grigori. 'Zie je de school daar beneden? Vind je het niet prachtig?'

Ivanna knikte zonder naar beneden te kijken. Haar lichaam trilde van angst.

'Weet je nog dat ik zei dat je heel bijzonder bent?' fluisterde Grigori.

Ivanna knikte met een afgewend gezicht.

'Weet je waarom ik dat zei?'

Ivanna schudde haar hoofd en Grigori zag de tranen over haar wangen stromen. Hij veegde ze teder met de rug van zijn hand weg, sloeg een arm om haar heen en gaf een lichte kus op haar schouder.

'Omdat je alleen op de wereld bent. Vaarwel, Ivanna, ik hoop dat je...'

Op dat moment gooide Stilton de oesterbar over het dek. De schelpen en ijsblokjes vlogen over het glazen dak. Boris reageerde het snelst. Hij trok een pistool uit zijn jaszak en richtte het op Stilton. Tegelijkertijd boorde zich een smal zwart mes door zijn rechteroog. Grigori liet Ivanna los en bukte zich bliksemsnel naar Boris' pistool, maar Stilton stormde naar hem toe. Hij duwde Ivanna bij het gat vandaan en glibberde weg over het glazen dak. Grigori rende achter hem aan, maar had de pech om uit te glijden over een slijmerige oester en verloor zijn evenwicht. In de verkeerde richting. Schreeuwend stortte hij achterover in het aquarium.

Het schot dat hij op Stilton wilde afvuren raakte de wand van het aquarium die op de salon uitkeek.

De acht opgewonden mannen in de fauteuils kregen de tijd niet om te beseffen wat er gebeurde. Ze zagen Grigori Vladovski in het aquarium naar beneden zakken en aangevallen worden door de uitgehongerde piranha's. Het water rond zijn gezicht veranderde binnen enkele seconden in rood schuim. Daarna zagen ze de barst die door het kogelgat was ontstaan. De barst vertakte zich snel over het glas tot dat versplinterde. Een seconde later stroomden er honderden kubieke meters water de salon in.

Het water was vermengd met zeshonderd piranha's en Grigori Vladovski.

Geen van de gasten op de terrassen in de haven wist wat zich op het Oog van de Nacht afspeelde. Een paar van Grigori's lijfwachten reageerden op de helikopter die met brandende schijnwerpers boven het achterdek zweefde. Ze probeerden zonder succes in contact te komen met Boris en Anatoli. Toen er meerdere politieboten rond het jacht begonnen te cirkelen, stapten een paar bemanningsleden haastig in een rubberboot, waarna ze met hoge snelheid de haven uit voeren.

In het platanenpark keken een man en een vrouw naar de haven. De vrouw hield een verrekijker voor haar ogen.

'Wat gebeurt er?' vroeg de man zenuwachtig.

'Ik weet het niet,' antwoordde de vrouw. 'Wij hebben er in elk geval niets mee te maken.'

De man haalde zijn telefoon tevoorschijn en toetste een geheim nummer in.

Achter de haven passeerden een man en een meisje de poort in de stadsmuur, nog steeds geschokt door wat er aan boord van het jacht was gebeurd. Een politieboot had hen daarnet op de kade afgezet: Stilton had Ivanna zo snel mogelijk weg willen hebben van de chaos aan boord.

'Heb je het koud?'

'Nee.' Ivanna huiverde om andere redenen. Toch trok Stilton zijn leren jack uit en hing het over haar schouders. Het was een beschermend gebaar. Hij nam Ivanna mee naar het plein, Place Nationale, het enige plein dat hij in Antibes kende. Daar zouden ze op Abbas en Fabre wachten.

'Wat wil je drinken?'

'Een cola,' zei Ivanna.

Stilton wenkte een ober en bestelde een cola en een glas bier. Ze zaten samen aan een rond marmeren tafeltje, een oudere gebruinde man met een kaal hoofd en een jonge knappe vrouw in een lange witte jurk en een leren jack over haar schouders.

De jonge vrouw keek in Stiltons ogen. 'Hij wilde me in het aquarium duwen, nietwaar?'

'Ja.'

'Waarom?'

Stilton keek naar de tafel. Terwijl ze van de haven naar het plein liepen had hij haar verteld wat hij wist over Grigori en diens partner Sasja, maar het moeilijke gedeelte, de bedoeling van het aquarium en de piranha's, had hij voor zich gehouden. Dat een aantal mannen in fauteuils zouden toekijken hoe Ivanna door de vissen werd verscheurd – wat Mette met een andere jonge vrouw had zien gebeuren – vond hij te schokkend en te wreed. Hopelijk zou ze de waarheid nooit te horen krijgen.

'Ik weet het niet, Ivanna,' zei hij daarom. 'Hij was een krankzinnige man met een zieke geest.' Stilton was dankbaar dat de ober hun bestelling op dat moment bracht. Hij vond het extreem onaangenaam om tegen Ivanna te liegen, dus nam hij een slok bier en veranderde van onderwerp. 'We hebben de mannen van de camper, waarin je in Polen bent meegereden, gearresteerd. Of eigenlijk een van hen, de andere is dood.'

Ivanna keek naar Stilton. Ze wist alleen dat hij een Zweedse politieagent was. Hoe wist hij over Polen? 'Weet je wat er met Alina en haar zoontje Oleksi gebeurd is?' vroeg ze.

'Ze zijn in Zweden en worden opgevangen door fijne mensen.'

Ivanna nam een slok cola. Het was allemaal heel verwarrend. Ze hief haar handen en trok het leren jack strakker rond haar hals.

Stilton zag het. 'Je bent nu veilig,' zei hij.

'En Grigori? Stel dat hij...'

'Hij is morsdood,' zei Stilton.

Een constatering die werd bevestigd door Abbas en Fabre, die tussen de tafeltjes door naar hen toe kwamen lopen. Fabre droeg zijn uniform van het arrestatieteam nog steeds.

'Hij is verdronken,' zei Abbas in het Engels tegen Ivanna. 'De details kunnen we straks bespreken,' zei hij vervolgens in het Zweeds tegen Stilton.

Stilton knikte en keek naar Fabre. 'Zijn jullie klaar op het jacht?'

'Nog lang niet, maar ik ben daar niet meer nodig. Ik ga voor dit meisje zorgen.' Fabre ging naast Ivanna staan en legde voorzichtig en vriendelijk uit wie hij was en dat hij haar naar een plek zou brengen waar er voor haar gezorgd zou worden.

Ivanna stond op, haalde Stiltons jack van haar schouders en gaf het aan hem. Hij kwam eveneens overeind en omhelsde haar langdurig. Fabre liep naar een politieauto toe, opende het portier en liet Ivanna instappen. Terwijl hij naar de chauffeursplaats toe liep bleef hij ineens staan. Stilton zag dat hij zich bukte en iets van zijn voet pakte. Hij hield het in zijn hand en liep naar een afvoerrooster in de goot. Zonder een spier te vertrekken liet hij een zilveren glinsterend enkelbandje in het gat vallen.

De politieauto reed weg en Stilton keek naar Abbas. 'De details.'

'Die zijn heel smerig,' zei Abbas. 'Er waren negen personen in de salon toen het aquarium brak. Ze hadden geen schijn van kans. Ze zijn verpletterd en verdronken of in stukken gescheurd door de piranha's. Met inbegrip van Grigori. Ik zag dat zijn lijk naar het dek werd gedragen. Hij was behoorlijk toegetakeld.'

'Macaber... Maar het voordeel is waarschijnlijk dat Poetin de schuld krijgt... Opnieuw een oligarch onder verdachte omstandigheden overleden...'

Abbas knikte en dronk Ivanna's colaglas leeg. Hij pakte zijn telefoon en haalde een foto op. 'Deze heb ik genomen toen ze Grigori's lichaam omdraaiden,' zei Abbas.

Stilton boog zich naar voren en bekeek de foto. 'Waar zat hij?' vroeg hij.

'Op zijn schouder. Dezelfde plek als bij Adam.'

'We hadden dus wat hem betreft gelijk.'

Abbas knikte. 'En we hadden gelijk over Drishti,' zei hij.

'Wat bedoel je?'

'Ze was niet aan boord.'

De zware groene gordijnen voor de ramen in de statige kamer waren dichtgetrokken. De conservator hield niet van de zon. Hij zat achter zijn met leer beklede bureau en sorteerde vergeelde documenten in het schijnsel van een tiffany-lamp. Een delicate taak, volgens de conservator zelf. Hij heette Andrej Sokolov en beheerde een van de mooiste musea van Sint-Petersburg, het Fabergé-museum, waar meer dan vierduizend kostbare kunstwerken werden tentoongesteld. De belangrijkste daarvan waren negen keizerlijke paaseieren, die voor de twee laatste tsaren waren gemaakt. Het was een van de voornaamste collecties ter wereld.

Sokolov was zich daar terdege van bewust.

Hij rechtte zijn rug en streek het zwarte haar van zijn voorhoofd. De afgelopen maanden had de omzet van het museum onder druk gestaan door Poetins speciale operatie in Oekraïne. De toestroom van buitenlandse toeristen was aanzienlijk verminderd. Omdat het museum in particuliere handen was, kon hij niet op aanzienlijke overheidssubsidies rekenen en was hij afhankelijk van de toegangsprijzen en wat er in de cadeauwinkel werd verkocht, wat tegenwoordig niet veel was.

Hij zuchtte en boog zich weer over zijn documenten. Hij had iets nieuws nodig, een attractie die de aandacht van de media zou trekken en het museum weer op de kaart zou zetten. Op dat moment werd er op de deur geklopt. Een van zijn werknemers opende hem een stukje en keek in het halfduister naar het bureau.

'Ja?' zei Sokolov.

'Er is een vrouw die u wil spreken.'
'Waar gaat het over?'
'Dat wil ze niet zeggen.'
'Hoe heet ze?'
'Drishti el Fassi. Ze is Française.'
Sokolov maakte een snelle inschatting. Een gewone toerist zou niet met de conservator willen praten. Zou het een journalist zijn? Van een buitenlandse krant?
'Laat haar binnenkomen,' zei hij.
De deur ging helemaal open en Drishti el Fassi betrad de ruimte. Ze droeg een donkerrood mantelpakje, had een grijze sluier op haar hoofd en een leren tas in haar hand.
Sokolov keek naar haar en gebaarde naar de stoel die aan de andere kant van het bureau stond.
'Dank u,' zei Drishti, waarna ze ging zitten.
'Bent u van de media?' vroeg Sokolov.
'Nee,' antwoordde Drishti. 'Ik ben hier vanwege dit.' Ze opende haar tas, haalde er een foto uit en stak hem naar Sokolov uit. Hij boog zich naar voren en pakte hem aan.
'Herkent u het?' ging Drishti verder.
Sokolov hield de foto onder het licht van de tafellamp en bestudeerde hem een paar seconden zwijgend terwijl zijn wenkbrauwen een paar keer op en neer gingen. 'Ja,' zei hij uiteindelijk. 'Heel goed zelfs. Dit is het beroemde Fabergé-ei, het Oog van de Nacht, dat sinds de tsarentijd verdwenen is.' Sokolov liet de foto een stukje zakken en keek naar Drishti. 'Mag ik vragen hoe u aan deze foto gekomen bent?'
'Ik heb hem met mijn camera gemaakt.'
'Ik geloof niet dat ik u helemaal begrijp.'
'Het ei is in mijn bezit.'
Het antwoord was onbegrijpelijk voor Sokolov. In mijn bezit. Liegt ze tegen me? Hij keek weer naar de foto. Het was het ei, het Oog van de Nacht. Hij moest zijn best doen om niet verward te klinken terwijl hij zijn volgende vraag stelde: 'U hebt het Oog van de Nacht in uw bezit?'

'Ja.'

De arme conservator zocht naar woorden, Engelse woorden. 'Hoe is het in uw bezit gekomen?' stamelde hij uiteindelijk.

'Ik heb het van mijn man cadeau gekregen vlak voordat hij stierf.'

'O ja? En wie was uw man?'

'Grigori Vladovski.'

Sokolov reageerde zichtbaar, zo zichtbaar dat Drishti zich realiseerde dat de naam Vladovski bijzonder bekend was. Dat verbaasde haar niet. Er was in Rusland veel geschreven over Grigori. Om meerdere redenen.

'En hoe was hij in het bezit van het ei gekomen?'

'Volgens hem is het ei sinds de tsarentijd in het bezit van zijn familie geweest. Dat is het enige wat ik weet.'

Sokolov keek weer naar de foto en streek eerbiedig met zijn vinger over het ei. 'Bijzonder merkwaardig,' zei hij.

'Ja.' Drishti boog zich naar voren, pakte de foto en stopte hem resoluut in haar tas terug.

Sokolov zag hem verdwijnen. 'Mag ik vragen wat u met het ei van plan bent?'

'Ik heb besloten dat ik het ei aan uw museum wil schenken.' Drishti zag hoe er kleine, glanzende zweetdruppels bij Sokolovs hoge haargrens verschenen.

De conservator werd door duizend gedachten bestormd. Dit kon de attractie zijn die hij nodig had. Het legendarische Oog van de Nacht, in zijn museum. Het zou wereldnieuws zijn.

'Op twee voorwaarden,' ging Drishti verder.

Sokolov werd uit zijn gedachten gerukt en keek naar de opmerkelijke vrouw tegenover hem.

'En die zijn?'

'Ten eerste wil ik de Russische nationaliteit om de bezittingen van mijn man in Rusland beter te kunnen beschermen.'

'Dat moet geen probleem zijn. En de tweede?'

'Ik wil een permanente woning in Sint-Petersburg voor mij en mijn dochter.' Drishti keek in Sokolovs ogen. Ze zag dat hij van slag was. Wat ze verlangde lag waarschijnlijk buiten zijn invloedssfeer, maar dat had ze voorzien. 'Ik kan het Oog van de Nacht natuurlijk via meer winstgevende kanalen van de hand doen, maar ik wil graag dat het hier terechtkomt, in Russisch bezit.'

Sokolov boog zich naar het gele schijnsel van de lamp en keek naar Drishti. 'Daar ben ik dankbaar voor,' zei hij. 'Mag ik een paar telefoontjes plegen?'

'Natuurlijk.'

De zonnestralen raakten het water van de rivier Fontanka, kaatsten tegen de gevel van het beroemde Fabergé-museum en schenen recht in de ogen van de kleine vrouw bij de ingang. Ze droeg een donkerrood mantelpakje en had een kaarsrechte houding. Ze deed een paar stappen opzij om een groep Japanse toeristen te laten passeren, haalde een glanzende sigarettenhouder tevoorschijn, opende het deksel en keek naar de inscriptie: VOOR MIJN GELIEFDE SASJA VAN GRIGORI.

Drishti glimlachte, pakte een Gauloise, stak hem op en keek naar de hemel. De zon schijnt hier ook, dacht ze, waarna ze een donkere zonnebril op zette. Met haar andere hand hield ze een taxi aan en ging op de achterbank zitten.

Ze zag de auto niet die achter de taxi aan reed en de personen die erin zaten evenmin, een man en een vrouw in gestreken lichtblauwe overhemden.

Stilton nam de trein van Frankrijk naar Zweden. De reden daarvoor had niets met het milieu te maken, maar met het feit dat hij tijd nodig had om over een aantal dingen na te denken. Dat wat er in Antibes was gebeurd natuurlijk, maar vooral het gesprek dat hij met Robert Pärlqvist moest voeren en de consequenties die dat zou hebben. In het ergste geval zouden die vernietigend zijn.

Hij wandelde met zijn groene tas in zijn hand van het Centraal Station naar Långholmen. Het weer was kouder dan in Antibes, maar dat deerde hem niet. Hij liep met zijn blik een paar meter voor zich op de grond gericht via Söder Mälarstrand naar de Pålsundsbrug en stak die over. Halverwege bleef hij staan en leunde tegen de brugleuning. Hier hadden Luna en hij tegenover elkaar gestaan toen hij dacht dat alles voorbij was. Hij herinnerde zich haar opmerking woord voor woord: *Ik wil dat je blijft, ik wil dat we hier doorheen komen.*

Stilton zette zijn tas op de brug neer en keek naar het blauwzwarte water. Het zag er koud uit. In de verte zag hij de zwarte aak aan de kade liggen. Hij pakte zijn telefoon en belde Pärlqvist, die meteen opnam.

'Hallo, Tom! Fijn dat je belt, ik heb geprobeerd contact met je op te nemen.'

'Ik weet het. Ik was in Frankrijk.'

'O ja? Werk of vakantie?'

'Allebei. Waarom belde je?'

'De Filipijnen hebben contact opgenomen over het DNA dat

ze op de veiligheidspin bij de brug hebben aangetroffen. Kun je je herinneren dat ik je daarover verteld heb?'

'Ja.'

'Het was blijkbaar erg vervuild en kan niet gebruikt worden.'

'Wat jammer.'

'Inderdaad. Ze hebben het onderzoek gesloten. Ik dacht dat je dat wel zou willen weten.'

'Inderdaad. Bedankt. Ik spreek je later.' Stilton verbrak de verbinding. Hij had geen zin om een praatje te maken. Het onderzoek was gesloten en dat was voldoende. Een zacht schurend geluid maakte duidelijk dat er iemand met een schuurmachine op het dek aan het werk was.

Misschien moet ik haar helpen, dacht Stilton en hij liep verder de brug over.

*

Olivia veegde met een bordenwisser over het whiteboard in de coördinatiekamer. Weg met Triade Noire, weg met Adam Berrada, weg met Grigori Vladovski. Weg met alle weerzinwekkende wreedheden die hij had begaan. Ze verwijderde hun bestaan zorgvuldig uit haar bewustzijn.

'Dat voelt best goed, vind je niet?' Lisa kwam met twee koppen koffie de kamer in en gaf er een aan Olivia.

'Absoluut.'

'Er is er maar één ontsnapt.'

'Drishti.' Olivia keek naar haar koffiekopje.

'Waar denk je aan?' vroeg Lisa.

'Abbas' halfzusje Julie. Weten we waar ze is? Drishti zou contact met haar moeten hebben.'

'Ze is spoorloos van haar school in Nice verdwenen.'

'Hoe weet je dat?'

'Ik heb Mette daarnet gesproken. Ze was al verdwenen toen de Franse politie naar haar op zoek ging. Waarschijnlijk is ze in het buitenland.'

'Waar dan?'

'Geen idee.'

Olivia draaide zich om naar het whiteboard en veegde de laatste naam weg.

Lisa ging op een stoel zitten en keek naar haar rug. 'Wat ga je dit weekend doen?' vroeg ze.

'Ove en ik gaan naar de westkust. En jij?'

'Oskar komt hiernaartoe. Daar kijk ik zo naar uit. We hebben elkaar al een maand niet gezien.'

'Jullie worstelen dus door met jullie langeafstandsrelatie.'

'Ja, maar het is moeilijk om zo vaak niet bij elkaar te zijn. We moeten elke keer dat we elkaar zien als het ware opnieuw beginnen.'

'Je bedoelt toch niet dat jullie uit elkaar gaan?'

'Nee, maar ik denk erover om te verhuizen.'

Olivia verslikte zich bijna in haar koffie. 'Nee,' schreeuwde ze geluidloos. 'Dat mag je niet doen! Of ik bedoel, je weet wel... Verdomme!' Ze veegde een paar druppels koffie van haar trui.

Lisa glimlachte. 'Het is geen gemakkelijke beslissing,' zei ze, 'maar er is een vacature in Kristianstad en ik overweeg om daarop te solliciteren.'

'Oké... Ik moet waarschijnlijk zeggen dat ik blij voor je ben en dat is natuurlijk ook zo, maar het gaat hier ongelofelijk saai worden zonder jou.'

'Ik weet het.' Lisa glimlachte weer. 'Maar je redt het wel. Ik kom terug als jij de hoogste chef bent.'

'Dat wil dus zeggen dat je nooit terugkomt.'

'Dat wil zeggen dat we samen hiernaartoe verhuizen als Oskars dochter volwassen is.'

'Hoe oud is ze?'

'Acht.'

'Je rekent er dus op dat ik over ongeveer tien jaar de hoogste chef ben?'

'Absoluut,' zei Lisa.

*

Alina keek uit het keukenraam. Oleksi was de kippen aan het voeren. Hij strooide voer uit een grote papieren zak in het hok. Mårten zat op zijn hurken en filmde hem met zijn telefoon. Alina's keel kneep dicht door het tafereel en ze slikte een paar keer.

'Wil je een omelet?' vroeg Mette. Ze zat aan de keukentafel met Abbas naast zich.

'Nee, dank je, ik heb geen trek,' zei Alina. Ze glimlachte, liep naar de tafel en ging zitten.

Abbas was een uur geleden op bezoek gekomen en had geselecteerde gedeelten van de gebeurtenissen in Antibes verteld. Het belangrijkste en meest overweldigende nieuws voor Alina was de informatie dat Ivanna leefde en dat het goed met haar ging.

'Waar is ze nu?' vroeg ze.

'Waarschijnlijk zorgen de sociale diensten voor haar,' zei Abbas.

'Kun je JB bellen om te informeren hoe het met haar gaat?' vroeg Mette.

'Uiteraard.' Abbas pakte zijn telefoon en belde Fabre. 'Hallo, JB,' zei hij. 'Weet jij waar Ivanna op dit moment is?'

'Ze zit naast me. We zijn op de luchthaven van Nice omdat ze naar Zweden vliegt. Ze heeft blijkbaar een nicht in het westen van Zweden, in Borås.'

'Oké, luister, ik heb hier een vriendin van haar die met haar wil praten. Kun je me met FaceTime bellen?'

'Wacht even.'

Fabre belde en Abbas gaf zijn telefoon aan Alina. Toen ze Ivanna op het scherm zag begon ze te huilen. In Nice gebeurde hetzelfde. Alina stond op en begon een gesprek in het Oekraiens. Abbas en Mette zagen haar in de Afrika-kamer verdwijnen.

'Ze hebben elkaar beslist veel te vertellen,' zei Mette.

'Dat denk ik ook.'

'Heb je trouwens het artikel over het ei in de DN van vanochtend gelezen?'

'Welk ei?'

Mette schoof de krant naar Abbas toe. Hij keek naar de opengeslagen pagina. De kop boven het artikel luidde: VERDWENEN FABERGÉ-EI ONDER BIJZONDERE OMSTANDIGHEDEN TERUGGEKOMEN. De tekst vertelde over een Franse vrouw, de echtgenote van een onlangs overleden Russische zakenman in Antibes, die plotseling in Sint-Petersburg was opgedoken en het mythische ei in haar bezit had.

Abbas las langzaam en zorgvuldig; sommige delen zelfs twee keer. Toen hij klaar was zei hij langzaam: 'Ze is dus in Rusland?'

'Blijkbaar wel, en waarschijnlijk blijft ze daar.'

'Waarom denk je dat?'

'Om buiten het bereik van Europol te blijven,' zei Mette.

Abbas stond op, liep naar het aanrecht, bleef daar een paar seconden staan en draaide zich om. 'Er staat dat ze het ei in verband met de dood van haar man gekregen heeft,' zei hij. 'Dat is een leugen. Ze was niet op het jacht toen Grigori stierf. Volgens haar dochter was ze niet eens in Antibes.'

Mette dacht na over wat hij zei en roerde met een smal zilveren lepeltje in haar koffie. 'Stel dat het als volgt is gegaan,' zei ze aarzelend. 'Stel dat ze ruzie gekregen heeft met haar man, het Fabergé-ei gepakt heeft en ervandoor gegaan is? Het is vermoedelijk een vermogen waard.'

Abbas ging op de bank zitten. 'En waarom kwam ze dan bij mij op bezoek?' zei hij.

'Waarschijnlijk bij wijze van noodmaatregel. Eigenlijk wilde ze bij haar broer Adam langsgaan.'

'Waarom denk je dat?'

Mette stond op, liep naar een smal bureau tegen de muur, opende een lade en haalde er een dunne plastic map uit.

'Wat is dat?' vroeg Abbas.

'De gesprekslijst van Adam Berrada's telefoon.' Mette legde

de map naast de krant en keek naar Abbas. Hij stond op van de bank en ging weer aan de tafel zitten. Voorzichtig haalde hij er een paar vellen papier uit en begon de lijst te bekijken.

'Zoals je ziet staan er een paar inkomende gesprekken op die niet beantwoord zijn,' zei Mette. 'De beller heeft geen ID maar het gesprek is afkomstig van een Frans nummer.'

'Dat van Drishti?'

'Ja. Kijk eens naar de data waarop ze heeft gebeld.'

Dat deed Abbas. Hij constateerde dat het eerste telefoongesprek naar Adam de dag na zijn dood had plaatsgevonden, gevolgd door meerdere pogingen op de dagen erna, vaak meer dan één keer per dag. Hij keek op. 'Ze heeft dus een paar keer gebeld terwijl ze bij mij logeerde,' constateerde hij.

'Ja, zonder te weten dat hij dood was. De telefoongesprekken stopten op de dag waarop je haar dat vertelde.'

Abbas schoof de vellen papier langzaam in de plastic map terug. 'Ik was dus alleen een noodzakelijke schuilplaats voor haar,' zei hij aarzelend.

'Blijkbaar wel. Zowel voor haar als voor het ei.'

Abbas knikte en zijn ogen dwaalden af. Een ei? Had het allemaal met het ei te maken?

'Waar denk je aan?' ging Mette verder.

'Als het is zoals jij denkt, dan had ze het ei bij zich toen ze bij mij logeerde.'

'Ja, dat lijkt logisch, neem ik aan. Je hebt haar spullen waarschijnlijk niet doorzocht?'

'Nee, maar misschien had ik dat wel moeten doen.' Abbas stond op het punt om verder te gaan over het ei toen Alina de keuken in kwam.

'Bedankt,' zei ze. Met rode ogen van het huilen gaf ze Abbas zijn telefoon terug. 'Het was heerlijk om met Ivanna te praten.' Alina ging zitten en keek naar Mette. 'Hoe ver is het naar Borås?'

'Vier tot vijf uur met de auto. We kunnen ernaartoe gaan als je dat wilt.'

'Dat zou fantastisch zijn.'

Ze hoorden de voordeur dichtslaan en keken naar de hal. Oleksi kwam de keuken in met een mand in zijn hand en Mårten liep vlak achter hem. 'Eieren,' zei Oleksi in het Zweeds. Hij zette de mand met een trots gebaar op de tafel. Er zaten vier eieren in. Hij haalde ze er een voor een uit en telde hardop, nog steeds in het Zweeds: 'Eén... twee... drie...' Oleksi zweeg en keek naar Mårten.

'Vier,' hielp Mårten hem.

'Vier,' herhaalde Oleksi, en hij legde het laatste ei op de tafel.

Mette liep met Abbas mee naar de hal. Ze wist hoe afschuwelijk hij zich voelde en hoeveel pijn Drishti's verraad hem had gedaan. Ze omhelsde hem en fluisterde: 'Laat je hierdoor niet meeslepen, je bent groter dan je moeder, op alle niveaus.'

Abbas maakte zich los uit haar omhelzing. 'Het gaat goed met me,' zei hij. 'Ik ga van het weekend terug naar Gambia.'

'Wat leuk! Hoe is het met Mariama?'

'Goed. Ze is in verwachting. Doe Mårten de groeten.'

Abbas liep de deur uit zonder zich om te draaien en Mette bleef verbijsterd staan. Krijgt Abbas een baby? Twee seconden later begon ze hardop te lachen zonder te weten waarom.

Jawel, ze was gelukkig, heel gewoon, verrast en gelukkig.

Ze waren 's middags op Nordkoster gearriveerd. Hij had het huis verwarmd terwijl zij een wandeling maakte. Hij wist waar ze naartoe was. Nu stond hij achter de rotsen en keek naar haar. Ze zat een eindje verderop op het strand en hij liep met een deken in zijn hand naar haar toe. Ze merkte hem pas op toen hij naast haar ging zitten. Ze draaide haar hoofd een stukje en keek in zijn ogen. Ooit was hij de jongen geweest die de moord op haar moeder op ditzelfde strand had gezien, nu was hij de man die de deken voorzichtig over haar schouders legde en een arm om haar heen sloeg op de plek waar ze was geboren, waar ze uit de buik van haar moeder was gesneden.

Het is vreemd dat alles in cirkels verloopt, dacht Olivia terwijl ze tegen Ove Gardmans schouder leunde.

Toen de springvloed begon vertrokken ze van het strand.

Woord van dank

Dank aan:

Onze vormgever Jörgen Einéus voor zijn prachtige omslagen voor al onze acht boeken van deze serie.

Onze agent Lena Stjernström en al haar getalenteerde werknemers bij Grand Agency.

Onze uitgever bij Norstedts, de altijd even professionele Peter Karlsson.

Onze buitengewoon fijngevoelige en creatieve redacteur Heléne Jensen.